10 000

AU CŒUR DE L'EMPIRE

Paul Kearney est né en 1967 en Irlande du Nord, où il habite aujourd'hui, après deux parenthèses à Copenhague et aux États-Unis. Avec des cycles comme ceux des *Monarchies divines* et des *Mendiants des mers*, il s'est imposé comme un auteur de fantasy épique majeur.

Paru dans Le Livre de Poche :

LES MENDIANTS DES MERS

1. Le Sceau de Ran

PAUL KEARNEY

10 000
Au cœur de l'Empire

ROMAN TRADUIT DE L'ANGLAIS PAR JEAN-PIERRE PUGI

orbit

Titre original :

THE TEN THOUSAND

Publié par Solaris, an imprint of BL Publishing
Games Workshop Ltd., Nottingham, 2008

ISBN : 978-2-253-15995-7 – 1re publication LGF

À John McLaughlin et Charlotte Bruton

Je remercie et j'exprime ma reconnaissance à Mark Newton, Christian Dunn, Patrick St Denis, Darren Turpin et James Kearney.
Ainsi qu'à Marie, naturellement, comme toujours.

N
Mer Machtique
ANNÁN
UMIR
Chaîne des Harukush
SCANION
CARALIS
BAS MATHON
ISCA
GAN CRAS
MACHRAN
GOSTHERE
MINERIAS
AVENNES
HAL GOSHEN
ARIENUS
PLAETRA
PONTIS
IDRIOS
SINON
GANSAKR
Haneikos
Monts Korash
Détroit de Sinon
Sardask
ASKANON
KUPR
ANTIKAUROS
ASHDOD
ESKIS
KUMIR
GYGONIS
QAFDIR
IRUNSHAHR
KHULM
HAFDARAN
OCHOS
Kauros
ANARIS
EDOM
GILEAD
Océan Tanéen
OCHIR
KERKH
JUNNAN
ARIMYA
MOYEN EMPIR
Otosh
JÜTHA
HADITH
Jurid
DADIKAI
PLENINASH
GEMINESTRA
TAL BYRNA
PSIS
TANIS
Désert du Gadinaï
Abekaï
Vallée du Fleuve
ISTAR
ARTAKA
Collines de Gadée
BOST
Artan
Bekaï
0 100 200 300 400 500 MILLES
0 200 400 600 800 1000 PASANGS

KUF
L'Ev-Meridach
Anamos
Monts Anamir
Pastir
PADRAN
HONAN
Bakaï
YUE
UDRUK
CARCHANIS
KAIK
HAMADAN
Portes
Asuriennes
ASHUR
ARAKOSIE
Monts Adranos
BOKOSA
ASURIA
Oskus
Monts Magron
Medis
KOSAN
Panjir
KANDASAR
Irgun
Golfe de
Videhan

PREMIÈRE PARTIE

La miséricorde d'Antimone

I

Le sens d'une défaite

Rictus avait vu le jour en bord de mer, et c'était en bord de mer qu'il allait quitter ce monde.

Il s'était débarrassé de son bouclier et restait assis sur une touffe de marram jaunâtre, les orteils séparés par des andains de sable froid et gris alors que les festons d'écume de la marée montante l'éblouissaient comme de la neige.

Redresser la tête lui aurait permis de voir à l'ouest, sur les épaulements du Panjaeos, de la neige véritable. Dans les hauteurs où Gænion avait forgé le cœur des étoiles.

Ce lieu en valait un autre pour mourir.

Il sentait le sang couler de son flanc, une lente promesse qu'il considérait pleine d'ironie. Ce qui le fit sourire. *Je sais,* pensa-t-il. *Je sais ces choses. Insister est superflu.* Le fer de la lance d'un Burien s'était chargé de mettre les points sur les i.

Il avait toujours son épée, pour ce qu'elle valait, une arme bon marché en fer tendre dont il s'était muni plus pour soigner son apparence que pour toute autre raison. Comme la plupart des hommes, il savait qu'il ne pouvait compter que sur sa lance. Une épée était un symbole de défaite, une arme qu'on utilisait à des fins funestes quand il devenait impossible de se bercer d'illusions.

Sa lance mesurait huit pieds et il ne l'avait pas lâchée pour autant. Le bois sombre de sa hampe était balafré de nouvelles marques blanchâtres. Il s'agissait de l'arme de son père… *Mon père. Un homme dont je n'ai su protéger ni la vie ni les biens.*

Il esquissa une fois de plus un sourire, sous son lourd casque de bronze. Mais il s'agissait moins d'une manifestation d'amusement que du rictus menaçant d'un animal aux abois qui dénude ses crocs.

■■■■

Ils le découvrirent ainsi, trois fantassins de Gan Burian qui s'étaient eux aussi débarrassés de leur bouclier… afin de faciliter une poursuite et non une fuite. Ces guerriers essoufflés avaient des lances aux pointes ensanglantées et les yeux vitreux de ceux qui ont abusé du vin, du sexe et du meurtre. Tous s'exclamèrent en apercevant sa silhouette voûtée près du rivage, sa tunique au flanc rougi par le sang, et ils modifièrent leur parcours aussi rapidement que des poissons dans les hauts-fonds, comme ivres de bonheur. Aussi heureux que pouvaient l'être des hommes. Car existe-t-il pour un guerrier quoi que ce soit de plus jouissif qu'égorger un ennemi lorsque tout est en jeu : femme, enfants et ce qu'on considère être son foyer ? Les mâles de Gan Burian avaient en effet pris les armes pour défendre farouchement leur cité dans le cadre d'un affrontement sans merci, un combat exutoire qui avait duré toute la matinée et dont ils étaient sortis vainqueurs. Ils avaient remporté la victoire et pouvaient s'enivrer de la clarté du ciel et de la saveur iodée de l'air marin. C'était le plus savoureux de tous les mets, et son exécution viendrait le pimenter.

■■■■

Rictus les voyait approcher en progressant à petits bonds sur les dunes, et il constatait que leurs pieds soulevaient des vaguelettes de sable. Il se releva sans prêter attention à la souffrance, ainsi qu'il y avait été entraîné, puis il emplit ses poumons de cet air frais et vivifiant, ce sel, ces senteurs de terre apaisantes. Il ferma les paupières et sourit, pour la troisième fois, à sa propre intention. En raison des souvenirs ravivés, du soulagement ainsi procuré.

Ô Dieu, dans Ta magnificence, dans Ta bonté, fais que mes assassins soient dignes de respect !

Il prit appui sur sa lance, dont l'extrémité s'enfonça dans le sable et s'y enfouit, dissimulant l'éclat du bronze. Il attendait, sans seulement se donner la peine d'effleurer de ses doigts le fourreau de cuir contenant son glaive ridicule. Une explosion se produisit au-delà de sa tête, l'envol blanc et noir d'une nuée d'oiseaux aux cris assourdissants. Des huîtriers chassés de la plage par l'approche de ses adversaires. Il percevait leurs battements d'ailes autant que les lentes pulsations qui parcouraient ses flancs. L'abaque de la Mort, des boules qui arrivaient en bout de course de moins en moins vite. Un instant d'étrange béatitude, la prise de conscience du fait que tout se valait ou était en tout cas identique. La netteté éthylique de la souffrance, et de l'absence de frayeur. La mort était une chose - si c'était une chose - dont il eût été stupide d'avoir peur, en de telles circonstances.

Puis ils furent devant lui. Il en fut surpris, bien plus qu'il ne l'avait été de tout le jour, même lors du contact des deux alignements de boucliers. Il s'était préparé à vivre l'*othismos* et avait été un peu déçu. Il s'attendait à quelque chose de transcendant. C'était très différent de ce qu'il avait imaginé. Il était confronté à des hommes comme lui, des individus ordinaires dont les yeux brillaient à la perspective de son trépas. Cela n'avait rien d'impersonnel, c'était au contraire très intime. Il en fut ébranlé, et cette incertitude se traduisit par le déferlement d'une onde blanche et glaciale d'adrénaline dans chacun de ses nerfs. Il se redressa, cilla, oublia la souffrance et les pulsations de ses fluides vitaux qui l'abandonnaient goutte à goutte. Il était une bête aux abois, sur le point d'adresser un ultime grondement de défi aux chasseurs.

Ils l'entourèrent, des hommes ordinaires qui étaient venus tuer d'autres hommes ordinaires et avaient trouvé cela enivrant. Presque exaltant. Ils étaient partis se battre tenaillés par les incertitudes et la peur de mourir, et ils s'étaient révélés les plus forts. Enfoncer les lignes ennemies les avait transformés en héros, ils étaient entrés dans ce qui constituerait un jour l'histoire de leur peuple. Sous peu, ils reconstitueraient leurs phalanges pour se diriger avec le cœur léger vers la cité de leurs agresseurs, où ils auraient un statut de conquérants. Ceci - cette mise à mort supplémentaire - n'était qu'un extra.

Rictus en avait parfaitement conscience. Ceux qui venaient l'achever ne lui inspiraient aucune haine, et il était d'ailleurs convaincu qu'ils ne nourrissaient aucun grief personnel à son égard. Ils ne pouvaient pas savoir qu'il était un fils unique aimant son père, un homme qu'il avait toujours admiré sans oser le lui dire. Ils ignoraient qu'il se serait sacrifié pour sauver le dernier des chiens de sa famille alors qu'il aimait la vie, les senteurs et les sons de la mer comme un vieillard cupide aimait faire glisser des pièces d'or entre ses doigts. Rictus n'était pour eux qu'un masque de bronze. Ils prendraient son existence et en seraient fiers, lorsqu'ils raconteraient cet *exploit* à leurs enfants.

C'est la vie, la façon dont vont les choses, se dit Rictus. Mais, comme il avait reçu une formation de guerrier d'Isca, il prit la lance de son père à deux mains, fit abstraction de la souffrance et chercha un moyen d'éliminer ces hommes souriants qui venaient l'achever.

■■■■

Le premier bondit en libérant une sorte de jappement. Sa barbe noire encadrait une face empourprée et des yeux aussi brillants que des galets couverts de givre. Ce fut en tenant sa lance par le milieu qu'il dirigea son coup vers la clavicule de Rictus.

Rictus tenait quant à lui sa hampe par son point d'équilibre, à seulement une longueur de bras de son talon, ce qui augmentait notablement sa portée. À deux mains, il fit dévier l'arme de son assaillant puis inversa sa prise… d'un mouvement aussi gracieux et fluide que s'il exécutait des pas de danse. Quand sa lance pivota, ses deux autres adversaires reculèrent pour esquiver le tranchant redoutable de l'aichme, la pointe de cette arme. En la reprenant à deux mains, il en fit avancer le talon, le sauroter – autrement dit le tueur de lézard – de bronze quadrangulaire servant de contrepoids. Il atteignit l'homme à la barbe brune sur la gauche du nez et défonça l'os ici peu épais sur la profondeur d'une largeur de main, avant de ramener son arme d'un geste brusque. Le barbu recula en titubant et cillant tel un ivrogne, dirigea une main vers son visage puis s'assit brutalement sur le sable, à l'instant où du sang jaillissait de la blessure en dégageant de la vapeur.

Un des témoins de cette scène hurla et leva sa lance au-dessus de son épaule, pour charger Rictus qui plongea sur le côté de justesse et alla s'étaler sur le sol. Mais l'aichme de sa lance se ficha dans le sable et il sentit la hampe lui échapper des mains. Il se relevait quand le troisième assaillant réagit à son tour et vint participer à pas lourds à l'affrontement, visiblement sans grand enthousiasme. Sa barbe grise indiquait qu'il était plus âgé que les autres, mais Rictus découvrait dans son regard un calme redoutable. Il se déplaçait en semblant avoir autre chose à l'esprit.

Rictus roula sur lui-même à l'instant où l'arme du deuxième homme embrochait le sable au ras de son flanc. Il referma le bras autour de sa hampe et serra le fer de lance contre ses côtes fêlées, indifférent à la souffrance, pour projeter ses pieds vers le haut. Un talon percuta l'aine de son adversaire dont les joues se dilatèrent. Rictus se leva en se hissant le long du fût, pour lui donner un coup de tête au visage en mobilisant toute l'énergie qui subsistait en lui. Le bronze de son casque tinta, et il se félicita de bénéficier de cette protection pour la première fois ce jour-là. L'homme chut à la renverse puis se recroquevilla lentement, le visage réduit en bouillie sanglante.

Il se sentit exulter, trop brièvement pour qu'il en conserve le souvenir, puis quelqu'un agrippa par-derrière la crinière de son casque.

Il avait oublié le troisième homme.

Le cimier crissa contre le bronze, mais la jugulaire résista. Un pied atteignit le genou de Rictus, qui bascula en arrière, aveuglé par son casque désormais de guingois. Ses pieds creusèrent vainement des sillons dans le sable. Quelqu'un se dressait sur sa poitrine, et il entendait les grincements du métal sur le métal comme la pointe d'une lance se faufilait sous la mentonnière en fendant sa lèvre inférieure au passage.

Il avait affaire à l'individu d'un certain âge, celui à la barbe poivre et sel. Sa chevelure faisait penser à un bout de peau de mouton posé sur sa tête et ses yeux étaient aussi sombres que des prunelles. Il portait une tunique en feutre de montagnard d'un autre âge, un modèle sans manches et s'interrompant au-dessus du genou. Ses membres hâlés et noueux étaient striés de veines bleutées sur des muscles bandés, et il leva d'une main l'aichme de sa lance pour la faire reposer sur la gorge de Rictus et en extraire une goutte de sang.

Rictus déglutit, ce qui alluma un feu dans sa gorge. Le sang coulait plus abondamment de son flanc et assombrissait désormais le sable. Il gouttait également de son menton et fuyait de toutes parts. Rictus libéra sa respiration afin de se détendre. C'était fini. Tout s'achevait, mais il avait fait le nécessaire pour qu'ils se souviennent de lui. Il leva les yeux sur un ciel très pâle, l'effacement de tant de magnificence, à l'instant où les huîtriers venaient reprendre bruyamment possession de la plage. Il suivit leur vol aussi loin que ses yeux le lui permirent.

L'homme âgé en fit autant, la lance aussi ferme dans son poing que s'il l'avait fichée dans une roche. Derrière lui, ses compagnons s'agitaient faiblement, se débattaient dans le sable et émettaient des sons à peine humains. Il leur adressa un regard lourd de mépris, avant de planter son arme dans le sable et de s'incliner. Son pied expulsa l'air des poumons de Rictus, lorsqu'il lui arracha son casque. Il le dévisagea, hocha la tête puis la secoua en éloignant sa lance. L'épée subit le même sort et vola dans les airs, tel le hochet d'un enfant en bas âge.

« Ne bouge pas, gronda-t-il. Essaie de te relever et je t'achève. »

Rictus opina du chef pour indiquer qu'il avait compris la menace.

L'homme enfonça un doigt dans la blessure béante et ensanglantée de son flanc, et Rictus se crispa en dénudant une denture laquée par du sang. Le sourire de son adversaire révéla des dents jaunes et carrées, chevalines.

« Pas d'air. Pas de bulles. Tu survivras… peut-être. » Son regard se fit perçant, ses yeux évoquaient des perles noires. « Peut-être. » Il leva sa main cramoisie puis l'abattit en travers du visage de Rictus. Un index courtaud à l'ongle sale bien trop long tapota son front. « Reste ici. » Il se redressa en prenant appui sur sa lance et en grimaçant comme s'il venait d'adresser des remontrances à un enfant.

« Ogio ! Demas ! Êtes-vous des hommes ou des femmelettes ? Cessez de geindre comme des fillettes. » Il cracha.

Les plaintes décrurent. Ses compagnons s'aidèrent mutuellement à se relever puis approchèrent en titubant et en traînant les pieds dans le sable. L'un d'eux tira un couteau de sa ceinture, une longue lame de fer à l'aspect redoutable. « Je m'en occupe », fit-il d'une voix entrecoupée d'horribles gargouillis. Du sang jaillissait de sa bouche à chaque mot : c'était l'individu que Rictus avait atteint au visage.

« Tu as eu ta chance mais tu l'as laissée passer, rétorqua sèchement le plus âgé. Il m'appartient, désormais.

– Ne vois-tu pas ce qu'il m'a fait, Remion ? Je risque d'en crever.

– Pas si tu nettoies ta blessure et t'abstiens d'y fourrer tes doigts sales. J'ai vu survivre des hommes en bien plus mauvais état. » Remion cracha encore. « Et également bien plus valables.

– Alors, achève-le toi-même !

– Quoi que tu en dises, j'agirai comme bon me semble, vulve de rate. Maintenant, occupe-toi de Demas. Lui redresser le nez est une nécessité. »

Un moment s'écoula, une sorte d'accord tacite venait d'être scellé. Il n'y aurait plus d'affrontements. La situation précédente – ces instants de totale liberté, de meurtre et de violence – avait pris fin et les règles s'appliquaient de nouveau. Rictus s'assit, ayant perçu ces choses sans pouvoir pour autant le traduire sous forme de pensées rationnelles. Ils ne le tueraient pas, s'il s'abstenait de les provoquer. Ils avaient retrouvé des façons de gens civilisés.

Le plus âgé, Remion, découpait des bandes dans l'ourlet de sa tunique. Le feutre s'effilochait, sous sa lame, et il jura puis pivota vers Rictus. « Retire ton chiton, mon garçon. Il me faut quelque chose pour combler le trou béant de ce visage. »

Rictus hésita un court instant, pendant lequel il sentit leurs yeux se river sur lui. Il fit glisser sa tunique sur sa tête, hoqueta quand son flanc le fit souffrir, puis lança le vêtement à Remion. Il ne portait plus que ses sandales et un pagne en toile. Le vent le fit frissonner et il avait la chair de poule lorsqu'il comprima sa blessure sous son coude. L'hémorragie se réduisait. Il cracha sa salive écarlate sur le sable.

Remion déchira sa tunique en bandes, sans toucher à la partie imbibée de sang sous l'aisselle. Ses compagnons poussèrent des grondements bas et rauques quand il pansa leurs blessures, et un craquement se fit entendre lorsqu'il redressa le nez de Demas, qui ne put s'empêcher de hurler et de lui asséner un coup à la tempe. Un horion qu'il encaissa avec bonne humeur, même s'il repoussa son auteur sur le sable. Il rit puis écarta d'une tape la main qu'Ogio levait vers l'ouverture béante de sa face et étudia attentivement la cavité ensanglantée, tout en essuyant son pourtour.

« Sitôt de retour, tu iras voir un carnifex et tu lui demanderas de recoudre tout ça. Ce qu'il y a dessous finira par se cicatriser sans l'intervention de personne. Pour l'instant, mieux vaut laisser le sang couler et emporter la terre. Se faire blesser par un sauroter n'est jamais très hygiénique. » Il donna une tape au bras d'Ogio, lui adressa son sourire jaunâtre puis se redressa et ramena à Rictus les restes de sa tunique qu'il lâcha sur son giron. « Fais-toi un pansement, toi aussi. Faute de quoi, l'hémorragie te sera fatale. »

Rictus plongea son regard dans ses yeux sombres. « Pourquoi ne m'as-tu pas achevé ?

— Ferme-la ! »

Rictus se demandait néanmoins s'il ne mourrait pas malgré tout. Sa blessure lui avait paru bénigne, sur le champ de bataille. Ne pouvait-il pas se déplacer, courir, utiliser sa lance et se comporter comme il seyait à un homme ? Mais à présent que la charge de la phalange appartenait au passé, son état lui paraissait bien plus préoccupant. Il regarda les hommes qu'il avait mutilés et en eut des nausées… lui qui avait tué et fait couler tant de sang tout au long de son existence.

Si tu veux manger de la viande, tu dois égorger un autre être vivant, disait souvent son père. *On n'a rien sans rien. Quand la vie donne une chose, elle en reprend une autre. C'est une simple question d'équilibre.*

« Pourquoi ne m'as-tu pas tué ? » insista Rictus qui n'arrivait toujours pas à comprendre.

Remion le foudroya du regard et leva sa lance, comme pour l'embrocher. Rictus ne broncha pas. Il était au-delà de ces choses, exilé en un lieu où sa vie n'avait plus d'importance. Il porta sur lui des yeux écarquillés dans lesquels se lisaient de la curiosité et de la résignation. Aucune peur.

« J'ai eu un fils », répondit Remion. Des veines bleuâtres striaient les muscles de sa mâchoire au même titre que ses biceps, et la noirceur de ses pupilles était insondable.

■■■■

Ils arrachèrent et rompirent les divers éléments de la lance de son père pour ne garder qu'une longueur de bois fendillé avec laquelle ils improvisèrent un joug. Ils lièrent ses mains devant lui et glissèrent le tronçon de hampe entre sa colonne vertébrale et ses coudes, sans qu'il oppose la moindre résistance. On lui avait enseigné qu'il ne pouvait y avoir que la victoire ou la mort. Il ne savait trop quoi penser de la défaite, et il restait là comme un veau ayant reçu un coup de merlin pendant qu'ils le réduisaient à l'impuissance… non en éprouvant de la rancœur mais comme ces hommes épuisés qui n'ont d'autre désir que regagner leur foyer. Des hommes blessés. L'odeur de sang couvrait même la puanteur de la merde qui avait coulé sur les cuisses de Nez-brisé.

Ils ramassèrent l'aichme et le sauroter, que Remion rangea dans un repli de sa tunique. Il ne faisait aucun doute qu'il les mettrait un jour dans un feu afin de pouvoir les emmancher sur du bois vierge. Les bons fers de lance avaient encore plus de valeur que l'or et ceux-ci seraient réutilisés. Son casque à crinière fut revendiqué par Ogio, l'homme à la face trouée… une face désormais dilatée et ronde comme une pomme, aussi rouge et brillante.

L'engourdissement de Rictus finit par se dissiper.

« Mon père vit dans le grand vallon verdoyant qui se trouve…

— À l'heure qu'il est, ton père n'est certainement plus de ce monde », lui rétorqua Remion. Et Rictus crut lire de la pitié sur son visage.

Il se tourna, les yeux écarquillés, et Nez-brisé abattit le plat de la hampe de sa lance sur sa nuque. Il y eut une explosion de blancheur. Rictus tomba à genoux, et une articulation s'ouvrit comme si c'était du foie. « Je vous en prie, dit-il. Je vous en prie, ne… »

Il reçut une pluie de coups. La hampe, à laquelle vint s'ajouter un poing, martelait le haut de sa colonne vertébrale. Des coups enfantins, plus alimentés par la colère que par la connaissance des zones de son corps où ils infligeraient un maximum de souffrance. Il subit cette correction, le front calé dans le sable, en cillant et en essayant de réordonner ses pensées.

« Ce misérable a osé implorer notre clémence ! »

Je n'ai supplié personne ! s'offusqua-t-il. *Pas pour moi, en tout cas. Pour mon père, oui. Pour mon père.*

Il tourna la tête, toujours roué de coups, et il retint le regard de Remion.

« Par pitié ! »

Remion avait compris, c'était pour Rictus une certitude. Au cours de ces quelques minutes de souffrance, il en était venu à bien connaître cet homme plus âgé.

Non, articula Remion. Son visage était grisâtre et Rictus sut qu'il avait déjà été témoin de telles scènes. Chaque pas de ce petit ballet stupide avait laissé son empreinte dans ses souvenirs. Il s'agissait d'une danse aussi ancienne que l'Enfer.

Son père avait dit autre chose. *Ne va pas imaginer que les hommes ne se révèlent que dans la défaite. La victoire écarte, elle aussi, bien des voiles.*

La Déesse du Voile, Antimone dont l'amertume n'a d'égale que la noirceur, et dont le nom véritable ne doit être prononcé sous aucun prétexte. La voici qui sourit. Elle flotte au-dessus de ces dunes, ses ailes noires battantes.

La face obscure de l'existence. Fierté, haine et peur. Pas le mal… il s'agit d'autre chose. Antimone se contente d'assister aux échanges de coups. On raconte que ses larmes irriguent tous les champs de bataille, tous les lits matrimoniaux brisés. Elle symbolise la malchance, la fin de l'existence. Mais elle le doit au simple fait qu'elle est présente, quand ces malheurs surviennent.

Les actes, les atrocités… Ce sont toujours les hommes qui en sont les auteurs.

II

Épreuves d'un jour interminable

« Nous allons arriver en retard à la fête, mes amis », annonça Remion. Le crépuscule tombait et un vent mordant secouait les pins dressés à flanc de collines. Rictus avait les bras ankylosés de leur extrémité aux coudes, et chaque fois qu'il s'intéressait à ses mains il constatait qu'elles étaient enflées et bleuâtres. Il se laissa choir à genoux, incapable de porter le regard sur la vallée en contrebas.

Nez-brisé agrippa ses cheveux pour le contraindre à relever la tête. « Regarde, mon garçon. Vois le sort de ceux qui déclarent la guerre à leurs voisins. Vois ce qui résulte d'un tel comportement. » Il y avait une ville, au fond de la vallée, une longue succession de maisons en pierre d'un seul étage aux toitures de tuiles. Rictus en avait façonné, à la ferme de son père. C'était sur sa cuisse qu'on leur apportait leur courbure.

Sur environ deux pasangs, les rues dessinaient des blocs et des rubans entre lesquels étaient dispersées des parcelles où poussaient des pins. Le marbre d'un tombeau formait çà et là une tache de blancheur éblouissante. Le théâtre où Rictus avait vu interpréter Sarenias se dressait, inviolé, au-dessus des ruelles. Et, autour de tout cela, serpentait le symbole de l'intégrité de la cité… une enceinte haute de deux longueurs de lance. Trois portes traversées par une route fangeuse brunâtre étaient visibles, d'où ils se tenaient. À une extrémité de cette agglomération se dressait une colline avec un versant escarpé au point d'être pratiquement à pic. À son sommet avait été bâtie une citadelle surmontée de deux grandes tours. On pouvait y voir un corps de garde noirci par les ans, et l'éclat du bronze sur les remparts.

Et des gens, des gens de toutes parts.

Les râles d'agonie de l'agglomération montaient jusqu'aux collines. Un grondement étouffé qui engloutissait les voix de chaque individu, au point qu'on aurait pu douter qu'un tel son soit émis par des hommes, des femmes et des enfants. La cité ellemême semblait exprimer ainsi ses tourments. Des sons accompagnés par une fumée qui commençait à irriter les yeux de Rictus. Des panaches fuligineux grimpaient en rubans et banderoles du chemin de ronde. La foule se bousculait dans les rues et les claquements du métal percutant du métal se détachaient désormais du tumulte. Des nuées d'hommes empruntaient chaque porte pour se précipiter dans la ville en tenant leur lance au-dessus de leur tête, le bouclier bombé des guerriers macht sanglé à l'autre bras. Tous étaient décorés d'un motif, le symbole d'une cité.

Rictus regarda ses ravisseurs dans le crépuscule naissant. Ils avaient récupéré leurs panoplies dissimulées plus tôt en regagnant leurs rangs. Blanc sur écarlate, le sigile *gabios* était peint sur le bouclier de Remion, la première lettre du nom de sa cité. La plupart de ceux visibles en contrebas étaient identiques.

« Isca va enfin disparaître, déclara Remion. Ça a pris du temps, mais vous l'avez bien cherché.

– Vous vous êtes toujours considérés comme supérieurs à nous, ricana Nez-brisé. Les puissants Iscans, sans égaux parmi tous les Macht. Nous allons à présent pénétrer vos femmes, massacrer vos vieillards et réduire en esclavage vos guerriers dont tant de chants vantent la bravoure. Qu'as-tu à répondre à cela, Iscan ? » Il asséna un autre coup sur la tempe du captif.

Rictus tituba, se redressa et se releva lentement. Il assistait à la mort de sa cité, la fleur rouge de sa chute commençant à éclore en illuminant un ciel de plus en plus sombre. De telles choses se produisaient peut-être une fois par génération. Ils avaient simplement manqué de chance, lui et tous ses camarades.

« Ce que j'en dis, c'est qu'il n'a pas fallu une cité, ni même deux, mais une triple alliance pour nous réduire à l'impuissance. Sans les hommes de Bas Mathon et de Caralis, vous auriez jeté vos armes et fui à la débandade.

– *Maudit vantard !* » gronda Nez-brisé en levant sa lance.

Remion fit un grand pas pour s'interposer, sans pour autant quitter la vallée des yeux. « Ce qu'il dit est exact, déclara-t-il. Les Iscans avaient le dessus. Sans l'arrivée de nos alliés, c'est Gan Burian qui serait à présent dévoré par les flammes. »

Ogio, l'homme à la face boursouflée et défoncée, intervint. « Ce sont les Iscans qui ont ouvert les hostilités. Ils récoltent ce qu'ils ont semé.

– C'est la stricte vérité, approuva Remion. Ils l'ont bien cherché. » Il pivota pour regarder Rictus droit dans les yeux. « Vous vous êtes coupés des autres, vous les Iscans. Vous avez suivi un entraînement digne des mercenaires et guerroyé pendant que vos voisins plantaient vignes et oliviers. Vous en avez fait une activité lucrative et vous êtes devenus de bien meilleurs soldats que nous. Mais vous avez oublié un détail. » Remion se pencha vers Rictus, si près que l'odeur d'ail de son haleine fit grimacer ce dernier. « Nous sommes en fin de compte identiques. Il y a en ce monde les Kufr et les Macht. Nous avons le même sang, c'est le même fer qui est charrié dans nos veines. Nous sommes frères par la chair, mais vous l'avez oublié. Vous avez décidé de faire la guerre - une chose au demeurant naturelle - à des fins contre nature. Vous avez souhaité nous réduire en esclavage. »

Il se redressa. « La destruction d'une cité est un péché aux yeux de Dieu, un blasphème. Mais nos actes nous seront pardonnés car vous nous les avez imposés. Regarde Isca, mon garçon. Assiste à la punition divine que vous valent vos crimes, le châtiment de ceux qui veulent priver leurs semblables de liberté. »

La mise à sac de l'agglomération avait déjà teint le ciel d'écarlate, un halo qui rivalisait avec le coucher de soleil, se fondant en lui au point que l'ensemble ne formait plus qu'un tout unique ravagé par les flammes, le jour mourant, la trame des montagnes blanches alentour et les pics dénudés que noircissaient les ombres. On aurait pu croire qu'il s'agissait de la fin du monde, et c'était effectivement à cela que Rictus assistait. La fin de la vie qu'il avait toujours connue. Redevenu un petit garçon, il dut ciller pour contenir les larmes qui envahissaient ses yeux cuisants.

Nez-brisé remonta son bouclier pour le caler sur son épaule. « Je vous laisse. Si nous ne nous remuons pas, toutes les femmes plus ou moins baisables auront été prises. » Un sourire le rendit brièvement presque sympathique, un homme sur lequel ses amis pouvaient compter, quelqu'un qui n'hésitait pas à partager son outre de vin. « Viens, Remion. Abandonne aux loups ce bouvillon entravé. N'es-tu donc pas tenté par une nuit de débauche ? Nous boirons chaque coupe jusqu'à la lie, et nous ferons reposer nos têtes sur des courbes bien plus douces que celles de ce sol gelé. »

Remion sourit. « Allez, toi et Ogio. Je vous rejoins tout de suite. J'ai une dernière affaire à régler.

– N'auras-tu pas besoin de notre aide ? » demanda Ogio. Il reporta son attention sur le captif et la haine gauchit plus encore sa face défoncée.

« Va montrer ta blessure à un carnifex. Je me charge du reste. »

Les deux autres Buriens se dévisagèrent, haussèrent les épaules et s'éloignèrent. Leurs sandales claquaient sur le sol froid et le casque de Rictus se balançait à la ceinture d'un de ces hommes. Ils se dirigeaient vers le bas de la colline en suivant la route de terre gelée, dans le grondement et le halo de la vallée où ils trouveraient de quoi oublier les épreuves de cette journée interminable. Sur un soupir, Remion posa le lourd bouclier recouvert de bronze puis en fit autant avec sa lance. Il garda son casque, une légère coiffe en cuir suspendue à sa taille. À en juger par son aspect, elle avait dû contenir le bouillon qu'il avait ingéré ce matin-là. Il prit son couteau et en testa le tranchant sur son pouce.

Rictus redressa la tête, pour dégager sa gorge.

« Ne sois pas stupide », lança sèchement Remion. Il trancha les lanières passées autour des poignets du captif puis retira la hampe qui immobilisait ses coudes. Rictus hoqueta de souffrance. Du feu liquide se répandit dans ses mains et il s'assit sur le sol ; l'air sifflait entre ses dents, une douleur glaciale, une sensation apparentée à ce que les visions de cette soirée lui avaient inspiré.

Ils restèrent ainsi, côte à côte, le vétéran grisonnant et le jeune guerrier, pour assister au drame qui se déroulait en contrebas.

« Je me souviens du soulèvement de la cité d'Arienus. Il y a de cela vingt ou vingt-cinq ans, déclara Remion. J'étais un guerrier de métier, à l'époque. Je vendais mon habileté à manier la lance en échange de ma pitance. J'avais sur mon dos le manteau écarlate des mercenaires et non la tunique de feutre des fermiers. Le sac m'a rapporté deux femmes et quelques pièces, un cheval et une mule. J'estimais être le plus chanceux des hommes. » Il sourit. L'incendie d'Isca animait de petites lueurs dans ses yeux.

« J'ai épousé une de ces filles et donné l'autre à mon frère. Le cheval m'a permis d'obtenir la citoyenneté et un *taenon* de terres dans les collines. Je suis devenu un Burien et j'ai rangé mon manteau rouge. J'ai eu… j'ai eu un fils, des filles. Les bénédictions de la vie. Les désirs de mon cœur ont été comblés. »

Il se tourna vers Rictus, le visage aussi dur et fermé que s'il avait été sculpté dans la pierre. « Mais mon fils est mort à la bataille d'Hienian, il y a quatre ans. Vous l'avez tué au bord de ce fleuve, vous les Iscans. » Il regarda l'agglomération en contrebas. Les incendies semblaient avoir été circonscrits. Des individus pas plus gros que des insectes encombraient toujours les rues ; des files d'hommes et de femmes s'étiraient désormais jusqu'aux remparts pour combattre les flammes en constituant une chaîne de seaux et de chaudrons. Il n'y avait plus de combats qu'autour de la citadelle, mais des maisons des quartiers restés intacts s'élevaient cris, hurlements et gémissements des femmes qui subissaient les derniers outrages, des enfants terrifiés, des hommes qui mouraient en étant consumés par la colère et l'ignorance du destin de leurs proches.

« Aujourd'hui, je me suis battu parce qu'un refus m'aurait fait perdre mon statut de citoyen de Gan Burian, ajouta Remion. Nous sommes des Macht, tous autant que nous sommes. J'ai entendu dire qu'au-delà de ces monts les Kufr colportent des histoires sur notre férocité, nos prouesses sur un champ de bataille. Mais nous ne sommes que des hommes, et si nous ne parvenons pas à nous considérer les uns les autres en tant que tels, nous ne sommes pas meilleurs que les autres. »

Rictus serrait et desserrait les poings. Il n'aurait pu dire pourquoi, mais ce que disait Remion le rendait honteux, comme un enfant subissant les remontrances d'un père plein de patience.

« Suis-je ton esclave ? » demanda-t-il.

Remion le regarda avec colère. « Es-tu dur d'oreille ou simplement stupide ? File loin d'ici. Dans quelques jours, il ne subsistera plus rien d'Isca. Ses murailles auront été rasées et son sol aura été recouvert de sel. Te voici devenu un *ostrakr*, mon garçon, un individu sans citoyenneté. Tu devras chercher seul comment vivre en ce monde. »

Le vent fraîchissait. Il agitait les pins autour de leurs têtes et incitait les branches à battre comme des ailes noires désireuses de saisir le coucher de soleil. Remion leva les yeux.

« Antimone est présente. Elle s'est dépouillée de son Voile. »

Rictus frissonna. La fraîcheur du sol se communiquait à ses fesses et la blessure de son flanc ne se rappelait à lui que sous forme d'élancements auxquels il ne prêtait plus attention. Il pensa à son père, à Vasio, ce vieux serviteur qui les aidait à cultiver les terres et à Zori, son épouse souriante au teint noisette qui lui avait donné le sein après la mort en couches de sa mère. Qu'étaient-ils devenus ? Avaient-ils tous péri ?

« Les retardataires ne vont pas tarder à grouiller, dans les collines. Je parle de ces lâches qui souhaitent s'approprier tout ce qu'ils trouvent sur leur chemin, ajouta Remion comme s'il avait perçu les préoccupations du jeune homme. Et les pleutres qui restent loin des combats sont généralement les plus impitoyables. S'ils te trouvent, tu ne survivras pas jusqu'à l'aube. Et tu le regretteras, dans le cas contraire. Ils te violeront, à deux reprises ; une première fois avec leur sexe, et la seconde avec une aichme. J'ai assisté à des divertissements de ce genre. Ne te dirige pas vers le nord. Va au sud, gagne la capitale. Une fois rétabli, tes muscles te permettront certainement de gagner de quoi vivre, à Machran. »

Il se leva en gémissant et récupéra son bouclier et sa lance. « Les armes ne manquent pas, dans les collines. N'hésite pas à en dépouiller les morts, mais choisis les plus légères. Un homme seul ne risque pas de se retrouver au milieu d'une ligne de bataille et se coltiner un bouclier est par conséquent superflu. Opte pour des javelots, un bon couteau. » Remion s'interrompit et grimaça de colère. « Écoutez ça, on pourrait croire que je suis ta mère ! File, Iscan. Forge-toi une nouvelle vie.

– Tu y as réussi, répondit Rictus en claquant des dents.

– Quoi ?

– Ta cité a été détruite, elle aussi. Comment s'appelait-elle ?

– Tu ne manques pas de suite dans les idées, je te l'accorde. » Remion redressa la tête et s'intéressa à la première des étoiles. « J'ai été un citoyen de Minerias. Ma cité s'est battue contre Plætra et a subi une cuisante défaite. Un épouvantable massacre. Il n'y avait pas suffisamment d'hommes pour occuper la totalité des remparts. » Il cilla, les yeux rivés sur un point situé au-delà de la froide clarté stellaire.

« Je n'avais que neuf ans. »

Sans rien ajouter, il s'éloigna vers le bas de la pente en direction d'Isca, sa lance sur une épaule et son bouclier sur l'autre, une protection que sa coiffe de cuir heurtait constamment, comme une cloche privée de battant. Rictus le regarda partir, suivant des yeux l'ombre qu'il était devenu jusqu'au moment où elle se fondit dans la cohue en ébullition autour des portes.

Seul. Sans attaches. *Ostrakr.* Certains de ceux qui subissaient l'exil pour un crime ou un autre préféraient se suicider plutôt que de devoir errer en ce monde en ayant ce statut. Sa cité était pour un

Macht la lumière, la vie et l'humanité. À l'extérieur ne se trouvait que ceci : des pins noirs et un ciel vide, le monde des Kufr. Un monde étranger.

Rictus fit claquer ses poings sur ses cuisses et se mit debout en titubant. Il scruta le ciel et localisa – grâce aux enseignements de son père – cette étoile brillante qu'était la Balise de Gænion. S'il se dirigeait vers elle, il irait droit vers le nord. Il regagnerait son foyer.

◼◼◼◼

Il consacra la nuit à un exercice consistant à trouver des morts en évitant les vivants. Plus l'obscurité était profonde, plus il était facile de se dissimuler aux membres des patrouilles en maraude qui parcouraient le secteur tels des chiens de chasse ayant flairé un lièvre. La plupart de ces hommes étaient munis de torches et faisaient autant de bruit que s'ils étaient en goguette. Les cris aigus des femmes ponctuaient leurs allées et venues, ainsi que les hurlements mêlés de gargouillis des hommes désespérés acculés et achevés dans le cadre de ces macabres bacchanales.

Les collines étaient envahies par des fêtards cruels et Rictus finit par avoir l'impression qu'ils étaient plus nombreux à battre les pinèdes et les escarpements des environs d'Isca qu'il n'en avait vu sur le champ de bataille.

Dénicher des cadavres se révélait plus délicat. Il trébuchait sur eux dans les poches d'ombre régnant sous les arbres. Rictus en découvrit un monticule et il se retrouva pendant un instant avec la main posée sur le masque d'un visage déjà froid. Il cria et s'écarta d'un bond, ce qui rouvrit la blessure de son flanc. La plupart des morts avaient été dépouillés de tout, parfois même de leurs vêtements. Ils gisaient dans la froidure, raides et livides. Des meutes de vorins descendus des collines les cernaient.

Un homme en pleine possession de ses moyens et bien reposé n'avait pas à redouter ces charognards à la fourrure grise, mais un blessé puant le sang et titubant d'épuisement avait tout pour éveiller leur intérêt. Lorsqu'elles l'encerclèrent, leurs yeux verts cillant dans le noir, ces bêtes grondèrent des menaces à Rictus qui leur retourna un son comparable, aussi bestial. Pierres, bâtons, intimidation… il s'en servit pour les tenir à distance jusqu'au moment où elles jugèrent préférable de se chercher une proie moins combative.

Il dépouilla un cadavre de son chiton à manches longues, sans prêter attention au sang qui le raidissait. Le mort gisait sur une lance brisée, une aichme dans laquelle étaient toujours fichés trois pieds de hampe. Avoir ce butin sur le dos et dans son poing réduisit ses tremblements. Les vorins reconnaîtraient l'odeur du bronze et le laisseraient tranquille. Les patrouilles – dont la présence était trahie par la lueur de leurs torches – lui inspiraient désormais autant de colère que de peur, et il allait jusqu'à imaginer qu'il surprenait ces individus se livrant à leurs activités barbares, son petit tronçon de lance réalisant alors des miracles exterminateurs. Ces fruits de son esprit fertile lui tinrent compagnie sur des pasangs, jusqu'au moment où il identifia leur véritable nature : des miroitements entraperçus de l'autre côté du Voile d'Antimone. Il les chassa sitôt après pour concentrer son attention sur le chemin qu'il avait devant lui, ce ruban un peu plus pâle que le reste qui serpentait entre les sombres hachures verticales des arbres.

Il se plaqua sur le lit odorant d'aiguilles de pin du côté de la sente pour laisser une patrouille le dépasser. Une douzaine d'hommes, équipés des boucliers peu épais de l'infanterie légère, de simples peltas d'osier tendu de cuir. Le sigile *mirian* y était inscrit en jaune. Il s'agissait donc d'hommes venus de la cité côtière de Bas Mathon. Rictus s'y était souvent rendu avec son père, car elle ne se trouvait qu'à quatre-vingts pasangs à l'est. Il se remémora les mouettes qui criaient au-dessus des jetées, les bateaux de pêche à la proue élevée, les paniers grouillants de poissons d'argent et de harins aussi brillants que des fers de lance qui étaient hissés sur les quais. Le soleil estival, une image d'une autre époque. Il remercia en silence la déesse de lui avoir restitué ce souvenir.

Ces hommes buvaient à la régalade l'alcool d'orge que contenaient leurs outres, comprimant ces poches de peau pour que le breuvage jaillisse haut dans les airs avant de placer leur bouche sous ce jet en riant comme des enfants. Au centre de leur groupe deux femmes nues avançaient en trébuchant, la tête basse et les mains liées devant elles. À en juger par leurs ecchymoses, elles avaient été capturées bien plus tôt ce jour-là. Du sang teintait l'intérieur des cuisses de l'une d'elles, une fille aux seins à peine esquissés. Plus une enfant qu'une femme.

Ils passèrent comme s'il s'agissait d'une procession organisée dans le cadre d'une célébration perverse du dieu des libations, et il ne manquait qu'un air de pipeau pour compléter la scène. Rictus resta longtemps couché dans le noir, laissant ses yeux s'accommoder à l'obscurité après l'éblouissement des torches, des yeux aussi inexpressifs que ceux d'un veau égorgé. La jeune fille s'appelait Edrin et elle venait de la ferme la plus proche de la leur. Ils avaient joué ensemble, enfants. Il l'avait portée sur son dos.

Ce fut seulement au milieu de la nuit qu'il atteignit leur vallon. *Andunnon,* tel était le nom de cet endroit, *les eaux calmes*. L'obscurité était désormais moins profonde, et il leva les yeux pour constater que les deux lunes avaient fait leur apparition au-dessus des arbres. La grosse Phobos, la lune de la peur, et l'ardente Haukos, la lune de l'espérance. Il s'inclina pour leur rendre hommage, ainsi que devaient le faire tous les hommes, puis il s'engagea sur la pente qui descendait vers la rivière miroitante scindant les pâturages.

Il ne risquait pas de se cogner ne fût-ce qu'un orteil, tant il connaissait ce sentier. Les odeurs de l'ail des ours provenant de l'orée des bois, du thym poussant entre les rochers, de l'humus fertile sous ses pieds, tout cela lui était aussi familier que les battements de son cœur. Il se permit de nourrir un semblant d'espoir, pour la première fois depuis que leurs lignes avaient été enfoncées ce matin-là. L'ennemi avait pu passer à proximité sans prêter attention à ce lieu. Sa vie n'était peut-être pas irrémédiablement détruite. Quelque chose pourrait sans doute être sauvé. Quelque chose.

Mais l'odeur était révélatrice. Âcre et étrange, elle s'attardait au fond de la dépression. Il y avait eu un incendie. Il ne s'agissait pas d'un simple feu de bois, car ce qui flottait dans l'air était plus pesant, plus angoissant. Il ralentit le pas et s'immobilisa totalement pendant quelques secondes, avant de faire un effort de volonté pour repartir. Tout là-haut la face glacée de Phobos s'élevait dans le ciel nocturne, comme si cette lune l'avait pris en pitié et souhaitait éclairer son chemin.

Son père l'avait eu très tard, alors qu'il était déjà un vétéran aux tempes grises… un peu comme Remion, à présent qu'il y songeait. Sa mère avait été une fille farouche originaire d'une des tribus de chevriers qui vivaient dans les collines du nord. Elle avait été donnée à son père par un chef qui souhaitait rémunérer ainsi ses services de mercenaire, et il n'avait pas fait d'elle une esclave mais son épouse… par simple bonté.

Son sang de montagnarde et son esprit nomade ne lui avaient pas permis de se laisser enchaîner à la terre. Ils avaient eu d'autres enfants - deux filles - emportées par la fièvre du fleuve avant d'avoir eu leur première dent. Au fil des ans, Rictus s'était interrogé à leur sujet, ces sœurs décédées qui n'avaient même pas eu le temps de se forger une personnalité. Il aurait tant aimé avoir une compagnie de son âge.

Mais, compte tenu de ce qui venait de se passer, qu'elles aient quitté ce monde en bas âge était préférable.

Rictus était né six mois après leur trépas, un enfant rougeaud musclé et bagarreur à l'épaisse tignasse de la couleur du bronze et aux yeux gris de sa mère. Elle n'avait pas accouché ici, à la ferme. Son père avait conduit sa jeune épouse enceinte vers la côte, dans un des villages de pêcheurs du sud de Bas Mathon, car il refusait d'avoir d'autres enfants que la fièvre du fleuve risquait d'emporter. Rictus avait donc vu le jour sur le littoral, dans une atmosphère purifiée par l'iode, pendant que les vagues de la mer Machtique déferlaient sur la grève à cinquante pas de là.

Mais c'était à son détriment que sa mère lui avait transmis tant de force vitale. Elle l'avait eu accroupie sur une couverture, alors que Zori faisait claquer sa langue de façon apaisante, puis le père de Rictus l'avait portée jusqu'au lit de location afin qu'elle puisse se vider plus confortablement de son sang. Il avait rapporté ses cendres pour les disperser dans les bois qui surplombaient la ferme, ainsi qu'il l'avait déjà fait avec celles des nourrissons. Rictus n'avait jamais su comment elle s'appelait. Il se demandait si elle ne l'observait pas, à présent. Il envisageait même que son père pût être à ses côtés, tenant dans ses bras leurs filles souriantes.

Ils avaient rasé la ferme par le feu, chassé tout le bétail. La maison commune n'était plus qu'une ruine éventrée et fumante ouverte sur le ciel. Rictus gagna d'un pas traînant la porte principale et découvrit, ainsi qu'il s'y était attendu, la plupart des corps. Tous s'étaient battus jusqu'au moment où la pluie de chaume embrasé était tombée sur eux. Il reconnut son père aux deux doigts absents de la main à la lance, ce qu'il avait eu coutume d'appeler la dot faite à la guerre. Sans cette vieille blessure, il se serait trouvé dans la ligne de bataille au côté de son fils, ce jour-là, pour défendre sa cité comme devait le faire tout libre citoyen. Le conseil l'en avait exempté, en raison de son handicap et des services rendus par le passé. Il avait été un *rimarche*, un dernier de colonne, dans sa jeunesse. Au sein d'une phalange, les plus braves étaient positionnés en tête ou en bout de file, pour pouvoir rappeler à l'ordre ceux dont le courage vacillait et les mener vers l'*othismos*, le corps à corps orgasmique constituant l'apogée de tout affrontement digne de ce nom.

Vasio gisait près de son père, son crâne chauve étant l'unique partie de son corps à n'avoir pas été entièrement calcinée. Sans doute avait-il été protégé par son vieux casque métallique, désormais emporté en tant que butin. Lorynx, le chien préféré de son père, était mort à ses pieds, ses chairs débitées en lanières et ses poils brûlés. Tous ici avaient péri côte à côte. En scrutant la cour de la maison révélée par le clair de lunes, Rictus dénombra huit taches de sang distinctes sur le sol piétiné. Elles avaient noirci et le givre les recouvrait d'une fine pellicule scintillante. Les siens ne s'étaient pas laissé égorger comme des moutons.

Il avait les yeux brûlants. Si l'incendie avait éloigné les vorins, ces charognards retrouveraient sous peu leur hardiesse. Certaines choses devaient être faites, son père y aurait tenu. Rictus prit appui sur son tronçon de lance pour déchirer d'une main son chiton d'emprunt. Il leva ses yeux écarquillés sur Phobos et Haukos puis entama d'une voix grave la lente lamentation des défunts, le péan que tous les Macht se transmettaient depuis l'époque où ils n'avaient formé qu'un seul et même peuple. Les hommes l'interprétaient lors de la mort de leurs proches et lorsqu'ils allaient au combat, son rythme permettant de synchroniser leurs pas. Rictus l'avait chanté pas plus tard que ce matin-là, le cœur débordant de fierté au sein de la phalange d'Iscans partis au-devant de leur triste destin.

Il réunit les cadavres, ravalant des nausées chaque fois que les chairs noircies se détachaient pour révéler au-dessous la blancheur de l'os. Il trouva Zori à côté du foyer central de la maison commune, sous un tas de chaume qui se consumait toujours. Elle avait revêtu la plus belle de ses robes pour quitter ce monde, et elle n'avait pas été profanée par les envahisseurs. En sollicitant son pardon, Rictus lui subtilisa ce qui avait été sa fierté et sa joie, le pendentif de corail qu'elle gardait autour de son cou, avant de remonter les vestiges de son voile sur son visage. Il en aurait grand besoin, lui déclara-t-il. Elle ne lui avait jamais rien refusé, elle avait été pour lui une mère en toutes choses, le sang excepté.

Il subsistait suffisamment de braises incandescentes pour allumer le bûcher funéraire. Rictus empila des bouts de bois brisé, de la paille et même le siège préféré de son père sur les dépouilles des membres de sa famille, et il déposa le chien au sommet de ce macabre monticule, pour qu'il pût monter la garde devant la demeure que son maître se verrait attribuer dans l'au-delà. Il cassa une flasque d'alcool d'orge sur le bûcher qui fut aussitôt englouti par une flamme avide éblouissante. Il chanta une fois de plus le péan, d'une voix désormais plus sonore, afin que l'esprit de sa mère pût l'entendre et venir accueillir son époux. Il demeura à côté du brasier pendant un long moment, sans tressaillir quand les chairs se mirent à grésiller, éclater et se rabougrir sous l'effet de la chaleur. Il regarda cette scène les yeux secs jusqu'au moment où les langues de feu se rétractèrent. Puis il s'allongea à côté, le fragment de lance serré dans son poing. Et, miséricordieusement, il réussit à trouver le sommeil.

III

Compagnons de route

Gasca remonta son manteau sur ses épaules et déplaça un rabat pour recouvrir son oreille droite et empêcher la neige d'y pénétrer. C'était un excellent vêtement, en peau de chèvre bordée de peau de chien. Il avait appartenu à son frère aîné, avant qu'il ne se l'approprie, et cette brute épaisse l'avait soumis à rude épreuve. Cela mis à part, il n'existait rien qui aurait pu le protéger de la froidure mordante de ce vent vespéral. Mais tout individu ayant vécu dans les vallées des hautes-terres des Harukush s'y était nécessairement accoutumé et Gasca fit abstraction de cette gêne, comme il seyait à un homme. Il garda la tête droite tout en se servant de sa lance pour sonder le mélange de neige fondue et de cailloux instables de la route, et en utilisant son bras gauche pour empêcher son bouclier plaqué de bronze de se retourner tel un chapeau de vieillard.

La route de Machran était peu fréquentée, mais ceux qui devaient voyager en cette période de l'année préféraient se regrouper pour s'y aventurer. Le soir venu, ils bivouaquaient ensemble, ce qui leur permettait de s'entraider. Les hommes allaient ramasser du petit bois pendant que les femmes se chargeaient de trouver de l'eau. Les enfants couraient entre les jambes des adultes, qui distribuaient des gifles au hasard. Il était en outre plus prudent de dormir en compagnie d'autres personnes, dans un camp relativement important, car la région était infestée de voleurs et de bandits de tout poil. En tant que militaire armé, Gasca avait tout d'abord été considéré avec méfiance et laissé à l'écart, puis sa présence avait été recherchée et il était désormais apprécié par tous les voyageurs. Il avait une voix agréable et de bonnes manières, et s'il n'était pas le plus séduisant des hommes, il avait conservé de sa jeunesse des façons bon enfant qui lui valaient l'indulgence de ses compagnons de route.

Tous se rendaient à Machran, mais leur groupe était disparate. Deux marchands allaient en tête, avec des ânes au pas pesant qui ployaient sous une multitude de sacs et de ballots. Il s'agissait d'individus imbus d'eux-mêmes qui refusaient de révéler la nature de leurs marchandises, même si tous reconnaissaient une odeur de baies de genièvre et de peaux mal tannées dès qu'un feu commençait à les réchauffer. Deux couples suivaient, les hommes aussi possessifs que de jeunes mariés et les femmes aussi enjôleuses que de jeunes épouses. Puis venait une matrone à la chevelure grisonnante qui aboyait comme un sergent instructeur pour diriger autour de ses jupes une demi-douzaine de marmots déguenillés, des orphelins qui fuyaient quelque guerre ayant éclaté à l'extrême nord du pays. Elle les conduisait dans la capitale afin de les vendre, et elle veillait sur eux avec la sollicitude dont les chasseurs font preuve envers leurs meilleurs chiens. Elle avait déjà proposé une des fillettes à Gasca, mais il ne les aimait pas si tendres et il n'avait quoi qu'il en soit pas d'argent à gaspiller pour le superflu. Mais les enfants semblaient percevoir sa bonté et, dès que la nuit tombait, il y en avait toujours un ou deux qui se glissaient sous son manteau pour dormir recroquevillés contre lui. Il ne s'en plaignait pas, car, s'ils grouillaient de vermine, c'était réciproque et ils lui faisaient en outre partager leur chaleur corporelle.

Voyager ainsi depuis cinq jours avait fait d'eux des compagnons de route qui mettaient en commun nourriture et informations, allant parfois jusqu'à narrer une anecdote personnelle autour du feu de camp. Les marchands s'étaient un peu détendus, et ils avaient - peut-être sous l'effet du mauvais vin - débité de longs récits pleins de bruit et de fureur sur des batailles auxquelles ils déclaraient avoir participé dans leur jeunesse. Après s'être extirpés de leurs manteaux et avoir essuyé la sueur de leur front, les jeunes mariés confièrent à leurs camarades qu'ils étaient frères et qu'ils avaient épousé deux sœurs. Ils étaient par ailleurs les apprentis d'un célèbre armurier de Machran, un certain Ferrious qui s'était engagé à leur révéler ses secrets, ce qui ferait d'eux des hommes riches, des artistes autant que des artisans.

Tout en épouillant un de ses protégés, la matrone proxénète fit l'éloge d'une certaine maison close aux murs verts de la rue des Tisseurs, un lieu où un homme pouvait satisfaire n'importe lequel de ses fantasmes pour une somme au demeurant fort raisonnable.

« Et toi, soldat », demanda un des marchands à Gasca, dont il était séparé par le feu. « Qu'est-ce qui t'attire à Machran ? As-tu l'intention d'y proposer tes services ? »

Gasca comprima son outre pour boire une giclée de vin. Sans doute une décoction de racine noire coupée avec du sang de chèvre et du miel. Il avait ingurgité bien pire, mais il n'aurait pu dire quand.

« Je compte endosser le manteau écarlate », reconnut-il en essuyant sa bouche et en lançant l'outre flasque à un des jeunes mariés.

« C'est bien ce que je pensais. Ton bouclier ne porte aucune marque. Tu vas donc y peindre le sigile des mercenaires et adopter leur tenue. Dans quelle compagnie ?

— Celle du commandant qui voudra bien de moi.

— Je parie que tu es le cadet de ta famille.

— J'ai deux frères aînés, auxquels notre père tient comme à la prunelle de ses yeux. J'avais le choix entre la lance et la houlette. Et mes doigts sont trop malhabiles pour que je puisse les refermer autour des pis d'une chèvre. »

Les hommes assis autour du feu rirent, mais leurs regards étaient désormais fuyants. Bien que jeune, Gasca était aussi corpulent que deux d'entre eux réunis, et sa cuirasse en lin encollé était piquetée de vieilles taches brunes de sang séché. Elle avait appartenu à son père, comme tout le reste de sa panoplie. La subtiliser n'avait pas été facile, et Gasca avait dû asséner plusieurs coups à un de ses frères avant de pouvoir quitter la propriété familiale. Ses armes et son armure étaient ses seuls biens en ce monde, un héritage qu'il estimait lui revenir de droit.

Un des jeunes mariés prit alors la parole. Son épouse était venue le rejoindre autour du feu, avec un sourire de chatte indolente. « J'ai entendu dire qu'ils lèvent une véritable armée. Pas seulement à Machran, mais dans toutes les cités situées au-delà des montagnes. Un capitaine d'Idrios, un porte-fléau dénommé Phiron, engagerait des combattants par centaines.

– Où l'as-tu entendu dire ? lui demanda sa femme.

– Dans une taverne d'Arienus.

– Laquelle ? »

Gasca laissa vagabonder son esprit pendant qu'une dispute éclatait de l'autre côté du feu. Gosthere, la cité dont il était citoyen - ce qui lui valait de disposer d'un droit de vote lors des assemblées -, était une simple bourgade ceinte d'une palissade aux sources du Gerionin, à deux cent cinquante pasangs de là dans les montagnes. Entre autres raisons, il se rendait à Machran parce qu'il souhaitait voir une ville véritable. Des constructions de pierre, des rues pavées au milieu desquelles ne coulait pas un ruisseau de merde. Il avait dans son havresac un exemplaire de la Constitution de Tynon, un ouvrage dans lequel les grandes cités des Macht étaient décrites comme bâties en marbre, des lieux aux innombrables statues où chaque décision était prise en fonction de débats majestueux menés dans des assemblées parfaitement organisées… et non de pitoyables réunions relevant de la farce comme à Gosthere. Il en rêvait, et s'il ne trouvait pas cela à Machran il doutait de le découvrir ailleurs.

Servir sous les ordres d'un porte-fléau… voilà qui aurait été merveilleux. Gasca n'en avait encore jamais vu. Les nobles de Gosthere n'avaient pas tant de panache et il se demandait si tout ce qu'on racontait sur leur cuirasse était digne de foi.

Je suis jeune, pensa-t-il. *Je suis venu à bout de loups et d'hommes. Je dispose d'une panoplie complète. Je n'ai aucun désir de posséder le monde, seulement de découvrir ses diverses facettes. Je veux tout boire à seaux en savourant chaque gorgée.*

« Et cette salope, cette truie de chevrière… Je parie qu'elle s'y trouvait, elle aussi ?

— Je viens de te dire que je n'y suis resté qu'un tour de sablier, pas plus. »

Gasca se rallongea, ramena sur lui les pans de son manteau et leva les yeux vers les étoiles. Il voyait filer devant les lunes des rubans et des chiffons de nuages. Le froid serait très vif, cette nuit. Enfants, lui et ses frères avaient enfoui des braises sous leurs manteaux pour dormir, là-bas dans les pâturages d'altitude. Ils se taquinaient pendant des heures alors que tintaient les clochettes des chèvres, et Félix, le chien de leur père, venait s'allonger contre lui. Lorsqu'il grondait dans le noir, tous se levaient aussitôt, en frissonnant et en tendant la main vers leurs lances d'enfants.

Gasca avait treize ans quand il avait tué son premier loup. Comme tous les hommes de sa cité, il avait gardé un de ses crocs. À présent qu'il était couché loin de chez lui, il leva la main à son cou et le toucha, un objet tiédi par sa chaleur corporelle. Il ressentit un court instant les tiraillements de la nostalgie, se rappelant ses frères à l'époque de leur jeunesse, avant qu'un changement de statut ne vienne dénaturer leurs rapports. Puis il grogna, s'enroula dans son manteau et ferma les paupières.

À l'aube, il découvrit que deux des orphelins s'étaient glissés tout contre lui pour se recroqueviller comme des abeilles dans leurs alvéoles. La chaleur régnant sous le vêtement avait réveillé leurs parasites et il avait des démangeaisons de toutes parts. Même ainsi, il hésitait à se lever, car le manteau et le sol étaient recouverts d'une fine pellicule de neige gelée, et le soleil qui ne faisait que poindre au-dessus des montagnes y avait allumé des myriades de têtes d'épingles roses miroitantes. Même les bûches du feu étaient givrées. Quand il cilla, Gasca sentit ses paupières se craqueler.

Les enfants piaillèrent lorsqu'il repoussa le manteau et se leva, battit des sandales sur le sol dur comme la pierre et s'étira. Il s'éloigna à grands pas de la route pour pisser, et se dresser dans le nuage aux relents âcres de son urine tout en cillant pour chasser le sommeil de ses yeux. Regarder vers le haut et le bas de la route lui permit de constater qu'elle était déserte dans les deux directions. Au sud, elle disparaissait entre les épaulements de deux collines blanches abruptes, dont une surmontée par les ruines d'une cité. Il s'agissait de Memnos, qu'ils avaient effectivement espéré voir à leur éveil. Machran n'était donc plus qu'à une trentaine de pasangs de distance, soit une petite journée de marche. Ce soir, ceux qui en avaient les moyens dormiraient sous un toit. Gasca avait la ferme intention de s'offrir un bon repas, et du vin digne de ce nom. Il grimaça et cracha sur la route, pour se débarrasser de l'arrière-goût de l'infâme piquette bue la veille.

Quelque chose se déplaça entre les arbres. Les bâtisseurs de cette route avaient abattu la forêt sur une portée d'arc de chaque côté de la chaussée, et si les personnes chargées de son entretien avaient négligé leurs devoirs, au moins pouvait-on compter une bonne centaine de pas de terrain dégagé jusqu'aux fourrés enchevêtrés et pins rabougris de l'orée des bois. Sous la clarté de l'aube, il discerna la tache pâle indistincte d'un visage s'y déplaçant pendant que le ruisselet d'urine s'évaporait. Il se détourna aussitôt pour regagner le campement d'un pas rapide, repousser du pied un enfant à la bouche dilatée par un bâillement et jurer en sentant sa lance, elle aussi recouverte de givre, lui échapper des doigts.

Le temps de se tourner de nouveau vers les bois, l'inconnu s'était avancé en direction de la route, les bras écartés de ses flancs. Il tenait une lance qu'il planta dans le sol, par la pointe, faute de disposer d'un sauroter, puis il reprit sa progression en leur présentant ses paumes… le moyen gestuel universel de proclamer qu'il n'était pas animé de mauvaises intentions. La respiration de Gasca se fit plus régulière et il se porta à la rencontre du nouveau venu. D'autres membres de leur compagnie s'extirpaient de leurs manteaux. Ils cillaient et repoussaient les fourrures tout en essayant de jauger la situation. Un des enfants les plus jeunes pleurait sans pouvoir se contenir, désormais bleu de froid.

Gasca se dressait entre eux et l'inconnu, et il planta le sauroter de son arme dans la route. Il regrettait un peu de ne pas s'être coiffé du casque de son père.

« Que nous veux-tu ? Dis-le sans détour, car j'ai derrière moi des hommes pleins de bravoure », lança-t-il d'une voix forte, en espérant que les hommes valeureux en question avaient réussi à se lever. Il scruta l'orée des bois, mais rien d'autre n'y bougeait. Pour l'instant, en tout cas, l'inconnu était seul… ce qui n'avait aucune signification particulière. Une vingtaine de ses camarades pouvaient se dissimuler derrière les troncs, pour attendre qu'il eût déterminé combien de personnes ils devraient affronter.

L'homme était grand, autant que Gasca, mais bien moins corpulent. En fait, il paraissait même émacié, famélique. Il avait un chiton élimé et taché, et une couverture roulée en bandoulière comme s'il s'agissait d'un sac. Un couteau se balançait à sa ceinture, au bout d'une ficelle. Une cicatrice scindait sa lèvre inférieure.

« Je ne vous veux aucun mal. J'espérais simplement que vous me feriez profiter de la chaleur de votre feu. »

Les autres hommes vinrent rejoindre Gasca sur le côté de la route, armés de gourdins et de couteaux.

« On le tue ? proposa un des jeunes mariés.

– Il ne nous a rien dérobé et le laisser s'exprimer serait la moindre des politesses », répondit Gasca.

Il était également jeune, ce nouveau venu. À présent qu'ils le voyaient de près ils prenaient conscience qu'il n'était guère plus qu'un adolescent ayant grandi trop vite. Avant de regarder ses yeux, au fond desquels ne se trouvait que de l'indifférence.

Je pourrais le tuer sans qu'il lève le petit doigt, pensa Gasca avant de demander avec plus de douceur qu'il n'en avait l'intention :

« Comment t'appelles-tu ?

– Rictus.

– Quelle est ta cité ?

– J'étais citoyen d'Isca, répondit le jeune homme famélique après quelques hésitations. Avant que tout ne soit rasé. » Son regard se durcit. « Je souhaite seulement vous accompagner jusqu'à Machran. Mes intentions sont honorables et je suis seul. » Il leva les mains, pour leur montrer qu'elles étaient vides.

« Approche du feu et réchauffe-toi, si nous réussissons à ranimer ses braises.

– Isca ? répéta un des marchands. Que s'est-il passé, là-bas ? »

Celui qui disait se nommer Rictus tourna la tête. Ses yeux évoquaient des éclats de fer gris, aussi froids que la mer. « Il n'en reste plus rien.

– Vraiment ? Dieux du ciel. Viens, mon garçon… Viens t'asseoir et nous en dire plus. »

La barrière attribuable à son statut d'inconnu venait d'être abattue. La silhouette menaçante sortie des bois s'était métamorphosée en jeune homme épuisé, en victime. Tous se regroupèrent autour de lui, peut-être ravis d'avoir la primeur de son histoire, un récit à ce jour inédit et narré à la première personne. Gasca s'écarta, en surveillant toujours le nouveau venu. Ce Rictus ne bougea pas. Quelque chose miroita brièvement dans ses yeux, de la souffrance. Il connaissait déjà les affres des regrets, comprit Gasca. Il s'exprima encore. « Permettez-moi de retourner chercher ma lance. »

Tous se crispèrent et il regarda Gasca.

« Va la prendre », accepta ce dernier en haussant les épaules.

Un peu d'humanité apparut finalement dans les yeux du jeune homme qui hocha la tête puis repartit dans la direction d'où il était venu. « Tu ne crois pas que c'est une ruse, que nous avons affaire à un bandit de grand chemin ? » demanda un des jeunes mariés.

Gasca ouvrait la bouche pour répondre quand le plus corpulent des marchands le prit de vitesse.

« Il suffit de le dévisager pour savoir qu'il dit la vérité. J'ai déjà vu de tels yeux. » L'expression du négociant se figea. Le soldat qu'il avait été autrefois réapparut pendant une seconde.

« Nous n'avons rien à craindre de cet homme. Il a payé son tribut à la déesse. »

■■■■

Ils ranimèrent le feu, en ressuscitant la chaleur qui subsistait dans ses vestiges noircis. Puis un apport de morceaux de bois le métamorphosa en brasier et un chaudron en cuivre leur permit de disposer peu après d'eau bouillante dans laquelle ils mirent de l'orge à gonfler. Le campement retrouvait un peu de son allant habituel, même si le nouveau venu, ce Rictus, était séparé des autres par une longueur de bras d'air glacial. Une situation qui prit fin dès qu'un des enfants approcha et finit par s'asseoir avec un air de défi dans le creux de son bras. Rictus en parut sidéré, puis ravi… avant que son expression ne devienne aussi sombre que l'eau d'une cuvette servant aux ablutions d'un maréchal-ferrant. À en juger par son attitude, on aurait pu croire qu'il avait une hampe de lance fichée dans sa colonne vertébrale, et sa froideur était telle que la chaleur du petit garçon blotti contre lui le fit trembler et claquer des dents.

Le plus corpulent des marchands, celui qui venait de démontrer qu'il était un vrai homme, lui lança l'outre de vin.

« Bois à notre santé, à la santé des dieux ! Bois, mon garçon. Verse une libation, si tu le souhaites.

Mais il est impératif que l'alcool emporte ce qui voile tes yeux. »

Rictus saisit l'outre au vol et il but comme si c'était le dernier des actes de son existence. Puis – les joues dilatées par le vin – il en fit couler sur le sol une telle quantité qu'apparut une flaque.

« C'est du gâchis… protesta le négociant le plus maigre.

— Tais-toi », lui intima son collègue. Et Gasca l'approuva de la tête dès que leurs regards se croisèrent. Il y avait des convenances. Il y avait la décence. Il était impossible d'attribuer un prix à chaque chose sans pour autant en connaître la valeur.

Rictus grimaça, tant le breuvage était immonde, avant de regarder Gasca et de désigner de la tête les bosquets s'étendant à l'ouest de la route. « Là-bas, à peut-être deux pasangs, pour ne pas dire moins, huit hommes réunis autour d'un feu de camp s'apprêtent à vous tendre une embuscade. »

Tous en restèrent muets, jusqu'au moment où la proxénète lança : « Tes amis, je suppose.

— Si c'était le cas, serais-je venu vous mettre en garde ? »

Le gros négociant peigna sa barbe avec ses doigts. « Huit, dis-tu ? Pourquoi ne nous ont-ils pas déjà attaqués ? Rien ne vaut l'aube et le crépuscule, pour ce genre d'intervention.

— Ils se sont querellés pour déterminer à qui reviendraient les femmes… les jeunes. Ils allaient s'endormir, abrutis par l'alcool, lorsqu'ils se sont battus à ce sujet. Ils doivent à présent s'armer afin de vous attaquer à un moment ou à un autre de la journée, avant que vous n'arriviez à proximité de Machran. »

Devenus livides, les deux frères se dévisagèrent puis regardèrent de nouveau leurs épouses. L'expression de ces dernières rappela à Gasca une hase qu'il avait autrefois prise au collet.

« Et comment es-tu informé de la teneur de leurs propos ? voulut savoir le plus gros des marchands.

– J'ai également voyagé en leur compagnie. Ils m'ont fait partager leur vin et leur feu.

– Il appartient à cette bande, décréta le commerçant malingre en levant son couteau de table à la lame effilée. Il vient de l'avouer.

– Attends, ordonna son collègue avant de s'adresser à Rictus. Pourquoi es-tu venu nous en avertir ?

– J'ai assisté à trop de massacres… ce genre de boucherie. Je suis disposé à les combattre à vos côtés, si vous voulez bien de mon aide. »

Gasca se leva pour regagner le côté de la route. Le soleil, la puissante Araian, avait quitté son lit et apparaissait dans une profusion de nuages pourpre et or, et l'éclat de la fine couche de neige croissait à chaque instant. Il regarda autour de lui et s'intéressa aux vastes espaces situés au-delà, avant de reporter son attention sur les collines se dressant devant eux de chaque côté de la route, les ruines noir et blanc d'ombres et de neige de la cité de Memnos depuis longtemps déserte.

« Lever le camp s'impose, déclara-t-il. S'ils nous surprennent pendant que nous nous déplaçons, nos chances de survie seront infimes. Nous devons aller vers les hauteurs, nous adosser à quelque chose. Ces ruines… nous pourrons y grimper pour dominer nos adversaires. » Il se tourna encore. « De quel armement disposent-ils ?

– Lances, épées et javelots. Ils n'ont ni arcs ni boucliers, pas même une pelta.

– Sont-ils déjà levés et en chemin ? »

Rictus y réfléchit. Son calme était surnaturel. *Vivre ou mourir le laisse indifférent,* comprit Gasca. *Il souhaite se comporter au mieux de ses possibilités, mais tout le reste importe peu.*

« Ils sont lents, et leur gueule de bois ne doit rien arranger. Vous avez probablement un peu de temps devant vous. Pas une éternité, mais un répit sans doute suffisant.

– Nous allons suivre ses conseils, décida le gros négociant en se levant. Mettons-nous en route.

– Les semer devrait être possible, déclara un des jeunes mariés. Nous sommes à trente pasangs de Machran. Courir sur cette distance est dans mes cordes.

– Et ton épouse ? Et ces enfants ? Si nous nous divisons, ils nous élimineront les uns après les autres. En opposant un front uni sur un terrain qui nous avantage, nous pourrons probablement leur infliger des pertes… peut-être suffisantes pour les inciter à renoncer.

– Tu songes avant tout aux marchandises que transporte ton âne.

– Entre autres choses, effectivement. Fuis, si tu le souhaites, mais n'oublie pas qu'ils sont eux aussi capables de courir. Tu mourras avant le coucher du soleil et ils violeront ta femme puis feront d'elle leur esclave. »

Ils roulèrent leurs couvertures, pendant que les jeunes mariées pleurnichaient et que les peurs de leurs aînés réduisaient les enfants au silence. Sans se donner la peine d'éteindre leur feu, ils partirent vers le sud à une allure soutenue. Handicapé par sa corpulence, le gros marchand les ralentissait et Gasca prit le licol de son âne afin de guider l'animal avec son maître en sueur agrippé à sa queue. Ils quittèrent la route et la progression devint de plus en plus difficile comme ils gravissaient la colline en direction des ruines. Quand l'enfant le plus jeune se laissa distancer, Rictus hissa sur son dos la fillette qui referma ses petits poings dans sa chevelure en arborant un large sourire et en adressant des cris de triomphe à ses jeunes compagnons. Le plus maigre des négociants s'arrêta pour reprendre son souffle et regarder la plaine en contrebas. Il cria, et tous s'immobilisèrent pour tourner la tête. Une petite troupe sortait de sous les arbres pour venir rapidement dans leur direction, des individus noirs comme des corbeaux sur l'étendue de blancheur.

La peur leur donna des ailes. Ils franchirent la voûte massive brisée de ce qui avait été la grande porte de Memnos, en provoquant l'envol d'une nuée de moineaux qui s'y étaient réfugiés. La couche de neige était ici plus épaisse et arrivait aux mollets. Gasca lâcha le licol de l'âne pour s'élancer au pas de course, le dos meurtri par les rebonds de son bouclier et de son casque. Les ruines étaient assez vastes pour qu'ils puissent s'y dissimuler, en évitant ainsi de livrer tout combat, mais ils laissaient derrière eux des empreintes aussi visibles qu'autant de jalons. Il regarda de tous côtés, comme un chien de chasse ayant flairé une piste, et il hocha la tête lorsqu'il localisa ce qu'il avait cherché.

« Les remparts, dit-il en allant rejoindre les autres. J'ai vu un escalier qui permet d'accéder à une section importante, et une tour qui a toujours sa porte. Nous allons y monter. Les hommes défendront le haut des marches pendant que femmes et enfants s'abriteront à l'intérieur.

– Et nos bêtes ? demanda le marchand malingre.

– Elles devront rester en bas.

– Vous voulez me ruiner ! » gémit l'homme sans toutefois proposer une autre solution.

Du haut de la muraille ils pouvaient voir à des pasangs de distance. Leurs assaillants n'avaient pas terminé la pénible ascension de la pente. La route était déserte, ils n'y apercevaient aucun autre voyageur à même de les épauler ou de faire diversion. Le monde était une immense scène illuminée entourée de montagnes, des pics d'où la neige était emportée sous forme de rubans et de bannières dans un ciel limpide, bleu pastel comme un œil de bébé. Seules les forêts de pins apportaient du contraste à l'ensemble, avec les ombres profondes des branches s'étendant au-dessous.

« Regarde », fit Rictus qui était venu tendre l'index à côté de Gasca, les yeux brillants. Machran. Au sud, les montagnes s'ouvraient sur une large cuvette d'une cinquantaine de pasangs de diamètre, un patchwork de bois et de champs dont les secteurs les plus bas épargnés par la neige étaient aussi verts que dans un rêve de printemps. La ville elle-même s'étendait comme une tache indistincte sur le manteau ondulé du monde, une marque ocre d'où la fumée de dix mille foyers s'élevait en un voile grisâtre qui ternissait le ciel. De ces hauteurs on aurait pu croire qu'un homme poussé par un bon vent atteindrait l'agglomération en seulement quelques minutes. Gasca ne put s'empêcher de sourire.

Un cri grimpa vers eux. Leurs adversaires les avaient localisés dans les hauteurs. Il y avait effectivement huit individus aux manteaux noués au-dessus des coudes, coiffés de toques en peau de mouton ou de renard toujours garnies de leurs poils, et chaussés de grandes bottes. Ils avaient des barbes noires, aussi longues et emmêlées que des queues de vache.

« Des hommes-boucs », déclara Gasca. Il avait utilisé le terme péjoratif réservé aux *ostrakr* des hautes-terres des Harukush, ces sauvages censés dormir dans des cavernes et mettre leurs femmes en commun. « Tu as voyagé avec eux ?

– Je les ai rencontrés par hasard.

– Qu'ils ne t'aient pas égorgé m'étonne.

– Ils en avaient l'intention, répondit toujours aussi posément Rictus. Mais Isca a assuré ma formation et ils ont dû renoncer à leurs projets.

– Ah, Isca ! » Gasca avait entendu raconter de nombreuses anecdotes sur les guerriers de cette cité, mais ce n'était pas le moment idéal pour en parler. « Un entraînement qui te sera certainement fort utile, aujourd'hui. »

Ils prirent place au sommet des marches. Elles étaient assez larges pour qu'ils s'y tiennent tous les deux, mais la neige piétinée les rendait glissantes. Gasca se coiffa du casque de bronze de son père et tous les sons furent aussitôt étouffés par le bruit de ressac qui s'y faisait entendre en permanence. Il avait envisagé de ne pas le mettre, mais il savait que cet accessoire impressionnerait leurs adversaires. Il le métamorphoserait en guerrier sans visage, et dissimulerait la peur qui pourrait filtrer dans son regard.

Il délesta son épaule du poids de son bouclier qu'il plaça en équilibre sur son bras. Le chêne recouvert de bronze le protégeait de l'épaule aux cuisses. « Ils utiliseront tout d'abord leurs javelots, dit-il à Rictus. Reste dans mon dos tant qu'ils en auront à leur disposition.

– Je préfère être libre de mes mouvements.

– Comme il te plaira. »

Ils avaient derrière eux le marchand adipeux au visage luisant de sueur ainsi qu'un des jeunes mariés. Venaient ensuite son frère et le second négociant. Seuls Rictus et Gasca avaient des lances. Les autres étaient armés de couteaux et de gourdins, l'éternelle panoplie des voyageurs, un arsenal improvisé dont ils ne pourraient se servir que si l'ennemi atteignait le chemin de ronde.

Un braiment sonore s'éleva. Le marchand maigre jura. Il prononça le nom d'Apsos, dieu des animaux.

« Ils vont dévorer nos ânes ! Ces *hommes-boucs* sont pires que des bêtes. » Les gémissements des enfants leur parvenaient à travers la porte de la tour de guet en ruine qu'ils avaient derrière eux. « Je voudrais que ces morveux perdent leur langue...

– Ce que j'aimerais, c'est que tu perdes la tienne », marmonna son collègue.

Les hommes-boucs se rapprochaient du pied des remparts en surveillant les hauteurs, craignant visiblement de devenir les cibles de leurs défenseurs. Lorsqu'ils conclurent qu'ils n'avaient aucun projectile à leur disposition, ils s'enhardirent et pressèrent le pas. Deux d'entre eux s'entretinrent puis désignèrent Gasca, ce guerrier en panoplie complète qui était aussi immobile et impressionnant que la statue d'un dieu des combats.

« Si j'avais un chiffon rouge sur les épaules, ils auraient déjà décampé », murmura-t-il à Rictus. Il n'obtint pas de réponse de l'Iscan. Malgré la froidure, Gasca était en sueur et le lourd bouclier étirait son biceps gauche. Il avait tué des loups, et vaincu plusieurs hommes lors de rixes, mais c'était la première fois que l'occasion de planter la pointe de sa lance dans le cœur de ses semblables se présentait à lui.

Il sursauta quand Rictus lança avec colère : « As-tu peur ? De quoi as-tu peur ? » Pendant une seconde, il crut que l'Iscan l'avait invectivé et la fureur l'envahit. Puis il prit conscience que l'Iscan s'était adressé à l'homme-bouc le plus proche. Il tourna la tête et vit dans un champ de vision réduit par les fentes oculaires de son casque que Rictus s'était empourpré, que la haine apportait de l'éclat à ses yeux. Il s'écarta aussitôt, une réaction instinctive, comme s'il avait près de lui un chien enragé.

« Est-ce trop difficile que d'affronter des hommes qui ne sont pas désarmés ? N'en êtes-vous pas capables ? Devrons-nous envoyer contre vous des enfants munis de badines pour vous permettre de démontrer votre valeur ? Venez… vous me connaissez ! Vous savez à qui je suis loyal. Montez et goûtez de nouveau à ma lance ! » Rictus repoussa Gasca pour se dresser seul au sommet des marches. Il écarta les bras, les lèvres brillantes de salive, comme pour prier.

Le javelot s'éleva des rangs des bandits regroupés en contrebas. Par un heureux hasard, Gasca le vit malgré l'étroitesse de son champ de vision et il réussit à déplacer latéralement son bouclier. L'arme rebondit en cliquetant sur le revêtement de bronze, qu'elle cabossa.

« Que fais-tu, par tous les dieux ? » cria-t-il à Rictus. Pousser ce dément au bas des marches lui traversa l'esprit.

« *Relève ton bouclier !* » ordonna Rictus qui avait recouvré son bon sens.

Une volée de javelots arriva sur une trajectoire incurvée. Deux rebondirent sur le bouclier de Gasca et le troisième se planta dans le sol, entre ses pieds. Il tressaillit. Sa panoplie lui semblait si lourde qu'il aurait voulu arracher ce maudit casque qui l'empêchait de suivre l'évolution de la situation. Ses fentes oculaires étaient décidément bien trop étroites.

Mais Rictus souriait, à présent. Il tenait dans sa main deux javelots. Leurs pointes légèrement gauchies indiquaient qu'elles avaient été forgées dans du fer des montagnes dont la rigidité laissait à désirer.

« Beau lancer. Il ne me reste qu'à les leur rendre. » Son bras se déplaça et devint indistinct. Il avait enroulé les lanières centrales des armes autour de ses deux premiers doigts et, lorsqu'il le lâcha, le javelot se mit à tournoyer sur son axe en gémissant. Il transperça un des hommes-boucs présents en contrebas, pénétrant sous sa barbe pour ressortir de sa nuque sur un demi-pied. L'homme s'affaissa et ses camarades s'écartèrent comme si la cause de sa mort était contagieuse.

Le second projectile fila vers eux trois secondes plus tard. S'il rata une tête d'une largeur de main, il atteignit une jambe juste au-dessus du genou. La victime glapit, lâcha son arme et referma ses mains sur le membre brisé, la bouche béante et humide.

« La partie est désormais plus équitable, lança un Rictus d'humeur toujours égale.

– La déesse te couvre de son aile protectrice, mon garçon, déclara derrière lui le marchand corpulent.

– Isca a pourvu à mon éducation. Ces imbéciles ne vont pas tarder à se ruer vers le haut des marches. Nous les arrêterons, ils se disperseront et il ne nous restera qu'à les prendre en chasse. D'accord ? » Tous l'approuvèrent, par des marmonnements.

« Ils arrivent », annonça Gasca en levant sa lance vers son épaule.

Une odeur pestilentielle précédait les bandits qui gravissaient sans méthode les marches de pierre enneigées, et les grondements qu'ils poussaient en maniant l'épieu n'avaient rien d'humain. Gasca s'accroupit et para un coup avec son bouclier. L'impact l'ébranla, mais le bois épais et le bronze dévièrent la pointe de la lance. Il inspira par la bouche, une fente ourlée de salive, et toute peur l'abandonna car il n'avait pas de temps à lui consacrer. Il sentit sa propre lance frissonner dans sa main comme il la saisissait à son point d'équilibre et portait un coup vers le bas. Les hommes-boucs tentaient d'engager un corps à corps avec eux, de passer sous leurs lances. L'un d'eux referma le poing sur l'aichme de l'arme de Gasca, qui n'eut qu'à la ramener vers lui pour que le tranchant sectionne quelques doigts. L'homme lâcha prise, en hurlant, et Rictus planta sa propre lance dans sa bouche béante, transformant son râle en horrible gargouillis. L'assaillant bascula en arrière. Derrière lui, deux de ses compagnons rugirent et jurèrent comme son cadavre roulait vers le bas des marches en percutant leurs jambes au passage. Un fouillis de chair puante enveloppée de fourrure et d'yeux brillants. Un craquement comme une hampe se rompait. Ils churent jusqu'au sol, pour se relever d'un bond en proie à une rage de plus en plus grande.

Il en restait trois, dans l'escalier. L'un d'eux avait des yeux de couleurs différentes. Gasca put le voir, le remarquer, et classer cette information. Il ne s'était jamais douté que ses sens étaient aiguisés à ce point. Deux fers de lance montaient vers lui. L'un arriva sous l'orle du bouclier et raya le métal. Gasca perçut une piqûre dans la cuisse, rien de plus. Il abattit sa propre lance et la sentit s'enfoncer dans quelque chose de mou. Il se redressa et remarqua qu'un liquide tiède coulait le long de sa jambe. Frapper, recouvrer son assiette, dévier une autre pointe avec le bouclier… qu'un homme-bouc tenta de saisir après avoir lâché sa lance pour bondir vers le haut en beuglant. Gasca perdit l'équilibre et la peur qui l'envahit fut si intense qu'il crut choir, pendant qu'un autre fluide chaud lui apprenait qu'il avait cessé d'exercer ses volontés sur sa vessie.

À cet instant, Rictus planta la totalité de la lame de son couteau de table dans le cou de l'homme-bouc qui gémit et lâcha le bouclier. Il chercha désespérément une prise sur le manche et bascula en arrière. Gasca allait en faire autant quand il sentit une main agripper le dos de son chiton. Des bras se refermèrent autour de son torse et il renifla une odeur de sueur et de parfum bon marché.

« N'aie crainte, lui dit le gros marchand. Accorde-toi le temps de te stabiliser, mon garçon. »

Gasca se ressaisit et cilla pour chasser des gouttes de transpiration de ses yeux. Son sang avait goutté sur les marches qu'il surplombait et y formait un ruisselet, désormais dilué par son urine. Le mélange dégageait de la vapeur. Tout ce qu'il avait en lui se liquéfiait.

Les hommes-boucs battaient en retraite. Trois d'entre eux gisaient dans la neige, des silhouettes sombres et immobiles, et deux autres tenaient leurs mains plaquées sur leurs blessures pour tenter de ralentir l'hémorragie.

« Je crois qu'ils en ont assez, déclara Rictus.

– Tout a été si rapide », commenta un des jeunes mariés, derrière eux. Il était resté à plus de deux coudées des affrontements, sans y participer. Il n'avait même pas eu à lever un bras. Gasca tenta d'imaginer à quoi devait ressembler un véritable combat, l'affrontement de deux phalanges. La proximité de la violence pour ceux qui étaient si proches des pointes de lance sans pouvoir contribuer pour autant au bain de sang.

« Suivez-moi », ordonna Rictus. Et Gasca crut lire de la joie sur ses traits quand il s'élança vers le bas des marches.

« Non, mon garçon ! cria le marchand corpulent en retenant son chiton comme il l'avait fait avec celui de Gasca. Laisse-les filer. Quand tu te retrouveras à leur niveau, ces bandits n'auront d'autre choix que se battre. Il est probable que tu remporteras la victoire, mais cela ne te rapportera rien de plus et tu recevras sans doute une mauvaise blessure avant la mort du dernier d'entre eux. »

Rictus paraissait soudain très jeune, un enfant boudeur qui se voyait refuser une friandise qu'on lui avait pourtant promise. Il hésita, et son expression s'effaça. Il recouvra son calme et un sourire au demeurant peu agréable. Il écarta en douceur la main que le négociant avait posée sur son chiton, avant de pivoter pour s'adresser à leurs adversaires.

« Ramassez vos blessés et filez !

– Viens te battre, si tu es un homme ! lança un bandit qui avait l'accent guttural propre aux hauteurs des Harukush. On va t'attendre.

– En ce cas, vous mourrez jusqu'au dernier », rétorqua Rictus sans se départir de son étrange sourire.

Les hommes-boucs le dévisageaient. L'un d'eux cracha du sang dans la neige. Puis ils dépouillèrent méthodiquement leurs morts, pendant que l'un d'entre eux montait la garde au bas des marches, prêt à utiliser sa lance.

« Vous vous êtes vaillamment comportés, mes amis, déclara le marchand corpulent. À présent, si la déesse veut bien continuer de nous couvrir de son aile protectrice, nous arriverons à Machran à la tombée de la nuit. Nous n'avons plus rien à redouter de ces individus. »

Dressés sur la muraille, ils regardèrent les hommes-boucs empaqueter les biens de leurs camarades défunts. Lorsqu'ils eurent terminé, trois cadavres désormais nus bleuissaient déjà dans la neige. Puis, sans rien ajouter, les cinq survivants repartirent ; celui qui avait été blessé à la jambe en clopinant pour fermer la marche, la respiration sifflante. Ils atteignirent l'extrémité d'une ruine et disparurent au-delà.

« Ils risquent d'aller nous tendre une embuscade un peu plus loin, déclara Rictus. C'est ce que je ferais, à leur place.

— Vous avez instillé en eux une peur salutaire, toi et ton ami, affirma le gros négociant. Je connais les individus de ce genre. Je suis originaire de Scanion, au cœur des montagnes. Nous les chassions au même titre que les ours. Un passe-temps distrayant, pour qui a le cœur bien accroché. Ils sont vaillants lorsqu'ils sont nombreux et qu'ils trouvent des proies faciles, mais il suffit d'en tuer un pour que les autres perdent tout courage… comme les vorins. Cette meute ne risque plus de nuire, même si je n'ai pas la moindre idée de ce qu'ils sont venus faire si près de Machran. Je n'en avais encore jamais rencontré dans les parages. » Puis : « Eh, mon garçon, il serait grand temps de nous occuper de ta jambe. »

Gasca retira son casque et ferma les yeux pour laisser l'air rafraîchir la sueur sur son front. « Sans toi, ce bandit m'aurait tué. Je suis ton débiteur.

— Ne dis pas de bêtises, fit le marchand. Je vous dois la vie, mes amis.

— Et tu as fait dévier le premier javelot avec ton bouclier, alors qu'il m'était destiné », ajouta Rictus.

Les deux guerriers se dévisagèrent, avant de lever simultanément la main pour la refermer sur l'avant-bras de l'autre : le salut des vétérans, alors que leurs sourires leur donnaient des airs d'adolescents.

« Naturellement, tu t'es pissé dessus », fit remarquer Rictus.

IV
Machran

Selon une légende, tous les Macht étaient autrefois placés sous l'autorité d'un seul et même Roi, un puissant guerrier, un chef au sens de la justice très développé, un architecte visionnaire autant qu'ambitieux. Il avait rassemblé les cités dispersées de son empire pour les relier par un réseau de grandes routes, creusées au prix d'un labeur titanesque à flanc de montagne. Il avait relié Bas Mathon, situé sur la côte, à Gan Cras qui se trouvait au cœur même de la chaîne des Harukush. Il avait fait aménager des milliers de pasangs de routes dans la totalité du monde septentrional, ce qu'on pouvait imaginer de mieux pour accélérer les déplacements de ses messagers, ses représentants et ses armées. Mais de telles voies facilitaient aussi les mouvements de troupes de ses adversaires. Son peuple indiscipliné, aussi impatient qu'intraitable, avait fini par le destituer, raser son palais de Machran et morceler son empire en cent puis deux cents États aux visées différentes. L'une après l'autre, les cités avaient élu leurs propres dirigeants. Elles avaient forgé puis rompu des alliances et s'étaient frayé à coups de massue un passage dans l'histoire, sans accorder trop d'importance aux questions de loyauté. L'Empire des Macht n'existait plus, le concept d'un Roi unique pour toutes les grandes cités des Harukush paraissait désormais fantasque, voire grotesque, une fable tout juste bonne à faire rire dans les tavernes. Mais les routes n'avaient pas disparu pour autant. Certaines avaient été laissées à l'abandon, même si les principales étaient toujours entretenues et empruntées par ceux qui voulaient procéder à des échanges commerciaux, guerroyer et s'accorder les plaisirs de l'errance. Leur créateur était devenu un personnage mythique dont, avec le temps, même le nom avait été oublié. Les stèles érigées pour commémorer cette entreprise avaient été érodées par le vent et la pluie des siècles. La plus grande de ces routes conduisait à Machran, qui avait autrefois été la capitale de cet empire disparu. Même à l'époque actuelle, il s'agissait de la plus peuplée et de la plus fascinante de toutes les cités-états des Macht, et c'était pratiquement la seule à n'être jamais tombée suite à un siège ou un assaut. Les institutions centralisées que les Macht avaient pu avoir en tant que peuple se trouvaient en ce lieu, et les cités rivales y envoyaient des ambassades chargées de missions de médiation, ou chargées d'engager des mercenaires qui grossiraient les rangs de plus en plus ténus de leurs troupes. Car Machran attirait les fainéants, les dépossédés, les aventuriers et les criminels comme nulle autre cité, et tous ces individus étaient à vendre lors des grands marchés d'embauche qui s'y tenaient trois fois l'an. On disait qu'en ce lieu tout était négociable, et qu'un homme pouvait y être acquis et revendu avant même d'en avoir eu conscience.

La route que Gasca et ses compagnons avaient foulée pendant tant de jours s'interrompait au pied des murailles grises de cette cité. Autrefois ornés de parements de marbre blanc, les remparts avaient subi les outrages des siècles et des hommes. Une grande partie du marbre avait été subtilisée, à l'exception de quelques plaques jaunissantes çà et là, des chicots dans une bouche édentée. Les remparts étaient néanmoins impressionnants, peut-être cinq fois plus grands qu'un homme, avec un corps de garde deux fois plus haut encore. Gasca pouvait entrevoir au sommet des tours flanquant les fortifications les armatures de fer et de bois d'anciennes machines de guerre. Balistes, mangonneaux et autres engins qui n'étaient pour lui que des noms à la définition imprécise. La clarté primesautière du soleil rebondissait sur le bronze des casques et des fers de lance des sentinelles qui allaient et venaient dans les hauteurs. La route s'élargissait en un passage boueux pour pénétrer dans le poste de garde aux dalles recouvertes d'une épaisse couche de fange et de déjections attribuables à tous les animaux domestiqués par l'homme. Carrioles, chariots et bêtes de somme étaient entourés par une cohue d'hommes, de femmes et d'enfants qui jacassaient, se menaçaient du regard, s'invectivaient et gesticulaient en semblant sur le point de basculer dans la violence, pendant que les gardes de faction aux portes bâillaient d'ennui et leur faisaient signe de passer, en abattant le plat de leur lance sur la croupe des bêtes les plus indolentes. Gasca, Rictus et leurs compagnons furent absorbés par cette foule, et ils rendirent avec intérêts bourrades et poussées jusqu'au moment où ils eurent laissé derrière eux les échos du poste de garde. Et la cité se dressa alors de façon aussi surprenante que s'ils avaient soudain atteint le bord d'un précipice. Ils s'écartèrent en titubant un peu du passage des hordes qui pénétraient dans Machran et se regroupèrent une dernière fois. Gasca inclinait la tête en arrière pour rester bouche bée sans en être gêné, l'archétype du campagnard venu passer la journée en ville… à condition de faire abstraction de sa panoplie. Enfin, estima-t-il, au moins n'y a-t-il pas ici un ruisseau de merde qui suit le milieu de chaque rue. Les membres de leur caravane se dispersèrent. La proxénète embrassa Gasca sur la bouche puis gloussa et s'éloigna d'un bon pas, avec toute sa marmaille désormais assujettie à sa taille par quelques longueurs de corde. Ces enfants étaient toutefois à tel point intimidés par la grande cité qu'ils s'agrippaient à ses jupes, comme elle les conduisait au marché aux esclaves du quartier de Goshen. L'un d'eux se tourna et agita la main à l'attention de Gasca, les yeux écarquillés par l'appréhension dans un visage noir de crasse. Les jeunes mariés vinrent lui serrer la main l'un après l'autre, en comprimant ses doigts comme le voulaient les usages des artisans. Leurs épouses avaient remis leurs voiles, la décontraction de mise sur la route appartenant désormais au passé, et elles se montraient aussi réservées que des matrones. Le moment n'était plus aux petits cris aigus poussés sous les couvertures à côté d'un feu de camp. Le marchand émacié s'adressa rapidement à son collègue puis s'éloigna sans dire un mot aux hommes qui avaient versé leur sang pour assurer sa protection. Peut-être était-il toujours affligé par la perte de son âne.

« Un ingrat sans savoir-vivre, marmonna Rictus.

– Vous resterez avec moi jusqu'à ce que vous puissiez vous déplacer sans problème, déclara l'autre marchand. Je n'accepterai aucun refus. Vous allez vous rendre rue des Lampes, dans le quartier de la Colline ronde, et entrer à la Bourse du Mendiant, juste à côté de l'amphion, la tribune de l'orateur. Vous n'aurez qu'à dire au propriétaire que vous êtes les invités de Zénon de Scanion, ce qui vous permettra d'économiser quelques oboles. J'irai vous y retrouver plus tard, et nous nous rafraîchirons le gosier en célébrant comme il se doit la défense de Memnos.

– Zénon de Scanion, répéta Gasca en souriant. Nous n'y manquerons pas.

– Ah ! À plus tard, en ce cas. Mais soyez prudents, mes amis. Si on ne trouve pas d'hommes-boucs dans les parages, les chacals sont ici innombrables. Gardez constamment une main sur votre bourse et l'autre sur un bon couteau. »

Zénon - ils savaient enfin comment s'appelait cet homme - les quitta sur un clin d'œil et un geste de la main. Il ployait sous un lourd fardeau, car, si les bandits avaient massacré les bêtes de bât, ils n'avaient pas eu le temps de s'approprier tout ce qu'elles transportaient.

Ce fut en le suivant des yeux que Rictus et Gasca allèrent se placer sur le côté, pour laisser s'écouler le torrent d'humanité. De toutes parts, telles des falaises blanches, se dressaient des maisons aux parements de marbre qui couvraient les rues de leur ombre, les transformant en étroits chenaux dans lesquels la population de l'agglomération s'engouffrait et engendrait des tourbillons avant de se scinder. Rictus et Gasca n'étaient plus que des brindilles dans un étier, un court instant bloqués au même endroit par leurs hésitations, quand ce fleuve de vie se tarit brusquement.

« C'est l'Empirion, déclara Gasca en tendant le doigt. J'en ai entendu parler. Gestrakos en personne y a fait ses discours, bien avant la fondation de ma cité. » Il indiquait une statue d'or perchée au sommet d'un dôme blanc reflétant le soleil, une construction qui paraissait issue d'un rêve, et il était inconcevable que ses fondations puissent s'enfoncer dans le même sol que celui sur lequel ils se trouvaient.

Des charrettes à bras passèrent avec fracas, en convoi, croulant sous des monceaux de nourriture. De jeunes garçons les tiraient, pendant que leur père ou leur frère aîné marchait juste à côté pour donner des coups de badine en bois d'olivier sur les doigts des passants malhonnêtes. Machran avait un vaste arrière-pays, certaines des terres les plus fertiles appartenant aux Macht. C'était une région célèbre pour ses oliviers, ses figuiers et ses vignes. Le seul secteur dans les Harukush où il n'était pas nécessaire d'adoucir le vin en l'additionnant de résine de pin, disait-on.

« Il y a ici tant de gens, commenta Gasca. Toute l'Assemblée de Gosthere pourrait se réunir uniquement dans cette rue. Mais je ne vois aucun manteau rouge. Où peuvent bien se trouver les mercenaires ?

— Nous devrions poser la question à quelqu'un », répondit Rictus sans prendre pour autant la moindre initiative. Il restait figé sur place, étrangement intimidé par les dimensions de l'agglomération, la foule grouillante de ces gens qui ne lui accordaient pas un salut, pas même un regard, et qui semblaient tous avoir un lieu important où se rendre. « Que dirais-tu d'aller où nous conduisent nos pas ?

– Excellente idée, approuva Gasca avec amertume. Pour quelqu'un qui n'a pas à se coltiner le poids d'une panoplie et du fil cousu dans sa jambe.

– Passe-moi ton bouclier, en ce cas. Nous nous déplacerons à ton allure.

– Un invalide ! grommela Gasca en lui remettant néanmoins le bouclier de son père. Voilà une recrue que tous les centurions devraient s'arracher !

– L'entaille est très propre, et elle devrait se cicatriser rapidement. Tiens, regarde la mienne. » Rictus souleva l'ourlet de son chiton malpropre pour montrer à Gasca la balafre purpurine qu'il avait sur les côtes. Il en suintait toujours des fluides clairs et elle ne semblait pas vouloir se refermer.

« L'as-tu reçue il y a longtemps ? lui demanda Gasca, sous le choc.

– Assez pour que je souhaite m'en passer. Viens, allons chercher une personne capable de nous dire où et comment sont recrutés les mercenaires. Cet endroit commence lui aussi à me lasser. » Ils se frayèrent un chemin dans la cohue, de simples brindilles au cœur des tourbillons. Rictus avait pris la tête, et il utilisait le renflement hémisphérique aplati du bouclier pour écarter les imprudents de son chemin. Qu'ils soient tous deux des montagnards de grande taille facilitait leur tâche. La plupart des Macht étaient ici plus petits et plus sombres tant de teint que de chevelure. Mais les femmes étaient incontestablement très belles et elles ne voilaient pas leur visage en public comme le voulait l'usage dans les montagnes. Elles se déplaçaient dans les rues aussi librement que les mâles, allant jusqu'à révéler à l'occasion leurs bras et même leurs jambes. Entre les passants et les charretiers il y avait d'étranges caisses closes aux fenêtres masquées par un rideau et déplacées par des hommes qui tenaient leurs brancards. Rictus se demanda ce qu'elles contenaient, avant qu'un rideau ne s'écarte pour permettre à une grosse femme d'une pâleur extrême d'injurier ses porteurs en agitant un doigt boudiné lesté de bagues. Il éclata alors de rire, car il n'avait encore jamais vu qui que ce soit voyager dans une boîte. Mais c'était Gasca qui pouvait voir le plus loin, car il était plus grand que la plupart des autres, et il tirailla la manche de son compagnon pour l'inciter à s'arrêter au milieu d'une large avenue bordée de colonnades. De chaque côté s'élevait le fracas du métal sur le métal : entre les piliers se trouvaient de nombreuses échoppes dans lesquelles un forgeron à la peau noire martelait du fer sur la petite enclume devant laquelle il était assis en tailleur. Il ne s'agissait pas de maréchaux-ferrants ou d'armuriers mais d'orfèvres, et ils utilisaient leurs outils pour repousser des motifs délicats sur des feuilles d'argent qui deviendraient des objets n'ayant pas d'autre utilité que décorer la maison d'un nanti.

« Regarde, Rictus… Droit devant. Le vois-tu ? »

L'Iscan prit appui sur sa lance - dont le bout commençait à se fendiller - pour scruter ce que lui dissimulaient les passants. Une silhouette noire, comme une ombre projetée un jour de grand soleil.

« Un porte-fléau. Qu'a-t-il de particulier ?

— C'est le premier que je vois.

— Vraiment ? Tu n'as guère voyagé, en ce cas.

— Si mes yeux ne me trompent pas, il a un manteau écarlate… j'en ai tout au moins l'impression.

Nous devrions l'aborder. Est-ce possible ? Convenable ?

– Ce n'est pas un dieu mais un simple mortel qui a hérité de la panoplie de son père. Viens ; s'il a effectivement un manteau écarlate, nous entretenir avec lui s'impose.

– Où as-tu déjà eu l'occasion de voir un porte-fléau ? demanda Gasca dont l'enthousiasme avait été refroidi par le flegme de son compagnon.

– Il devait y en avoir une demi-douzaine, à Isca. Des commandants de mora, principalement. »

Ce fut assez brutalement qu'ils se faufilèrent dans la foule, ce qui leur attira maints regards courroucés. « Tête en paille ! » cria un homme, une très vieille insulte. Rictus sourit et vit blêmir l'imprudent. Il continua sa route mais en utilisant désormais le bouclier avec moins de vigueur. Sur le côté de son chiton le sang se répandait sous forme de petits cercles et une pellicule de sueur faisait briller son front.

« Porte-fléau… un mot si tu nous y autorises », lança-t-il en voyant leur objectif prendre de l'avance sur eux, car les passants s'écartaient dès qu'ils remarquaient sa cuirasse noire.

Le militaire s'arrêta et se tourna. Originaire des basses-terres, il était plus petit qu'eux et entre deux âges, avec une barbe poivre et sel et des yeux enfoncés. S'il était désarmé, il avait effectivement un manteau écarlate fixé par une fibule sur son épaule droite, et dont il gardait l'extrémité inférieure enroulée autour de son avant-bras gauche. Sans dire un mot, il toisa Rictus et Gasca de la tête aux pieds avec une expression de maquignon sur le point de faire l'acquisition d'un cheval. Les deux hommes restèrent silencieux, se sentant jaugés et incapables de trouver leurs mots.

■■■■

Le porte-fléau était confronté à deux adolescents sur le point de devenir des hommes. Ils auraient pu être frères, avec leur teint clair et leurs cheveux blonds, le propre des montagnards. L'un avait les iris gris, l'autre bleus. Ce dernier était plus large d'épaules, plus corpulent, avec un visage ouvert et jovial. Son compagnon paraissait avoir grand besoin de se sustenter et de se reposer. Une connaissance du monde durement acquise privait ses yeux d'éclat.

« Quel mot ? » demanda finalement le porte-fléau. Il avait des sourcils drus aussi noirs que la suie et beaucoup plus mobiles et expressifs que sa bouche, une simple fente aux lèvres étroites abritant des dents gâtées au milieu de sa barbe.

C'était à Rictus de répondre, car Gasca ne pouvait détacher le regard de la cuirasse qui paraissait absorber toute la lumière du jour, d'une noirceur de ciel de minuit s'apparentant à un trou dans le tissu de l'après-midi. Il s'agissait d'un Divin Fléau, une de ces vieilles armures datant des origines des Macht en tant que peuple. Nul ne savait comment elles avaient été créées, mais la légende voulait que Gænion le Forgeron eût parié avec Dieu Lui-même qu'il pourrait façonner une noirceur telle que même le regard de son épouse ne réussirait pas à la pénétrer. Une épouse qui n'était autre qu'Araian, le soleil, bien connue pour sa curiosité et son indolence. Lorsqu'elle se levait, ses yeux découvraient toute chose, et le soir venu – quand elle quittait le ciel de Kuf - elle s'empressait d'aller raconter à l'Être Suprême tout ce qui s'était passé ce jour-là. Gænion remporta son pari, mais Dieu prit la matière noire qu'il avait forgé pour la donner à Antimone, la déesse du Voile, car elle était amoureuse des ténèbres et ses deux fils, Phobos et Haukos, aimaient monter les chevaux de l'air dès qu'Araian avait quitté le ciel pour regagner son lit.

Antimone tissa donc la noirceur filée par Gænion pour en faire un chiton et vêtir le premier des Macht, un certain Ask, que Dieu avait déposé nu et effrayé à la surface de Kuf. Prise de pitié, Antimone lui remit ce chiton en guise de protection car, bien que souple et léger, le tissu de Gænion était encore plus impénétrable que la roche. Quand Dieu apprit ce qu'Antimone avait fait de Son présent, Il se mit dans une rage folle. Il avait souhaité qu'Ask et les siens traitent les autres humains avec la courtoisie découlant de leur vulnérabilité. Mais Ask n'avait plus peur de rien depuis que le présent d'Antimone assurait sa protection, et il voulut imposer ses volontés à toutes les autres créatures divines. Et ainsi, à cause de la sensibilité d'Antimone, l'ensemble de la Création fut-il mis en péril. Dieu maudit alors la cuirasse noire d'Antimone, dressa tous les peuples de Kuf contre Ask et les siens, et Il décréta que les Macht ne pourraient jamais vivre en paix malgré leurs capacités guerrières sans égales. S'ils disposaient de cette cuirasse noire, ils devraient constamment en faire usage car ils paieraient avec leur sang leur soif de conquête. Antimone fut également punie. Elle avait cédé à la pitié, fauté par bonté d'âme, et Dieu l'exila sur Kuf afin qu'elle veille sur les Macht dans toutes leurs épreuves au fil des millénaires. Elle prédirait le destin de ceux qu'elle aimait, sans rien pouvoir changer à leur avenir, et elle verserait ainsi des torrents de larmes amères car elle assisterait à tous les crimes que l'homme perpétrerait au cours de son occupation de la terre. Ses fils, Phobos l'aîné et Haukos le cadet, demandèrent à la suivre sur Kuf, mais Dieu l'interdit afin de compléter cette punition. Aussi s'en rapprochèrent-ils le plus qu'ils l'osaient, guidant leurs grands destriers noirs dans les ténèbres nocturnes dès qu'Araian quittait le ciel et ne pouvait plus rapporter leurs faits et gestes à Dieu. Phobos nourrissait de la haine envers les Macht parce qu'ils étaient la cause de l'exil de leur mère, et sa face blanchâtre baissait sur eux un regard lourd de reproches depuis les profondeurs de la nuit. Mais Haukos avait hérité de la compassion et du teint d'Antimone, et c'était à lui que les humains s'adressaient pour lui demander d'intercéder auprès d'elle, et par voie de conséquence auprès de Dieu.

Telle était la légende.

Quelles que soient leurs origines, on dénombrait environ cinq mille de ces cuirasses, et ceux qui les mettaient étaient appelés les porte-fléau. L'armure était transmise au sein d'une famille de siècle en siècle, même si bon nombre avaient changé de mains sur des champs de bataille. Aucune n'avait été cédée volontairement, et une cité pouvait faire l'objet d'une guerre parce qu'on y trouvait une seule cuirasse noire. Certains soutenaient que ces objets sans âge et indestructibles contenaient l'essence même des Macht en tant que peuple, et que l'humanité elle-même y perdrait s'ils venaient à disparaître. « Nous avons vu ton manteau écarlate et estimé que nos services pourraient t'intéresser », déclara Rictus au mercenaire.

L'homme inclina la tête. « Même si c'était le cas, je n'engagerais personne en pleine rue. Et je n'apprécie guère d'être importuné par des enfants aux gencives encore humides du lait de leur mère. » Il haussa un sourcil de façon moqueuse, même s'il demeurait empreint de gravité.

Gasca avança d'un pas, mais Rictus abaissa sa lance pour lui barrer le passage. « Je te comprends parfaitement, et je te prie de nous excuser, déclara-t-il au porte-fléau. Cependant, serais-tu disposé à nous dire… où nous devons nous rendre pour chercher un engagement ?

– On ne peut pas considérer que tes excuses ont été spontanées, mon garçon, fit son interlocuteur en souriant néanmoins. Vous cherchez donc du travail ? En tant que mercenaires ?

– Oui, porte-fléau.

– Est-ce là toute la panoplie dont vous disposez ?

– Nous avons sur nous la totalité de nos biens. Mais je puis t'affirmer que nous en avons toujours fait bon usage.

– Je n'en doute pas. C'est cependant insuffisant pour vous prendre tous les deux dans une phalange. L'un de vous, peut-être, mais l'autre devra se contenter d'un statut de gymnète ou d'assistant. Allez jusqu'à la porte nord, celle qu'ils appellent de Mithannon. Vous verrez à l'extérieur des murs une place entourée de tentes et de cabanes. C'est là qu'ils engagent les combattants, dans cette cité.

– Je te remercie », répondirent à l'unisson Rictus et Gasca, les yeux brillants comme des enfants auxquels un adulte venait de promettre un monceau de friandises.

L'homme gloussa. « Vous vous êtes adressés à la tête du serpent. Une fois là-bas, précisez que c'est Pasion de Decanthe qui vous envoie, ce qui devrait vous faciliter les choses. Mais il est bien tard dans la journée pour tenter de vous vendre. Attendre l'aube prochaine vous vaudra sans doute un accueil plus chaleureux.

– Merci, répéta Rictus.

– Tu viens d'Isca, pas vrai ?

– Je… Comment le sais-tu ?

– Ta façon de soutenir mon regard. La plupart de ceux qui ne portent pas l'écarlate baissent systématiquement les yeux, en face d'un porte-fléau. Tu as en toi l'arrogance propre à ceux qui ont tes origines. Mentionne-le, lors de l'entretien d'embauche… Ça ne peut que te servir. Maintenant, je dois vous laisser. »

Il les salua de la tête puis se détourna et repartit dans la foule, qui s'ouvrait devant lui comme s'il était un pestiféré. « La chance nous sourit, déclara Gasca. C'est la déesse qui nous a guidés jusqu'à cet homme, cela ne fait aucun doute. Et j'ai finalement pu voir un Divin Fléau.

– Je n'ai pas voyagé jusqu'ici pour devenir un vulgaire serviteur, marmonna Rictus.

– Allons à l'auberge mentionnée par ce marchand. Nous nous y installerons et chercherons demain à nous joindre à une compagnie. Nous pourrons enfin manger, boire, nous laver et coucher dans un lit. »

Rictus sourit. Il paraissait très las, plus âgé qu'il ne l'était, tenaillé par la faim et de pénibles souvenirs.

« En ce cas, passe le premier et reprends ton bouclier… tout doit être équitable, pas vrai ? »

■■■■

Le Mithannon était orienté vers le nord et le fleuve Mithos, un miroitement grisâtre d'eau froide descendue des montagnes qui longeait les murailles de la cité sur cinq ou six pasangs. Ici, la plaine avait depuis longtemps été aplatie et tassée en une cuvette autour de laquelle s'entassaient des rangées irrégulières de baraques en bois et de stalles, de tentes en peau rendues semi-permanentes par l'ajout de murs de bouse, et des centaines d'abris brinquebalants au toit peu élevé improvisés avec la complicité d'une impensable diversité de matériaux. On aurait pu penser à une copie parodique de la cité elle-même, mais il suffisait de regarder tout cela de plus près pour constater que ce camp fait de bric et de broc obéissait à des règles. Il y avait des secteurs bien distincts, délimités pour certains par des peaux non tannées et des cordes de chanvre tendues sur des piquets. Drapeaux et bannières claquaient de toutes parts, recouvrant tout cela d'une pompe héraldique peinte sur les poteaux, barbouillée sur les planches de guingois des baraques et des cabanes. De partout, dans ces semblants de rues à peine esquissées, se déplaçaient des groupes et des files d'hommes aux tenues rouges de toutes les nuances. Il s'agissait d'un centre de recrutement, d'un champ de manœuvre, d'un marché et d'une demi-douzaine d'autres choses encore. Ici, des hommes pouvaient entrer dans les libres compagnies, ces soldats qui vendaient leur lance au plus offrant et ne devaient allégeance qu'à leurs compagnons d'armes.

C'était dans le quartier de la ville le plus proche du Mithannon qu'on trouvait la plus grande concentration de tavernes et de bordels de tout Machran. Ici, l'architecture élégante dégénérait en une ruche labyrinthique de constructions bâclées, faites de briques et de pierre brute, recouvertes de roseaux provenant des berges du fleuve et non de tuiles rouges, privées de fenêtres et fréquemment de porte. Ici, les hommes avaient gagné de l'espace vital dans le sens de la hauteur faute de pouvoir empiéter sur les ruelles grouillantes qui cernaient le secteur. En levant les yeux de ce bourbier bruyant, on aurait pu croire que les immeubles se penchaient les uns vers les autres pour bénéficier de leur soutien réciproque, et un maçon ayant l'habitude de travailler avec un fil à plomb aurait probablement regardé de toutes parts en proie au désespoir.

Là-haut, dans le nid d'hirondelle d'une de ces bâtisses, se trouvait une chambre d'où il aurait été possible de cracher sur la tête des buveurs réunis au rez-de-chaussée, tant les lattes du plancher étaient disjointes, mais l'ensemble ne s'effondrait pas, entêté et bancal, animé par la Babel que le vin fait jaillir de la bouche des hommes. C'était un lieu où les conversations pouvaient être criées sans que ceux présents à une longueur de bras ne leur trouvent un sens.

« Quand Phiron reviendra-t-il ? » demanda Orsos de Gast, un homme qui portait sur son visage les stigmates de tous les crimes un jour commis par des hommes. Ses amis l'appelaient le « Taureau », tout comme ses ennemis. À présent, ses yeux enfoncés brillaient de méfiance. « J'ai reçu une offre d'Akanos, pour moi et mon centon. Le temps c'est de l'argent, Pasion. Les promesses n'ont jamais rempli la moindre bourse. »

Le porte-fléau nommé Pasion suivit du regard la longue table mouchetée de taches de vin. Vingt centurions y étaient assis, portant tous le chiton rouge délavé des mercenaires. Chacun d'eux était un guerrier redoutable ; tous ensemble, ils constituaient un groupe terrifiant. Nul n'avait touché au pichet d'eau posé au centre de la table. Pasion n'était pas du genre à mettre du vin à leur disposition avant la fin des tractations.

« Il se trouve en Sinon, répondit-il avec désinvolture. Où il apporte les dernières touches à nos accords. Avec de bons vents et un temps clément, il nous aura rejoints dans moins d'une semaine. Que t'arrive-t-il, Orsos ? Aurais-tu des difficultés à convaincre tes hommes de rester fidèles à nos couleurs ?

– Pas depuis que j'ai cessé de chier le lait de ma mère, rétorqua le Taureau en suscitant des grognements amusés sur le pourtour de la table.

– Alors, fais montre d'un peu de patience. Par la miséricorde de la déesse, il s'agit de l'offre la plus généreuse de toute ton existence et tu ergotes pour quelques jours d'attente ? Si tout arrive à bon terme, nous serons riches comme des rois. »

L'avidité réchauffa l'air ambiant. Les hommes se penchèrent en avant ou en arrière, en fonction de leur humeur, et les chaises craquèrent sous le poids de ces masses de muscles balafrées. Le fracas rauque et brouillon de la taverne grimpait entre les lattes du plancher. « C'est une belle armée que lève ton Phiron », lança un individu maigre comme la lanière d'un fouet, avec un unique sourcil noir qui allait d'un bout à l'autre de son front au-dessus de deux yeux plus brillants que ceux d'un merle. Avec son bouc soigneusement taillé et ses lèvres constamment humides, c'était un individu auquel nul père sain d'esprit n'eût confié sa fille.

« On dit que ce n'est que la pointe de la lance. Je me réfère à notre petite réunion. Il y aurait bien d'autres tractations de ce genre, là-bas en Idrios, et également à Hal Goshen. Nous sommes près de deux mille à porter l'écarlate, ici à Machran, et c'est le plus important rassemblement de guerriers à louer dont j'ai entendu parler. Qui pourrait se permettre de payer une telle multitude à se tourner les pouces pendant des semaines, comme s'il avait autant de pièces d'argent qu'on trouve de grains dans un sac d'orge ?

– Le nom de notre employeur doit rester confidentiel, lança sèchement Pasion. Pour l'instant, en tout cas. C'est une des clauses du contrat. En empochant l'avance, tu as accepté toutes les conditions, Mynon.

– Si tu n'as pas l'intention de t'emparer de Machran, mieux vaudrait en informer le Kerusia local, déclara d'une voix modulée d'aède un individu à la peau sombre et aux yeux noisette. Ses membres sont plus nerveux que des vierges le soir de leurs noces, et ils se demandent si tu n'as pas des visées sur leur vertu. On parle même de la constitution d'une Ligue des cités de l'arrière-pays : Pontis, Avennos, etc. Nul n'apprécie de voir tant de nos semblables réunis si longtemps au même endroit.

– C'est entendu, Jason, déclara Pasion. J'irai leur en toucher deux mots. Mes frères, vous devez tenir vos hommes hors des murs, à l'intérieur du campement. Nous ne pouvons pas nous permettre d'avoir des accrochages avec les responsables de cette cité. » Un grondement fit le tour de la table. Mécontentement, impatience. L'air crépitait d'irritabilité contenue.

« Il y a près d'un mois que mon centon ronge son frein », déclara un centurion âgé à la barbe blanc et jaune comme la neige sur laquelle on venait de pisser, et aux yeux aussi froids que ceux d'un poisson mort. Il s'agissait de Castus de Goron, peut-être le plus redoutable de tous. « J'ai déjà perdu onze hommes : deux blessés dans des rixes, un condamné à la pendaison par les juges locaux et huit que l'inaction a chassés. La plupart d'entre vous pourraient en dire autant, à des degrés divers. Ce ne sont pas des agneaux dont nous avons la garde. La patience de mes hoplites a ses limites, Pasion. Où comptes-tu nous conduire sous les yeux de Phobos, si tu ne nous as pas convoqués ici pour nous emparer de Machran ? Le Kerusia local lèvera huit mille lances, avec le temps. Si tu souhaites attaquer, il faut que ce soit le plus rapidement possible, avant que ces paysans ne se ressaisissent. »

Il y eut un murmure approbateur et Pasion abattit son poing sur le plateau de la table. « Machran n'est pas notre objectif, répéta-t-il avec calme et ardeur à la fois. Pas plus qu'une des cités de l'arrière-pays. Fourre-toi cela dans le crâne, et débrouille-toi pour en convaincre tes hommes. Comme tous les autres, tu as accepté mon argent, ce qui fait de moi ton employeur. Si tu refuses de respecter tes engagements, rembourse cette avance et laisse-nous. Va exercer tes talents dans le nord du pays, là où se seraient produites diverses escarmouches. J'ai entendu dire qu'Isca a été mise à sac, et qu'il n'y a plus là-bas un seul soldat. Va violer des chevrières et te gargariser du massacre de quelques fils de fermier, si ça te chante. Ceux qui resteront avec moi auront des adversaires dignes de ce nom à offrir à leur aichme, des combats tels que nul être vivant n'en a encore jamais vu dans les Harukush. Restez fidèles à nos couleurs, mes frères, et je vous promets que nous écrirons l'histoire. »

Les centurions baissèrent les yeux sur la table tachée de vin, en fronçant les sourcils. « Tu ne manques pas d'éloquence, déclara finalement Mynon. Ce sont de belles paroles que j'ai gravées dans mon esprit et que j'admire. Tu as toujours su manipuler habilement les mots, Pasion, même à l'époque lointaine d'Ebsus. Tu aurais réussi à nous faire croire que notre merde sentait la rose, si tu l'avais souhaité, mais nos barbes ont blanchi et pour nous la rhétorique est comme une femme entre deux âges. L'admirer et faire le joli cœur avec elle ne signifie pas qu'on se laissera mettre le grappin dessus. Suis mon conseil et exprime-toi franchement, si tu ne veux pas te retrouver avec du sang au bout de ta lance. » Quelqu'un éclata de rire et il y eut un chœur d'assentiments. Pendant que Pasion baissait les yeux sur la table, il prit conscience que Mynon avait raison. Les mercenaires supportaient maintes choses et, contrairement à un mythe répandu, ils ne désertaient pas dès que leur solde tardait à être réglée. Il était possible d'inciter ces hommes têtus comme des mulets, fiers comme des princes et sentimentaux comme des pucelles, à rester fidèles à l'écarlate pour d'autres motivations que l'argent. Ils croyaient parfois aux promesses, si ces dernières avaient de quoi les séduire et flatter leur vanité. Tous avaient un sens de l'honneur propre à leur profession, qui leur inspirait une fierté farouche. Il n'y avait d'ailleurs pas lieu de s'en étonner. Couvrir ses épaules du manteau écarlate faisait d'un homme un *ostrakr*, brisait tous ses liens avec la cité où il avait vu le jour. C'était une nécessité, faute de quoi les obligations envers les divers belligérants auraient provoqué l'éclatement de n'importe quel centon. Pour compenser cette perte, les mercenaires avaient leurs camarades. Tout en détenant l'autorité, un centurion ne pouvait accepter un engagement avant que ses hommes n'aient voté en ce sens. C'était une règle écrite en petits caractères, et elle apportait à chaque compagnie la cohésion et la fraternité dont tous avaient besoin. Pour mettre sa lance à la disposition du plus offrant, il fallait rejeter ses ancêtres, ses souvenirs, son lieu de naissance, mais on était en retour admis au sein de cette fraternité virile et on avait alors un autre idéal à défendre. Une cité miniature mouvante, bardée de bronze et entièrement dédiée aux arts de la guerre.

« Entendu, déclara finalement Pasion. Puisque vous vous moquez de la rhétorique, je vais vous communiquer des faits. Encore des mots, me direz-vous, mais quant à eux gravés dans le métal. Ce que je vous révélerai devra impérativement rester entre ces murs. » Il regarda la table d'un bout à l'autre, pour s'assurer d'avoir retenu l'attention de chacun d'eux. S'il avait été un peu moins impatient, sans doute aurait-il apprécié la situation, tous ces hommes suspendus à ses lèvres, attendant les paroles qu'il déciderait de prononcer ou de taire. « Nous ne nous sommes pas réunis parce que nous convoitons une cité. Notre but consiste à constituer une armée, une armée véritable et entièrement composée de mercenaires. Mes frères, un long voyage nous attend, et sa destination est lointaine, bien au-delà des Harukush. »

Il y eut un silence pendant qu'ils assimilaient le sens de ses paroles.

« Mes frères, nous allons…

– *Par Phobos !* s'exclama Orsos d'une voix forte. C'est dans l'Empire que tu as l'intention de nous conduire ! »

V
Revêtir l'écarlate

Pour Jason de Ferai, le fracas qui s'élevait chaque matin du champ de manœuvres était une épreuve dont il se serait volontiers passé. Tout en faisant glisser sa langue sur la voûte de son palais, il tendit une main à la recherche du pichet et l'autre vers sa taille où pendait une bourse aussi flasque qu'un pénis de vieillard. Il vida le contenu du pichet sur sa tête après avoir bu une gorgée d'eau en espérant qu'elle emporterait le goût rance qui s'était incrusté dans sa gorge, ce qui incita celle qui partageait sa couche à se redresser et à pousser un petit cri suraigu.

« Ce n'est que de l'eau, ma douce. Tu as été couverte de bien pire, la nuit dernière. »

Elle se frotta les yeux, une fille au demeurant assez jolie à laquelle il n'avait pas pris la peine de demander son nom. « Le jour n'est pas encore levé. Tu peux rester au lit pendant un autre tour de sablier, si tu le souhaites. »

Jason se redressa et déposa un baiser sur sa nuque. « Considère cela comme un bonus. Un moment de vrai repos. » Elle lui lança le bout de tissu rouge lui servant de chiton et l'imita, en s'étirant. « Fais comme tu veux. »

Jason se leva et la chambre effectua l'embardée matinale propre aux lendemains de beuveries. La fille battait déjà le briquet, avec une maladresse attribuable à son inexpérience. Il lui prit les pierres des mains et souffla sur l'étincelle qu'il fit jaillir du premier coup, avant d'allumer la lampe à huile. Le semblant de clarté grisâtre qui précède l'aube fut chassé. La nuit était revenue dans la chambre. Il pinça les fesses d'albâtre rebondies de celle qui avait partagé sa couche. « Il reste du vin ?

– Le fond de l'outre que tu as achetée et payée.

– Comme toi.

– Comme moi.

– Joins-toi à moi pour une gorgée. »

Ils se rassirent, nus et détendus, et il fit gicler le breuvage noir dans une bouche puis l'autre.

« Alors, c'est pour quand ? demanda-t-elle en glissant les doigts sous son collier d'esclave.

– De quoi parles-tu ?

– De vos préparatifs.

– J'aimerais le savoir. Qu'est-ce qu'on raconte, dans ton bordel ? »

La fille bâilla. Elle avait des dents bien saines, blanches comme celles d'un chiot. « Oh, que Machran va subir l'attaque de toutes vos compagnies et être mise à sac jusqu'à la dernière obole !

– Ah, ça peut encore attendre ! »

Brusquement sérieuse, elle agrippa son avant-bras hâlé modelé par les muscles. « Quand cela se produira, j'irai me dissimuler pour t'attendre, si tu le souhaites. Je te prendrai pour maître. »

Il sourit et se releva. « Tu en serais capable, pas vrai ? Mais ne va surtout pas te cacher pour moi. » Il préleva dans sa bourse une demi-obole en bronze qu'il lui lança d'une pichenette. Elle la saisit au vol, et la fit disparaître dans son petit poing blanc.

« Ne sais-tu pas ce qu'est la guerre, fillette ? »

Elle baissa la tête, une crinière noire et grasse. « Ça ne peut pas être pire que ceci. »

Il souleva son menton du bout de l'index, et toute trace de gaieté avait déserté son visage.

« Ne souhaite jamais assister à une guerre. Il n'existe rien de plus épouvantable, et celui qui en a été témoin ne peut le chasser de son esprit. »

■■■■

Buridan l'attendait, fidèle comme un chien, et ils s'éloignèrent côte à côte vers le Mithannon au milieu des rassemblements de mercenaires vêtus de rouge qui allaient se présenter à l'appel en titubant un peu. Il y avait dans l'air de la bruine, mais elle se dissipait déjà et Phobos quittait le ciel au galop sur son destrier noir, loin derrière son frère.

« Dieux, c'est suffisant pour souhaiter que les troupes se remettent en marche ! » gémit Jason en pataugeant dans une saleté innommable avec ses épaisses sandales ferrées et en écartant de son chemin les plus amorphes des ivrognes. « C'est la dernière fois qu'ils ont pu bénéficier de tant de liberté car Pasion a donné l'ordre de les consigner à l'intérieur du campement, à l'avenir. La population locale commence à s'inquiéter.

– On ne peut effectivement pas se le permettre », approuva Buridan, un rouquin corpulent à la barbe drue que ses amis appelaient l'Ours. Jason l'avait vu rompre un avant-bras à mains nues, comme une brindille qu'il cassait pour préparer un feu. Sous sa barbe, au niveau de la clavicule, subsistait la marque d'un collier d'esclave retiré longtemps auparavant. Pas même Jason n'avait osé lui demander comment il avait obtenu son affranchissement. Il était le décurion du centon, son second. Ils avaient tous deux combattu côte à côte pendant dix ans, tuant plus d'hommes qu'ils n'auraient pu en dénombrer. Jason savait qu'il n'était pas nécessaire d'avoir le même sang pour être frères. L'amertume de la vie réunissait des hommes autrement que par les hasards de leur naissance, et même les mercenaires les plus endurcis n'étaient rien s'ils n'avaient pas quelqu'un pour veiller sur leurs arrières.

Ils s'engagèrent sous la voûte humide du Mithannon, un passage sombre qui amplifiait tous les sons, et les gardes de faction à cette porte les lorgnèrent avec un mélange d'hostilité et de respect. Lorsqu'ils ressortirent de ce caveau de pierre, le soleil quitta l'abri des montagnes et apparut dans le ciel tel un coup de poignard de lumière à la blancheur éblouissante. Au même instant les tambours de l'appel se firent entendre, des grondements sonores qui accentuèrent les pulsations que le vin bu la veille engendrait dans les tempes de Jason. Il devait reconnaître une chose, au sujet de Pasion. Lorsqu'il daignait enfin se taire, il ne lésinait pas sur la boisson. La plupart des vingt centurions présents à cette réunion seraient ce matin-là trop mal en point pour conduire leurs centons hors du campement. Leur gueule de bois les retiendrait à l'intérieur des murs de la cité. Peut-être était-ce le but recherché par Pasion, tant il était roué.

Les troupes de Jason étaient cantonnées dans une succession de cabanes d'emprunt bancales d'où s'élevait déjà une agréable odeur de charbon de bois. Une cinquantaine de longueurs de lance plus loin se trouvait une étendue de terre battue, par endroits fangeuse, séparée d'autres emplacements du même genre par des alignements de piquets en bois d'olivier entre lesquels avaient été tendues des cordes de chanvre. Au-dessus de tout cela claquait leur étendard, une tête de chien stylisée brodée sur une toile de lin raidie par l'ajout de plusieurs couches de tissu collé. Là où les broderies de cette représentation avaient été emportées par l'usure, le dessin avait été complété à coups de pinceau. Il s'agissait d'une bannière fort ancienne. Lorsqu'il avait cessé toute activité, Dunon d'Arkadios l'avait donnée à Jason avec une poignée de vétérans qui s'étaient battus sous son commandement en des temps immémoriaux. Tous étaient morts, depuis, mais le centon des têtes de chien était toujours là, des hommes prêts à se battre sous ce symbole. Les participants avaient changé, pas les règles du jeu.

Sous la bannière se dressaient à présent dix files d'hommes qui bâillaient, rotaient et se grattaient. Ils avaient tous un air mauvais et portaient des chitons autrefois rouge vif mais délavés depuis pour reproduire toutes les nuances de rose imaginables. Il s'agissait d'un ramassis d'individus peu recommandables abrutis par l'alcool et la débauche que Jason considérait avec dégoût.

« Combien ? demanda-t-il à Buridan.

— J'en ai compté quatre-vingt-trois. Un ou deux peuvent encore rentrer.

— Quatre de moins qu'hier.

— Comme je l'ai dit, il peut y avoir des retardataires.

— Un autre mois à ce rythme et nous ne constituerons même pas une seule colonne.

— De la viande fraîche vient constamment proposer ses services », gronda Buridan avant de désigner un petit groupe d'individus hésitants qui restaient à l'écart, regardant de tous côtés en ouvrant de grands yeux pendant une seconde pour clore à demi les paupières l'instant suivant. Bien qu'armés, aucun d'eux ne portait l'écarlate. Les mercenaires passaient devant eux sans leur accorder un regard, même s'ils n'étaient pas avares en qualificatifs.

« Ramasseurs de merde.

— Baiseurs de chèvres.

— Tête en paille.

— Un peu trop fraîche à mon goût. Je la préfère légèrement faisandée, répondit Jason.

— Comme tes femmes.

— Et ta mère », conclut Jason. Les deux hommes se sourirent.

« Charge-toi de l'appel, ordonna Jason. Je vais aller jeter un œil à ce que nous avons pêché.

— Il nous manque un armurier, lui rappela Buridan.

— Je doute d'en trouver un dans ce groupe. »

Les aspirants mercenaires entraient dans deux catégories distinctes. Premièrement, ceux qui avaient une idée bien précise de la place qu'ils occupaient en ce monde. Ils se considéraient comme des hommes parmi les hommes. Ils rêvaient d'aventure, de cités lointaines, de guerres pleines de clameur et de violence telles que les décrivaient les aèdes, et de cette panoplie éclatante dont les dramaturges paraient les membres des phalanges. Un quart peut-être de ces enthousiastes survivraient à leur première bataille. Il n'y avait aucune place pour les rêveurs à l'instant de l'*othismos*. Ceux qui restaient fidèles à l'écarlate avaient rapidement renoncé à leurs illusions.

Ceux qui entraient dans la seconde catégorie étaient à la fois plus dangereux et efficaces. Il s'agissait de ces individus qui n'avaient plus rien à perdre, qui fuyaient ce qu'ils avaient vu ou fait par le passé… s'ils n'étaient pas ceux qui souhaitaient réclamer des comptes. Ils devenaient de bons soldats et étaient presque toujours assez fatalistes pour se montrer courageux. S'ils n'avaient pas tout simplement cessé d'accorder de la valeur à leur vie. Dans un cas comme dans l'autre, ils étaient inestimables pour un commandant.

Un représentant de chaque espèce, pensa Jason en approchant des deux premiers postulants. Des montagnards, l'un avec le regard vif et plein d'espoir de l'ignorant, l'autre avec les yeux enchâssés dans la souffrance. Le plus corpulent, celui qui avait un large visage presque souriant, était équipé d'une panoplie classique : cuirasse, bouclier, casque couvrant la totalité de la face suspendu à la taille et lance. L'autre n'avait qu'un chiton déchiré.

« Vos noms, demanda Jason en se massant le front et en maudissant la piquette de Pasion.

– Gasca de Gosthere.

– Rictus de… J'étais citoyen d'Isca. »

Par les dieux ! Ce jeunot avait reçu la formation des combattants d'Isca. Quel dommage ! Sans un équipement convenable, il n'avait aucune utilité pour le centon… pas au combat.

« La grande Isca qui a engendré tant de héros. J'ai entendu dire que ses murailles ont été rasées et que toutes les femmes qui y vivaient ont été pénétrées de six façons différentes. Où étais-tu, pendant que vos ennemis incendiaient ta cité ? » Telle fut la question que Jason posa à Rictus, en soulignant son côté insultant par une grimace savamment dosée. « Conduisais-tu des chèvres en pâturage ou t'abritais-tu derrière les jupes de ta mère ? »

Si la colère consuma le visage de l'Iscan, ce fut très posément qu'il répondit : « J'étais en deuxième ligne, mais quand l'ennemi a enfoncé notre flanc et notre arrière-garde, j'ai jugé préférable de jeter mon bouclier et de prendre la fuite. »

Il y eut un silence, et Jason finit par hocher la tête. « Tu as fait montre de sagesse. » Il lut sur les traits de son interlocuteur une vive surprise, ainsi qu'autre chose… de la gratitude ?

Jason étudia les adolescents – car ils n'étaient pas encore des hommes – de la tête aux pieds. Il voulait l'Iscan. Il aimait sa force et la souffrance qui voilait son regard. Mais comment le dire, étant donné qu'ils étaient de toute évidence deux amis ? Peu lui importait que le gros souriant aille pleurer sur le giron de la déesse. Peut-être deviendrait-il un jour un soldat valable, mais il en doutait.

Ah, laissons à Phobos le soin de le déterminer ! pensa-t-il finalement en massant ses tempes endolories.

« C'est entendu, je vous prends tous les deux. Toi, Gasca, va te présenter à Buridan le décurion. Il t'attribuera une colonne à laquelle te joindre. Iscan, tu ne peux pas participer aux combats sans avoir une panoplie et c'est pourquoi je te nomme assistant et gymnète, mais tu pourras rejoindre ton ami dès que tu te seras procuré de quoi te battre. Sa solde sera de douze oboles par mois et la tienne deux fois moindre. Cela vous convient-il ? »

Rictus hocha la tête sans rien dire, comme Jason l'avait prévu.

« Buridan vous remettra l'écarlate. Une fois que vous vous serez joints aux têtes de chien, vous ne pourrez plus porter d'autre couleur et deviendrez des *ostrakr*, vous n'aurez plus de cité. Nous ne prêtons aucun serment, nous ne scellons aucun pacte de sang, mais n'espérez pas pouvoir survivre si vous renoncez à vos engagements sans mon aval. Sachez que voler un camarade est passible du fouet et que nous exécutons les couards sur le champ de bataille. Tous les autres crimes que vous commettrez ne concerneront que vous et les dieux. Des questions ?

– Une seule, répondit Gasca. Quand est-ce qu'on mange ? »

■■■■

Un repas que précéderait l'entraînement des troupes, pour Gasca à tout le moins, car Rictus dut se contenter d'y assister à distance. Tous les centons avaient été grossis par de nouvelles recrues, ce matin-là, et les derniers arrivants étaient reconnaissables à la couleur vive de leur chiton. Ils s'exerçaient avec l'équipement complet, la lance et le bouclier, et moins d'une heure plus tard la teinture de leur vêtement coulait le long de leurs cuisses, diluée par la sueur. Pendant qu'ils tapaient du pied et marchaient en cadence, leurs camarades les abreuvaient d'injures, les traitant de femmelettes et leur proposant des chiffons pour éponger leurs menstrues.

Un centon après l'autre, les compagnies reformées se retrouvèrent dans la vaste plaine située au nord du Mithannon. Là, entre le champ de manœuvres et la berge du Mithos, le nombre de mercenaires devint finalement mesurable. Vingt compagnies, aucune au complet, mais fortes des neuf dixièmes de leurs effectifs. Jason s'y trouvait, bardé du Divin Fléau et occupé à aboyer des ordres et à frapper avec son bouclier ceux qui tardaient à exécuter ses instructions. Environ un tiers des centurions avaient une cuirasse noire, ce qui s'appliquait aussi à près d'une cinquantaine de simples mercenaires. Posséder le Présent d'Antimone n'était pas exigé pour exercer un commandement. Leur propriétaire pouvait être un fieffé imbécile tout autant qu'un héros.

Les compagnies se réunirent, et les individus se fondirent en un long serpent ininterrompu de bronze et d'écarlate. Tous les boucliers, à l'exception de ceux des nouveaux venus, étaient anonymes. Lorsqu'ils sauraient qui avait loué leurs services, ils y peindraient son sigile. La phalange qui se constituait en fonction de leurs déplacements était profonde de huit hommes et large de deux cent cinquante pas. Au combat, elle se raccourcirait pour que chaque homme bénéficie de la protection du bouclier de son voisin. Chaque fois qu'ils recevaient l'ordre de s'arrêter, les vétérans postés aux extrémités de chaque colonne haranguaient les nouvelles recrues d'une voix grave et sifflante. Mais l'exercice qui se poursuivait offrait un beau spectacle, plus imposant que ceux proposés par l'armée de n'importe quelle cité. Rictus devait à contrecœur admettre qu'ils étaient presque aussi disciplinés que l'avaient été les membres des phalanges d'Isca. Son cœur martelait sa poitrine en semblant se consumer. Il aurait tant aimé être avec eux, au cœur de ces rangs profanes et destructeurs, devenir un simple rouage de cette machine de guerre. Il ne pouvait imaginer d'autre destin, pas en ce lieu, pas en cet instant.

« Le Taureau est toujours ivre », déclara un des gymnètes avec lesquels il se tenait. Ils formaient un groupe étiré et peu dense, ces jeunes gens au visage dur qui avaient des frondes suspendues à leur ceinture et des bras nus striés de cicatrices. Bon nombre avaient une pelta sanglée sur leur dos, ces boucliers de bois et de cuir des montagnards. Ils constituaient l'infanterie légère de la compagnie, tout en devant servir les hoplites.

« Ivre ou à jeun, il les fera rentrer dans les rangs », répondit un de ses compagnons, un petit homme aux yeux de vieillard dans un visage paraissant bien trop proche du sol.

« C'est qui, la dernière prise ? » demanda un troisième gymnète. Et tous oublièrent les hoplites pour reporter leur attention sur Rictus qui, sans être le plus âgé, était incontestablement le plus grand d'entre eux. À présent qu'ils s'étaient tous tournés pour le dévisager, il constata qu'il y avait parmi les adolescents de petits hommes à la barbe poivre et sel et aux airs de dur à cuire, aussi méfiants et faméliques que des chiens battus. Trop petits pour appartenir à une phalange, supposait-il, mais malgré tout redoutables. Ces soldats-serviteurs dépenaillés qui grouillaient dans le campement étaient aussi nombreux que ceux en armure qui s'exerçaient sur le champ de manœuvres.

« Il est trop mignon pour faire autre chose que réconforter les combattants, déclara l'un d'eux avec un sourire lubrique.

— Essayons de découvrir ses talents cachés. »

Ils se rapprochèrent de lui, une demi-douzaine d'individus jeunes ou vieux. Les autres assistaient à la scène sans manifester beaucoup d'intérêt. En plus de leur équipement militaire, la plupart se coltinaient des outres de vin – destinées aux hoplites lorsqu'ils reviendraient de l'exercice –, un étui de cuir qui recevrait le bouclier de leur maître et des serviettes avec lesquelles ils essuieraient sa sueur.

« Reformez les rangs, aboya une voix. Faites volte-face et fermez vos grandes gueules ! C'est un des vôtres, vu qu'il porte l'écarlate, alors gardez vos réflexions pour les pensionnaires des bordels. »

Le groupe se disloqua, comme par magie. Ses éléments se dispersèrent dans divers alignements de gymnètes comme s'ils n'en étaient jamais sortis. Pasion s'avança, sa cuirasse noire brillait. Désarmé et occupé à prélever les pépins d'une grenade avec des doigts rougis, il haussa un sourcil sans quitter du regard l'alignement d'hoplites.

« Je te souhaite la bienvenue au sein de notre bande de joyeux drilles, l'Iscan. »

Vers midi, après avoir finalement autorisé leurs hommes épuisés à quitter le champ de manœuvres, les centurions se regroupèrent autour de Pasion, une masse rouge et noir qui évoquait la croûte d'une blessure. Rictus avait cherché en vain Gasca dans cette multitude, mais il s'attardait à proximité en tendant l'oreille. Il faisait frais et la sueur de tous ces hommes qui avaient tant donné d'eux-mêmes s'évaporait en engendrant l'équivalent d'une brume matinale. Ce nuage fétide l'enveloppait et, un court instant, il se crut revenu sur les terrains de manœuvres d'Isca avec son *lochos*, la lance de son père au poing. Cette sensation, ce souvenir, le firent tituber. Un court instant, il fut comme aveuglé et resta figé sur place pour ciller et grimacer. Des hommes armés passaient près de lui et le bousculaient, le repoussaient et le traitaient de tête en paille sans cervelle, mais il n'en avait cure. Pendant un laps de temps aussi bref que celui nécessaire à un individu affamé pour engloutir une pomme, il vit défiler devant lui sa brève existence. Son enfance dans les collines cernant leur ferme. Le gaulage des olives avec de longues perches. La récolte des grappes de raisin et l'explosion extatique de ces grains noirs pansus aussi gros que des noix dans la bouche, au cours de ces journées étouffantes saturées de poussière. L'odeur de thym sur les pentes, et celle de l'ail des ours en bas près de la rivière. Son eau vivifiante... les plongeons dans sa morsure purificatrice à la fin d'une journée passée à se salir alors que sur la berge son père essuyait le vin qui avait coulé de sa bouche, tout en s'entretenant du pressage de l'huile avec le vieux Vasio. La façon avec laquelle Zori alimentait le feu, le soir venu, brindille après brindille, et l'odeur des galettes d'orge mises à durcir sur la grille placée au-dessus qui se répandait dans toute la maison.

Rictus garda les paupières closes une seconde et remercia Antimone pour ces souvenirs, les images et les odeurs qu'ils contenaient. Puis il les remisa dans un recoin de son esprit et, quand ses yeux se rouvrirent, ils étaient aussi secs et froids que ceux d'un homme qui revenait du front.

■■■■

Ils se virent distribuer de la nourriture en fin d'après-midi. Perdues dans l'immense capharnaüm du campement se trouvaient quatre grandes cuisines en pierre dont s'occupaient des hommes et des adolescents maussades qui n'avaient pas d'autre charge qu'utiliser les centoi, des chaudrons en fonte noire aussi vieux que solides. Chaque compagnie allait au combat sous son étendard, mais de retour au camp tous se regroupaient autour de ces énormes récipients pour prendre leurs repas. C'était par tradition à côté du centos qu'un centurion s'adressait à ses mercenaires, et que ces derniers votaient l'acceptation de tout nouveau contrat. On devait à ces chaudrons le nom des compagnies qui les utilisaient, car un centon comptait traditionnellement autant de soldats qu'un centos permettait d'en nourrir.

Gasca et Rictus découvrirent tout cela quelques minutes après être allés grossir la file d'attente, car l'odeur appétissante du plat du jour rendait la plupart des militaires prolixes. Ils se virent remettre une écuelle en bois dans laquelle fut versée une louchée d'un ragoût non identifiable et dans l'autre main un quignon de pain dur. Pour la distribution des repas, hoplites et gymnètes se côtoyaient sans que le rang n'entre en ligne de compte… si ce n'est que le dernier à venir se faire servir était toujours le centurion, qui s'assurait ainsi que tous avaient eu de quoi se sustenter. Si le cuisinier s'était trompé dans ses prévisions, il avait en face de lui Jason tenant son écuelle vide, et seul un acte divin aurait pu justifier pareille situation.

Mais Jason tardait à arriver. La soirée de cette brève journée avait débuté avant qu'il ne regagne ses troupes, et le vent s'était mis à souffleter les flammes mourantes sous le centos. Les mercenaires se réunissaient autour de leur clarté rougeâtre malmenée par les rafales, et quand Rictus perçut un doux contact sur son visage, il leva les yeux et constata qu'il neigeait, que de gros flocons tombaient des ténèbres en tournoyant sous les effets du vent.

Jason se dressa soudain à côté du centos pour y puiser avec son pain tranchoir le ragoût qui avait refroidi. Son second, Buridan, lui tendit une outre et il fit gicler le vin noir des militaires dans sa gorge. Il s'essuya la bouche, en regardant autour de lui les soldats rassemblés. Douze dizaines, accroupis, le manteau refermé pour s'isoler de la neige, les fesses glacées par le sol dénudé. Qu'ils soient hoplites ou gymnètes, tous le regardaient sans mot dire. Les lueurs du feu crépitant dansaient sur le visage des plus proches, mais à l'extérieur du cercle de clarté, des douzaines d'individus se dressaient dans les ténèbres. D'un bout à l'autre du champ de manœuvres, les centons servaient de point de ralliement, comme si les hommes avaient été des papillons de nuit hivernaux attirés par l'éclat des feux des cuisiniers.

« Nous sommes ici depuis quatre semaines, voire plus », déclara Jason. Il avait élevé la voix pour que les plus éloignés puissent également l'entendre. « Cette attente et l'oisiveté qui l'accompagne nous ont ramollis. Par ailleurs, dilapider nos deniers dans les lupanars de Machran nous a tous ruinés. Chacun de nous a bu chaque coupe jusqu'à la lie et fini par connaître par cœur tant les traits que le cul de toutes les catins de la cité. Ce moment de détente est sur le point de s'achever, mes frères. Nous lèverons le camp demain à l'aube, ce qui s'applique à toutes les compagnies. Nous nous dirigerons vers Hal Goshen, sur la côte, à deux cents pasangs par la route. Nous couvrirons cette distance en six jours. Là-bas, des navires nous attendent… »

Un léger murmure se répandit dans le centon, pour mourir aussi vite qu'il avait débuté quand Jason leva la main. « Des navires à bord desquels nous atteindrons notre destination.

— Qui sera ? fit une voix issue des ténèbres.

— Je vous le dirai à l'arrivée.

— Je réclame un vote. Je me suis engagé pour me battre, pas pour jouer au marin ! lança quelqu'un d'autre.

— Nous avons mis aux voix l'acceptation du contrat de Pasion. Vous avez empoché et bu son argent, et vous devez par conséquent aller jusqu'au bout. Sauf, bien entendu, si vous avez les moyens de rembourser son avance et souhaitez quitter mon centon. » Jason avait laissé ses dernières paroles mourir lentement et il n'y eut pas d'autre intervention.

« Parfait. Le rassemblement aura lieu un tour de sablier plus tôt dans la matinée. Je veux que vous soyez tous équipés et prêts au départ. Brûlez ce que vous ne pouvez pas emporter, mes frères. Les chariots sont réservés au matériel militaire et quiconque sera trop ivre ou malade pour suivre les autres fera l'objet d'une expulsion immédiate. » Il s'interrompit. La neige tourbillonnait autour de sa tête et parait de blanc sa chevelure brune. Il leva le visage vers le ciel, en cillant chaque fois qu'un flocon se posait sur ses yeux.

« Nous partirons dans la matinée, même si la couche arrive à notre taille. Que les chefs de file me rejoignent. Les autres peuvent disposer. »

Ils se dispersèrent. Les commentaires étaient peu nombreux, comme ils regagnaient leur compagnie sous la clarté papillotante des torches, hoplites et gymnètes côte à côte. Buridan envoya à peu près deux douzaines de ces derniers à l'arrière des lignes, là où les chariots attendaient comme des animaux à la patience infinie. Ils récupérèrent les harnais puis le suivirent dans la cité, où toutes les bêtes de trait des centons avaient été mises en pension un mois plus tôt.

Ce fut en clopinant que Gasca regagna avec Rictus leur abri rudimentaire. À l'intérieur, un hoplite avait allumé une lampe à huile dont la fumée agressait la gorge. « Comment va ta jambe ? » lui demanda Rictus.

Gasca retira son manteau, l'étala sur le sol de terre battue et s'assit précautionneusement. Sa respiration sifflait entre ses dents. « Les exercices d'aujourd'hui ont rouvert la plaie. Mais ça va aller. Je vais refaire le pansement.

— Laisse-moi y jeter un coup d'œil. » Rictus souleva le chiton de Gasca. Délayée par la sueur, la teinture rouge avait strié le bas de ses jambes et différencier le sang du reste était difficile. Il toucha la blessure sur la cuisse de son ami, la palpa, évalua sa température. Plusieurs points de suture faits par Zénon avaient cédé et le sillon purpurin était tuméfié d'un bout à l'autre. Rictus se pencha pour renifler.

« L'odeur n'est pas inquiétante. Ne bouge pas. Ça va faire mal. »

Il serra les poings et exerça une forte pression de chaque côté de la plaie, pour la comprimer. Gasca laissa échapper un glapissement étranglé et, sous les regards amusés des hoplites présents dans cette cabane, il serra à tel point les dents qu'elles crissèrent.

La blessure se rouvrit et du pus jaunâtre en jaillit. Rictus continua d'exercer une forte pression jusqu'au moment où les sanies furent remplacées par du sang vermeil.

« Où est ton vieux chiton ? Donne-le-moi. » Il en déchira une bande qu'il passa autour de la jambe de son ami et noua sans la serrer, en s'assurant de pouvoir glisser deux doigts entre le tissu et la peau. Son père lui avait appris qu'il ne fallait surtout pas empêcher le sang de circuler, le jour où l'ours avait réussi à se faufiler sous son aichme.

Rictus essuya ses mains poisseuses sur son chiton et se rassit. « À présent, même les meilleurs ne pourront pas te semer. »

Sans soutenir son regard, Gasca porta ses yeux sur les autres hommes assis dans la cahute. Ils étaient ici de plus en plus nombreux et ces lieux sombres devenaient surpeuplés et bruyants. Les autres militaires fourraient toutes leurs possessions avec enthousiasme et insouciance dans des besaces en cuir. D'excellente humeur et prolixes, tous échangeant des souvenirs et des insultes, des demandes d'emprunt de telle ou telle chose. Nul ne prêtait attention aux deux nouveaux isolés dans leur coin.

Gasca finit par se lever, et s'il repoussa la main de Rictus, ce fut en souriant. « C'est notre vie, désormais. Autant nous y accoutumer. »

Il regarda autour de lui l'abri sordide, la foule d'hommes frustes et malodorants marqués par les combats qui l'encombraient.

« C'est notre nouvelle vie, confirma Rictus. Et nous partirons demain pour nous familiariser plus encore avec elle. »

VI
Kufr

Le port de Sinon était chargé d'histoire. Pour ceux qui avaient un minimum d'éducation, il apportait la preuve que certaines légendes contenaient leur part de vérité. La cité était aussi ancienne que n'importe quelle entité politique macht des Harukush, mais elle se situait de l'autre côté de la Grande Mer. Elle avait été fondée sur la côte de cet immense continent où vivaient les masses grouillantes et mystérieuses des Kufr. Les hommes appelaient ces lieux l'Autre Berge, mais si au sud s'ouvrait l'océan Tanéen, le détroit qui séparait ici les Harukush du Grand Continent n'était large que d'une trentaine de pasangs. Les Macht l'avaient autrefois traversé en mettant le cap à l'est, à bord de galères mues à la force des bras, et ils avaient multiplié guerres et conquêtes. Ils s'étaient emparés de Gansakr et d'Askanon, de grandes terres vallonnées aux pâturages si fertiles et aux vergers croulant sous tant de fruits que le sol rocailleux des Harukush paraissait par comparaison aride. On disait qu'ils s'étaient aventurés jusqu'aux Monts Korash, à plus de sept cents pasangs au sud-est. Là, ils avaient été confrontés à des armées trop importantes pour qu'ils puissent espérer en venir à bout. Ils avaient subi une cuisante défaite et dû battre en retraite jusqu'à la côte de Sinon, comme une marée soumise à l'attraction des deux lunes de Kuf. La cité de Sinon était une forteresse, érigée pour permettre de garder une extension sur la côte du Grand Continent. Épuisés par des années de sanglantes batailles, Macht et Kufr avaient finalement signé un traité. Les Macht s'engageaient à ne plus traverser le détroit en ayant des intentions belliqueuses et les Kufr leur concédaient en contrepartie le port fortifié de Sinon en tant que comptoir par lequel ambassades, négociants et marchandises pourraient transiter. Le Kufr qui avait conclu cet accord s'appelait Asur. Fondateur d'une longue dynastie, il avait bâti un empire. Ses descendants gouvernaient désormais le monde et se faisaient appeler Grands Rois ou Rois des Rois. L'Empire Asurien s'était renforcé au fil des siècles pour finir par devenir un élément de Kuf à la magnificence voulue par Dieu et destiné à se perpétuer à jamais. À en croire les légendes locales, bien entendu.

■■■■

Cent dix-sept navires, pensa Phiron. *Tous seront nécessaires. Si c'est suffisant. J'aurais dû en réclamer un plus grand nombre.* Il avait la totalité du trésor de Tanis à sa disposition, s'il était exact qu'Artaka s'était véritablement ralliée à leur cause. Il aurait pu mettre la moitié des Macht dans sa poche, s'il l'avait voulu.

Phiron se détourna du port qu'il parcourait du regard et dans lequel se trouvait la totalité de sa flotte. La forêt de mâts était si dense qu'elle lui dissimulait le soleil levant. Il n'y avait pas suffisamment de place le long des quais, et des douzaines de bateaux étaient à l'abri des digues, amarrés en poupe et en proue par des aussières que des vessies gonflées maintenaient à la surface. Il s'agissait des embarcations légères, les transports de troupes. Les plus grosses et pansues se trouvaient le long des quais de pierre, les rampes d'accès de leurs écoutilles latérales abaissées pour permettre aux animaux d'être montés à bord deux par deux.

Il y avait là plusieurs fleurons de la construction navale de diverses nations. C'était la première fois qu'on trouvait une flotte aussi importante à l'intérieur d'un seul port. La marine de guerre du Grand Roi comptait dans les deux cents unités, mais celles-ci étaient disséminées dans tout l'océan Tanéen, les plus importants de ses chantiers de radoub se situant à Ochos et à Antikauros.

Il faut agir sans plus attendre, estima Phiron en allant et venant dans le bâtiment de marbre. *Les choses sont allées trop loin pour que notre commanditaire se ravise, cela équivaudrait à une impensable trahison. Soit il s'empare du trône, soit il échoue et meurt.*

Et nous avec lui.

Les lieux étaient chauffés par les lampes et la gueule béante d'un brasero dans lequel avait été empilé du charbon de bois. Phiron y avait fait les cent pas pendant un tour complet de sablier, et les clous de ses sandales avaient eu un effet dévastateur sur les mosaïques du sol. Il allait par instants jeter un coup d'œil à la scène qui s'offrait à lui du balcon, ses gros poings calés sur la balustrade. Les habitants de cette région érigeaient leurs demeures avec de la pierre très claire, aux nuances de miel. Sinon paraissait irradier de la chaleur, sous l'éclat passager du soleil hivernal. Du calcaire, supposait-il, la couleur de la plage d'Hal Goshen au milieu de l'été. Phiron n'avait pas vu une seule cité en granite sombre des Harukush depuis cinq ans. Sinon et la mer avaient été ses seuls foyers. Il avait appris le langage haut-kefren pratiqué à la cour du Grand Roi, et il jurait et parlait fort en bas-asurien dans les bordels des quais, une langue qui permettait aux voyageurs de traverser la totalité du monde civilisé. Ses amis étaient des capitaines au long cours, des négociants, des tenanciers de lupanars et des soldats sans attaches tels que lui. Il avait été un personnage important, autrefois, un centurion dont l'avis était tenu en haute estime par ses pairs. Il avait conduit dix centons dans l'arrière-pays de Machran, sans qu'ils soient engagés par personne. Il avait eu l'intention de s'emparer d'une cité pour son propre compte, de devenir un des grands de ce monde. Une entreprise qui s'était achevée par une défaite et son exil.

Et il était là, à la croisée de deux civilisations. Pour une fois, il laissait vagabonder son esprit. Il s'était trouvé au bon endroit au bon moment, et les mois d'intrigues, de rencontres furtives et de négociations avec des intermédiaires étaient finalement terminés.

■■■■

Les grandes doubles portes de la pièce pivotèrent sur des gonds de cuivre lubrifiés. Deux esclaves de la maisonnée apparurent sur le seuil, en robe noir et jaune, la tête penchée pour que la touffe de cheveux bruns réunis au sommet de leur crâne tombe vers l'avant. Il s'agissait de Juthiens, comme la plupart des esclaves personnels des Kefren. Avec leur teint grisâtre et leurs yeux dorés, tous étaient plus larges d'épaules que le plus musclé des guerriers macht mais moins grands de trois bonnes mains. Phiron n'ignorait rien des rébellions juthiennes. Si ces deux individus paraissaient dociles, ils appartenaient à un peuple de guerriers acharnés, des individus qui s'étaient fréquemment rebellés contre l'Empire. Après l'impitoyable répression ayant suivi leur dernier soulèvement, la moitié de leur population avait été exilée dans les marches orientales, en Yue et en Irgun, où ces malheureux se tuaient à la tâche dans les mines des Monts Adranos. Les faits s'étaient déroulés une génération plus tôt et il se demandait si c'était de leur plein gré que les Juthiens participeraient à ce qui s'annonçait.

Autant de considérations qui lui traversèrent l'esprit en moins d'une seconde. Le père de Phiron était originaire du cœur des Monts Harukush, et s'il avait hérité de sa grande taille et de ses yeux pâles, il possédait la peau sombre de sa mère. Il portait le manteau écarlate des mercenaires comme le devait un homme de noble extraction, drapé sur son bras gauche. Au-dessous, l'ombre noire du Présent d'Antimone qui protégeait son torse ne reflétait absolument rien de la lumière émise par les appliques et le brasero.

Deux autres silhouettes pénétrèrent dans la pièce, et les serviteurs tirèrent derrière elles les doubles portes qui se refermèrent avec un grondement étouffé. Phiron s'inclina bien bas et s'exprima en kefren, le plus correctement qu'il en était capable. « Seigneur, ta présence m'honore grandement. Ma dame, j'espère te voir en bonne santé. » Il se redressa, le cœur emballé. Ils étaient finalement face à face.

Le personnage le plus proche surplombait Phiron, plus grand que lui de l'équivalent d'un avant-bras. Il avait un large visage aux traits à la fois humains et chevalins sans que leur forme, leur taille et leurs couleurs n'aient les mêmes caractéristiques. Les yeux, en forme de feuille, avaient des cils ambre démesurés et aucune pupille visible dans un iris violine.

Sous un long nez étroit et aquilin, les commissures des lèvres d'une bouche minuscule s'incurvaient vers le bas. Toute la face paraissait avoir été soumise à un étirement, avec un front interminable au-dessus duquel des cheveux roussâtres étaient tressés et ramenés en arrière sous forme de petits chignons surmontés de perles d'or. La peau dorée était mise en valeur par la clarté des lampes, et elle s'assombrissait autour des cavités oculaires et des narines pour devenir bleu pastel dans les dépressions temporales.

« Phiron », dit la créature. Et elle avait une voix dont n'importe quel acteur eût été envieux, car elle était profonde comme le tintement d'une cloche de bronze. « Nous nous rencontrons enfin. »

Il s'agissait d'Arkamenes, frère du Grand Roi et Grand Prince de l'Empire Asurien. C'était un Kefre, la race supérieure de Kuf, un des dirigeants de ce monde.

Arkamenes était suivi par une silhouette de plus petite taille, aux courbes féminines accentuées par une robe de lapis-lazuli moulante. Aussi élancée qu'un saule, sa compagne était voilée et seuls ses yeux étaient visibles, d'un marron chaleureux, de la couleur du vin des montagnes. Ses cils noirs étaient prolongés par des cosmétiques.

Arkamenes remarqua le regard interrogateur de Phiron et sourit. « Dame Tiryn est pour moi aussi proche qu'une épouse. Nous pouvons nous exprimer librement devant elle. »

Phiron s'inclina de nouveau. Il était considéré comme un bel homme, bien proportionné et plein de grâce, mais en pareille compagnie il avait tout d'un pantin fait de cuir épais tendu sur une armature métallique, d'un être trapu et courtaud, d'un freux parmi des cygnes. Il allait prendre la parole quand Arkamenes fit claquer ses longues mains dorées aux ongles vernis en lilas. Les portes se rouvrirent et les deux Juthiens s'inclinèrent.

« De quoi entretenir notre moral, et vite ! »

Avec rapidité mais sans hâte excessive, les esclaves allèrent chercher des petites tables sur lesquelles ils disposèrent des plateaux de friandises diverses, quelques flasques d'argent et des verres. Ils installèrent sur un trépied des serviettes de toilette ainsi qu'une cuvette en cristal contenant de l'eau bouillante, puis ils ressortirent et refermèrent les portes. L'odeur de nourriture fit saliver Phiron qui n'avait eu droit à son réveil qu'à du pain noir et un pichet de vin de l'armée.

Arkamenes écarta les bras, un geste par lequel il l'incluait dans leur intimité. « Il faut pardonner cette saleté repoussante, mais ces appartements sont ce que cette cité a de mieux à offrir et nous devons faire montre de discrétion. Même à présent, c'est une nécessité. Tiryn, sers du vin chaud au général pendant que nous allons admirer notre flotte par la fenêtre. »

Phiron ressentit comme une légère décharge d'électricité statique quand la main de la femme effleura la sienne pour placer entre ses doigts un verre fumant. Il soutint son regard une seconde. Elle était, elle aussi, bien plus grande que lui. Ses yeux débordants de vie et insondables évoquaient une porte verrouillée derrière laquelle s'élevaient les gémissements d'un couple enivré par des plaisirs charnels.

Phiron but une petite gorgée de vin chaud, qu'il savoura en le faisant rouler sur sa langue.

« La flotte est donc constituée, déclara Arkamenes sans toutefois toucher à sa coupe. Y a-t-il suffisamment de navires ? Sera-t-il possible de tout transporter en un seul voyage ?

– Oui, même si ce sera de justesse. Nous ne pourrons pas embarquer toutes les bêtes de bât, mais en trouver d'autres à Tanis sera facile.

– Et mon armée, général ? Dis-moi quelle est son importance.

– Les contingents se rassemblent à Hal Goshen. Tout sera terminé dans six jours. Cent centons de Macht en armes, des hoplites. Soit environ dix mille combattants, mais la plupart de ces compagnies ne sont pas tout à fait au complet. S'y ajoutent plusieurs milliers de gymnètes, d'assistants, d'artisans et le reste…

– Des esclaves ? Nous en avons en abondance, de ce côté des flots…

– Non, seigneur. Des hommes libres… pour la plupart. Bon nombre sont d'excellents guerriers, mais l'équipement leur fait défaut. Pour cette raison, nous les chargeons d'assurer la protection des flancs des phalanges, et nous les utilisons pour des missions de reconnaissance et des incursions en terrain difficile. »

Arkamenes baissa le regard sur son général. « Voilà qui est parfait. Mais écoute-moi bien, Phiron. Sache que je ne finance pas une flotte aussi importante pour qu'elle transporte des catins. J'espère que tes hommes ne seront pas suivis par des troupeaux de proches, car ils devront pouvoir se déplacer rapidement et sans entraves.

– Aucune femme ne les accompagnera, seigneur. C'est ce qui a été convenu et Pasion y veillera.

– Bien, bien ! Alors il ne reste qu'à embarquer pour précéder cette expédition. Une galère rapide nous attend à quai et nous pourrons lever l'ancre dans moins d'une heure, si besoin est.

– J'ai eu vent de rumeurs, seigneur. » Phiron but une petite gorgée de vin chaud qu'il trouva un peu trop épicé et sucré à son goût.

« Au sujet d'Artaka ? Oui, cette province s'est prononcée en ma faveur. Un de mes capitaines maîtrise la situation, là-bas. J'ai mis Tanis dans ma poche, général. Quand tes hommes débarqueront sur l'autre rive, ils n'auront pas à redouter un accueil hostile. Tout est sous contrôle.

– C'est effectivement ce que j'ai entendu dire. Mais je m'interrogeais… au sujet de ton frère. »

Les étroites narines d'Arkamenes se dilatèrent, comme les naseaux d'un cheval. « Qu'y a-t-il ?

– Il est informé de ta fuite…

– Évidemment, puisqu'il a envoyé une demi-douzaine d'assassins à mes trousses. Sans mes gardes et le vieil Amasis, j'aurais passé à trois reprises de vie à trépas.

— Mais envisage-t-il une mobilisation générale ou compte-t-il nous affronter uniquement avec ses troupes régulières ? A-t-il percé tous nos secrets ? »

Arkamenes se détourna et but finalement une gorgée de vin, aussi délicatement que s'il recevait un sacrement. « Quoi qu'il fasse, cela ne changera pas grand-chose au résultat. Quand nos armées auront débarqué à Tanis, la nouvelle se répandra dans tout l'Empire plus rapidement que la marée. Il y a près de trois mois de marche entre Tanis et Ashur... ce qui lui laissera amplement le temps de lever toutes les troupes qu'il souhaite. Voilà pourquoi nous devrons dresser contre lui les provinces que nous traverserons. J'ai déjà rencontré les doyens des Juthiens et obtenu leur soutien.

— Et nos armées, seigneur ? Que pouvons-nous espérer ? »

Arkamenes retrouva sa bonne humeur et sourit. « Nous serons des nuées, général ! Je lèverai des milliers d'hommes pour qu'ils marchent à tes côtés, mais ce sont tes mercenaires qui constitueront le noyau dur de cette armée, un cœur d'airain. Imagine un peu ! Dix mille Macht légendaires qui, après tant d'années, retraversent la mer pour venir se battre sur ce continent ! Quel sera l'impact de cette information sur nos adversaires ? »

Phiron s'inclina imperceptiblement. S'il n'était pas satisfait par cette réponse, il savait qu'il n'en obtiendrait pas d'autre.

« Alors, général, à combien sommes-nous de Tanis ? Quelle est la durée de la traversée ? »

Phiron cilla. Il l'avait déjà précisé une bonne douzaine de fois, même si c'était à des intermédiaires. « Douze cents pasangs nous en séparent, seigneur.

Le capitaine de la flotte m'assure qu'avec le vent actuel nous les couvrirons en une dizaine de jours.

— Dix jours. » Arkamenes s'écarta de la fenêtre ; il paraissait presque crépiter d'énergie. Il jeta son magnifique gobelet qui roula avec bruit sur une table. « Dix jours ! J'y serai avec toi, général. Je me dresserai sur les quais de ce port pour scruter l'horizon et assister à l'arrivée de mon armada ! » Un large sourire étira ses lèvres et révéla des dents qui semblaient en surnombre.

« Puis nous traverserons le Désert du Gadinaï en hiver, pour rendre cette épreuve moins pénible, et quand arrivera le printemps et que les neiges fondront dans les cols des Magron, nous aurons atteint le Pays des Fleuves, la plus fertile de toutes les contrées. C'est là que mon frère viendra nous affronter, je le sais. Il n'est pas du genre à parcourir la moitié de l'Empire pour nous livrer bataille, il préférera nous laisser nous fatiguer à sa place. » L'expression d'Arkamenes s'assombrit. « Je l'empalerai, comme il sied à un tueur de proches. » Une pensée qui eut pour effet de le ragaillardir instantanément.

« Nous dînerons ensemble, ce soir, ajouta-t-il peu après. Toi et moi, Phiron. Apprécies-tu notre cuisine ? As-tu déjà assisté à une danse kefre ? Je te ferai préparer une robe, quelque chose de plus seyant que le haillon vermillon que tu t'obstines à porter. Je devrais étudier des tenues pour tes hommes. Je les verrais bien en or, avec mes armoiries en noir sur le torse et le dos. Qu'en penses-tu ?

— Je ne crois pas que ce soit possible, seigneur. »

Arkamenes se figea et Phiron remarqua l'éclat des yeux de la femelle qui l'observait avec attention, sa première manifestation d'intérêt véritable depuis son entrée dans la pièce.

« Quoi ?

– L'écarlate est notre signe de ralliement, seigneur. Nous le portons tout au long de notre vie, aussi longtemps que nous pouvons tenir une lance et vendre nos services. C'est la couleur de notre sang, le symbole de notre vocation. Quel que soit notre employeur, nous restons en rouge jusqu'à notre mort... et même au-delà, sur notre bûcher funéraire. »

Arkamenes sourit de nouveau, une fausse note. « Voilà qui est plein d'intérêt... En dépit du fait que je règle vos soldes, que vous naviguiez à bord de mes navires, que vous mangiez ma nourriture et que vous buviez mon vin, je n'ai donc pas un seul mot à dire en la matière ?

– Non, seigneur. »

Arkamenes traversa la pièce en quatre enjambées pour poser une main démesurée sur l'épaule de Phiron et palper la laine teinte en rouge du manteau qui la couvrait, à la fois sidéré et amusé.

« Du temps nous sera nécessaire pour nous accoutumer à nos usages respectifs. »

■■■■

Ce fut seulement quand les portes se refermèrent derrière lui que Phiron s'essuya le front. Il sentait également la sueur s'accumuler et refroidir au bas de sa colonne vertébrale, et le vin qu'il avait bu peser désagréablement sur son estomac autrement vide. Les deux Juthiens de faction de chaque côté du vestibule restaient figés, le regard impénétrable. Phiron avait tué un loup qui avait de tels yeux, et il considéra durement le plus proche, comme s'il s'était permis de l'insulter.

« Des Kufr », gronda-t-il avec mépris, avant de cracher aux pieds de la créature et de sortir à grands pas, impatient d'aller retrouver ses semblables.

Derrière lui, le Juthien se pencha pour essuyer le sol en mosaïque avec l'ourlet de sa robe.

■■■■

« Quelles étaient tes intentions ? » demanda doucement Tiryn. Elle redressa précautionneusement la coupe qu'Arkamenes avait renversée et dessina de l'index un sigile dans le vin répandu.

« L'inciter à croire qu'il a affaire à un imbécile.

– Qu'espères-tu obtenir en te faisant passer pour un écervelé bouffi d'orgueil ? »

Arkamenes rit, ce qui fut suffisant pour faire vaciller la flamme de l'applique murale la plus proche. « Je ne suis pas un sot, et tu le sais mieux que quiconque. Mais je veux déterminer ce que fera ce mercenaire s'il croule sous les problèmes. Il est évident qu'il ne nous aime guère… et je présume que tu l'as toi aussi constaté.

– Effectivement. Nous lui inspirons de la haine… ainsi que du désir.

– Tes yeux peuvent en être la cause. Ils envoûteraient n'importe qui. » Arkamenes s'inclina bien bas. Établir s'il avait ou non voulu se moquer d'elle eût été impossible.

Tiryn dégrafa un côté de son voile. Au-dessous, son visage était pâle, un peu comme celui d'Arkamenes, mais en plus nuancé. Elle avait une peau douce et claire, une bouche large et des lèvres bien pleines. Il eût été possible de la qualifier de plus humaine que lui, même si cette ressemblance relevait uniquement de la forme, comme un portrait par rapport au modèle.

« Il ne s'agit pas de désir charnel, en tout cas. Cet homme est ambitieux. Il a soif de pouvoir comme un ivrogne a soif de vin. Il est dangereux.

– J'ose l'espérer, répondit Arkamenes. Faute de quoi, j'aurai gaspillé mon argent. C'est un animal, Tiryn. Il est comparable à ces chiens de chasse qu'ils élèvent le long de l'Oskus. Tourne-leur le dos et ils happent tes mollets. Roue-les de coups et ils donneront leur vie pour toi.

– Crois-tu que ses dix mille seront ravis de mourir à ton service ? »

On frappa cérémonieusement à la porte, de petits coups secs comme si quelqu'un utilisait sa canne sur l'épais panneau de bois.

« Oui, oui, entre, Amasis, fit Arkamenes en se massant le front. Tu as tout entendu, je présume ? »

Un être doré d'une taille et d'une maigreur impensables se dressait en semblant onduler légèrement sur le seuil. Ses yeux étaient de simples reflets bleutés dans les profondeurs d'une fissure osseuse et son nez se résumait à deux fentes obscures. Il berçait un bâton couleur ivoire dans un bras nu alors que l'autre main était glissée dans les sept enroulements d'un tissu à la blancheur éclatante. Des mules couleur rubis complétaient le tableau. Il sourit, montrant des dents dans lesquelles étaient incrustées de petites pierres précieuses.

« Rien ne m'a échappé, mon prince. Quel barbare présomptueux ! » Amasis s'avança jusqu'au brasero pour réchauffer sa main libre au-dessus des braises incandescentes. « Par l'haleine de Dieu, quitter ce bout du monde me transportera de joie ! Une certaine chaleur dans l'atmosphère, un peu de soleil digne de ce nom ! Comment ces gens peuvent-ils s'en passer ? »

Tiryn servit un peu de vin au vieux Kefre, qui leva la coupe à sa santé.

« Qu'il ait appris le kefren révèle son intellect autant que son ambition, déclara Amasis. Il aurait pu s'en tenir à l'asurien, mais il a voulu maîtriser la langue des castes supérieures. Je sais apprécier ces choses. Cela démontre qu'il se soucie des moindres détails, et dénote que sa subtilité est plus grande que nous ne le pensions. Ces êtres sont peut-être bien moins frustes que les barbares sanguinaires dépeints par nos légendes.

– Nous devrions être fixés sous peu, répondit Arkamenes. J'ai l'intention de lui laisser la bride sur le cou jusqu'à notre arrivée en Jutha, pour voir comment il se comporte. Ses guerriers vêtus de rouge seront le fer de lance de mon armée. Je les affûterai comme un homme affûte la lame de son poignard. À chaque occasion, ils verseront leur sang en lieu et place de mes troupes personnelles. Il ne fait aucun doute que les survivants se montreront dociles.

– Ils deviendront une curiosité, déclara gaiement Amasis. Une fois les combats terminés, nous pourrons les exposer dans des cages installées dans l'enceinte du palais, et faire payer un droit d'entrée pour la visite. »

Arkamenes leva la main. « Évitons d'attirer sur nous les foudres divines. Je n'ai aucun désir de voir toute une armée de Macht au cœur de l'Empire, mais je ne la sacrifierai pas inutilement pour autant.

Ces redoutables guerriers de bronze me coûtent la moitié de mon budget de campagne et je compte en faire bon usage. Leur sang doit rembourser tous mes investissements. »

VII

Au-delà des flots

La tempête avait finalement pris fin et, d'un horizon à l'autre, la mer était une plaine couleur fauve aux crocs blancs sur laquelle les navires tanguaient et roulaient sous des voiles en piteux état. Sur peut-être vingt pasangs, la flotte disséminée plongeait dans des écheveaux effilochés et des amas de bois et de cordages. À l'intérieur des bateaux mal en point, des milliers d'hommes étaient assis, épaule contre épaule, pendant que l'eau de cale fétide clapotait autour d'eux et qu'ils entendaient dans le ventre des transporteurs de fret les mules braire et ruer dans leurs stalles.

« Nous nous en sommes mieux sortis que je ne le craignais », déclara Myrtaios avec une satisfaction que Pasion trouva déplacée. Il se pencha sur le bastingage, pour être violemment secoué par le capitaine. « Non… le bord sous le vent, par Phobos ! Pourquoi les militaires n'arrivent-ils pas à se fourrer dans le crâne qu'il ne faut *jamais* vomir contre le vent ? »

Pasion eut un renvoi gargouillant, le visage pratiquement de la même couleur que les flots en contrebas. « Parce que c'est le dernier de nos soucis. Sache que j'aurais préféré aller par le fond.

– Ton souhait a bien failli être exaucé. Je n'avais encore jamais essuyé un pareil coup de tabac, de ce côté de Gygonis.

– Et la flotte ? Que vois-tu ? » Pasion passa le dos de sa main sur sa bouche et se redressa. Il avait retiré sa cuirasse et son chiton rouge était couvert de taches diverses. Dans les ponts inférieurs, la puanteur était insoutenable, pourtant leurs passagers avaient dépassé le stade où de tels détails importaient encore.

« Les vigies tentent de les dénombrer, mais ce n'est pas chose facile avec une houle pareille. Nous ne disposerons d'un chiffre fiable qu'après avoir effectué un décompte sur les quais de Tanis. Il faut néanmoins s'y préparer, mon ami. Plusieurs navires ont dû sombrer… crois-moi. On n'essuie pas un grain de quatre jours sans déplorer de victimes. » Le capitaine secoua tristement la tête et fit glisser ses doigts dans le nid emmêlé de sa barbe grise.

« Je le garderai à l'esprit. Quand pourrons-nous finalement descendre de ces maudites coquilles de noix et remettre les pieds sur le plancher des vaches ? »

Le vieux loup de mer gagna d'un pas lourd l'autre bord, en faisant signe à Pasion de le suivre. Le porte-fléau se fraya un chemin dans un enchevêtrement labyrinthique de gréement tombé sur le pont pour aller vers des hommes qui renforçaient le bois craquelé d'un des avirons de queue servant de gouvernail. L'eau de mer récurait le plancher dans un sens puis dans l'autre, arrivant à la hauteur des mains de ces matelots. Des profondeurs obscures et bruyantes de l'écoutille principale ouverte, d'autres membres de l'équipage hissaient de grandes outres en utilisant le palan de la vergue du grand mât, aidés par les mercenaires que le mal de mer n'avait pas terrassés. Sitôt vidées par-dessus bord, elles étaient renvoyées dans la cale pour poursuivre un écopage qui paraissait devoir durer jusqu'à la fin des temps.

« Là, dit Myrtaios en tendant un doigt courtaud. Vois-tu cette ligne, sur l'horizon ouest ?

– C'est la terre, pas vrai ?

– Il s'agit de la berge sud-est de Gygonis, et si tu étais dans le nid-de-pie, tu verrais la neige qui couronne les Monts Andrumenos. Je suis reconnaissant à la miséricorde d'Antimone que le vent n'ait pas tourné plus tôt, car nous serions autrement agrippés à des bouts d'épaves, projetés vers le haut et le bas des écueils redoutables de cette maudite côte. Non, bien que déchaînée, la mer a été aussi clémente qu'on pouvait l'espérer en cette période de l'année. Qui lève l'ancre en hiver adresse un pied de nez à Phobos ; ce dernier brasse alors les flots afin de lui donner une leçon. Il est certain que, si la somme n'avait pas été si conséquente, j'aurais éclaté de rire quand tu m'as proposé ce marché.

– En supposant que Phobos nous ait oubliés, quelle distance nous reste-t-il à parcourir ? »

Myrtaios sourit, ce qui s'accompagna d'une exhalaison d'ail fétide. Il tapota ses dents qui n'étaient pas réduites à l'état de chicots avec l'ongle du pouce. « Eh bien, nous laissons l'île de Gygonis derrière nous et le pire appartient au passé. Nous bénéficions à présent d'un bon vent qui souffle par la hanche. Je veux bien embrasser le cul du timonier s'il reste plus de quatre cents pasangs jusqu'à la côte d'Artaka, une distance que nous pourrons couvrir en trois jours si nous ne subissons ni tempête ni naufrage, et si la traînée qui nous transporte ne prend pas eau de toutes parts.

– Merci, capitaine. Je suis ton obligé, ce qui s'étend aussi à tout ton équipage. »

Myrtaios rit. « Garde tes remerciements, mercenaire. Assure-toi simplement que mes honoraires restent dans la cale, là où se trouve leur place. Voilà du fret que j'aimerais embarquer plus souvent. » Il leva les mains comme s'il prenait en coupe les seins d'une femme. « Tous ces adorables petits sacs ronds qui tintent les uns contre les autres, comme si l'or nous susurrait des mots doux à travers le cuir. Vis assez longtemps pour avoir besoin de regagner ton pays d'origine, et je suis ton homme pour assurer ton retour ! » Il s'éloigna à pas lourds sur le pont, et rejeta la tête en arrière pour éclater de rire. Pasion éructa, plaça sa paume sur sa bouche et fit une embardée vers le bastingage contre le vent.

■■■■

Un vent dont les hurlements descendirent d'une octave pendant le jour, et qui emporta vers l'ouest les nuages effilochés subsistant dans le ciel. La flotte filait bon train, presque avec majesté et, à présent que les navires évoquaient plus des moyens de transport convenables que d'épouvantables instruments de torture, les hommes restés dans les ponts inférieurs en émergèrent enfin. Rictus et Gasca gravirent l'échelle de l'écoutille puis allèrent vers la proue en titubant. Là, les embruns étaient aussi rafraîchissants que la pluie, et la chaleur du soleil leur paraissait à la fois différente et déconcertante. Ils croyaient presque humer de nouvelles senteurs, comme si leurs sens s'étaient modifiés en même temps que la géographie du monde.

« Nous allons vers le sud, déclara Rictus. Vois-tu le soleil descendre sur notre droite ? Nous avons les Harukush derrière nous, et droit devant...

– Oui... Je me demande ce qui nous attend, là-bas », lui répondit Gasca. Ses yeux avaient recouvré un éclat qui en avait été absent depuis leur départ de Machran, et Rictus était heureux de le voir réapparaître.

« La mer... Nous sommes dans l'océan Tanéen. Les légendes veulent qu'il ait été formé par les larmes salées d'Antimone, lorsqu'elle pleurait parce qu'elle avait été bannie des cieux. C'est alors que Gænion, le dieu forgeron pris de pitié, a martelé sa berge opposée pour créer les terres d'Artaka et y faire pousser une abondance d'épices et de fleurs destinées à adoucir l'amertume qui accompagne l'exil.

– Tout indique que c'est notre destination, fit Gasca avec un sourire tors. La terre d'épices et de fleurs dont tu parles... Mais si elle est agréable à ce point, pourquoi Dieu l'a-t-Il attribuée aux Kufr en nous laissant croupir dans les montagnes noires des Harukush ?

– Sans doute avait-Il d'autres projets pour les Macht.

– Je crois plutôt qu'Il avait une dent contre nous. Il nous a envoyés nous battre dans le trou du cul du monde et a accordé les meilleurs morceaux à ces maudits Kufr. Je crains que nos légendes ne soient de pures inventions. Je nous soupçonne d'avoir été des furoncles sur le fondement en question, de pauvres idiots condamnés à vivre au milieu des rochers et dans la neige, quand les autres peuples prenaient du bon temps au milieu des fleurs, des épices et du reste. Y as-tu déjà songé, grand philosophe ? »

Rictus sourit mais ne dit rien. Il prit appui sur le bastingage de la proue pour regarder le beaupré s'élever et redescendre tel un cheval docile lancé au petit galop. Il s'intéressait aux vagues qui venaient en roulant se briser contre l'étrave et savourait cette vision, les odeurs, la sensation de pureté et de fraîcheur due à l'eau salée sur sa peau. Il avait un pressentiment, la conviction qu'il lui faudrait se remémorer ces moments passés sur l'immensité des flots de ce monde. Un présent de la déesse, peut-être ? Des choses qui étaient toujours à double tranchant. Les mouvements pleins de vie du bateau sur la mer agitée lui procuraient une joie profonde et il tentait de transmuer cette expérience en souvenirs, car il savait qu'il ne connaîtrait plus jamais une chose pareille, une fois cet instant de magie terminé.

Il leva les doigts à son cou pour caresser le pendentif de corail de Zori. Il venait d'ici, des profondeurs océanes. À Machran, il lui aurait ouvert les portes d'un lupanar pendant toute une semaine ou permis d'acquérir un excellent couteau, mais il l'avait gardé. C'était son unique souvenir du paisible vallon où il avait grandi, là où son père n'avait pas ménagé ses efforts pour faire de lui un homme.

■■■■

Le vent soufflait régulièrement vers le sud et poussait la flotte devant lui, à l'allure d'un cheval au trot. À bord des navires, les marins réparaient les dégâts dus à la tempête avec le flegme propre à ceux qui sont accoutumés aux sautes d'humeur de dame nature, et les mercenaires lavaient leurs chitons écarlates souillés dans l'eau salée, qui les rendait rêches et irritants pour les cuisses, le cou et les biceps.

Le soir venu, les capitaines leur permirent pour la première fois d'allumer des feux dans les bacs pleins de sable du centre des navires. Les compagnies dispersées suspendirent au-dessus les *centoi* communs désormais piquetés de rouille et y jetèrent tout ce qu'il y avait de comestible dans les cales. Les centons se réunirent autour de chaque chaudron léché par les flammes quand l'obscurité commença à recouvrir les flots, et les marins levèrent les yeux de leur poste en proue ou à côté des avirons de queue. Ils avaient mangé leurs rations de biscuits de mer et de porc boucané plus tôt dans la journée, et ils regardaient à présent avec intérêt leurs passagers vêtus de rouge exécuter le rituel du repas du soir comme s'ils étaient de retour sur la terre ferme. Myrtaios avait exprimé des inquiétudes en voyant tant de gens sur le pont, affirmant que cela risquait de compromettre la stabilité du navire, mais Pasion ne s'était pas laissé fléchir. C'était un réconfort pour ceux qui trouvaient l'océan si dangereux et inhospitalier, et ses hommes étaient par ailleurs aussi maigres que des mendiants après avoir vomi tripes et boyaux près d'une semaine.

Deux centons se trouvaient à bord de ce bateau : les têtes de chien de Jason de Ferai, et les merles de Mynon. La plate-forme de poupe – que les marins appelaient la dunette, chaque élément ayant apparemment un nom bien précis – était l'endroit idéal d'où observer les deux cents hommes qui se bousculaient au centre, autour du point de noirceur bouillonnante du centos léché par des flammes.

Les cuisiniers avaient fini de puiser à la louche l'habituel ragoût, et les hommes en avaient englouti au moins la moitié quand Mynon et Jason allèrent se joindre à Pasion sur la dunette pour s'intéresser à l'espace bondé visible en contrebas.

« Émaciés et affamés, commenta Mynon.

– Je préfère cela à obèses et oisifs », rétorqua Pasion.

Ce qui fit sourire Jason. C'était une vieille discussion, presque un rituel. « Dis-moi, Pasion… Quelles sont nos pertes ? »

Le porte-fléau fronça les sourcils. « C'est difficile à dire. Même les marins ne peuvent avoir de certitudes.

– Pasion…

– D'accord, d'accord. Pour l'instant, tout indique que la tempête a envoyé par le fond une bonne douzaine de navires.

– Par la déesse ! jura un Mynon profondément choqué. Des transports de troupes ou de mulets ?

– Principalement du fret. Myrtaios m'a expliqué que, dans une mer démontée, les vagues défoncent fréquemment les coupées qui s'ouvrent dans les bordés. Mais nous estimons avoir perdu au moins trois transports de troupes.

– Six centons, calcula Jason. Environ six cents hommes, par Phobos !

– Pourquoi avons-nous effectué un si long voyage ? s'enquit Mynon. Si nous avions rallié Sinon, nous aurions à peine eu le temps de vomir un repas. Mais nous avons emprunté les routes maritimes de ce monde, ce qui a été fatal à des centaines d'entre nous.

— Tanis est le seul port où nous n'aurons pas à nous battre pour débarquer. Tu as assisté à des assauts lancés depuis le large, Mynon. Tu as vu des hommes gagner la terre ferme en pataugeant, pour se noyer dans leur armure, abattus avant d'avoir pu quitter les hauts-fonds. Crois-moi, Phiron sait ce qu'il fait. En outre… » Pasion s'interrompit, comme s'il avait été sur le point d'en dire trop. Finalement, il conclut : « Si nous le rejoignons en Artaka, notre voyage sera ensuite écourté et nous contournerons les Monts Korash, un sérieux obstacle à franchir dans tous les domaines.

— Les Monts Korash ? Dans quel enfer compte-t-il nous conduire ? » Le sourcil unique de Mynon s'incurva au-dessus des perles noires de ses yeux. « Je le croyais à bord d'un autre navire, mais voyage-t-il seulement avec nous ?

— Il nous a précédés, intervint Phiron d'une voix rauque. Il avait des questions à régler, à Sinon. Il s'inquiétait pour des problèmes de logistique, et il a embarqué sur une galère rapide. Il doit certainement nous attendre à Tanis, à présent. »

Jason secoua la tête. « Nous dansons dans les ténèbres, Pasion. Les secrets sont trop nombreux. Nul ne risque de déserter, puisque nous sommes en haute mer. Tu peux tout nous dire. Il saute aux yeux que nous voici impliqués dans une entreprise dont l'importance nous dépasse. Quand nous débarquerons de ces maudits navires, nous serons tous liés, avec des Kufr en face de nous. C'est nous qui sommes ici. Nous devons nous serrer les coudes. »

Pasion baissa la tête. En bas, dans la cale, les hommes s'étaient mis à chanter. Un vieil air montagnard. Il sonda avec sa langue la dent cariée qui le faisait souffrir et qui lui avait valu plus de nuits d'insomnie qu'il ne souhaitait se remémorer. Il l'assimilait à sa conscience, ou tout au moins à un mauvais tour qu'Antimone lui avait joué pour l'empêcher de bénéficier d'un sommeil paisible quand il avait tant de choses à l'esprit.

« Je n'ai reçu de Phiron qu'une seule dépêche », dit-il enfin. Quel était le titre de cette chanson, déjà ? Même lui, qui était originaire des basses-terres, en connaissait la mélodie. « Il venait finalement de rencontrer notre commanditaire et estimait que les dispositions prises pour notre accueil à Tanis laissaient à désirer. C'est pour cela qu'il s'y est rendu avant nous. C'est tout ce que je sais, mes frères.

– Il y a nécessairement autre chose, insista Jason. Nous allons nous battre en plein cœur de l'Empire, c'est une évidence... mais qui est notre employeur ? Quelle sera notre mission ? Nous sommes allés assez loin pour que tu nous le dises. »

Et Pasion les en informa.

■■■■

Ils arrivèrent en vue de la terre trois jours plus tard. Ce fut en tout cas ce qu'annoncèrent les vigies de faction dans les nids-de-pie, car les hommes présents sur le pont n'entrevirent qu'une vague ligne un peu plus sombre à la bordure du ciel, ce qui s'accompagna toutefois d'une intensification des odeurs dans l'air ambiant. Ils avaient ignoré que la terre pouvait être sentie comme un repas en cours de préparation ou des vents que quelqu'un lâche discrètement dans l'angle d'une pièce. Ils reconnurent les senteurs de la terre et montèrent se serrer sur les ponts des navires comme si leur simple présence pouvait inciter la flotte à aller plus vite. Et ils découvrirent une berge couleur moutarde accrochée à l'ourlet du monde, une plage de sable, semblait-il. Étant originaires des montagnes, ils trouvaient étrange et déconcertant que tout un nouveau monde pût s'offrir à eux en paraissant aussi plat que la main d'un homme posée sur l'horizon, aussi loin que portait le regard. Uniforme et marron, sans aucune trace de fleurs ou d'épices pour rompre cette monotonie.

Le Grand Continent. Il était connu sous ce nom depuis des temps immémoriaux. Les Macht n'avaient jamais oublié leur tentative de conquête... pas plus que les Kufr, bien entendu. Alors que la flotte se rapprochait des côtes, les voiles arisées et les avirons sortis sur les navires de plus petite taille, ils constatèrent que la couleur des flots avait changé, que la mer devenait aussi brune que la pisse d'un vieillard. Des oiseaux commencèrent à tourner autour de la flotte et à se regrouper autour des plus hautes vergues, en lâchant des fientes sur les mercenaires qui avaient récupéré armures et armes pour les polir et éliminer le sel et les points de rouille qui s'y étaient déposés, bien décidés à présenter un front éblouissant et terrifiant lors de leur débarquement. Myrtaios accueillit à son bord un pilote kufr chargé de guider la flotte entre les bancs de sable et les tourbillons des chenaux de l'Artan, ce grand fleuve dans le delta duquel se dressait Tanis, une des plus grandes et des plus vieilles cités du monde. Le Kufr alla se poster en poupe, entre les avirons de queue, pour aboyer en machtique s'il fallait se diriger vers bâbord ou tribord pendant que près d'une centaine de navires suivaient docilement, alignés les uns derrière les autres, redoutant de s'échouer sur le sable clair ou de percuter les écueils dorés d'Artaka. Même Jason, qui se dressait au bord de la dunette, bardé de sa cuirasse noire avec son casque suspendu sur sa hanche tel un ustensile de cuisine, était conscient de vivre un moment historique. Il avait déjà vu des Kufr, quelques-uns, mais tous l'assimilaient à un érudit. Pour la plupart des membres des centons, ce pilote bien plus grand qu'ils n'auraient pu le concevoir paraissait tout droit sorti d'un conte fantastique. Ils étudiaient en restant bouche bée sa peau dorée, ses yeux bizarres, sa face aux traits à la fois humains et inhumains. Une créature qui ne suait même pas.

« Peut-être ne transpirent-ils pas, commenta Mynon qui le regardait sans faire preuve de plus de discrétion que la toute dernière recrue de son centon.

– Ne me dis pas que c'est le premier que tu vois !

– Sur mon cœur, Jason. Le tout premier. Nous ne sommes pas tous des grands voyageurs gratte-parchemin dans ton genre. »

Et Tanis s'offrit ainsi à leurs regards. Le pilote les guida dans un large estuaire où la mer se teintait en marron et, de chaque côté, les berges empiétèrent sur l'eau pour réduire la largeur du chenal un pasang après l'autre. Devant eux, la bordure du monde fut ourlée de blancheur et, alors que le jour s'achevait lentement - cette interminable journée épuisante pour ceux qui avaient revêtu la totalité de leur panoplie –, ce trait s'épaissit et s'allongea pour s'élever par endroits, et finir par offrir aux passagers des navires une vue à laquelle rien n'aurait pu les préparer. Ils avaient visité Machran et se flattaient de savoir à quoi ressemblait une grande cité, mais ce qui entrait en expansion à l'horizon appartenait à une catégorie différente. C'eût été comme comparer le château de sable d'un enfant au projet d'un architecte.

Tanis. Le calcaire était ici le principal matériau de construction, une pierre blanche que le temps piquetait et assombrissait. Mais le passage des ans n'avait pas réussi à ternir l'impression d'ensemble. Il s'agissait d'une ville blanche, un joyau étincelant dressé dans le limon du delta. Ils voyaient en son centre deux douzaines de tours dans lesquelles s'en imbriquaient une cinquantaine d'autres, au cœur d'un entrelacs d'innombrables remparts, le tout étant démesuré au point d'en paraître irréel, un rêve d'urbaniste qui grimpait se perdre dans un ciel limpide. Une merveille. Plus la flotte remontait le delta, plus les bâtiments étaient vertigineux. À bord de chaque navire, les hommes étiraient leur cou pour tenter de discerner le sommet de ces constructions dont plusieurs pasangs les séparaient encore.

« Mère de Dieu », murmura Mynon. Sa petite face de rat convenait bien mal pour exprimer tant d'admiration et de respect. Un visage que finit par gauchir une grimace d'incompréhension mêlée de ressentiment. Il levait les yeux sur les tours blanches de Tanis tel un homme venant d'être informé des infidélités de son épouse.

« Pasion… je… je…

– Je sais.

– Une sacrée mission », commenta Jason. Et même lui, ce lettré si raffiné, avait des difficultés à ne pas rester bouche bée. « Pasion…

– Je sais », reprit ce dernier, figé comme une statue de pierre. « Prépare tes centons pour leur débarquement. Ne laissez rien derrière vous. Nous nous rassemblerons sur les quais en panoplie complète. S'il est nécessaire de se battre pour nous éloigner des navires, au moins serons-nous prêts. Mes frères, retournez auprès de vos hommes. »

Des flammes colorées furent hissées le long du pataras du navire amiral. Les navires suivants de cette flotte modifièrent leur parcours en conséquence, prirent des ris et avancèrent dans le chenal une rangée après l'autre. Sur chaque pont, les Macht s'étaient regroupés par compagnies, armes au poing, surplombés par les hauteurs vertigineuses de Tanis dont les berges étaient de plus en plus proches.

■■■■

Sitôt arrivé sur l'estrade, le messager se prosterna et balbutia : « Ils viennent d'arriver, Être Suprême. Les navires entrent dans le port, en nombre aussi grand que les vagues de la mer. Il y en a des centaines, Être Suprême, et sur le pont de chacun d'eux les Macht se dressent en armure, et les milliers de fers de leurs lances brillent comme autant d'étoiles. C'est un spectacle à la fois grandiose et terrifiant, telle une scène extraite de ces légendes dont…

– Oui, oui, fit Arkamenes. Laisse-nous, à présent. Je ne suis pas aveugle. »

Il se leva, en titubant sous le poids de sa tenue d'apparat. Amasis se rapprocha d'un pas et haussa un sourcil. « Dois-je…

– Non, par Dieu ! Merci, Amasis. Tout indique qu'un roi a besoin de se muscler les cuisses.

– La valeur de cette robe permettrait à elle seule de louer les services d'une seconde armée, murmura Amasis avant d'ajouter en se tournant pour parcourir du regard la longue salle d'audience : Leur avons-nous organisé un accueil digne de ce nom, selon toi ? »

Il y avait ici deux bons milliers de personnes et la chaleur était étouffante en dépit de l'énergie déployée par les porte-éventails alignés dans les galeries des hauteurs.

« Où est Gushrun ?

– Il est sorti. Tout indique que même le gouverneur d'Artaka doit à l'occasion soulager sa vessie. »

Arkamenes sourit. Lorsqu'il s'était levé du trône, toutes les personnes présentes avaient interrompu leurs conversations pour s'incliner. Il y avait un passage dégagé au centre de cette immense salle dans laquelle tous les sons résonnaient, et des deux côtés, deux cents Kefren de noble lignée, les membres de sa Garde personnelle, les honai, formaient des haies vivantes. Protégés par des corselets d'écailles métalliques, ils avaient été choisis en fonction de leur taille, leur force, leur férocité. Avec leurs grands casques empanachés, ils dépassaient la foule tant de la tête que des épaules.

Arkamenes gagna la fenêtre ouverte derrière son trône. Haute de deux longueurs de lance, elle avait été vitrée sur toute sa surface. À travers la luminosité brouillée du verre, il baissait les yeux sur l'immensité du triple port de Tanis pour assister à l'arrivée de la flotte et observer la foule qui grouillait sur les quais, repoussée par un nombre impressionnant de lanciers chargés de permettre à des

Macht armés de fouler de nouveau le sol du Grand Continent.

« Convoque immédiatement les officiers, dit-il à Amasis. Laisse-les venir à pied, et qu'ils soient armés ou non est sans importance. Mais ne perds pas de temps, car les évanouissements ne vont pas tarder à débuter parmi nos convives. Ah, j'allais oublier…

– Oui, seigneur ?

– Découvre où est passé Phiron. »

■■■■

Ils ne s'étaient pas attendus à une chaleur pareille, pas en hiver. Alors qu'ils suivaient les files d'hommes interminables vers le bas de la passerelle, Rictus et Gasca firent une moue et se dévisagèrent, perdus tous deux dans des conjectures inexprimées. Ne se trompaient-ils pas ? Ils étaient en un lieu où n'étaient pas respectés les cycles habituels des saisons, et pendant que Gasca se dressait sur le quai, lesté par sa cuirasse et privé d'air sous son casque, tandis que sa sueur rendait sa lance glissante dans sa main, il se demanda si les déclarations de son ami ne contenaient pas un fond de vérité. Car cette chaleur ne pouvait avoir une origine naturelle, pas en cette période de l'année. Peut-être trouvait-on effectivement des fleurs, ici, ainsi que des épices, quelles qu'elles puissent être.

Les centurions avançaient tête nue, ce qui était préférable pour aboyer des ordres et être reconnus par ceux auxquels ils s'adressaient. Les navires arrivaient les uns derrière les autres, et les hommes qui en débarquaient allaient grossir les alignements figés sur les quais que des formations de lanciers kufr séparaient des curieux de plus en plus nombreux et bruyants. Mais sous leurs casques empanachés, ces soldats avaient les yeux aussi écarquillés que les hordes de curieux qu'ils devaient contenir.

Jason allait et venait devant son centon, en tenue de combat complète, son casque de fer à la crête transversale heurtant sa hanche à chaque pas. « Restez immobiles, bande de tire-au-flanc ! grondat-il à voix basse. Montrez-leur de quoi vous êtes capables. Buridan, ramène ces foutus gymnètes à l'alignement, à coups de pied au cul si nécessaire. »

Ses hoplites quittèrent les quais en suivant les dauphins d'Orsos, un groupe à la réputation douteuse même en fonction des critères pourtant laxistes en vigueur chez les mercenaires. Dans un moment de sombre gaieté, ils avaient barbouillé leur cuirasse de peinture noire découverte dans les cales de leur navire, et c'était comme si tout un centon de porte-fléau conduisait cette armée dans l'immensité grouillante de la cité qui les attendait. Pasion s'entretenait avec deux guides kufr, chacun d'eux s'inclinant avec grâce pour entendre ses propos au sein du brouhaha s'élevant de la foule. Malgré la distance, il était possible de constater qu'il prenait sur lui-même pour ne pas reculer chaque fois qu'ils inclinaient leur face dorée embaumée vers la sienne, leurs yeux violets brillant comme des gemmes du désert.

Rictus était resté près des navires avec les autres gymnètes, conscient que le déchargement de leur matériel et de leurs bêtes durerait un certain temps. Il y eut des cris et des armes furent brandies quand un grand nombre de Juthiens gravirent rapidement les passerelles, en poussant des grues montées sur roues comme s'ils rapprochaient des machines de guerre des murailles d'une forteresse assiégée. Les gymnètes serrèrent les rangs et injurièrent les nouveaux venus qui restèrent impassibles, même si leurs yeux gris assortis à leur peau cillaient de façon menaçante. Ce fut seulement quand un centurion arriva à grands pas le long du front de mer et les traita d'imbéciles que les gymnètes laissèrent les débardeurs monter à bord de leurs navires et entamer le dur labeur consistant à treuiller leur avitaillement sur les quais.

« Ils n'ont pas la même odeur que nous, déclara un des camarades de Rictus en grimaçant de dégoût. Tu sens ça, toi aussi ? On se croirait sur une plage en plein milieu de l'été, quand la marée abandonne des festons d'algues derrière elle.

– Ce que tu sens, c'est l'odeur du port », rétorqua Rictus sans être toutefois certain de ce qu'il avançait. Bousculé plus qu'il n'était acceptable sur ce pont bondé, il gravit les haubans du grand mât pour se retrouver une cinquantaine de pas au-dessus des quais. De ces hauteurs, l'animation, les bruits et la chaleur de la cité lui paraissaient toujours aussi importants. Les bateaux s'entassaient dans les trois grands bassins de Tanis... Il n'y avait pas ici que la flotte des Macht, mais un demi-millier d'autres navires, se dirigeant vers les docks pour charger ou décharger des marchandises, et les rues qui s'éloignaient du front de mer étaient encombrées de piétons, de carrioles, de chariots, de charrettes et de bêtes de somme. Seule l'avenue qu'empruntait à présent l'armée des Macht était dégagée, et les habitants de la cité se dirigeaient vers ce fleuve de bronze et d'écarlate qui serpentait vers l'intérieur des terres et les tours blanches miroitantes. Brusquement, le monde était devenu un lieu bien plus vaste qu'il n'aurait pu l'imaginer, et l'armée qui lui avait semblé terrifiante, là-bas dans les Harukush, était ici écrasée par Tanis, engloutie comme un moucheron happé par un crapaud-buffle.

■■■■

Pasion suait autant qu'un cheval, mais il se sentit néanmoins soulagé dès qu'il reconnut Phiron, dressé à l'extrémité de la rue pour attendre que cette marée humaine arrive à pas lourds à sa hauteur. Phiron souriait, son beau visage assombri par le soleil, ses yeux gris renvoyant maints reflets dans les ombres. Il calqua son pas sur celui de Pasion, et l'information remonta le long de la colonne. Les hommes redressèrent la tête, le regard plus vif derrière les évidements en T de leurs casques. Leurs cimiers oscillèrent et leurs pieds martelèrent le sol comme ils se mettaient au pas, une cadence accentuée par les fers de leurs sandales qui agressaient les pavés.

Pasion avait toujours été un peu jaloux de Phiron à cause de sa prestance, ses airs aristocratiques, la facilité avec laquelle il appréhendait certains concepts, mais il était heureux de le retrouver. Les deux hommes refermèrent leurs mains sur leurs avant-bras respectifs, sans rompre pour autant la cadence. « Où nous conduisent-ils ? » demanda Pasion en désignant de la tête les deux Kefren qui les précédaient.

« Jusqu'au Mur du Désert, le Kerkh-Gadush pour reprendre l'appellation locale. C'est un terrain de foire, mais nous n'irons pas jusqu'au bout, toi et moi. Nous sommes attendus dans l'Aadan, la ville haute. Notre employeur s'y trouve et il doit désormais bouillir d'impatience. Je veux que dix centurions nous accompagnent, pour faire plus forte impression. Assure-toi que Jason de Ferai est parmi eux. Avoir à mes côtés un officier ayant un minimum de savoir-vivre ne peut me nuire. »

Pasion sourit, sans être de bonne humeur pour autant. « Il se trouve dix pas derrière toi, sous l'étendard des têtes de chien. Pourquoi pas Orsos ?

– Grand Dieu, non ! J'ai besoin d'individus à l'esprit éveillé et sachant tenir leur langue. Mynon… Je te laisse choisir les autres, Pasion. Nous n'avons pas une seconde à perdre. »

Phiron et Pasion s'écartèrent pour laisser les hommes continuer leur route. Ils appelèrent Jason et Mynon, afin qu'ils quittent à leur tour ce défilé interminable et aillent les rejoindre. Marion de Karinth, un assassin endurci au visage angélique de boulanger. Durik de Neslar, à la barbe noire et au nez cassé, un vétéran possédé par une véritable passion pour la musique. Pomero d'Arienus, un rouquin à la face piquetée de taches de rousseur pelant déjà sous la morsure de ce soleil étranger. Cinq autres officiers, jeunes et séduisants, ceux qui avaient le plus de prestance. Phiron fit sortir les centurions des rangs, leur ordonna de se rendre présentables avec une assurance qu'il n'avait pas possédée six mois plus tôt, puis les guida vers la cime du tertre artificiel qu'occupait la ville haute.

Tous les centurions qu'il avait désignés portaient le Divin Fléau, cette cuirasse noire légère comme une plume.

VIII

Les maîtres du monde

Douze hommes parcouraient d'un bon pas cette vaste salle dans laquelle chaque son résonnait, cette masse de marbre, de feuilles d'or et de calcaire qui formait des grappes de balcons vertigineux et des galeries étranges et improbables s'élevant jusqu'au toit, une forêt de piliers surmontés par des voûtes torsadées en courbes sinueuses déstabilisantes qui relevaient d'un autre art que celui de l'architecture. Ils s'abstenaient de lever les yeux et regardaient droit devant eux à l'intérieur de l'espace confiné de leur casque. S'ils s'étaient munis d'une épée, aucun n'avait une arme véritable. Revêtus de la cuirasse noire légendaire des Macht, le Présent Divin, ils s'avançaient avec leur manteau écarlate jeté sur l'avant-bras gauche, la crête de leur cimier transversal s'incurvant vers leurs épaules. Leur arrêt fut ponctué par un fracas de métal sur la pierre et ils restèrent ensuite immobiles, telles des entités immuables originaires d'un autre monde au cœur de cette foule multicolore aux innombrables odeurs comprimée entre les murs de la salle, rendue muette par une vive curiosité et ce qui s'apparentait à de la peur.

Tiryn observait la scène sur le côté de l'estrade. Elle avait vu Phiron de près... et elle le regardait à présent s'incliner et retirer son casque devant Arkamenes, Gushrun et Amasis, tous aussi majestueux que des statues pour reconstituer un tableau étudié à l'avance : Arkamenes assis sur le trône, Gushrun debout sur sa droite avec son bâton de commandement dans une main manucurée, sur sa gauche Amasis qui avait tout d'une apparition drapée de lin blanc. En bas, dans la salle, les deux rangées de lanciers kefren se dressaient, grands et imposants dans leurs armures scintillantes. Elle n'avait jamais vu une scène aussi impressionnante... et même le Grand Roi Ashur n'aurait rien pu organiser de plus spectaculaire, pas pour une simple entrevue avec ses commandants, en tout cas. Mais qu'y avait-il de différent ?

Tiryn tira sur son voile pour l'abaisser et humer l'air. Elle identifia immédiatement de quoi il retournait. Les Macht avaient une odeur âcre. Ils suaient et puaient comme des bêtes. Même l'encens des brûle-parfum suspendus au-dessus de leurs têtes ne réussissait pas à couvrir ces relents. Au cours de sa jeunesse, Tiryn avait eu coutume d'aller s'asseoir dans les écuries pendant que les esclaves pansaient les chevaux revenant de l'exercice. C'était plus ou moins comparable.

Mais il y avait un autre élément, même si définir lequel eût été impossible. Peut-être existait-il un rapport avec la façon dont ces êtres se tenaient, la désinvolture de leur posture au pied de l'estrade, indifférents à la foule massée derrière eux, aux grands de ce monde qu'ils avaient en face, à l'opulence et la magnificence du palais dans lequel ils se trouvaient. Ils paraissaient plus stables que tout le reste. Peut-être était-ce dû à leur cuirasse légendaire qui ne reflétait aucune lumière. Le plus grand d'entre eux n'arrivait pas aux épaules du plus petits des gardes kefren, et cependant…

Ces mercenaires avaient quelque chose de déstabilisant, bien au-delà du mythe et des rumeurs se rapportant à leur peuple. Debout avec la main levée pour écarter son voile de son visage, Tiryn sentait qu'elle était en présence d'une anomalie, d'un élément qui n'avait pas sa place dans le monde qui avait été jusqu'à présent le sien.

Il y eut d'autres mouvements dans la salle bondée quand Phiron s'exprima en kefren, le langage des Rois. Il s'était appliqué à travailler son accent et il avait tout d'une personne ayant une grande éducation. Il était surprenant d'entendre une telle créature utiliser la langue raffinée de la noblesse, celle qui était de mise dans la salle du trône d'Ashur.

« Seigneur, j'ai amené jusqu'à toi la fine fleur de mon peuple, les meilleurs guerriers que nous possédons. J'ai mis à ta disposition cent centons d'hoplites afin qu'ils grossissent les rangs de ton armée et t'offrent leur soutien dans les temps à venir. Seigneur, nous sommes désormais à ton service. Nous ne repartirons pas avant que tu ne sois devenu le maître suprême de cet Empire, que tu aies été couronné Grand Roi dans le saint palais d'Ashur. Nous en avons tous pris l'engagement. » Sur ces mots, Phiron s'inclina bien bas et, après une brève hésitation empreinte de gêne, tous les autres Macht en firent autant, l'expression dissimulée par leurs casques.

Arkamenes se leva, en souriant. « Mes chers amis… » Il écarta les bras pour indiquer qu'il allait entamer un discours.

Tiryn s'éloigna discrètement. Près d'elle, certaines des concubines de noble extraction s'écartèrent de son passage, comme si elle avait été une mendiante pestilentielle. Elle était pour l'instant la favorite, mais le moment venu, ce serait avec elles qu'il aurait des enfants. Une vulgaire *hufsa* ne pouvait donner un héritier au trône. Tiryn se redressa et remercia Dieu pour le khôl et l'antimoine qu'elle avait appliqués autour de ses yeux ce matin-là. Elle assimilait cela à un masque, alors qu'elle se frayait un chemin dans la foule. Les concubines se seraient inclinées devant elle, si Arkamenes avait assisté à la scène. Comme ce n'était pas le cas, elles lui laissaient juste assez d'espace pour lui permettre de se faufiler entre elles. Plus le prince se rapprocherait du pouvoir, moins il s'intéresserait à sa petite catin de basse extraction, cette paysanne des Monts Magron. La regretterait-il ? C'était improbable. Il lui avait fait des confidences sur l'oreiller parce que ce qu'on racontait à une fille comme elle ne prêtait pas à conséquence. C'était un peu comme s'il avait révélé des secrets à un caillou.

Et cependant, je me déplace dans ce palais vêtue de soie et de lin, avec de l'or pour parer mon front, mes poignets et mes chevilles, un garde du corps qui me suit à cinq pas et une servante juste au-delà, pensa-t-elle. *J'ai fait du chemin, mère.*

Elle se remémora les montagnes blanches, le ciel bleu. Les hauteurs d'où le regard embrassait les plaines brun et vert et les miroitements des rivières, ces étendues assimilées à un autre monde, un simple décor comparé à l'incontestable réalité de la neige et de la roche. Mais cette plaine infinie qui se poursuivait au-delà de l'horizon, avec sa terre noire et ses trois récoltes annuelles, était l'élément moteur de ce monde. Pour cette raison, ses maîtres réclamaient un tribut à ceux qui vivaient sur son pourtour. Tiryn avait remplacé un fils qui aurait dû aller grossir les rangs de l'armée impériale. Chaque famille devait servir son Roi dans la mesure de ses moyens.

Il y avait longtemps que les montagnes n'étaient plus que de lointaines images dans son esprit. *Je suis une enfant gâtée*, estima-t-elle. *J'ai trop longtemps vécu dans des palais. Là où je suis née, les gens rendent grâces à Dieu en plein air, devant les éboulis des sommets, les yeux levés pour Lui adresser leurs pensées. À présent je ne puis Le trouver que lors des cérémonies et dans les sanctuaires, à la lueur des cierges et sous l'éclat de l'or. Ici, on communique avec Lui en murmurant dans les ombres.*

Puis on se demande s'Il est là et nous écoute.

Un court instant, elle s'inspira du dégoût. Cette fille indolente à la tenue raffinée, aux yeux fardés et aux ongles manucurés qui se permettait de mettre en doute tout ce que ses parents lui avaient inculqué au prix de tant de sacrifices. Pourquoi ? Parce qu'elle s'était aventurée dans le monde extérieur et commençait à se croire pleine de sagesse.

Sa mère s'était tranché l'extrémité d'un doigt, le jour où le collecteur d'impôts était venu chercher Tiryn. Sans un mot, le visage livide et sans la moindre plainte, elle avait débité la phalange avec le plus affûté de ses couteaux de cuisine, pour faire du départ de sa fille l'équivalent d'un deuil. Tiryn pouvait comprendre, et elle n'avait pas pleuré, tant elle était choquée par la prise de conscience que leur séparation était définitive, qu'il ne s'agissait pas d'un exil temporaire. Mais elle avait ensuite versé des larmes jusqu'au moment où le sommeil l'avait terrassée, cette nuit-là, après que tous les percepteurs du secteur s'étaient succédé pour prendre du plaisir avec elle.

Elle sortit de la salle en toisant deux sentinelles avant d'emprunter une des portes latérales pour descendre la colline par le chemin le plus facile. La chaleur du jour commençait à décroître, au point que le fond de l'air fraîchissait. Bon nombre d'habitants de ce quartier s'étaient emmitouflés dans des burnous, ce qui la fit sourire. Elle songea à son enfance et aux épaisses couches de neige, aux agneaux gelés placés dans les cendres du feu afin qu'elles leur communiquent la chaleur de la vie. Cet hiver, pour reprendre le terme qu'ils employaient, était aussi clément qu'un printemps dans les hautes-terres. Artaka avait la prétention d'être le lieu le plus ancien du monde, et Tanis sa plus vieille cité. Tiryn pouvait le croire, mais elle ne s'était pas débarrassée du mépris que les habitants des plaines inspiraient aux rudes montagnards. Même si un adage voulait que le statut soit inversement proportionnel à l'altitude. C'était d'ailleurs la stricte vérité. Les grands Kefren à la peau dorée des terres humides et fertiles gouvernaient ce monde depuis des temps immémoriaux. Ils utilisaient les autres races et castes comme un charpentier qui plonge la main dans sa boîte à outils. Il en avait toujours été ainsi, et la plupart des gens estimaient que rien ne changerait jamais. Mais en voyant ce petit groupe de militaires à la cuirasse noire dans la grande salle de Tanis, ce jour-là, Tiryn avait été assaillie par une étrange émotion qu'elle n'aurait pu véritablement analyser. Ces créatures, ces hommes… Ils n'avaient jamais été assimilables à des outils. Ils ne manifestaient aucune déférence, ils n'avaient cure de la caste de leurs interlocuteurs. Ils étaient frustes, et Tiryn avait conscience que leur ignorance les emplissait de haine. Mais en même temps… Voir pour une fois ces puissants Kefren déstabilisés et impressionnés par ces étrangers farouches qu'ils avaient invités dans leur Empire l'avait fait jubiler.

■■■■

Rictus avait toujours aimé l'escalade, que ce soit des arbres ou des collines, et il se sentait à son aise dans le gréement du navire. Il s'installa sur le nid-de-pie du grand mât, une étroite plate-forme incrustée de sel d'environ six pieds de long, pour écouter en souriant un membre de l'équipage raconter une histoire ayant pour cadre la maison d'une dame de Kupr, l'île boisée aux sources innombrables du nord de l'océan Tanéen que les Macht avaient souvent pillée en raison de l'excellente qualité de ses essences, leurs propres arbres étant bien trop tors et difficiles à travailler pour qu'il soit possible d'en tirer des mâts et des espars dignes de ce nom. La femme en question recevait ce soir-là deux vieux loups de mer, des capitaines dont elle satisfaisait les besoins à tour de rôle, allant d'une chambre à l'autre de son grand appartement jusqu'au moment où l'un d'eux décida de la suivre et la trouva dans les bras de son frère. Sans se laisser démonter (car ils étaient tous deux passablement ivres) les deux frères l'épousèrent et vécurent heureux jusqu'à la fin de leurs jours. Quand l'un prenait la mer l'autre se chargeait de satisfaire la dame, et ils étaient tous les deux attendus à leur retour à terre. « Mais il s'agissait de gens de Kupr », conclut le marin en ponctuant cette déclaration d'un clin d'œil lourd de sous-entendus.

En contrebas, le navire avait tout d'un cerf éviscéré. Les écoutilles étaient béantes et en certains endroits le plancher du pont avait même été retiré pour permettre de décharger plus rapidement le contenu de la cale. Allongé sur son perchoir, Rictus s'intéressait à l'activité désormais frénétique. Il avait faim et soif, comme la plupart des hommes consignés, mais la chaleur du jour décroissait enfin et les lampes s'allumaient le long des douzaines de croissants d'immeubles, d'entrepôts et autres édifices de ce quartier du port. Tout s'illuminait, tant à terre qu'à bord des navires amarrés dans le bassin ou le long des quais. Il n'avait encore jamais rien vu d'aussi merveilleux, une telle quantité de flocons de lumière. Il restait allongé pour contempler la scène en pensant à ce Grand Continent qu'il assimilait à une énorme créature dont il découvrait le pelage dans la pénombre de ce soir étranger.

« Qui tire au flanc sur le nid-de-pie ? s'exclama quelqu'un, en contrebas.

— Sans doute cet Iscan, ce Rictus.

— Faites-le descendre, bordel ! On a du travail, ici, et deux bras supplémentaires ne seront pas du luxe. »

Pendant que Phobos s'élevait dans le ciel, avec Haukos en remorque, Rictus s'échina sur les quais au milieu d'une foule de ses semblables et de Juthiens dont le nombre s'était réduit. La plupart d'entre eux avaient quitté le port à la tombée de la nuit, et les Macht devaient suer pour débarquer leur avitaillement. Les membres des deux espèces travaillaient côte à côte sans s'adresser la parole, se contentant d'échanger des grognements ou des gestes, mais ils réussissaient à expédier leur tâche sans pour autant jurer plus que de coutume.

Les piles de caisses étaient très hautes et l'une d'elles se mit à osciller, menaçant de basculer sur un Juthien accroupi au-dessous. Toujours aussi rapide, Rictus bondit en criant pour pousser l'autochtone. Il se relevait, quand la caisse percuta violemment son torse.

Le Juthien qu'il avait écarté revenait vers lui, les yeux brillants, les poings serrés… avant de comprendre ses intentions et de plonger sous les bras de l'Iscan pour joindre ses forces aux siennes. À eux deux, ils firent basculer latéralement la caisse qui les épargna et chut avec bruit sur les pavés, en éclatant pour révéler des ballots contenant des faisceaux d'aichmes, des têtes de lance en fer et en bronze enveloppées de paille.

Rictus se redressa en regardant le Juthien et en massant ses membres endoloris. Il sourit.

La créature l'étudia longuement avant de hausser les épaules puis de reprendre son travail. Mais ensuite, chaque fois qu'un élément du chargement particulièrement lourd était abaissé vers lui, Rictus découvrait que ce Juthien se rapprochait de lui pour l'aider.

■■■■

Plusieurs heures d'observation permirent sans doute à la foule venue jusqu'aux quais d'assouvir sa curiosité. Avant le milieu de la nuit, alors que les opérations de déchargement se poursuivaient de façon toujours aussi intensive, les badauds se dispersèrent et les lanciers kefren venus assurer le service d'ordre purent enfin se détendre. Ils posèrent leurs boucliers et retirèrent leurs casques, révélant l'étrange face aux os étirés propre à leur espèce. Tiryn traversa leurs lignes désormais éparses avec ses serviteurs qui la suivaient à dix pas, son garde du corps attentif et sa servante voilée et impassible comme seule pouvait l'être une Juthienne. Les innombrables pasangs de docks et de quais du port semblaient avoir été attribués à ces navires et à leurs milliers de membres d'équipage et passagers. Combien de Macht étaient venus jusque-là, au fait ? se demanda-t-elle.

Elle alla vers le bateau le plus proche entre les collines de barils, caisses et sacs qui encombraient le quai. Des Juthiens étaient présents, bien entendu, comme en tout point de l'Empire où du travail de force devait être exécuté. Leurs chants graves étaient audibles pendant que des équipes actionnaient les palans d'une des grues du port. Qu'il était donc étrange, déconcertant, de les voir travailler côte à côte avec ces étrangers. Les Macht ne portaient naturellement pas d'armure. Il y en avait de toutes tailles et de tous âges. Barbes grises et peau noisette, avant-bras modelés par les muscles et jeunes gens aux épaules étroites. Était-il vrai que, comme le soutenait Amasis, le système des castes était inconnu de ce peuple ?

Là… par exemple. Un des Macht les plus jeunes, grand pour son espèce et aux cheveux très clairs, buvait en levant une outre. Lorsqu'il eut terminé, il la proposa à un Juthien trapu se trouvant près de lui, qui la prit et fit gicler le breuvage dans sa bouche béante. Tiryn s'avança, sidérée. Son garde du corps, un grand guerrier kefren dont la jeunesse appartenait à un lointain passé, apparut près d'elle. « Ma dame, est-ce convenable ? murmura-t-il.

— Laisse-moi faire, Hurth. » Elle laissait traîner derrière elle sa longue robe, déjà souillée par ses déplacements dans les rues de la ville. Le Macht et le Juthien interrompirent leurs activités pour la regarder.

« Comment peux-tu partager l'eau de cette créature ? N'as-tu donc pas conscience qu'il s'agit d'un animal ? »

Elle s'était adressée en asurien des rues au Juthien qui s'inclina sitôt après avoir vu ses bijoux et le garde du corps resté en retrait, la main sur son glaive.

« J'avais soif, maîtresse. »

Tiryn remarqua qu'elle attirait tous les regards des Macht qui s'intéressaient à la scène avec autant de méfiance que de curiosité. Sous la clarté des lanternes du port, il était possible de voir à quel point celui-ci était émacié et vêtu de guenilles. Un esclave, donc. Mais il avait un regard d'homme libre, et ce fut avec des yeux pétillants de malice qu'il osa dire quelque chose et lui tendre son outre.

Hurth s'avança pour la faire tomber d'une tape, en grondant. Tous les individus présents à proximité se figèrent. Macht et Juthiens avaient interrompu leurs activités pour suivre l'incident. D'autres Macht approchaient, et certains tenaient des couteaux. D'autres démêlaient des frondes passées dans leur ceinture, les yeux brillants et menaçants. Il y eut quelques cris pendant que le Juthien restait immobile, semblant attendre de découvrir ce qui résulterait de tout cela.

« Ça suffit, Hurth ! Laisse-le. Il… Il n'avait pas de mauvaises intentions, je présume. »

Hurth dégaina son épée et recula. « Tant d'insolence est intolérable ! fit-il. Mais ils sont trop nombreux. Mieux vaut nous éloigner, ma dame. »

Ils quittèrent les quais, sous une avalanche de quolibets et de sifflements. Un demi-pavé vola dans les airs et roula à leurs pieds. Tiryn sursauta et les Macht les plus proches rirent. Tous, à l'exception de celui qui lui avait proposé son outre. Il se pencha pour la ramasser, avant de suivre leur départ précipité avec un air pensif.

■■■■

Douze hommes se dressaient sur une colline dénudée, tous bardés d'une cuirasse noire recouvrant un chiton écarlate. À leur aplomb le ciel était d'un bleu éblouissant, et autour d'eux des milliers d'hommes vaquaient à leurs occupations, se répandant sur le terrain environnant comme une épidémie propagée par le vent. Loin à l'ouest on pouvait discerner les miroitements d'un grand fleuve. Là, la terre était verte et il y avait des arbres dignes de ce nom, mais ici le vent la chassait devant lui sous forme de nuages de poussière ocre, et seuls des épineux et des buissons rabougris réussissaient à émerger de ce sol craquelé.

« Tanis et Geminestra sont distants d'environ quatre cents pasangs », déclara Phiron. Il s'accroupit à côté de la carte et la scruta comme s'il s'agissait d'un horizon inconnu. Il tenait une baguette dont il se servait pour désigner divers points sur le parchemin. « Voici le désert, un maquis… un peu comme les plaines du secteur de Gast, chez nous.

— En plus chaud », intervint Jason, ce qui provoqua des rires tout autour de lui. Phiron chassa des mouches de devant son nez. Une goutte de sueur y pendait, et il en avait d'autres sur ses pommettes.

« Je le maudis déjà, marmonna quelqu'un avec hargne.

— Je t'approuve sans réserve. Nous nous déplacerons de nuit. J'en ai parlé avec notre commanditaire. Nous resterons couchés tout le jour, aussi longtemps que la chaleur sera insoutenable. Au dire de tous, il serait suicidaire de prendre ce désert à la légère.

— Quatre cents pasangs, répéta Orsos le Taureau. Dix jours de marche, si tout va bien. » Il s'était rasé la tête et son cuir chevelu était déjà rosé par le soleil, alors que son visage brillait comme s'il l'avait oint d'huile.

« Quinze », le reprit Phiron. Quand les centurions le dévisagèrent, il leva ses paumes tel un marchand ambulant acceptant une offre désavantageuse. « Tout indique que les Kufr ne peuvent pas se déplacer aussi rapidement que nous.

— Celui qui va moins vite a besoin de plus de nourriture et d'eau, grommela Jason. C'est leur pays, ils ne devraient pas avoir de difficultés à le traverser.

— Ils ne sont pas de la même trempe que nous », répondit simplement Phiron.

Il leva les yeux de la carte, les paupières mi-closes pour les protéger de la vive clarté, tout en glissant une main sous sa cuirasse afin de réduire son frottement contre sa clavicule. « Nous partirons ce soir. Pasion, tu as le manifeste. Nous serons au milieu de la colonne…

— Où nous inhalerons la poussière soulevée par sa Grande Majesté, marmonna Orsos.

— Absolument. Mais le gros de leurs troupes sera derrière nous. Nous nous déplacerons avec la caravane de notre intendance au centre de notre groupe. Mes frères, que nous fassions ou non partie de cette armée, je compte agir comme si nous étions livrés à nous-mêmes. Les gymnètes protégeront nos flancs et l'infanterie lourde formera un carré, avec les bêtes de somme au milieu.

— Nous avons besoin d'exercice, déclara Mynon dont les yeux de merle se déplaçaient de toutes parts sur la carte. Nos hommes se sont ramollis, pendant la traversée, et éliminer de leur organisme le vin offert par notre employeur est devenu une impérieuse nécessité.

— Je partage cet avis sans réserve, dit Phiron. Pasion ? Serais-tu muet, ce matin ?

— Garder la bouche close empêche les mouches d'y pénétrer », répondit Pasion en massant le côté de sa mâchoire, comme s'il avait une dent cariée. « Je réfléchissais. Pour résumer, nous avons divisé l'armée en dix bataillons, dix morai dont le commandement est assuré par autant de généraux. Mais nous avons juste assez d'hoplites pour en constituer neuf. Peut-être devrions-nous envisager de compléter leur nombre par des gymnètes.

— Quoi, fournir des panoplies à chacun d'eux ? Je préfère encore être en infériorité numérique, gronda Orsos.

— Il y a certainement parmi eux suffisamment de jeunes adultes qui feraient parfaitement l'affaire, rétorqua Pasion en le foudroyant du regard. Nous avons le matériel nécessaire, et il alourdit nos chariots. Ne vaudrait-il pas mieux que ces cuirasses soient portées par des hommes ?

– J'y réfléchirai, s'empressa de déclarer Phiron pour étouffer dans l'œuf une querelle. Mes frères, à vos morai. Transmettez les instructions aux centurions, et faites en sorte que tout soit prêt. Pasion inspectera le matériel de chaque centon dans la soirée. Laissez vos hommes dormir, cet après-midi. Des questions ? »

Elles étaient nombreuses. Phiron les sentait en suspension dans les airs, devant lui, dansant dans les miroitements de chaleur au-dessus de la colline sur laquelle ils se dressaient. Finalement, inévitablement, ce fut Orsos qui prit la parole. Malgré son âge, la masse de chair pétrie de son visage lui donnait des airs d'énorme enfant bestial.

« Tu as tout organisé, Phiron, et nous t'en sommes reconnaissants… » S'éleva un murmure d'assentiment qui paraissait toutefois accordé à contrecœur. Phiron haussa un sourcil et déplaça ses pieds, tel un homme qui s'apprête à subir une attaque… « Cependant, il ne faut pas oublier que nous avons un Kerusia, un conseil militaire. Les hommes ont élu dix d'entre nous sur une centaine de centurions, mais tu n'as fait l'objet d'aucun vote… pas plus que Pasion, d'ailleurs. Nous savons que tu es le seul d'entre nous à parler le kufr, et il ne nous viendrait pas à l'esprit de nous passer de tes services, mais c'est ensemble que nous devons prendre les décisions qui nous concernent tous.

– Tu n'es pas un roi, mon frère », surenchérit le vieux Castus. S'il avait une barbe blanche, il possédait sans doute le cœur le plus noir d'eux tous et la cicatrice qui allait se perdre sous sa barbe transformait ses sourires en épouvantables grimaces.

« Tu connais ces étrangers, c'est exact, mais nous avons bien plus de campagnes que toi à notre actif, tant moi qu'Argus ou encore Teremon.

— Faudra-t-il interrompre les combats pour organiser un vote chaque fois que je dirai à un centon de lever ses boucliers ? demanda Phiron avec une désinvolture démentie par l'irritation qui filtrait dans sa voix.

— Ne fais pas ta mauvaise tête. Nous nous battrons au côté de ces Kufr, et exécuter tes ordres sera alors bien naturel. C'est à toi que le Roi en puissance adressera ses estafettes, par douzaines, quand le sang aura commencé à couler. Mais pour le reste, la façon de nous déplacer et les emplacements de nos campements, tu dois consulter le Kerusia. C'est la règle.

— Entendu », déclara Phiron en inclinant la tête. Castus, Orsos, Argus, et Teremon étaient les centurions les plus expérimentés de l'armée, un quarteron de tueurs. Les généraux plus jeunes tels que Pomero, Durik, Marios et Jason formaient un autre groupe et restaient à l'écart des précédents. Et il y avait encore les plus populaires, ces beaux parleurs de Mynon et Gelipos. Ceux-ci attendraient de voir de quel côté tournait le vent avant d'intervenir.

« Autre chose ? » Tous se dévisagèrent, secouèrent la tête puis haussèrent les épaules. Pomero fit craquer ses jointures avec une nonchalance excessive. Argus cracha dans la poussière et utilisa son pied pour façonner l'équivalent d'un étron miniature avec le mélange de terre et de salive.

« Très bien, mes frères. Nous allons reprendre nos activités. » Puis, comme le petit groupe se dispersait : « Attends, Jason. »

Ils n'étaient plus que trois - Phiron, Pasion et Jason - sur ce tertre qui ne devait pas être plus haut que trois longueurs de lance, une éminence d'origine sans doute artificielle car de vieilles briques saillaient entre leurs pieds. C'était un excellent poste pour observer le campement. Ils s'étaient abstenus de dresser des tentes, mais chaque centurion avait délimité son bivouac avec de petits tas de pierres. Les hommes déroulaient leur nécessaire de couchage sur le sol ondulé de la plaine en formant des rangées régulières, deux pas réservés à chacun d'eux, avec les chariots de la compagnie au milieu. Le camp des Macht devait mesurer deux pasangs de long sur autant de large, ou un peu plus. Même Phiron n'avait encore jamais appartenu à une armée aussi importante, ou vu autant de militaires qu'il y en avait dans la plaine aride bordant le Désert du Gadinaï.

Cependant, cette armée ne se résumait pas qu'à cela. Ils s'étaient installés à environ six pasangs des remparts est de Tanis, mais entre eux et les murailles s'étendait un bivouac bien plus impressionnant et... désordonné. Il évoquait une ruche, une cité chaotique de tentes abritant des dizaines de milliers d'individus. Un brouillard de poussière se mêlait à la fumée d'un millier de feux, et sur sa bordure ouest l'ombre de grands troupeaux obscurcissait le sol. Il s'agissait des bêtes et des soldats d'Arkamenes, sa propre maisonnée et les troupes que Gushrun d'Artaka lui avait fournies. Ils devaient être une trentaine de milliers, sans compter d'innombrables serviteurs. Leur camp était plus proche du fleuve, là où subsistait encore un peu d'herbe. Au printemps, ce secteur deviendrait une plaine luxuriante et des roseaux envahiraient les berges de l'Artan qui débordait deux fois l'an, alimenté par une source inconnue loin dans les étendues sauvages de l'intérieur. Pour l'instant, les Macht prélevaient leur eau dans de vieux puits et tentaient de ne plus prêter attention aux crissements des grains de sable sous leurs dents.

« Si l'armée qu'il y a là-bas est prête à lever le camp à la nuit tombée, je veux bien devenir le serviteur d'une dame, grommela Pasion en se massant toujours la mâchoire. Qu'y a-t-il, Phiron ? Nous avons fort à faire.

– Au cours du Kerusia, nos aînés ont marqué un point en ce qui concerne la connaissance du langage des Kufr. Cela m'était également venu à l'esprit. À cette fin, j'ai apporté ceci. » Phiron s'était penché pour enrouler sa carte en vélin. C'était un présent d'Arkamenes où étaient reproduites en détail les terres allant de Tanis aux Monts Magron. Il aurait toutefois préféré ne pas l'avoir consultée, car sur ce parchemin une largeur de main correspondait dans la réalité à quatre cents pasangs. Il la fourra dans le sac en cuir de bœuf qu'il avait porté sur son dos vingt années durant, d'où il sortit autre chose. « Voilà pour toi, Jason. Pasion, tu pourras également l'utiliser, si ça te tente. »

C'était un manuscrit à l'écriture serrée que Jason déroula en écartant ses axes. « Qu'est-ce donc ? Je vois des mots écrits en machtique, en face d'un impensable galimatias.

– C'est un recueil de termes, un dictionnaire. Amasis, le vizir d'Arkamenes, a chargé un scribe de Tanis de le rédiger le plus clairement possible à mon intention. On y trouve l'équivalent des mots machtiques en asurien, la langue commune de tout l'Empire, transposés dans nos caractères. » Phiron sourit, car le visage de Jason s'était illuminé comme celui d'un enfant. « Je ne dois pas être le seul à comprendre ces grands échalas. Et nous ne pourrons pas toujours nous fier à des interprètes, ou à la charité de nos alliés.

– La charité de nos alliés... répéta Pasion en y réfléchissant. Nous en aurons grand besoin avant d'avoir terminé ce que nous avons entrepris, Phiron. Nous pourrons emporter sur notre dos la nourriture qui nous sera indispensable pour la traversée de ce désert, et tu affirmes qu'on y trouve des points d'eau. Mais lorsque nous arriverons à Geminestra, nos besaces seront vides. J'espère que notre royal employeur est un expert en logistique, faute de quoi nous en serons réduits à manger nos mules avant la fin du mois.

– Tout a été prévu, Pasion, rétorqua Phiron. Je suis un intendant dans l'âme. J'aime tout organiser à ma façon. »

Phiron tapota du doigt le manuscrit que tenait Jason. « Alors, lis ceci. Apprends ces choses. Si tu ne peux pas t'adresser aux Kufr, comment leur feras-tu part de nos besoins ? »

Pasion serra les dents et sourit presque. « Comme tu voudras. J'espère que tu apprécies les études, Jason. Je vais quant à moi aller compter les sacs de céréales, en espérant qu'ils se sont multipliés pendant mon absence. » Il se détourna et descendit la colline, en plaçant une main en visière au-dessus de ses yeux pour les protéger du soleil.

« Comme tout professionnel digne de ce nom, il a horreur que des amateurs lui disent ce qu'il doit faire, déclara Phiron en le suivant du regard. Je ne peux d'ailleurs pas le lui reprocher. Nous allons nous déplacer en fonction des caprices d'un Kufr, et nous dépendrons également de cet individu pour manger et pour boire.

— Les moyens de redresser la situation ne manquent pas, lorsqu'on manque de vivres », rétorqua Jason. Il roula le manuscrit et remit les fermoirs en place. « Merci, Phiron. J'en ferai bon usage.

— Quoi ? Non, non. Je sais de quoi tu veux parler, Jason. Mais nous ne pouvons pas piller des pays que nous devons gagner à notre cause. Arkamenes veillera à satisfaire nos besoins… c'est dans son intérêt. Je ne crains pas qu'il nous trahisse, ou nous néglige. Pas avant son couronnement, en tout cas. »

Les deux hommes se regardèrent. Ils s'étaient compris et Jason soupira. « J'étais bien plus heureux quand je vivais dans l'ignorance… une ignorance aussi grande que celle dans laquelle je laisse mes centurions. Je n'aurais jamais cru que devenir général m'obligerait à gaspiller tant de salive.

— Il en va toujours ainsi. Sais-tu qu'Arkamenes a proposé de nous aider à transporter notre matériel ?

— Nous aider ?

— Il peut mettre à notre disposition huit cents Juthiens fortement charpentés. On les dit aussi résistants que des mules.

— J'aime autant qu'ils gardent pour l'instant leurs distances, Phiron. Nos hommes ne se sont pas encore habitués à côtoyer ces êtres.

— Comme tu voudras. Nous nous féliciterons peut-être de leur présence avant peu. Nous partirons ce soir, quoi qu'ils décident de faire.

– Et s'ils tardent à lever le camp ?
– Ils respireront notre poussière. »

■■■■

Le Désert du Gadinaï débutait au-delà de Tanis, une étendue brunâtre et plate qui allait au nord jusqu'au fleuve Otosh, une plaine desséchée entrecoupée d'oueds et de crevasses que les crues subites de la saison des pluies creusaient un peu plus chaque année. Au sud, les collines de Gadée dessinaient des successions d'alignements de pierre pâle brisée. Des falaises blanches les révélaient de loin et elles étaient pointillées de carrières érodées par le temps, là d'où provenait le matériau des imposantes murailles et tours de Tanis. Des hauteurs où, depuis des temps immémoriaux, des pâtres kefren se déplaçaient pour s'occuper de leurs chèvres. Plus au sud, des tribus de bandits des montagnes avaient installé leurs antres dans la confusion labyrinthique des falaises et des gorges.

Des autochtones sidérés s'étaient postés sur les escarpements les plus importants pour surveiller un déferlement qui se répandait sur le désert, un fleuve d'hommes, des silhouettes noires hormis là où le soleil se reflétait sur la pointe des lances. Ils soulevaient un nuage de poussière qui restait longtemps en suspension derrière et autour d'eux, un géant allongé, une tempête fauve qui progressait péniblement en effaçant le ciel occidental. On aurait pu croire que toute une nation était en marche, qu'un peuple avait entamé sa migration vers… un monde meilleur. Les rares habitants du Gadinaï se regroupaient en faisant abstraction de leurs vieilles querelles pour regarder avec émerveillement l'immense colonne qui avançait inexorablement, comme le soleil dans sa course. C'était aussi majestueux qu'un présage de la fin du monde, un spectacle que même les dieux devaient contempler depuis les places qu'ils occupaient tout là-haut, entre les étoiles. Tel était donc le passage d'une armée.

IX

Au service des rois

L'arrivée de la missive fut signalée à Vorus par un léger tapotement à la porte de ses appartements. Il grogna une réponse, car des rêves semaient encore la confusion dans son esprit, et la servante du matin entra en gardant la tête basse, un rouleau de parchemin scellé tremblant comme un oisillon sur le plateau d'argent qu'elle lui présentait.

Il se leva et les draps de soie glissèrent de son torse, pour révéler un corps développé d'athlète – il avait toujours tiré fierté de son physique –, puis il prit le message. « Apporte-moi mon petit déjeuner dans les jardins, Bisa.

— Oui, maître. » La fille, une *hufsa* de la caste la plus basse, s'inclina et ressortit, accompagnée par les légers claquements de ses pieds nus sur le sol en mosaïque. Vorus entendait à l'extérieur des oiseaux se chamailler dans la fontaine, et les gazouillis du ruisselet d'eau eurent pour effet de distraire son attention. Il tira le pot de chambre de sous le lit et se leva pour uriner tout en rompant le sceau de la missive. Astiarnes de Tanis… un brave homme. Quelque chose lui revint à l'esprit…

« Par Phobos ! » Le parchemin dansa entre ses doigts et le jet fit une embardée avant qu'il ne se ressaisisse. « Kyrosh ! »

Un grand Kefren à la peau de la couleur de l'écorce de bouleau et aux yeux azur se faufila entre les portes. Il s'inclina bien bas, les mains serrées sur une baguette d'ivoire. « Seigneur ?

– Mes plus beaux atours et ma cuirasse. Une litière fermée, et les porteurs les plus rapides que nous avons. Non, attends, je dois songer au décorum. Je me rends au palais, Kyrosh.

– Des dispositions en ce sens seront prises, seigneur. L'habilleur va arriver. Puis-je conseiller une toge en soie arakosienne ?

– Non. » Vorus avait de nouveau les idées claires et son expression traduisait son calme recouvré. « Mon chiton écarlate et le Divin Fléau. Ma tenue de guerrier, Kyrosh. »

Le Kefren cilla, humecta ses lèvres étroites et s'avança d'un pas. « Pour aller au palais, seigneur ?

– Exécute mes ordres, et fais venir cette litière. »

Kyrosh effectua une courbette encore plus profonde que la précédente avant de ressortir impassiblement. Mais sa voix se fit entendre dès qu'il fut à l'extérieur, aussi cinglante qu'un coup de fouet. Des portes claquaient, la maisonnée s'activait en proie à une panique parfaitement ordonnée. Il était rare que le maître fût debout à une heure aussi matinale.

▪▪▪▪

Arkamenes a quitté Tanis avec vingt-cinq mille fantassins et cinq mille cavaliers. Artaka a pris son parti et

Gushrun est à ses ordres. Mais ce n'est pas tout. Il a fait venir une armée d'au-delà de la mer... Dix mille Macht, des hoplites, des mercenaires placés sous les ordres d'un général nommé Phiron. Arkamenes projette de soulever tout Jutha contre l'Empire et de porter la guerre dans le Pays des Fleuves. Il ne convoite rien de moins que le trône.

La missive avait mis trois semaines pour lui parvenir. En raison de la distance les estafettes avaient dû sacrifier une douzaine de chevaux, pour aller si vite. D'après le vieil Astiarnes, un de ses espions sur des centaines, des milliers qui avaient au fil des ans infiltré chaque ruelle et avenue de l'Empire. Mais Astiarnes n'appartenait pas aux services de renseignements royaux. Il était à la retraite. Dans sa propre jeunesse, Vorus avait parfois affirmé que le Grand Roi gardait une main dans la poche de chaque individu. Mais il était incontestable que les agents du monarque actuel avaient laissé échapper cette information. Une armée de Macht. Grand Dieu !

L'habilleur entra, avec la servante désemparée qui apportait du pain, du miel et un œuf poché. Vorus sourit de son affolement. « Pose tout ça, Bisa. Je grignoterai en chemin, ce matin. »

C'était la plus belle saison de l'année, en Ashur. La capitale impériale s'étendait sur les deux berges de l'Oskus, dont le niveau était actuellement assez haut, avec des reflets bleus et argentés au lieu du marron estival. Les rues de cette cité s'entrecroisaient à angle droit, dessinant un échiquier depuis environ quatre millénaires. Vorus avait étudié l'histoire et il estimait que l'agglomération devait être deux fois plus vieille, même si elle avait été reconstruite en respectant des plans identiques. Ashur l'Impériale. Ses murailles hautes de cent cinquante pieds avaient soixante pasangs de longueur. Quelque deux millions de personnes vivaient sous leur ombre. Des Kefren de toutes castes, des Juthiens par vingtaines de milliers. Asuriens, Arakosiens, Yue, Irgun et Kerkhai y étaient également représentés.

Ce qui évoquait de prime abord deux collines abruptes occupant le centre de la cité dominait la ligne d'horizon. Il s'agissait de tertres érigés par les Kefren, des empilements de briques et de pierres ajoutées siècle après siècle pour finir par surplomber la plaine telles des montagnes. Au sommet de ces ziggourats se dressaient le Palais des Rois et le grand Temple de Bel, le nom que les Kufr donnaient à leur Divinité suprême. Chacun de ces bâtiments était une cité à l'intérieur de la cité, et on y trouvait des prêtres et des esclaves qui y étaient nés et n'en étaient jamais sortis. La brique avait été émaillée en bleu nuit strié d'or et surmontée de créneaux aux merlons plaqués d'argent. Au sommet de sa ziggourat, le Temple avait reçu un revêtement de feuilles d'or et, bien que pris au collet entre les crocs des Monts Magron, le soleil réservait chaque soir ses derniers rayons à cet édifice religieux, un phare qu'embrasaient tous ses au revoir, l'assurance qu'Araian reviendrait à l'aube suivante. C'était pour cette raison que ces constructions avaient été érigées avec une marge de tolérance ne dépassant pas quelques doigts.

Le Palais était bien plus récent, mais ses habitants avaient rattrapé le temps perdu au cours des derniers millénaires. Le sommet de sa ziggourat devait avoir une surface d'environ quinze taenons, sur lesquels dix étaient occupés par les bâtiments eux-mêmes. Le reste était réservé à un parc clos de murs, un jardin aussi vaste que cinq fermes où avaient été plantés de grands cyprès d'Ochir ainsi que des peupliers de Khulm, des platanes du littoral de l'océan Tanéen et des palmiers dattiers du golfe de Videhan. Des sources y jaillissaient, avant d'alimenter des ruisseaux limpides qui serpentaient autour des racines des vieux arbres. Elles n'étaient pas naturelles mais alimentées par des pompes qu'actionnaient d'innombrables esclaves, des Juthiens vivant dans les entrailles de cette montagne artificielle. Ils étaient des milliers à s'échiner dans les ténèbres pour que les arbres des Grands Rois bénéficient de l'irrigation leur étant nécessaire. Des milliers qui ne voyaient jamais le ciel mais naissaient, travaillaient, donnaient le jour à leurs remplaçants et mouraient pour que loin au-dessus de leurs têtes parcs et jardins puissent s'épanouir sous le soleil.

Dans la ville basse, la cité véritable ainsi que Vorus la considérait fréquemment, la population grouillante vaquait à ses occupations sans se soucier - lorsqu'elle y pensait - de ceux qui vivaient tout là-haut. Tous respectaient les concordats religieux et étaient fortement impressionnés quand le Grand Roi décidait d'organiser une procession vers le bas de *l'Huruma*, la Voie Sacrée, mais acheter et vendre, manger et boire ou encore procréer avaient pour eux bien plus d'intérêt, comme pour n'importe quelle autre créature vivant à la surface de ce monde. Pour cette raison, ils inspiraient du respect à Vorus. Il aimait les rues bondées de monde de la ville basse, l'ombre des bannes des marchands des quatre-saisons, les petits ateliers obscurs des artisans dans lesquels on pouvait entrer sous des pluies d'étincelles, les boutiques des marchands d'épices, les bazars des marchands de tapis, les ateliers des ferronniers. Il appréciait l'atmosphère des parcs d'esclaves, ces cours où des individus geignards de toutes races, de tous types et de toutes couleurs étaient mis en vente. Il adorait l'animation, la vie, l'arrogance et la pugnacité de ce lieu. C'était sa cité... il s'y sentait chez lui, bien plus qu'en n'importe quel autre endroit à la surface de Kuf. Qu'il fût né dans un village montagnard enneigé des Harukush importait peu, car Ashur était son foyer depuis un quart de siècle. Il n'était plus un Macht mais le serviteur d'un Grand Roi qui gouvernait un Empire enraciné dans l'histoire... une histoire grandiose, cruelle et durable, et il savait qu'il se battrait jusqu'à la mort pour que tout reste ainsi.

L'épreuve des marches attendait quiconque descendait d'une litière au pied de l'escalier... qui avait été conçu de façon que des chevaux puissent le gravir d'un pas à la fois digne et rapide, mais en soumettant les jambes d'un homme à une expérience épuisante. Une interminable ascension le long d'un mur sculpté et incrusté de couleurs vives, la parade des deux cents Rois kefren de la lignée des Asur qui s'étaient succédé dans une série de sièges et de batailles sans fin. Les marches avaient été comptées, et on en dénombrait plus de deux mille. Nul à l'exception du Grand Roi n'était autorisé à les gravir autrement qu'à pied. C'était ainsi que le personnage le plus puissant de l'Empire privait de souffle quiconque venait lui rendre hommage. C'était cependant pour Vorus une nécessité qui ne l'affectait pas outre mesure. Il grimpait à grands pas en se remémorant les montagnes - des montagnes authentiques - sitôt qu'il percevait de la tension dans ses cuisses, et il dépassa ainsi plusieurs suppliants moins énergiques qui se rendaient comme lui vers la Salle d'Audience. Il existait des voies plus rapides pour rejoindre le Grand Roi, évidemment, mais un étranger n'était pas autorisé à les connaître, même lorsqu'il était au service de la cour depuis des décennies et qu'il avait versé son sang tant pour ce monarque que pour son père.

« Le général Vorus des Macht », fut annoncé. *Des Macht*, toujours. Une précision qui incitait les courtisans à tourner la tête et étouffait le fond sonore des conversations superficielles s'élevant autour de Sa Majesté. Vorus connaissait bien Ashurnan, mais il avait encore mieux connu Anurman : un guerrier, un chasseur, un jardinier. Cet amoureux de la nature avait planté des bulbes de ses propres mains, des mains qui avaient tué plusieurs insensés qui s'étaient imaginé pouvoir faire disparaître sa lignée. Un Kufr simple et sincère, courageux et honnête, spirituel. Vorus avait appris les arts militaires à son côté. Tout d'abord considéré comme une curiosité - le Macht renégat -, il était passé du statut de garçon de course à celui de chef de guerre. Mais, chose plus importante et quant à elle éternelle, il avait été son ami.

C'était le plus triste... que l'héritier d'Anurman soit d'une tout autre trempe. Mais Vorus servait le fils par amour et fidélité pour le père. C'était pour cela qu'il se trouvait là, en sueur dans l'air brassé par un demi-millier de porte-éventails. Parce qu'il estimait devoir le faire pour le Roi qu'il avait tant respecté.

« Tu peux y aller, lança le chambellan de l'extérieur avec la condescendance propre aux représentants de sa caste. Garde les yeux baissés et ne t'autorise jamais à...

– Je connais la musique », grommela Vorus qui s'avança, le bas de son manteau écarlate passé sur son bras gauche, sa cuirasse noire absorbant la lumière ambiante.

Il retrouvait la foule habituelle, un interminable défilé de courtisans attifés des atours que des milliers de villageois peinaient chaque année à produire. Le Grand Roi avait par exemple affecté des bourgs entiers à la fabrication de ses mules. On aurait pu en rire d'incrédulité, avant d'en être témoin. La moitié de tout un monde réquisitionnée pour assouvir les goûts de luxe de quelques milliers de privilégiés ? On considérait cela révoltant, jusqu'au moment où on pouvait constater que ces gens étaient convenablement rémunérés et vivaient en paix. N'était-ce pas une excellente chose ? La paix, même si elle avait pour prix la servitude et l'obligation de se plier aux caprices des Kefren de noble extraction.

De chaque côté du trône se dressaient des fonctionnaires et deux honai auxquels ne manquait que le bouclier. Vorus s'arrêta et s'agenouilla. Il se baissa jusqu'à ce que son front effleure le marbre froid du sol, puis il se redressa avec une agilité surprenante chez quelqu'un de son âge. La prostration était de mise pour tous ceux qui n'appartenaient pas à la famille du Roi, ou qui ne bénéficiaient pas de ses faveurs. Autrefois, il n'avait eu qu'à incliner imperceptiblement la tête pour qu'Anurman vienne le prendre par la main et le regarder dans les yeux.

« Grand Roi, tu as devant toi le général Vorus des Macht, commandant de la garnison de la cité, un homme qui a servi ton noble père et s'est illustré lors des batailles de Carchams et de Qafdir. » Le Grand Chambellan s'exprimait d'une voix sonore, en faisant rouler les mots avec un plaisir évident, afin que tous puissent l'entendre. Son regard croisa celui de Vorus alors qu'il le présentait, et ils se saluèrent d'un hochement de tête à peine esquissé. Le vieux Xarnes avait également été au service d'Anurman et son sens de la loyauté était très développé. « Il demande audience.

– Je sais qui il est, Xarnes. »

Vorus se redressa. « Sire, un message urgent en provenance du secteur occidental vient de me parvenir, mais j'estime qu'il serait préférable d'en parler en privé.

– Nous sommes entre proches parents et amis, général. Tu peux t'exprimer librement. »

Ashurnan fit reposer un coude sur l'accotoir du trône et se pencha vers son visiteur, en souriant. Plus grand et plus blême que son père, il avait comme lui la peau dorée des représentants des castes supérieures, les yeux violines de la noblesse et une aisance peu commune. Vorus jugea malgré tout préférable de se rapprocher d'un pas et de baisser la voix.

« Ton frère, Arkamenes, a brandi contre toi l'étendard de la rébellion. Il a soudoyé le gouverneur Gushrun d'Artaka et levé une armée de Macht avec laquelle il se dirige vers nous. Il a quitté Tanis voici près d'un mois, et il a dû depuis pénétrer en Jutha. Si rien ne retarde ses troupes, elles camperont devant les murs de cette cité dans six semaines, car il s'est fixé pour but de s'emparer du trône. »

Ashurnan cilla. Son sourire s'était figé. « Comment as-tu pu en être informé avant moi ?

– Ton père m'avait chargé de mettre en place un réseau d'informateurs de confiance dans la plupart des provinces, des agents qui devaient m'adresser directement leurs rapports. Certains le font encore. »

Ashurnan se ressaisit avec une rapidité admirable, mais il avait pendant un court instant laissé transparaître sa colère. « Et nos agents officiels d'Artaka ? Ils n'ont rien fait.

– Il est à craindre qu'ils n'aient été assassinés ou qu'ils ne se soient ralliés à ton frère. C'est par un pur hasard que j'ai appris cette nouvelle. Nous devons décréter la mobilisation générale, si nous voulons contrer le traître. »

Le Grand Roi se rassit, l'expression neutre mais les doigts crispés sur les accoudoirs du siège sculpté massif, si fortement que les jointures bleuissaient. « Es-tu absolument certain de ce que tu avances, général ? Es-tu disposé à mettre ta vie en jeu sur la fiabilité de tes sources ?

– Je le suis, sire », répondit Vorus d'une voix rauque de vieux corbeau. Bien que ce fût contraire à l'étiquette, il redressa la tête pour considérer le souverain droit dans les yeux. « J'ai servi ton père tout au long de ma vie. Je te sers désormais avec autant de dévotion. Si je suis dans l'erreur, j'en accepte les conséquences. Ma vie t'appartiendra, et sache que je te la donnerai volontiers. »

Ashurnan soutint son regard sans tenir compte du protocole, comme s'ils avaient un statut équivalent. Il jaugeait Vorus en fonction de ses estimations, se demandant si cet homme le faisait bénéficier de la loyauté qu'il avait librement accordée à son père. Vorus en avait conscience et demeurait immobile, l'expression impénétrable.

« Pour avoir une quelconque valeur, la loyauté doit se mériter », dit le Roi. Et ce fut comme si toutes les autres personnes présentes s'étaient soudain volatilisées, ne laissant plus qu'eux dans cette salle, des égaux qui tentaient de cerner les intentions et souvenirs de l'autre en se demandant de quelle manière cela influencerait leurs vies.

« La confiance a une valeur qui lui est propre, sire, déclara Vorus. C'est ton père qui me l'a enseigné. »

Cette parenthèse s'acheva. Ashurnan se leva. Sur toute la longueur miroitante de la salle les murmures s'interrompirent et les courtisans s'inclinèrent bien bas.

« Xarnes, convoque mes généraux et quelques scribes… les meilleurs, ceux qui écrivent aussi rapidement qu'intelligiblement. Général Vorus, nous allons passer dans le vestibule. Ton second est Proxis, il me semble ?

— Effectivement, sire. » Vieil ami et seul général juthien de l'Empire, Proxis devait déjà être ivre car ils étaient en milieu de matinée.

« Transmets-lui ton commandement. J'ai pour toi d'autres projets. Xarnes ! Il me faut des estafettes, les plus rapides de la cité. Trouve-les. Nous devons utiliser au mieux le délai qui nous est imparti. »

Ashurnan pivota sur ses talons, ce qui fit bruire l'ourlet de sa robe sur les dalles du sol, avant de leur faire signe de le suivre d'un mouvement brusque de la main, tout comme son père en avait eu l'habitude. Vorus se surprit à sourire et à se demander s'il n'y avait pas en lui bien plus de choses d'Anurman qu'il ne l'avait supposé.

Les premiers cavaliers franchirent les portes de la cité avant midi, munis de fanions d'estafettes. Ces bandes de soie qui claquaient derrière eux leur dégageaient le passage sur les routes, repoussant le reste de la circulation dans les fossés comme ces messagers filaient au grand galop sur les chaussées pavées d'Asuria, le cœur de l'Empire. Ils partaient vers l'est et l'Arakosie, le sud vers Médis et Kandasar, le nord et les forteresses des Monts Adranos… et ils étaient bien plus nombreux encore à se diriger vers l'ouest. Ces cavaliers galoperaient jusqu'à Hamadan, la capitale d'été des Rois dans les hauteurs des Magron, et au-delà jusqu'aux Portes Asuriennes, l'étroite succession de défilés donnant accès à l'immensité de Pleninash et du Pays des Fleuves aux innombrables cités, aux terres agricoles fertiles et aux millions de sujets des gouverneurs de province quant à eux aussi puissants que des rois. Toutes ces estafettes emportaient le même message : il fallait mobiliser des troupes et constituer des réserves, car le Grand Roi partait en guerre.

DEUXIÈME PARTIE

La danse de Phobos

X

La traversée de l'Abekaï

Ce matin-là, les fantassins étaient alignés comme s'ils avaient pris racine. Ils avaient conservé cette formation longue de trois pasangs dans l'obscurité qui précède l'aube et, s'ils avaient leur bouclier devant les genoux, tous remettaient leur casque. Des porteurs d'outre allaient de tous côtés pour distribuer de l'eau. Derrière cette ligne les cavaliers se déplaçaient avec nonchalance, sans discipline digne de ce nom, et au-delà le convoi de l'intendance évoquait un monticule de taupe dans la plaine, plusieurs centaines de charrettes à bras et de chariots débordant de matériel et de rations dont s'occupaient d'innombrables non-combattants.

L'Abekaï coulait devant l'alignement de Kufr, couvert d'écume entre ses berges, son débit ayant été grossi par la débâcle du printemps. Les sapeurs asuriens terminaient de raser les piles du pont qui l'avait enjambé. Il n'y avait donc plus ici qu'un gué, comme autrefois, et c'était l'unique point de passage sur quatre cents pasangs. Les militaires attendaient des instructions. Des renforts étaient en route, disait-on. Peut-être seraient-ils rejoints par le Grand Roi en personne. Entre-temps, les Macht tant redoutés devraient se faire pousser des nageoires ou tenter leur chance en traversant le fond rocailleux avec de l'eau jusqu'au niveau de la poitrine. Dans un cas comme dans l'autre, les conscrits du Grand Roi seraient ravis de les accueillir comme il se devait, s'ils étaient insensés au point de se lancer dans une pareille aventure.

L'estafette était arrivée quatre jours plus tôt avec une imprévisibilité et une fougue dignes d'un acteur sur une scène de théâtre. Le gouverneur du sud de Jutha avait une importante garnison de Kefren à sa disposition et, sitôt après avoir laissé glisser le manuscrit royal d'entre ses mains brusquement engourdies, il avait envoyé tous ces hommes sur la route… ce qui n'était pas une mince affaire compte tenu du peu de temps qu'il avait devant lui. Ces vingt mille lanciers se dressaient à présent sur huit rangées au-delà des vestiges du pont, des hommes arrivés sur place seulement deux jours avant les troupes d'Arkamenes.

Les envahisseurs avaient surgi du désert, des lignes de combattants miroitantes, des taches vermeilles aussi lumineuses que s'ils s'étaient trouvés au cœur des brumes de chaleur du Gadinaï. Leur matérialisation avait été spectaculaire, l'événement le plus marquant de toute une vie. Des foules étaient venues de Tal Byrna pour y assister, avant de repartir au plus vite. L'avant-garde de l'armée ennemie incluait la machine de guerre bronze et écarlate des Macht, et pour ceux qui les voyaient approcher sans donner le moindre signe de fatigue et en formation irréprochable, la présence des milliers de fils de fermiers kufr chargés de les repousser perdait une grande partie de ses effets rassurants.

Cette première nuit, la berge opposée désormais grouillante de monde resta plongée dans une obscurité profonde, car il n'y avait pas de bois de feu à ramasser le long des berges de l'Abekaï. Les lanciers kefren demeurèrent près de la rive pour scruter les ténèbres en essayant - comme tous les autres - de déterminer les intentions de l'adversaire. À une centaine de pas, les militaires présents sur la berge ouest en avaient fait autant : Macht, Kefren et Juthiens qui descendaient au petit matin jusqu'au fleuve pour tenter de glaner quelques informations et peut-être un peu de courage. Mais, d'un côté comme de l'autre, nul ne croyait vraiment que l'ennemi avait le même comportement. Et tous regagnaient leur bivouac privé de feu, toujours aussi ignorants, rongés par le ressentiment et l'angoisse.

■■■■

« Les gymnètes attaqueront en masse à la faveur de l'obscurité, disait Phiron alors que Pasion restait près de lui sans intervenir et que Jason se contentait d'écouter. Nous ferons traverser leurs morai, et pendant qu'ils gagneront l'autre rive les hoplites entreront dans la danse. Nous devons avoir devant nous suffisamment d'espace pour permettre à la phalange de se déployer puis de se reformer, faute de quoi elle perdra toute sa force d'impact. »

Il tenait ce discours, ou des variantes, depuis près d'une heure, deux bons tours de sablier, et il n'eut qu'à regarder la face dorée d'Arkamenes pour savoir qu'il avait perdu son temps.

« Ne surestimes-tu pas nos capacités ?

— Certainement pas », rétorqua Arkamenes avec jovialité. Il s'exprimait enfin, pour la première fois depuis bien trop longtemps. Il s'était emmitouflé dans un manteau écarlate ourlé de peau de lièvre, et la grande tente dans laquelle tous se trouvaient était réchauffée par un ensemble de braseros dans lesquels se consumaient les pierres noires qui servaient ici de combustible. Ces blocs n'avaient pas l'odeur agréable des bûches, mais ils remplissaient parfaitement leur office et ils étaient de loin préférables aux bouses de chameau brûlées tout au long de leur traversée du Gadinaï.

« En vérité, général, je veux simplement démontrer la supériorité au combat de tes semblables. J'ajouterai que c'est une chose à laquelle je suis impatient d'assister. Si tes soldats sont à la hauteur de leur réputation, tu le feras pour moi… et j'assimilerai cela à une démonstration de bonne volonté. Voilà un certain temps déjà que je règle vos soldes. J'aimerais voir ta machine de guerre à l'œuvre. Je n'ai pas dépensé tant d'argent pour regarder des adolescents déguenillés franchir à gué le fleuve et lancer quelques pierres sur les soldats de mon frère. As-tu saisi le fond de ma pensée ? Mes propos manqueraient-ils de clarté ? »

Phiron s'inclina. Ce que disait ce Kufr était incontestable. La traversée du désert avait mis leurs nerfs à rude épreuve… d'autant plus que les Macht étaient toujours restés à l'avant, ne serait-ce que parce qu'ils marchaient plus rapidement que les autres. L'armée des Kufr avait inhalé leur poussière pendant des semaines, ce qui n'avait pas contribué au rapprochement des deux peuples.

Nous serions arrivés ici deux semaines plus tôt, si nous n'avions pas été ralentis par ta présence et ta caravane de biens ridicules, pensa Phiron sans que son expression ne le révèle. Ici, où ses hommes rempliraient leur contrat en le payant pour certains de leur vie. Il en avait toujours été ainsi... Le sacrifice serait seulement un peu plus important que d'habitude.

Qui avait bien pu engendrer un tel taré ? se demanda-t-il en s'inclinant devant Arkamenes et en lui promettant de lancer un assaut dans les règles au lever du jour. Et il fit également une autre promesse : il prit l'engagement de regagner cette tente et de faire pleurer Antimone, s'il en résultait une hécatombe.

Ils s'éloignèrent de l'abri de toile dans la nuit froide du désert, et Jason se chargea de traduire ce qui venait de se dire à Pasion qui en resta bouche bée tant qu'il n'eut pas terminé. Phiron s'arrêta pour lever les yeux vers les étoiles, en fermant un instant les paupières pour respecter les usages et rendre hommage à Phobos avant de saluer de la tête Haukos afin qu'il instille de l'espoir dans leurs cœurs.

« Nous ferons ce qu'il nous demande, déclara-t-il sans laisser à Pasion le temps de protester. Il est notre employeur et c'est ce qu'il attend de nous.

— Il n'a jamais guidé ne serait-ce que les pas des danseurs d'un quadrille, contra Pasion. Ignore-le. Agis à ta guise.

— Non. Il veut nous mettre à l'épreuve, et nous céderons pour cette fois à ses caprices. Nous traverserons ce fleuve en équipement de combat et nous balaierons les Kufr de l'autre berge. Après quoi, nous pourrons faire comme bon nous semble, je vous le promets.

– Qui prendra notre tête ? » demanda Jason. Il contemplait lui aussi la voûte étoilée. *Tout ceci lui plaît*, comprit Phiron. *Ce n'est pour lui qu'une nouvelle leçon, un moyen d'enrichir son expérience.* Il en ressentit un élancement d'envie, un souvenir de l'énergie débordante de sa jeunesse.

« Toi », répondit-il.

■■■■

Et ainsi attaquèrent-ils aux premières lueurs de l'aube, comme leurs pères. Mais le premier adversaire qu'ils eurent à affronter fut le fleuve.

Totalement inexpérimenté, ou presque, Gasca était positionné au cinquième rang. Il n'en prit véritablement conscience que lorsqu'il se dirigea vers les flots, mais une fois devenu un de ces hommes puants engoncés dans leur lourd attirail, rien au monde n'aurait pu l'inciter à faire demi-tour.

« Éloigne ton foutu sauroter de mon aine ! gronda l'homme qui le suivait. Redresse ta lance et écarte ton aichme de notre chemin. Tu pousses quand on te dit de pousser et si tu vois une trouée devant toi, tu avances pour la combler. Est-ce bien compris, tête en paille ? »

Gasca s'abstint de répondre. Tout bleu qu'il était, il connaissait ceux qui ressentaient l'irrépressible besoin de parler quand ils allaient risquer leur vie. C'était aussi naturel que pisser ou s'essuyer la bouche à répétition. Rictus le lui avait dit. Où était-il, d'ailleurs ? Il avait dû se débrouiller pour participer à cet assaut, Gasca en était convaincu. Il savait que son ami décharné n'aurait de cesse qu'il soit au premier rang.

L'eau… ils pataugeaient dans le fleuve, à présent. *Qu'elle est donc froide, par Phobos et ses tétins ! Antimone, veille sur moi et… des flèches… ils nous prennent pour cibles !*

Dieu des enfers, le fleuve est glacé… Ah, par Phobos… mes couilles vont geler ! Il leva son bouclier, à la fois avec calme et frénésie. Un trait à pointe de plomb rebondit sur l'orle et il s'étonna de ressentir plus de curiosité que de peur. *C'était quoi, par l'enfer ? Fabriquent-ils leurs projectiles en…*

L'homme qu'il avait près de lui s'effondra sans un bruit. L'eau leur arrivait à la taille, à présent, et le sang de son camarade ne fit qu'assombrir un peu plus des flots déjà presque noirs. Où faut-il être atteint pour tomber aussi vite ? se demanda-t-il.

Plus le fleuve était profond, plus résister au courant devenait difficile. Leur colonne vira vers l'aval comme la masse liquide exerçait sa pression dans la cuvette de leurs boucliers. L'homme présent sur sa gauche fit une embardée contre lui, alors qu'il se déplaçait vers l'hoplite qui venait de combler la trouée sur sa droite. Quelque chose se prit dans ses jambes, et il manqua choir à son tour. Il s'agissait d'un corps, retenu au fond par le lest de son équipement. Gasca avait de l'eau jusqu'aux clavicules, et il sentait les pierres et les galets rouler sous ses semelles, d'autres cadavres sur lesquels il marchait comme s'il lui fallait gravir des marches. À une occasion, sa sandale glissa sur un bouclier. Il hoqueta pour inspirer, alors que son casque tentait de le faire suffoquer. Soumis à la poussée des flots, quiconque faisait un faux pas se noyait en quelques secondes, entraîné vers le bas par le poids de son armure puis piétiné par ses camarades. C'était de la folie… pas de la guerre. À quoi servait le courage, en pareilles circonstances ? Il aurait voulu se défouler par un cri, mais nul n'émettait le moindre son, à l'exception de quelques halètements rauques et jurons marmonnés.

Puis une voix s'éleva devant eux et Gasca reconnut Jason. Le centurion s'était mis à chanter, tout d'abord par fragments aussi hachés que sa respiration, puis plus fort, comme si émettre ces sons facilitait la tâche à ses poumons. Il s'agissait du péan, de l'hymne des combats.

D'autres hommes le reprirent, crachant les anciennes paroles telles des insultes, les dents dénudées face à l'assaut du fleuve et à la pluie de projectiles qui s'abattait sur eux. Le chant se propageait vers l'arrière de la colonne et ils furent finalement des milliers à l'interpréter. Son rythme lent et puissant se communiqua à leur sang, les amenant presque à progresser au pas. Ils redressèrent la tête et regardèrent la berge opposée et l'alignement des Kufr qui les attendaient. Certains hommes souriaient comme des simples d'esprit. Le péan grondait, implacable, un martèlement de sons impressionnants. Les hommes retrouvèrent leur assise et calèrent leur épaule dans la dépression de leurs boucliers, pour pousser vers l'avant comme s'ils prenaient d'assaut une ligne ennemie… alors qu'ils affrontaient le fleuve.

Sous les crépitements impressionnants des pointes de flèches, le niveau de l'eau commençait à décroître. Ils sentaient sous leurs pieds des blocs de pierre taillée, les vestiges des piles du pont. D'autres hommes coulèrent et roulèrent vers le trépas dans leur cercueil de bronze. Flèches et autres traits s'abattaient comme des grêlons noirs, trouvant les fentes oculaires des casques, la nuque, le jour séparant le bouclier et la cuirasse. Mais la colonne restait intacte. L'eau leur arrivait aux cuisses, aux genoux… et brusquement sa pression fut remplacée par le poids de la cuirasse, du casque et du bouclier qui s'exerçait de nouveau de haut en bas. Ces hommes étaient épuisés, ruisselants, en sueur et ensanglantés avant même d'avoir établi un contact physique avec l'ennemi. Les flèches atteignaient désormais leurs genoux ou leurs tibias - car nul n'avait mis ses cnémides pour traverser ce gué - et ils étaient de partout vulnérables. Loin devant et reconnaissable au cimier transversal de son casque, Jason aboyait déjà des ordres. La colonne s'arrêta et les centons se déployèrent sur les côtés des têtes de chien, pour prolonger la première ligne. Ils avaient les dauphins sur leur gauche - Gasca reconnaissait leur bannière - et les merles de Mynon sur leur droite. Les hommes que Phiron avait envoyés affronter l'ennemi étaient les meilleurs.

Des guerriers tombaient criblés de flèches et d'autres avançaient aussitôt pour prendre leur place. Les vides étaient comblés, les lignes restaient intactes. En face d'eux, les lanciers kufr avaient levé leurs boucliers et abaissé leurs lances.

« Avancez ! » cria Jason. Un ordre que les centurions retransmirent vers le haut et le bas des rangées de combattants. Devant et derrière chaque colonne, les chefs et les rimarches entraînaient les uns et poussaient les autres. Ils se remirent en mouvement. Le péan interrompu fut repris. La vase piétinée de la berge aspira une des sandales de Gasca, qui ne s'arrêta pas pour autant. Il continua de progresser, le bouclier de l'homme se trouvant derrière lui heurtant parfois son dos lorsqu'il n'écrasait pas les talons de celui qui le précédait, bataillant pour garder sa lance verticale et éviter que les arêtes tranchantes du sauroter n'entaillent le bas de ses jambes. Cette activité l'accaparait tant, et il était à tel point épuisé par les efforts réclamés par la traversée du fleuve, qu'il n'avait pas de temps à consacrer à la peur. Le simple fait d'avancer consumait son énergie, tant mentale que physique. Autour de lui, cette mer de chair et de métal progressait avec l'efficacité implacable d'une énorme machine, mais sur un plan individuel il ne pensait qu'à la succion traîtresse de la vase qui happait ses pieds, à la poussée de ses voisins et à la sueur qui gouttait sous le casque de bronze pour l'aveugler. Quand leur ligne de bataille atteignit finalement celle des Kufr, il remarqua seulement qu'ils venaient d'interrompre leur progression. L'hoplite se trouvant derrière lui colla son bouclier contre son dos et lui ordonna : « Pousse ! » Ce qu'il fit. Il voyait les soldats des premiers rangs abaisser leurs lances pour avancer et reculer, pénétrer dans les rangs des Kefren. Bien que moins grands que leurs adversaires, les Macht étaient plus solidement charpentés. Ils enfonçaient les lignes ennemies en utilisant la force brute et des trouées apparaissaient çà et là. Au fur et à mesure que ce front se brisait, les aichmes redoutables finissaient le travail. Cet affrontement manquait totalement de panache, remarqua Gasca. Il n'avait rien d'héroïque. On ne trouvait là que des hommes qui exécutaient leur besogne. Des travailleurs qui ne poussaient pas des cris de bataille, qui ne débitaient aucun juron. Ils se contentaient d'avancer avec leurs camarades, de chercher des ouvertures et de porter des coups en tentant d'économiser leur énergie, tels des hérons pêchant du menu fretin. Les Kefren criaient, grondaient et tentaient d'abaisser les boucliers des Macht, mais l'impétuosité de ces derniers fragmentait leurs lignes. Un de leurs champions fit dévier le bouclier d'un Macht, mais le temps de lever sa lance pour l'embrocher trois aichmes le traversèrent de part en part.

Les Kefren ne réussissaient pas à contrer l'efficacité de ces adversaires impitoyables. De façon tout d'abord individuelle puis collective, ils se laissèrent gagner par la panique et se détournèrent, lâchèrent leurs boucliers. Les lances des envahisseurs éliminèrent la plupart des éléments des deux premières lignes qui eurent un tel comportement, mais ceux qui se trouvaient en retrait pouvaient rompre le combat et un puissant grondement animal s'éleva de la phalange comme le cours de la bataille évoluait. La ligne des Macht avançait, pourtant les hommes restaient dans l'ombre du bouclier de leurs camarades et les centurions criaient : « *Maintenez la formation !* » Puis quelqu'un reprit leur péan et cet hymne les galvanisa. Ils repartirent en comblant les trouées dans leurs rangs. Ils se déplaçaient au pas sans en avoir seulement conscience. Ils enjambaient des corps innombrables. Aux premières lignes, les tueurs les plus efficaces de cette armée fauchaient les moins rapides des fuyards.

C'est terminé, comprit Gasca. *Nous sommes victorieux. J'ai participé à mon premier affrontement et je suis toujours en vie. Je ne me suis pas déshonoré.* Une onde de soulagement revigorante se déversa sur lui. Il se sentait plus léger, et simultanément aussi faible qu'un chiot à moitié noyé. Qu'il n'eût pas une seule goutte de sang sur sa lance était secondaire. Il avait vécu l'*othismos*, le point culminant de la bataille, auprès des vétérans et il en était ressorti à leurs côtés et avec son bouclier toujours à son bras.

■■■■

Les Kefren abandonnèrent leur équipement derrière eux pour se métamorphoser en foule d'individus pourchassés, tout semblant d'ordre ayant été dissous en même temps que leur formation. Ils ne songeaient plus qu'à sauver leur peau et se débarrassaient de tout ce qui aurait pu les ralentir. Chez les Macht, les hoplites s'arrêtèrent et l'infanterie légère prit la relève, ces gymnètes aussi lestes et rapides que des cerfs qui se chargeraient d'éliminer les survivants. Gasca vit Rictus en première ligne de ces démons hurlants déchaînés, mais il n'était pour son ami qu'un hoplite parmi tant d'autres, condamné à l'anonymat par son casque, et la clameur générale engloutit le cri de triomphe qu'il lui adressa. Tels des chiens de meute, les gymnètes prenaient en chasse les Kefren qui battaient en retraite pour les poignarder par-derrière lorsqu'ils les rattrapaient. Ils formaient pour la plupart des groupes de quatre individus qu'ils avaient baptisés des « poings », et pendant que les plus agiles faisaient trébucher leur proie, les autres se chargeaient de la débiter en morceaux avant de repartir aussitôt. Les mercenaires s'abstenaient de dépouiller les cadavres tant qu'il restait des ennemis en vie sur le champ de bataille, et il était rare qu'ils les poursuivent ainsi pour les achever car c'était une activité à la fois dangereuse et improductive. Mais ils ne participaient pas à un combat opposant deux cités des Harukush et

Phiron tenait à faire un exemple. Il avait donc lâché ses chiens en leur donnant l'ordre de massacrer tous les Kufr qui tomberaient entre leurs mains. Il en résultait une impensable boucherie dans toute la plaine s'étendant à l'est de l'Abekaï, jusqu'aux faubourgs de Tal Byrna dont les habitants pris de panique avaient fermé les portes, interdisant ainsi à tous les Kefren qui en étaient sortis la veille d'y trouver le salut. Les derniers survivants de ces troupes se firent égorger juste au pied des remparts.

■■■■

Cette nuit-là, les Macht bivouaquèrent devant les murailles imposantes de Tal Byrna, une ville fortifiée du sud de Jutha enrichie par les caravanes qui la traversaient pour gagner le Pays des Fleuves. Il s'était agi d'une forteresse des Juthiens, à l'époque nimbée de mystère où ce peuple était libre et avait ses propres rois, avant de devenir une place forte kefren dont la garnison veillait sur le sud de Jutha au nom de l'Empire. Sur un plan strictement militaire, ce n'était plus qu'une coquille aux tours magnifiques dans laquelle un million de civils se blottissaient en tremblant et où ne devaient subsister que quelques militaires. On trouvait dans cette région d'innombrables villages aux maisons en briques crues et les terres agricoles les plus fertiles si on exceptait celles de Pleninash. Ici, le sol était irrigué par les affluents de l'Abekaï et un système mis en place par les ingénieurs impériaux. Pendant que les Macht ramassaient leurs morts et empilaient l'armement et l'équipement abandonnés sur le champ de bataille, les Kufr d'Arkamenes traversèrent à leur tour le fleuve et envoyèrent une douzaine de groupes de fourrageurs réquisitionner de quoi subvenir aux besoins de cette grande armée. Ils couvrirent le sud de Jutha tel un nuage de sauterelles et s'approprièrent tout ce qui permettrait de nourrir les troupes levées par l'usurpateur.

« Aux vainqueurs le butin ! s'exclama Phiron. À combien s'élève la note du boucher, Pasion ?

– Elle est bien plus salée qu'elle n'aurait dû l'être, répondit sèchement Pasion. Près de deux cents tués ou trop grièvement atteints pour pouvoir encore manier une lance, et deux fois plus de blessés… même si la plupart de ces derniers devraient être capables de reprendre tôt ou tard du service. »

Ils étaient séparés par un feu de camp qui crépitait dans le noir. Derrière eux les serviteurs kufr, une compagnie au complet, dressaient la tente d'Arkamenes : un travail laborieux qui les occuperait la moitié de la nuit. Au matin, le prince y recevrait une délégation des représentants de la cité venus lui présenter leur reddition, et il tenait à ce que tout se fasse dans les règles.

« Il le faut, déclara Phiron avec une douceur inhabituelle. Arkamenes a vu juste et nous avons instillé chez tous nos ennemis une peur salutaire. Cette bataille nous en évitera peut-être cent autres.

– J'en suis conscient. Je ne suis pas un de ces têtes en paille qui viennent de descendre de leur montagne. Savoir à qui on a affaire est toujours une excellente chose.

– N'accorde pas trop d'importance au comportement qu'ils ont eu aujourd'hui. Nous avons affronté de simples conscrits. Les troupes impériales sont d'une autre trempe, sans oublier qu'il n'y avait là que des fantassins. Nous serons confrontés à des milliers de cavaliers que nos gymnètes ne pourront pas harceler, dans les plaines qui s'étendent devant nous.

— Il faudrait en ce cas renforcer les centons. Le matériel s'entasse plus haut que nos hommes, à l'extérieur du camp. Les cuirasses de nos adversaires sont trop grandes pour nous, mais leurs boucliers et leurs lances nous conviennent parfaitement. Prends un millier de chiens et envoie-les grossir nos premières lignes.

— Je le ferai, déclara Phiron avant de poser la main sur l'épaule de Pasion. Il s'agit là d'un beau début, mon frère.

— Comme tu viens de le dire, ce n'est qu'un début », répondit Pasion avec un petit sourire.

■■■■

Les rangs des têtes de chien s'étaient clairsemés, ce soir-là. La foule réunie autour du centos fumant était moins dense, alors que les cuisiniers prélevaient des louchées de ragoût. Dans la matinée, deux douzaines d'entre eux étaient tombés dans le fleuve ou avaient été tués par les Kufr, et bon nombre de survivants avaient reçu de sérieuses blessures, principalement des perforations du torse, lorsqu'ils n'avaient pas perdu un œil. Jason venait de faire le tour des tentes de l'hôpital de campagne et il restait en retrait avec Buridan alors que les membres de son centon reconstituaient leurs forces en ingérant cette nourriture, le mieux qu'il avait été possible de réquisitionner dans les fermes et les entrepôts du sud de Jutha. Ils avaient traversé le désert, remporté une victoire, et les intendants de l'armée comptaient les têtes de lances qu'ils s'étaient appropriées. Sans oublier la distribution de vin de palme, cet enivrant breuvage doux et capiteux si prisé dans le Moyen Empire. Quand les hommes s'assirent avec leurs assiettes et leurs cruches pour entamer d'une voix rauque la reconstitution des combats, toute peur étant devenue désormais ridicule, l'énumération des coups donnés et reçus vint compléter une histoire dont chacun d'eux pouvait écrire un paragraphe… pendant que la puanteur des cadavres des Kefren commençait à s'élever des canaux et des fossés des champs environnants. Ils avaient piétiné la moitié des cultures et planté leurs tentes partout ailleurs, mais le contenu des greniers du voisinage semblait inépuisable. Ces constructions pansues évoquant des ruches de brique cuite installées sur des piliers de pierre, pour les isoler de la vermine, avaient renfermé suffisamment de millet et d'orge pour nourrir vingt armées. Des troupeaux de porcs, de vaches et de chèvres avaient été ramenés par des gymnètes aux mains rouges de sang. Bon nombre de ces bêtes avaient été embrochées au-dessus de grands feux alimentés par l'abattage des palmiers bordant les canaux d'irrigation. *Nous sommes censés libérer ce pays,* pensa Jason avec un pincement de cœur, *mais il est indéniable que nous le dévastons. Les Juthiens ne feront que changer de maître. C'est ainsi que va le monde. La liberté véritable est un leurre. Elle n'existe pas, pas sur ce continent.*

Le jeune Iscan, Rictus, était debout et fourrait du ragoût dans sa bouche tout en écoutant les vantardises de son ami. Il s'était légèrement étoffé et portait une tunique kufr rouge qu'il avait retouchée. Il leva les yeux en remarquant que Jason approchait et il le salua de la tête, avec l'arrogance propre aux

Iscans. Même sous la chiche clarté du feu, Jason pouvait voir le sang séché qui maculait toujours ses mains.

« Bonne chasse ? demanda-t-il avec insouciance.

– Bonne chasse, confirma Rictus avant que quelque chose n'altère la courbe de sa bouche et ne l'incite à baisser les yeux vers son écuelle. Mais le combat a cessé d'être honorable dès qu'ils ont rompu les rangs.

– Traverser ce foutu fleuve sans me noyer m'a amplement suffi », rétorqua son ami en se levant. Gasca, il s'appelait Gasca. Cet individu corpulent au visage graisseux paraissait passablement ivre… comme la plupart d'entre eux. Avoir survécu avait d'ailleurs de quoi plonger n'importe qui dans une douce euphorie. C'était un soulagement qui affectait même les vétérans les plus endurcis, après une bataille. Jason n'y trouvait rien à redire, mais il s'intéressait principalement à Rictus.

« Estimes-tu que nous aurions dû les laisser filer ?

– Je considère simplement que l'ampleur du massacre est disproportionnée. Si nous sommes venus ici pour offrir un empire à notre employeur, je ne vois pas comment nous y parviendrons si nous égorgeons tous ses futurs sujets.

– Écoutez-le ! se moqua un des vétérans. Ce sont des Kufr, petit, pas des humains. Le nombre de ceux que nous saignons importe peu. Moins il en reste, mieux ça vaut ! » Des propos salués par un chœur d'approbations autour du grand centos noir fumant.

« On ne fait pas d'omelette sans casser des œufs », rappela un autre homme en crachant des nerfs dans les flammes.

Rictus haussa les épaules et Jason admira sa maîtrise de soi. « Les mercenaires originaires d'Isca sont plutôt rares », déclara-t-il.

Rictus racla à la cuiller le ragoût restant sur le pourtour de son écuelle. « Isca n'existe plus. Ce n'est qu'un souvenir. Ici, nous sommes tous logés à la même enseigne. » Il redressa la tête et regarda de tous côtés en entendant les sifflets et les cris de la compagnie qui emplissaient la nuit, alors qu'une sorte de désir - ou de besoin - faisait briller ses yeux. *Son envie de faire partie d'une communauté est intense,* pensa Jason. *Eh bien, c'est une excellente chose, je pourrai probablement en tirer profit.*

« J'ai trouvé un bouclier recouvert de bronze », ajouta Rictus qui semblait désormais mal à l'aise, une grande partie de sa maturité l'ayant abandonné. « Il est plus petit que les nôtres, mais très résistant. Et je me suis également approprié une lance et un casque. Je me sais capable de tenir honorablement ma place en première ligne. J'ai reçu une formation complète, à Isca, et je sais me battre. » Il soutint le regard de Jason, avant de détourner la tête.

« J'y réfléchirai », mentit Jason. Il avait d'autres projets pour lui, et l'éclat de ses yeux lui avait fait miroiter maintes possibilités.

XI

Quand passe la tempête

Tal Byrna, une grande cité qu'ils avaient prise aussi facilement qu'une noisette qu'il suffisait de se baisser pour fourrer dans sa poche.

Une poche dans laquelle l'avaient rejoint d'autres villes telles que Tanis et Geminestra. Arkamenes s'était emparé de tout le sud-est de l'Empire, un acte de transfert de propriété signé avec le sang versé lors de la traversée de l'Abekaï.

Deux armées se rencontrent et il en résulte un massacre. Le sens de certains mots est destiné à changer le monde. Mais celui-ci ne se transforme pas véritablement, l'eau coule toujours sous les ponts, les grains germent, et ceux qui travaillent le sol continuent de s'échiner en étant simplement un peu plus pauvres, décharnés et désespérés qu'avant. La tempête poursuit son chemin et les survivants reprennent leurs activités dans son sillage. Tels sont les affrontements armés, ces ouragans qui traversent un pays en le dévastant au passage. Une puanteur de charnier, un nuage de poussière qui ourle le ciel, des créatures qui se déplacent par milliers en bouleversant toute chose sans changer quoi que ce soit… C'est cela, la guerre.

■■■■

Telles étaient les pensées qui traversaient l'esprit de dame Tiryn alors qu'elle écartait les rideaux de sa litière pour regarder défiler les vertes collines de Jutha au-dessus de la dentelle scintillante des canaux qui irriguaient ces terres et repoussaient l'étreinte du désert s'étendant plus à l'ouest. Rien dans sa vie ne l'avait attristée autant que la vision de l'armée kefren vaincue, tous ces soldats disséminés sur des pasangs entre l'Abekaï et les murs de Tal Byrna. Les cadavres des Kefren - appartenant pour certains aux castes supérieures, aux maîtres de l'Empire - étaient nus, totalement dépouillés. Les paysans les avaient empilés les uns sur les autres avant d'y mettre le feu, improvisant de grands bûchers funéraires puants surmontés de panaches de fumée huileuse visibles à des pasangs de distance. Ainsi disparaissaient les grands de ce monde, changés en cendres qui se mêlaient à la terre et serviraient d'engrais aux futures récoltes.

Elle baissa les yeux sur le lourd manuscrit enroulé sur son giron. Il y avait d'un côté des mots dans son langage... l'asurien tel que le pratiquait le peuple. De l'autre, dans les mêmes caractères, un baragouin à l'étrange prononciation, des choses absurdes qui lui paraissaient néanmoins familières. Elle avait grandi dans les Monts Magron où les tribus avaient leur propre dialecte, des mots que les habitants des plaines ne connaissaient pas ou dont ils ne devinaient qu'imparfaitement le sens. Or, certains de ces termes évoquaient la langue de son enfance, le patois pour le moins rustique de son père chevrier.

C'était une transcription phonétique du langage macht en alphabet asurien. Amasis lui avait donné ce manuscrit, peut-être afin de l'occuper. Il en existait un autre exemplaire qui avait été remis au chef des mercenaires peu auparavant. Il y avait désormais plusieurs semaines que Tiryn apprenait le machtique, depuis qu'ils avaient débarqué à Tanis, et plus elle découvrait de choses, plus elle était convaincue que c'était - ou que cela avait été - le même langage que celui pratiqué par les montagnards de l'Empire dans leurs refuges enneigés. Quoi qu'ils soient devenus, les Macht avaient dans un lointain passé dû vivre dans les hautes-terres de l'Empire et s'exprimer comme les Asuriens. Des conclusions qu'elle avait gardées pour elle… car à qui aurait-elle pu les faire partager ? Il y avait des semaines qu'Arkamenes ne lui adressait presque plus la parole. Elle lui avait été utile, lorsqu'il vivait au palais, mais elle n'était plus qu'un bagage encombrant depuis qu'il suivait cette armée.

Une file d'hommes doubla en courant sa litière, des mercenaires sans cuirasse ni casque. Uniquement vêtus de leur tunique rouge, ils s'étaient munis de boucliers d'osier doublés de cuir, de javelots et de petites piques. Arkamenes et sa suite se trouvaient pour une fois en tête de la colonne, car ils ne supportaient plus d'inhaler la poussière soulevée par les Macht, et elle en déduisit que ces hommes allaient se poster à l'avant-garde. Tiryn les suivit du regard avec curiosité comme ils traversaient rapidement son champ de vision, leurs sandales claquant sur les bas-côtés boueux de la chaussée. Ils étaient des vingtaines et ils couraient par petits bonds qui ne semblaient réclamer aucun effort, tels des loups.

Elle remarqua alors un son différent, le grondement étouffé des sabots. Des chevaux approchaient – tout un escadron emporté au petit galop dans le sillage des Macht – et ils avaient à leur tête Arkamenes en personne, sa cuirasse sertie de gemmes renvoyant mille feux sous le soleil. Il avait un *komis*, la coiffe de lin de la noblesse kefren, ainsi qu'un carquois de javelots sanglé à sa cuisse. Puis il disparut et la colonne continua à pas lourds son chemin, la litière se balançant sur les épaules de ses porteurs juthiens. Les servantes de Tiryn restaient accroupies, les yeux baissés, à l'opposé du compartiment saturé de parfums. Elle entendait de nouveau les piétinements incessants, le battement de cœur de cette armée. Tiryn s'affaissa sur les coussins, et le manuscrit glissa de son giron, oublié. *Il n'a même pas daigné regarder dans ma direction,* pensa-t-elle. *Je n'ai plus aucune utilité, pas même en tant que poulinière.* Et des larmes coulèrent de ses yeux pour goutter dans son voile.

■■■■

Arkamenes serra la bride au pur-sang niséien qui piaffait, les naseaux dilatés. Le plus grand des mercenaires ne lui serait pas arrivé au garrot, et il avait la sensation de tous les dominer. Ce qui avait un effet positif sur son humeur déjà excellente. Il posa une main sur sa hanche et se tassa sur la selle, comme s'il était plongé dans son élément naturel.

« Eh bien, Phiron, que m'as-tu préparé ? »

Le Macht s'écarta de la colonne qui marchait d'un bon pas. Bardé de sa cuirasse et muni d'une lance, il déposait comme tous ses semblables son bouclier et son casque dans les chariots lorsqu'ils se déplaçaient. Il se laissait pousser la barbe, ce qui lui seyait fort mal de l'avis d'Arkamenes. Mais aucun noble kefren n'avait le moindre attribut pileux. *Quelle race pleine de laideur*, pensa-t-il. *Si entêtée et obstinée, si étroite d'esprit, repoussante.* Eux et les Juthiens auraient pu être frères, s'il n'y avait eu la couleur de leur peau, et cependant ces horribles petits êtres velus étaient de l'étoffe dont on façonnait les légendes asuriennes. Tout au fond de son esprit, Arkamenes savait que nulle armée kefren, pas même le corps des honai du Grand Roi, n'aurait pu sortir du fleuve et défaire les lignes ennemies comme l'avaient fait ces mercenaires. Il fallait en avoir été témoin pour l'admettre. Il avait réalisé là un investissement judicieux.

« J'envoie au-devant de nos troupes une colonne mobile chargée de reconnaître les lieux », expliqua Phiron. Il parcourait du regard les files d'hommes en marche, pour relever les moindres détails. Les Macht lui adressaient des clins d'œil ou des hochements de tête au passage, sans manifester beaucoup de déférence. Quant à Arkamenes, ils n'en faisaient absolument aucun cas, ce qui l'obligea à ravaler la colère qu'il sentait croître en lui.

« Je souhaite envoyer ces éclaireurs loin devant nous. Ils seront à pied, car nous ne sommes pas un peuple de cavaliers, mais qu'ils ne soient pas lestés par des cuirasses leur permettra de se déplacer très vite. Et, seigneur, j'aimerais qu'un des membres de ton état-major les accompagne, quelqu'un qui maîtrise le machtique et puisse leur servir d'interprète.

– Que veux-tu qu'ils découvrent ? Nous avons annihilé toutes les forces impériales de Jutha », rétorqua Arkamenes. Le soleil fut reflété par le vernis de ses ongles lorsqu'il leva la main en orientant la paume vers le haut pour indiquer qu'il s'exprimait avec la voix de la raison.

« La cavalerie légère peut couvrir des distances importantes. Levée en Pleninash, elle pourrait atteindre le Jurid dans une semaine. Je souhaite m'emparer du prochain pont avant que ton frère ne le détruise, seigneur. Je ne veux pas contraindre mes hommes à traverser un autre fleuve en pataugeant sous des volées de flèches. »

Arkamenes fut choqué par ce que sous-entendaient de tels propos et il dut une fois de plus ravaler l'exaspération que lui inspiraient ces insupportables créatures. Il feignit l'indifférence. « Comme tu voudras. Mais tu n'as pas de chance, car aucun membre de mon état-major ne parle votre langue barbare. C'est une des raisons pour lesquelles Amasis a fait rédiger cette liste de mots, quand nous étions à Tanis… le travail coûteux d'une douzaine d'érudits, soit dit en passant. Tes hommes devront se débrouiller. »

Phiron leva les yeux vers la face dorée de son interlocuteur, à la fois pensif et troublé. *Même sans dire un seul mot il m'adresse de vifs reproches,* pensa Arkamenes. Le coup de talons qu'il donna dans les côtes de son niséien le fit presque ruer.

« Te voici désormais dans mon Empire, général. C'est à tes hommes de se familiariser avec la langue qui est la nôtre. » Il s'élança au galop en levant une main en un geste d'adieu moqueur, suivi par une traîne de serviteurs et autres individus aux tenues chatoyantes qui devaient cravacher leurs montures pour ne pas se laisser distancer.

■■■■

L'armée composée de Macht et de Kefren avançait dans les plaines fertiles du sud de Jutha, une cité mobile de quelque quarante mille âmes. Les paysans juthiens qui travaillaient la terre se redressaient pour regarder cette multitude approcher puis s'éloigner. Le matin, c'était un grondement dans l'atmosphère, un nuage de poussière à l'horizon. À midi, cela saturait leur monde, une nuée impressionnante de soldats qui piétinaient l'orge semée en hiver et s'appropriaient réserves de céréales et têtes de bétail sur leur passage. Les Macht de l'avant-garde restaient en formation et progressaient sous forme de compagnies disciplinées, mais derrière eux les Kufr se répandaient dans la campagne en se livrant au pillage, pour prendre non seulement de la nourriture mais tout ce qu'ils pouvaient emporter. Ils fouillaient la couverture de chaume des maisons des villages juthiens, abattaient des murs de brique, défonçaient les portes des saloirs et repartaient avec des brassées de jambons.

Le soir venu, la tempête était passée. L'armée n'était plus qu'une tache imprécise sur l'horizon qui s'assombrissait, s'éloignant dans les ténèbres orientales. Dans le ciel, Phobos et Haukos baissaient le regard sur son sillage et les Juthiens qui réparaient leurs demeures, et récupéraient ce qui pouvait l'être dans leurs fermes éventrées, remontaient les digues abattues des canaux d'irrigation et réconfortaient leurs épouses et leurs filles en pleurs. Après quoi les hommes conservaient leurs serpes et leurs haches pour aller se retrouver sur la place du village et s'entretenir jusqu'à point d'heure.

« Il se déplace vers l'est en Istar, le long de la Voie impériale. C'est la meilleure des routes, la plus rapide, et elle traverse les terres du secteur le plus riche. Il n'en déviera pas et, sachant cela, nous pouvons aisément déterminer son parcours. »

Vorus était debout et levait les yeux sur le mur ouest brillamment éclairé de la salle. Là, sous forme de mosaïque aux pièces plus petites que des ailes de mite, il y avait une carte du monde… ou tout au moins des secteurs de ce monde ayant quelque importance. Ce plan avait été tracé avec toute la précision dont les cartographes impériaux pouvaient faire montre et, à en croire ce qu'on racontait à la cour, des artisans avaient consacré quatorze années complètes à sa reproduction. La salle était circulaire, avec des fenêtres s'ouvrant loin au-dessus des têtes. La mappemonde s'incurvait sur à peu près la moitié de la circonférence des lieux, et y étaient portés non seulement les monts, les cours d'eau et les cités de l'Empire, mais aussi les routes, les relais de poste, les silos impériaux et les forteresses qui assuraient la cohésion de cet immense territoire. La dernière fois que Vorus s'était tenu devant cette carte, c'était en compagnie d'Anurman et de Proxis, vingt ans plus tôt, en pleine campagne de Carchanis. Il se tourna vers le nouveau roi, le seul personnage assis dans cette foule d'individus debout et silencieux, avant de désigner divers points avec sa baguette d'ivoire.

« Nous pensions l'arrêter devant le Jurid en prenant les ponts avec la cavalerie avant l'arrivée du gros de ses troupes, mais l'envoi d'un détachement d'infanterie légère nous en a empêchés. Esis, la dernière forteresse importante les séparant du Bekaï, a capitulé. Toutes les cités juthiennes se sont ralliées au traître. Anaphesh, Halt, Dadikai…

– Je sais quelles sont les cités de Jutha, général, déclara posément Ashurnan. Mais qu'en est-il d'Honuran, le gouverneur d'Istar ? En a-t-on des nouvelles ?… »

Il y eut un silence. Quelque part, une femme chantait avec une douceur exquise. Cette salle était proche du harem… Hadarman le Grand l'avait fait aménager à cet emplacement pour pouvoir être tenu au courant des affaires de l'Empire sans trop s'éloigner pour autant de ses épouses. Elle avait en outre l'avantage de ne pas être proche de la salle d'audience, et par conséquent assez facile à protéger des oreilles et des yeux indiscrets. Les honai de faction à l'extérieur étaient apparentés au Roi. Pour une mission de confiance on s'adressait à ses proches, même lorsqu'ils étaient sujets à caution. Honuran, gouverneur d'Istar, n'était-il pas le cousin d'Ashurnan ? Enfants, ils avaient joué ensemble dans ce palais.

« Nous n'avons pas reçu la moindre nouvelle de lui, sire », répondit le vieux Xarnes qui se racla discrètement la gorge en s'appuyant sur le bâton symbole de sa charge, comme si c'était une canne et non un accessoire de cérémonie. « Nos messagers envoyés en Istar n'en sont pas encore revenus.

– Ce qui signifie que nous avons également perdu cette cité », déclara Vorus. Au sein du noyau de personnes entourant le Roi, les yeux jaunes injectés de sang du large visage grisâtre de Proxis restaient rivés aux siens. Proxis qui secoua imperceptiblement la tête. Ils étaient entre vieux camarades.

« Sire, je crois probable que…

— Je sais que mon cousin m'a trahi en se prononçant en faveur de mon frère, général. Tenter d'édulcorer tes propos est inutile. » Ashurnan se leva et alla caresser la mosaïque de la carte murale comme si le sens du toucher lui permettait d'obtenir des informations autrement inaccessibles. « Pas aujourd'hui, en tout cas. Ce dont j'ai besoin, c'est de la vérité dans toute son amertume. » Il se détourna brusquement de la paroi. « Berosh, quelle est la situation dans les cols des Magron ? »

Un Kefren de haute lignée aux yeux violines de la maison royale s'inclina profondément avant de répondre. « La couche de neige y est plus haute qu'une roue de chariot, sire. Les Portes asuriennes sont inaccessibles, sauf aux plus hardies de nos estafettes. Aucune armée ne pourrait les franchir. Le printemps n'est pas encore arrivé jusque-là.

— Nous voici donc bloqués en ce lieu pendant qu'au-delà de la protection des montagnes mon frère viole impunément la moitié de mon Empire. Général, où en est la mobilisation générale ? »

Proxis s'avança à pas lourds pour s'incliner aussi bas que Berosh, mais avec bien moins de souplesse, et remettre un message à Vorus. Le Macht déroula le parchemin et lut les listes présentées sous formes de tableaux par la main habile des scribes du palais. Leur travail suscitait son admiration même lorsqu'il s'agissait de simples alignements de nombres.

« Sire, les recrues d'Arakosie et de Médis sont arrivées. Avec les troupes asuriennes et celles de votre maisonnée, nous avons au total quelque cent mille fantassins et douze mille cavaliers. Les recruteurs ont réalisé un excellent travail.

— Autant de bouches à nourrir jusqu'à la fin de l'hiver, marmonna Ashurnan en se frottant les yeux.

— C'est à notre avantage, sire. Arkamenes devra attendre la débâcle du printemps pour franchir les Portes asuriennes, et ses hommes descendront des montagnes sitôt après avoir effectué leur ascension. Ils seront épuisés et handicapés par des lignes de ravitaillement dispersées. Nous l'attendrons ici, dans les plaines d'Ashur, là où notre supériorité numérique jouera pleinement et notre cavalerie pourra les décimer sans peine. Nos hommes seront frais et dispos, bien nourris, et de trois à quatre fois plus nombreux. Je puis te promettre que le traître mourra devant les remparts de la cité impériale. »

Ashurnan sourit et traversa la salle en trois grandes enjambées pour prendre Vorus par l'épaule, ce qui choqua visiblement tous les Kefren présents. Puis le Grand Roi s'inclina et embrassa le Macht sur la joue, comme s'il était un ami intime ou un parent. Vorus se sentit rougir. Des murmures s'échangèrent dans l'assistance.

« Tu conduiras cette armée », décida Ashurnan. Il se détourna et regarda les officiers supérieurs et courtisans de l'Empire qui s'étaient figés en face de lui, les yeux et la tête baissés.

« Qui pourrais-je désigner d'autre ? Qui saurait mieux qu'un Macht comment éliminer les siens ? »

■■■■

S'aventurer aussi loin à l'intérieur du bivouac de l'armée n'était pas conseillé à une représentante de la gent féminine. Sous la clarté des feux, elle portait un komis qui couvrait son visage, mais les courbes de sa robe de soie ne prêtaient pas à confusion ; pas plus que sa main claire qui rabattait le voile sur son nez. Elle était plus grande que la majeure partie des têtes en paille des montagnes, et elle était une Kufr qui avait pénétré dans un camp macht après la tombée de la nuit. Une des filles de joie qui accompagnaient l'armée, supposa Jason, même si sa tenue était un peu trop élégante et si elle faisait montre de bien plus de modestie que la plupart des membres de cette profession. Les Macht n'avaient pas de rapports sexuels avec les Kufr… cela n'avait jamais été le cas et ne le serait jamais. Telle était en tout cas la ligne de conduite que tous avaient décidé de suivre. Mais la nuit, quand les camps des deux peuples fusionnaient afin d'assurer leur protection mutuelle, on pouvait remarquer les allées et venues de silhouettes qui n'avaient aucun point commun avec celles qu'on voyait se déplacer pendant le jour. Il était difficile de se prononcer. Même Jason n'avait aucune certitude, malgré son esprit plus vif que celui de la plupart des gens. Et même un gratte-vélin dans son genre commençait à souffrir du manque de compagnie féminine. Il y avait bien des mois qu'ils avaient embarqué, et plus le temps s'écoulait, moins les Kufr du sexe opposé lui semblaient différentes des femmes qu'il avait connues.

Puis Orsos se retrouva sur son chemin. Il était un peu ivre, aussi affable que pouvait l'être un malappris dans son genre. Il lui sourit, avec ses cheveux presque ras dressés sur sa tête, et il la retint par le bras lorsqu'elle essaya de se faufiler près de lui.

« Ah, ma belle, tu n'as pas fait un choix très judicieux en venant écarter les cuisses dans ce secteur !

Nous sommes des hommes, ici, pas ces veaux sans rien entre les jambes dont tu satisfais habituellement les besoins. » Il l'attira vers son visage aux traits grossiers pour la lorgner avec paillardise.

« Jetons un œil et découvrons ce qui peut exciter un Kufr. Enlève ce chiffon de ta tête. » D'un mouvement du poignet Orsos arracha le komis de la fille, qui cria quelque chose dans sa langue et se débattit sous sa prise. Elle était grande, mais l'énorme poing de l'homme engloutissait son poignet. « Si tu es venue ici, c'est nécessairement parce que tu cherches à goûter à…

– Qu'as-tu trouvé là, mon frère ? » demanda Jason en s'avançant avec désinvolture. D'autres hoplites assis autour du feu se levaient, les yeux brillants d'intérêt. Il était évident qu'ils souhaitaient découvrir jusqu'où irait Orsos. « Rasseyez-vous et mêlez-vous de ce qui vous regarde ! » leur ordonna sèchement Jason sans trouver de raisons plausibles à sa brusque colère.

« De la viande pour centurion », lança quelqu'un en haussant les épaules. Quelques sifflements se firent entendre autour des autres feux, attribuables à des hommes trop éloignés pour être identifiables, mais presque tous se rassirent. Il était évident qu'Orsos comptait violer la fille… ce qui n'avait rien d'une nouveauté.

La Kufr avait une peau et des yeux plus sombres que les Kefren des castes supérieures que Jason avait eu l'occasion de voir, tant à Tanis qu'autour des tentes d'Arkamenes. Elle était également plus petite que la plupart de ses congénères, même si elle dominait tous les Macht d'une bonne tête.

« Elle pourrait presque être l'une d'entre nous », commenta-t-il à voix haute, sincèrement surpris.

Orsos faisait pivoter le visage de la fille d'un côté à l'autre, comme si c'était un melon qu'il examinait sur un étal du marché. Une fille désormais silencieuse, visiblement terrifiée.

« Qu'en penses-tu, Jason ? Tu crois que le reste est aussi appétissant que sa face ? »

Une partie de Jason aurait aimé le découvrir, mais le regard de l'intéressée trouva à cet instant le sien. Il n'y avait pas que de la peur, dans ses yeux, mais aussi une sorte de résignation poignante. Puis elle dit en machtique irréprochable :

« S'il vous plaît... »

Orsos écarta les mains de ses joues, comme si elles étaient brûlantes. « Par Phobos ! As-tu entendu, Jason ? Ça parle notre langue ! Dis autre chose, Kufr... » Il sourit et l'effleura du bout de l'index.

L'expression de l'inconnue s'était figée, même si des larmes avaient strié ses joues en emportant un peu du khôl passé autour de ses yeux. « S'il vous plaît... Je suis la... la compagne d'Arkamenes. »

Jason et Orsos se dévisagèrent. « Elle est assez élégamment vêtue pour ça, déclara Jason en se penchant pour ramasser le komis de la visiteuse. Il s'agit probablement d'une esclave de la maison royale.

— Ou encore d'une fieffée menteuse », rétorqua Orsos. Mais il avait perdu toute gaieté. « Chasse-la bien vite, Jason. Nous ne devons pas prendre de risque. Ce maudit Kufr n'apprécierait pas qu'on s'amuse avec ses concubines. » Il s'éloigna à pas lourds. « Je devrais pouvoir me trouver une chèvre pour la remplacer. » Il gloussa et disparut entre les feux de camp, tout en invectivant les hommes allongés autour de lui.

Jason s'intéressait à l'inconnue qui remettait le komis devant son beau visage. Elle paraissait si humaine. « Je suis désolé », dit-il en asurien, quelques mots glanés au cours de ses récentes études.

Elle le regarda comme une biche effarouchée, avant de débiter un flot de paroles, bien trop rapidement pour la connaissance limitée de son langage que possédait Jason. Il leva les mains, en souriant.

« Moins vite, moins vite.

– Tu parles notre langue ?

– Ne parles-tu pas la nôtre ? »

Elle hésita. « J'apprends. J'ai un manuscrit.

– Moi aussi. Je m'appelle Jason.

– Moi, c'est Tiryn. »

Il désigna les alignements d'hommes couchés autour des feux et leurs yeux qui reflétaient les flammes. Une mare de silence les cernait, et tous les Macht tendaient l'oreille.

« Qu'es-tu venue faire ici ? » lui demanda-t-il.

Elle secoua la tête, au bord des larmes. « Je l'ignore. »

Se remémorer les phrases écrites en caractères minuscules sur son précieux parchemin lui donnait des migraines. Ce fut en gardant les yeux clos et d'une voix sèche qu'il déclara : « Je vais te reconduire chez toi.

– Chez moi ?

– À Arkamenes.

– Ah, oui, mène-moi à lui !

– Tu serais donc sa femme ?

– Sa femme, oui. »

Jason lui présenta son bras, mais elle eut un mouvement de recul comme s'il l'avait menacée avec son poing. En s'emportant contre son ignorance des usages de ce peuple, il passa le premier et entendit les doux bruissements de la soie sur ses cuisses comme elle lui emboîtait le pas. Dans le bivouac des Macht, des centaines d'yeux ne se détachaient pas du couple qui contournait lentement les feux. Partout où ils allaient, les conversations s'interrompaient, et les soldats les dévisageaient en se perdant en conjectures sur le beau général macht que suivait cette grande Kufr voilée aux yeux noirs.

XII

La fonte des neiges

Ils traversèrent le Bakaï au début du printemps et reçurent la capitulation d'Istar dans la cité de Kaïk, une autre de ces grandes forteresses que l'Empire avait érigées près de chaque gué des fleuves de ce monde. Le Bakaï était rapide, grossi par la débâcle, car l'année avait finalement changé et à l'est la ligne verte des basses-terres gravissait les pentes des imposants Monts Magron dont les cimes restaient enveloppées de neiges éternelles. Au-delà de ces montagnes s'étendait Asuria, le cœur de l'Empire, et la capitale impériale elle-même : la sainte Ashur aux murailles infinies. L'armée avait parcouru près de deux mille cinq cents pasangs depuis son débarquement à Tanis, et ils avaient passé soixante-dix-huit jours sur la route. Les Kufr se déplaçaient désormais presque aussi vite que les Macht et leur nombre avait été grossi par des contingents venus des provinces qui s'étaient ralliées à eux après leur reddition. Honuran, le gouverneur d'Istar, accompagnait désormais l'armée en tant que lieutenant d'Arkamenes. Il avait laissé sa famille derrière lui, sous bonne garde, pour garantir sa sécurité et effacer tout regret que le fait d'avoir trahi son cousin pourrait lui inspirer.

■■■■

Rictus guida son poing vers le haut de la colline et s'immobilisa à son sommet, en sueur et le souffle court. L'air lui paraissait pesant, lesté par l'humidité du grand fleuve. Il se tourna pour regarder derrière lui. À l'ouest, le Bakaï dessinait une longue courbe sinueuse sur le tapis du monde, brillant comme une pointe de lance là où le soleil s'y reflétait, marron et ocre de boue à l'endroit où des nuages empêchaient les rayons de l'atteindre. Un pasang plus au nord, la cité-forteresse de Kaïk se dressait sur son tertre, et un léger voile de fumée montait de ses milliers de cheminées pour assombrir un air stagnant. Le bourdonnement de ses rues animées était audible malgré la distance, et il se répandait dans toute la campagne environnante. Kaïk était une cité de couleur brune, comme bon nombre dans le Pays des Fleuves. Construite principalement en briques cuites au four, on dénombrait dans son enceinte une centaine de milliers de maisons carrées ayant toutes le même aspect, mais sur la terrasse desquelles se trouvaient autant de jardins, une multitude de joyaux émeraude. Le puissant Bakaï avait été saigné par des canaux artificiels et une armée d'esclaves s'échinaient à faire tourner sans interruption les norias qui siphonnaient l'eau porteuse de vie nécessaire aux plantes de l'agglomération. Terre et eau, deux éléments indispensables. Dans cette partie du monde, ils étaient révérés et les Kufr avaient un grand nombre de divinités du fleuve et des récoltes. Terre et eau, la substance même de l'Empire. La seule chose aussi abondante étant la main-d'œuvre fournie par les esclaves.

En bas, près du fleuve, l'armée continuait de franchir les ponts du Bakaï, une activité qui avait débuté à l'aube précédente. Il ne restait pratiquement plus que les derniers chariots de la caravane de ravitaillement et l'arrière-garde, sur la berge est. Les Macht étaient déjà repartis vers les hauteurs, la campagne dégagée s'étendant au-delà des canaux d'irrigation puants des fermes des basses-terres. Mouches et vermine volante pullulaient dans ces champs humides, car les paysans de ce secteur fertilisaient le sol avec leurs propres déjections. Ils avaient pour l'instant perdu peu d'hommes à cause des maladies, tant grâce aux conditions climatiques qu'aux règles d'hygiène rigoureuses appliquées aux latrines. Des mesures que Phiron n'avait pas l'intention d'assouplir. Le passage le plus éprouvant de leur route se trouvait devant eux, dressé à la bordure du monde à chaque lever du jour, une barrière en dents de scie qui n'était plus qu'à environ deux cents pasangs de distance. Les Monts Magron.

Des soldats à l'équipement allégé rejoignirent Rictus sur la crête. Ce n'était pas une véritable colline mais un des innombrables tertres marquant l'emplacement des anciennes cités du Moyen Empire. Au prix d'un labeur impensable, dans un lointain passé devenu légendaire, les habitants de cette contrée avaient érigé des douzaines de ces éminences, chacune assez vaste pour servir d'assise à une agglomération de belle taille tout en ayant de la place à revendre. S'y dressaient les plus vieilles forteresses et villes locales, mais bon nombre avaient été rasées et oubliées depuis. En regardant la topographie du terrain en contrebas, Rictus prit conscience que le lit du Bakaï avait autrefois effleuré le bas de cette butte. La cité construite en ce lieu avait permis d'en contrôler l'accès. Cependant, les cours d'eau sont inconstants et ils changent de parcours dans un laps de temps aussi bref que la vie d'un homme. Le Bakaï s'était donc éloigné et la population l'avait suivi pour continuer de veiller sur son gué. Elle avait érigé un nouveau tertre pour une nouvelle agglomération, là où Kaïk se blottissait désormais contre la berge abrupte.

Rictus pensa à un autre cours d'eau, un simple torrent qui traversait en renvoyant mille reflets paisibles un vallon situé très loin de là, au nord-ouest. Les perce-neige avaient dû céder la place aux primevères et aux crocus, autour des chênes du fond de la vallée. Il caressa le pendentif de corail passé à son cou, un objet rendu glissant par sa sueur, et il se sentit aussi désemparé que s'il venait de quitter la ferme de son père pour se retrouver en ce lieu immense et inconnu qu'était le monde.

« Où allons-nous, capitaine ? » lui demanda un des autres hommes, et il se ressaisit puis désigna les montagnes lointaines. « De ce côté. On trouve sur cette route, à une vingtaine de pasangs, un avant-poste impérial. Nous devons impérativement prendre cette place forte et les soldats de sa garnison.

— Morts ou vifs ? »

Rictus haussa les épaules et ses hommes hochèrent la tête, se massèrent le menton ou testèrent le tranchant des pointes de leurs javelots. Il s'agissait des chiens de Phiron, les plus rapides, efficaces et impitoyables des gymnètes. Pour une raison ou une autre, Jason avait décidé de faire de lui son second et Rictus commandait désormais un demi-centon de ces hommes. Il guidait dix poings au combat. Si ce n'est qu'ils ne participaient pas aux batailles... pas selon l'acception qu'il donnait à ce terme. Ils massacraient, pillaient, assassinaient. Ils coupaient toute voie de repli à l'ennemi qui battait en retraite, ils s'emparaient des ponts, des postes de garde et des défilés devant le gros de l'armée, et ils se contentaient de harceler leurs adversaires lorsque ceux-ci étaient trop nombreux pour qu'en venir à bout soit envisageable. Ils ne s'alignaient pas en formation et se passaient d'armures, car ils n'affrontaient pas leurs adversaires comme des égaux. Ils menaient leur petite guerre d'une façon insidieuse, et Rictus était devenu un maître en ce domaine.

Ses hommes - plus exactement des adolescents - avaient appris à le connaître et à se fier à son bon sens. Il savait analyser un terrain et tirer au mieux parti de ses caractéristiques... pour qu'elles renforcent leurs chances et l'effet de surprise, en libérant la violence au bon moment et depuis une direction inattendue. Plein de bravoure au combat, d'une adresse rare tant avec un javelot qu'une lance, il était un capitaine qui n'hésitait jamais à affronter personnellement l'adversaire. Il lui arrivait de charger au cœur des lignes ennemies sans seulement se donner la peine de s'assurer que ses troupes le suivaient. En raison de ses origines, ses hommes en étaient venus à s'appeler entre eux les *Iscans*, une décision que Rictus n'avait ni réprouvée ni soutenue. Ils avaient peint le sigile *iktos* sur le cuir de leurs boucliers, même si celui de Rictus ne portait pour sa part aucune inscription. Après chacune de leurs missions, ils regagnaient le gros des troupes – ils appartenaient à la mora de Jason de Ferai – et Rictus les laissait pour aller faire son rapport et recevoir de nouveaux ordres sous la tente du quartier général. L'Ours Buridan veillait à ce qu'ils reçoivent de la nourriture et puissent dormir sur un sol bien sec, car si Rictus avait un défaut, c'était le peu d'attention qu'il prêtait aux détails de ce genre. Il n'aurait jamais accepté que ses hommes puissent pâtir de la faim, mais améliorer leur confort était bien le dernier de ses soucis. Et si cela influençait ses gymnètes, ils n'en respectaient que plus ce tête en paille dégingandé qui s'exprimait avec la lenteur et le léger accent propres aux montagnards.

▣▣▣▣

Ils repartirent vers le bas de la pente à petites foulées. Une allure qu'ils savaient pouvoir tenir sur de nombreux pasangs. Phiron les appelait sa cavalerie à pied, un titre dont ils se délectaient. L'infanterie lourde pouvait se couvrir de gloire au corps à corps, mais pour ceux qui aimaient précéder la colonne sans subir la pression imposée par un trop grand nombre d'officiers, l'infanterie légère était incontestablement l'idéal.

Vingt pasangs, pour moitié en courant et le reste en marchant d'un bon pas. Le jour passa du matin à l'après-midi, puis au crépuscule. Ils arrivèrent avant la nuit, ainsi que Rictus l'avait escompté. Ils virent l'avant-poste devant eux, sous les ultimes lueurs du coucher de soleil, au milieu d'un terrain aussi plat que les pains des Kufr pour s'élever soudain comme des écueils hors d'une mer étale vers les montagnes couronnées de neige que les dernières lueurs d'Araian embrasaient. La Voie impériale grimpait dans les contreforts des Magron, bien trop droite pour paraître tout à fait réelle, et se scindant en chemins de terre rouge conduisant à des bourgs et villages de brique pas assez importants pour avoir été juchés sur un tertre. Là-bas, des lampes avaient déjà été allumées. En petit nombre, car les pauvres allaient généralement se coucher avec les poules, mais suffisantes pour révéler leur emplacement sur ce sol qui s'obscurcissait. Rictus leva la main et, tout autour de lui, ses hommes s'immobilisèrent, soufflant et haletant, lances levées dans le poing droit, peltas d'osier et de cuir sanglées au bras gauche également lesté par un faisceau de javelots. Rictus adressa un signe de tête à un homme plus âgé, un vétéran du corps des gymnètes à la fois chauve et édenté. « Prends quatre poings et reste en retrait sur la gauche, Siffleur. Vous constituerez nos réserves. Maintiens un ou deux taenons entre nous. Si nous nous heurtons à des forces trop importantes, nous battrons en retraite en revenant entre vos lignes. » L'homme opina du chef, en souriant. Il s'appelait Hanno mais tous n'utilisaient que son surnom parce que, chaque fois qu'il inspirait par la bouche, comme à présent, l'air franchissait l'espace séparant ses incisives avec des sons aigus.

Un homme plus jeune, un simple garçon aux yeux aussi noirs que des mûres et à la beauté presque féminine, demanda : « Et moi, Rictus ?

— Va sur la droite avec deux poings et surveille ce flanc, Morian. Poste-toi plus haut, là-bas. Quand nous aurons terminé, nous reviendrons nous regrouper ici. » Tous hochèrent la tête, impatients de passer à l'action. « Parfait. On y va. En pointe de flèche, derrière moi. »

La moitié des hommes se mirent en formation, avec lui à l'extrémité du triangle. Ils avancèrent à grandes enjambées, regardant devant eux tout en surveillant les alentours. Ils ne chantaient pas, ils s'étaient abstenus d'adopter un pas cadencé. C'était une guerre furtive autant qu'une partie de chasse.

Le poste en question était en fait un ensemble de plusieurs bâtiments proches d'un enclos où une douzaine de chevaux rapides reniflaient le sol. Les hommes de Rictus coururent entre les constructions pour arriver du côté opposé. L'unique personne qui sortit à cet instant, un esclave juthien, fut égorgé avant d'avoir franchi la porte et il s'effondra sans un bruit. À la bordure est du poste, Rictus leva une fois de plus la main. « Avancez. » Il adressa un signe à Morian, qui hocha la tête et aligna son petit détachement loin sur la droite. Lorsqu'ils se positionnèrent sur le terrain plus élevé, leurs silhouettes se découpèrent contre les étoiles.

Rictus demeura sur place pendant que ses hommes entraient dans les bâtiments. Il y eut des cris, un hurlement presque aussitôt interrompu. Il restait là à scruter les ténèbres, enregistrant dans son esprit la position de chaque composant de sa petite armée. Il adorait ces instants… quand il dirigeait ses hommes comme s'ils exécutaient un ballet dont il pouvait constater indirectement l'efficacité. Les mercenaires appelaient cela la danse de Phobos, car ils prenaient la guerre à la légère, comme la plupart des choses.

Mais Rictus n'avait que trop souvent assisté à des massacres. Égorger des malheureux se trouvant toujours dans leur lit n'avait rien d'un exploit à ses yeux.

Morian descendit vers lui au pas de course. Ses yeux étaient si dilatés qu'ils avaient presque un éclat leur étant propre, sous le clair d'étoiles.

« Nous avons repéré un bivouac très important au sud-est, à environ trois pasangs. Des feux dispersés qui couvrent une étendue plus vaste que celle englobée par les murailles de Machran. Ce camp est *énorme* ! »

Rictus s'accorda une seconde de réflexion. Morian était jeune, mais digne de foi.

« Entendu. Fais venir tes hommes. Termine ce que nous avons entrepris ici puis va joindre tes forces à celles de Siffleur. Et vite ! » Incapable de s'en abstenir, il retint le jeune homme par le bras. « Mais es-tu bien sûr de ce que tu avances, Morian ?

– Par les tétins d'Antimone. Ce camp est plus grand que le nôtre.

– N'as-tu pas pu confondre avec une ville ?

– Ce sont des feux de camp, pas des lanternes, même si leur nombre fait penser à une vraie cité…

– C'est bon, va. » Rictus le libéra. Son cœur s'était emballé. Lorsqu'il ouvrit la bouche, il put entendre les pulsations de son sang dans sa gorge. Il regarda autour de lui, pour évaluer la situation. Plus aucun cri ne s'élevait des bâtiments. Ils avaient terminé leur mission en ce lieu et ses hommes se livraient au pillage, s'appropriant nourriture, boisson et objets ayant ou non de la valeur. S'il était rapide… Il hésita une fraction de seconde supplémentaire, juste avant de s'élancer à son tour.

Le sol grimpait, sous ses pieds. La pente n'était pas très raide, mais suffisante pour lui dissimuler ce qu'il y avait au-delà. Il piqua un sprint en repoussant sa pelta dans son dos, par sa sangle de cuir. Il tenait d'un côté sa lance orientée vers le sentier, ses javelots dans l'autre main. Il sentait à peine le terrain qu'il foulait, quand il franchit le sommet de l'éminence et se retrouva avec des fragments de briques sous la semelle de ses sandales. Un autre tertre artificiel, grand comme une colline, mais si ancien que l'érosion avait fait son œuvre et que de l'autre côté…

De l'autre côté se trouvait un autre monde. La nuit étoilée paisible avait volé en éclats.

« *Par Phobos !* » s'exclama-t-il. Morian n'avait pas exagéré. À deux pasangs, et non trois, d'autres feux de camp élargissaient le périmètre de minute en minute. Combien de taenons ? Cent, deux cents ? C'était une mer de bivouacs qui s'étendait jusqu'au pied des collines.

C'était une armée.

Le Grand Roi avait décidé de franchir les montagnes pour se porter à leur rencontre.

■■■■

Il rebroussa chemin au pas de course avec ses hommes. Ils parcoururent ainsi vingt pasangs, le souffle court et la tête basse. Quand Siffleur et d'autres soldats d'un certain âge commencèrent à perdre du terrain, Rictus divisa ses troupes et partit en avant avec les plus jeunes et agiles. Ils trébuchaient dans le noir, s'étalaient de tout leur long, se relevaient et repartaient tout aussi vite. Les deux lunes apparurent et leur clarté argentée rougissante leur permit de progresser plus rapidement. Il leur semblait toutefois qu'ils ne s'étaient pas déplacés, qu'ils faisaient du surplace dans un monde obscur lui aussi immobile. Mais ils virent finalement les feux de leur propre camp poindre dans leur champ de vision. En s'y précipitant follement, en ravalant des renvois acides, Rictus sut par comparaison que l'armée qui s'était arrêtée dans l'ombre des Magron était plus importante que la leur de plusieurs ordres de grandeur. Ce fut en hoquetant qu'il ordonna à ses gymnètes de regagner leurs lignes, puis il lança ses armes à Morian et reprit sa course folle en direction des lampes qui brillaient au-dessus du camp pour désigner l'emplacement qu'occupait la grande tente de Phiron où se réunissait le Kerusia. Il l'atteignait, lorsqu'il dut se pencher pour rendre ce qui subsistait de son dernier repas, sous les regards de deux honai d'Arkamenes de faction à l'entrée qui en grimacèrent de dégoût. De l'intérieur s'élevaient une douce musique, le chant d'une femme et des voix plongées dans des conversations posées.

Rictus dévia de sa trajectoire en titubant pour cracher le goût immonde de son vomi, l'esprit emporté par un tourbillon. La vision des honai l'avait déconcerté. Ne s'était-il pas trompé d'endroit ? Il s'essuya la bouche avec l'avant-bras puis se dirigea vers les grands Kefren. « Phiron, dit-il. Qu'on aille chercher Phiron. »

Les gardes le dévisagèrent, des yeux inhumains enchâssés dans les masques de bronze de leurs casques. « Phiron », répéta Rictus en s'affaiblissant. Il s'était affaissé sur un genou quand une voix s'éleva, plus sonore que le sang qui grondait dans ses oreilles. Il fut saisi par le bras, et secoué sans ménagement. Il n'avait pas affaire à Phiron mais à Jason, qui avait la couronne de lierre des bacchanales dans sa chevelure et des relents de vin dans son haleine. Il portait le plus beau de ses chitons, bien entendu écarlate mais brodé d'or sur les épaules, et il le reconnut instantanément.

« Que se passe-t-il ? Parle, Rictus. »

L'Iscan se releva. Comme il oscillait, Jason le stabilisa en le prenant par les épaules.

« Que font ici ces Kufr ?

— Arkamenes est à l'intérieur… Phiron l'a invité. Tu choisis bien mal ton moment pour venir vomir tripes et boyaux sur le seuil de sa tente. Mais qu'as-tu à lui dire ?

— À vingt-deux ou vingt-trois pasangs plus à l'est bivouaque toute une armée. Elle est très importante… bien plus que la nôtre. »

Les yeux de Jason - pâles comme du silex et paraissant incongrus dans un visage aussi sombre - restèrent rivés sur lui plusieurs secondes… pendant lesquelles le général lui souffla son haleine avinée au visage. Dieux, il aurait eu grand besoin de boire un peu de vin, lui aussi ! Mais il se ressaisissait, son cœur battait un peu moins rapidement. « Es-tu certain de ce que tu avances ?

— Je sais encore reconnaître une armée, quand j'en vois une.

— Jusqu'où t'es-tu rapproché ? Combien de feux as-tu dénombrés ? Ont-ils pu te repérer ? » Les questions étaient décochées comme des flèches barbelées et Rictus y répondit du mieux qu'il le put. Jason le lâcha dès qu'il s'estima satisfait. Qu'il fût livide était visible même sous la clarté des torches.

« Tout indique donc qu'ils sont venus à notre rencontre… en consacrant une saison complète à ce déplacement de troupes. Je n'aurais jamais cru Ashurnan capable d'un tel exploit.

— Les neiges des Magron, dit Rictus. Elles ont dû fondre plus tôt que prévu.

– Oui. Tu as très bien agi, mon garçon. Antimone a veillé sur toi, ce soir, sur nous tous. À présent, c'est de Phobos dont nous devons nous soucier. Viens avec moi.

– Où ? Là-dedans ?

– Là-dedans. S'y trouvent déjà Phiron, nos généraux et le prince Kufr… auxquels tu répéteras tout ce que tu viens de me dire, sans omettre une virgule. »

Rictus essuya le vomi qui maculait le devant de son chiton. Le vêtement puait l'aigre et la sueur, et la fange dans laquelle il avait couru pointillait ses jambes. « J'aurais grand besoin d'une gorgée de vin, déclara-t-il à mi-voix.

– Moi aussi, avoua Jason en souriant. Viens, à présent. »

■■■■

Il avait l'impression de participer à une parade de monstres destinée à clore des festivités. Décorée de tapisseries et de tentures subtilisées dans une demi-douzaine de cités, la tente de Phiron était éclairée par de nombreuses lampes d'or et d'argent. Les couches des grands de ce monde avaient été disposées en cercle autour d'un espace dégagé dans lequel musiciens et esclaves allaient et venaient. Un espace où se dressait à présent Rictus, puant et sale, pour annoncer que l'ennemi avait franchi les montagnes et n'était qu'à une demi-journée de marche à l'est. Des adversaires qui se comptaient par dizaines ou centaines de milliers. On lui apporta du vin, qu'il goûta en restant debout pendant que les généraux l'interrogeaient l'un après l'autre, pour bon nombre avec une brusquerie due à l'incrédulité, pour ne pas dire avec colère, comme si le visiteur avait voulu leur jouer un mauvais tour. Orsos et Castus le traitèrent d'espion envoyé par leurs adversaires, mais ils étaient tous deux passablement ivres. Phiron et Pasion qui se tenaient côte à côte l'interrogèrent tels des parents confrontés à un fils prodigue. Arkamenes restait assis sans bouger, pour observer et écouter la traduction dont se chargeait Phiron, les yeux brillant d'un éclat qui n'avait rien d'humain. Une Kufr allongée derrière lui, sur une couche plus basse, devait comprendre certaines des explications de Rictus car elle réagissait avant que Phiron n'ait eu le temps de reprendre ses propos, et son angoisse sautait aux yeux.

Jason, qui s'était débarrassé de sa couronne de lierre, vint le prendre par le bras. « Assieds-toi avant de t'effondrer. » Rictus fut conduit hors de cet espace central sur lequel tous concentraient leur attention et guidé vers les ombres. On lui apporta un tabouret en rotin, ainsi que du vin supplémentaire. Il fut servi par une Juthienne dont les cheveux noirs réunis en natte effleurèrent son poignet lorsqu'elle se pencha. Il lui sourit, sans relever la moindre réaction dans ses yeux dorés. Jason s'était placé à son côté pour suivre le débat et voir l'animosité à peine contenue se propager. Phiron se tenait à présent près d'Arkamenes, et il s'adressait rapidement au prince kefren tout en faisant claquer son poing dans sa paume.

« Qu'un conseil de guerre est donc merveilleux ! déclara Jason en secouant la tête.

– J'ai vu ce que j'ai vu, je n'ai pas la berlue.

– Je n'en ai jamais douté, Rictus. Mais tout ce que voient les autres, c'est un jeune mâle couvert de merde de la tête aux pieds.

— Il faut envoyer d'autres chiens là-bas, occuper le terrain ou retenir une partie de la cavalerie des Kufr.

— Oh, voilà une proposition que je ne peux qu'approuver ! Mais il faudrait que le Kerusia se taise au préalable. »

Rictus s'affaissa contre le cuir de la tente. Le vin avait enflammé ses entrailles et embrumé son esprit. Il restait assis à dodeliner de la tête et il finit par s'endormir avec les doigts crispés sur un gobelet d'argile, bercé par le ronronnement des voix sous la lueur papillotante des lampes dorées, alors que les étranges parfums des Kufr l'alimentaient en rêves.

XIII

L'autre versant de la montagne

« Il a réalisé un temps plus qu'honorable, déclara Vorus en lisant la fin de la dépêche. Je pensais le rejoindre sur la berge ouest du Bekaï, mais il a déjà franchi ce fleuve avec armes et bagages.

– Les troupes d'Arkamenes ont appris à presser le pas, reconnut à contrecœur Proxis. Mais c'est secondaire, car nous avons l'avantage du nombre et du terrain.

– Un terrain qui ne convient absolument pas à la cavalerie, rétorqua Vorus. Le sol est bien trop lourd, et accidenté. Alors que les Macht vont l'adorer, Proxis. Ils auront quelque chose dans quoi caler leurs talons. » Il referma sèchement la dépêche.

« Ils sont dix mille, à ce que j'ai entendu dire. Mais même dix mille Macht ne peuvent venir à bout des forces que nous avons conduites jusqu'ici. »

Comme un seul homme, ils se tournèrent pour regarder les murailles vertigineuses des Monts Magron. Tous retrouvaient des souvenirs. Leurs efforts pour faire traverser les congères à leurs chariots à deux essieux, des compagnies complètes encordées pour les tirer à la force des bras. Des

Kefren sans autres protections que leur propre chair alors que la neige tourbillonnait autour d'eux. Les cadavres de ceux qu'ils devaient abandonner et qui se détachaient sur la blancheur de la neige dans leur sillage, tels des jalons destinés aux charognards.

« Je ne l'en aurais jamais cru capable, reconnut Vorus.

– N'est-il pas le fils de mon père, lui aussi ? Nous pouvons au moins nous en féliciter. »

Ils se tournèrent vers la chaleur, les basses-terres ensoleillées et les fleuves de l'ouest. Ce territoire immense et luxuriant était strié de cicatrices brunes de boue retournée, partout où les colonnes de l'armée étaient passées. Trop nombreux pour une seule formation, les conscrits du Grand Roi avaient été répartis en quatre unités distinctes, chacune d'elles mesurant plusieurs pasangs de long, chacune d'elles ayant ses propres forces pour la flanquer et lui servir d'avant- et d'arrière-garde. Le convoi de ravitaillement était demeuré cinq pasangs en retrait, dans un camp fortifié ceint d'une palissade, un fortin plus grand que la plupart des cités et abritant plusieurs milliers de chariots ainsi qu'une autre petite armée chargée d'assurer leur sécurité. Ils avaient organisé une expédition militaire comparable à nulle autre, et il en résultait une véritable catastrophe pour les habitants des régions traversées car les groupes chargés d'assurer le ravitaillement ne laissaient rien dans leur sillage. Il était possible d'obtenir trois récoltes par an, ici. La fertilité du sol de Pleninash et la générosité du climat le permettaient, mais il fallait pour cela avoir semé et donc disposer de graines. Quand ils auraient remporté la victoire et que cette guerre appartiendrait au passé, la famine ferait ici des ravages, dans le grenier du Moyen Empire. Tel était le prix à payer pour contrer les ambitions d'un insensé.

Ils finirent par marcher au pas, le Macht athlétique et usé et le Juthien trapu aux yeux injectés de sang. Un petit groupe de cavaliers kefren les attendait au bas de la déclivité, des honai de la Garde royale. Au-delà, la Légion juthienne restait patiemment au repos dans la boue, cinq mille de ces êtres à la peau grise, aux boucliers circulaires et aux lourdes hallebardes tant prisées par ce peuple. Ils étaient nombreux à s'être accrouptonnés pour bavarder en se sentant plus à leur aise, et ils se levèrent dès qu'ils virent Vorus et Proxis approcher, une masse silencieuse de chair et de bronze, aux bannières pendant mollement au-dessus de leurs têtes. Autour de leur face les mouches du fleuve bourdonnaient en nuages : des œufs que la chaleur du printemps venait de faire éclore.

Des garçons d'écurie juthiens se dressaient au milieu des cavaliers honai pour tenir le licol de deux montures moins racées que les leurs. Si Vorus savait monter un cheval, cet animal n'était pour lui qu'un moyen de locomotion comme un autre. Il avait des niséiens, sur ses terres d'Ashur, mais il préférait se jucher sur des bêtes moins grandes. Proxis se contentait quant à lui d'une mule à la robe d'un gris assorti à son teint. Les honai semblaient se sentir offensés par la proximité de bêtes qui manquaient à ce point de panache, mais Vorus estimait que bien peu de chose trouvaient grâce à leurs yeux.

Des détachements de cavalerie légère opéraient sur tous les fronts, récoltant un maximum d'informations qu'un flot incessant d'estafettes crottées se chargeait de transmettre au quartier général. Vorus n'avait qu'à regarder vers le sud pour en voir une partie, les étendards d'une colonne d'hommes portant des tenues aussi chatoyantes que pour se rendre à la foire. Tous les Kefren aimaient les beaux atours, et la guerre réveillait l'esthète qui sommeillait en chacun d'eux plus efficacement encore que les usages de la cour. Même les Légions juthiennes avaient revêtu l'uniforme tape-à-l'œil de divers seigneurs Kefren, et les puissants Qaf avaient peint leur face avec un enthousiasme d'enfants barbares. En plus de tout cela, chaque faction provinciale appelée sous les drapeaux s'était parée de tenues évoquant leurs costumes folkloriques. Les Medisai ornaient leurs harnais de plumes de perroquets de la vallée du fleuve Panjir, les Arakosiens préféraient la fourrure blanche des léopards des neiges, et les Asuriens du centre du pays ne faisaient pas les choses à moitié et sertissaient leur matériel de guerre d'or et de lapis-lazuli extrait du lit de l'Oskus. Lorsqu'un de leurs nobles tombait dans la boue, la rançon d'un prince en lingots et en gemmes y chutait avec lui. Vorus réprouvait ces pratiques. À l'époque d'Anurman de telles extravagances étaient réservées aux courtisans. Lors des parties de chasse et des expéditions militaires, ses hommes n'avaient pas porté le moindre ornement.

À l'époque, nos uniques sujets de fierté étaient nos exploits, songea-t-il. *Pas nos broches, nos robes ou nos couronnes.* Mais même Anurman eût revêtu ses plus beaux effets s'il était allé affronter une armée de Macht. De tels événements semblaient relever du mythe bien plus que de l'histoire.

Un autre messager arriva au galop, et la boue soulevée par les sabots de sa monture évoquait des envols d'oiseaux effarouchés. Les Juthiens s'écartaient devant lui pour libérer le passage lorsqu'il leva un bras en geste de salut, un *hufsan* des montagnes aux yeux noirs de sa caste. Il souriait, le visage illuminé par la joie que lui procurait sa position, les armées qui se massaient dans la plaine, l'excellent cheval qu'il montait. Des gens simples, ces Kefren de basse extraction, et les meilleurs guerriers de son armée s'il faisait abstraction des honai.

« Général, enfin ! J'apporte un message de l'Archonte Midarnes. » L'*hufsan* lui tendit un étui à dépêches en cuir moucheté de taches brunes. Vorus le prit en hochant la tête puis en rompit le sceau. Midarnes était à l'avant, à cinq pasangs de là, parti en éclaireur avec ses troupes pour dégager les lieux au cas où l'armée devrait se déployer. Dans les manuels que Vorus avait lus au cours de sa jeunesse cela s'appelait *dominer le terrain*, car le sol sur lequel ils combattraient jouerait un rôle aussi grand pour leur survie ou leur trépas que les tactiques de l'ennemi.

Vorus s'accorda le temps de prendre une inspiration en constatant que ses mains s'étaient mises à trembler. Il serra les dents en sentant les muscles de sa mâchoire se crisper, puis il lut la missive.

À Vorus le Macht, officier commandant les armées de Sa Sublime Majesté Ashurnan, Roi des Rois, Grand Roi, Seigneur de…

Il sauta les civilités. Commandant de la Garde royale, Midarnes laissait parfois le protocole empiéter sur l'urgence, même si ses compétences étaient indéniables.

L'avant-garde de l'armée du félon a été aperçue à dix pasangs à l'est du Bakaï. J'occupe une position élevée à deux pasang de leurs premières lignes et j'ai constitué un front avec la totalité de mes forces. Il y a ici suffisamment d'espace pour que le reste de l'armée se déploie tant d'un côté que de l'autre. Les Macht sont sur la droite des troupes ennemies et sa Garde personnelle est au centre. Nos adversaires se déploient, eux aussi. Je compte tenir cette position jusqu'à nouvel ordre.

Vorus jura à voix basse. Conscient que les honai l'observaient, il veilla à ne laisser aucun sentiment transparaître sur ses traits. Les yeux de Proxis restaient rivés sur lui, lorsqu'il remit le parchemin au Juthien. « La situation évolue rapidement, mon ami. » Il leva le regard vers le ciel, paupières mi-closes face au soleil, pour estimer le temps qui leur serait nécessaire pour atteindre la plaine fluviale visible à l'est, sur l'horizon.

Proxis marmonna lui aussi quelques jurons, dans sa langue natale. « C'est l'œuvre du Roi. Si nous ne nous déplaçons pas très rapidement, il se retrouvera seul là-bas. Il est indéniable qu'il a hérité du courage de son père, mais pas de son discernement…

– Nous devons aller prêter main-forte à Midarnes.

– Il est trop tard pour livrer bataille, aujourd'hui.

– Phiron d'Idrios commande les Macht, et c'est un habile stratège. Il faut rassembler immédiatement notre armée et la concentrer autour de Midarnes. Messager… Ici, messager ! Proxis, as-tu de l'encre et une plume ? »

Ashurnan avait remis tous ses beaux atours à un grand Kefre qui aurait pu être son jumeau. Cet officier, chanceux ou malchanceux selon le point de vue, se trouvait désormais dans le chariot royal, sous l'ombre des porte-éventails et de l'enseigne empanachée du Grand Roi qui ondulait à son aplomb. Le véritable Ashurnan était parti à cheval avec deux compagnons pour inspecter l'armée qui se rassemblait. Ses hommes venaient s'aligner par milliers, et il suivait au galop leur ligne de bataille sur son hongre gris, ne portant que la robe chatoyante d'un simple officier d'état-major, le visage masqué par un komis : un voile blanc tout d'abord immaculé mais rapidement noirci par les minuscules moucherons venant d'éclore dans la vase du fleuve. La boue soulevée par le passage énergique de son cheval pointillait tant ses jambes que ses bras et il souriait tel un enfant, sous son komis. Il était heureux de sa jeunesse, de son statut de roi et de monter une telle bête devant une armée si puissante qui s'arrêterait, se déplacerait et se battrait en fonction de ses moindres caprices. Il leva le regard sur le ciel comme son cheval prenait de la vitesse sur la terre fertile du Moyen Empire – son empire – et il remercia le Créateur pour tout ceci, pour l'haleine de Kuf qui les avait tous animés, pour la possibilité de ressentir cette joie, de trouver de la valeur dans les grandes questions et les querelles sanglantes de ce monde. Car celui qui n'était pas capable de savourer de tels mets ne pouvait pas se considérer comme un homme à part entière.

Les troupes de la Maison royale étaient fortes de dix mille honai, et elles offraient sur huit rangs un front large de treize cents pas. Contrairement aux autres contingents, ces guerriers ne devaient pas leur puissance au cheval ou à l'arc mais à leur lance. Comme les Macht, ces soldats d'élite donnaient la mort de près. Ils étaient entraînés à remporter la victoire dans les conditions de combat les plus difficiles.

Ils étaient magnifiques. C'était la première fois qu'Ashurnan les voyait tous rassemblés, et il lui semblait qu'il ne pouvait exister dans le monde une armée capable de les affronter. Pendant toute la traversée des montagnes, ils avaient abrité leur équipement dans des étuis de campagne en cuir dont ils s'étaient débarrassés depuis, et l'effet produit l'incita à serrer la bride à sa monture pour les contempler, tout Grand Roi qu'il était. Leurs armes et leurs armures étaient dorées, serties de gemmes et de métaux précieux ; le soleil s'y reflétait et métamorphosait leurs lignes en longues taches scintillantes multicolores. Ils ne paraissaient pas constitués de chair.

Et d'autres combattants arrivaient de minute en minute, par milliers. Des Kefren d'Asuria, des *hufsan* des montagnes, des Qaf venus du nord, des Juthiens dont les légions formaient d'interminables alignements d'individus à la mine sévère et des files de cavaliers aux tenues rutilantes originaires de la vallée de l'Oskus. Il y avait là tout un monde en armes, une foule de guerriers dont la progression serait aussi inexorable que celle des deux lunes de Kuf.

Ashurnan fit virer son cheval pour suivre des yeux la pente descendante, jusqu'à la vallée du Bakaï. Il discernait dans le lointain la haute colline de Kaïk, une éminence déjà obscure à la bordure de la plaine, et au-delà les ombres que le soleil commençait à étirer en s'abaissant vers l'ouest. Bien plus près se trouvait l'ennemi, une ligne d'hommes dont les silhouettes se découpaient contre le ciel, des individus venus jusqu'ici en ayant l'intention de le tuer pour offrir son trône à son frère.

Arkamenes est là, se dit-il. Il est sur son cheval, quelque part au sein de ces troupes, et il scrute nos lignes en se demandant où je suis.

■■■■

Il y avait eu dans le harem un grand nombre d'épouses, et un grand nombre d'enfants dont Anurman était le père. Les garçons avaient été conduits loin du palais peu après leur naissance, pour les soustraire aux tentatives d'empoisonnement des courtisans. Élevés comme s'ils n'étaient pas de sang royal, ils avaient appris ce que tous les Kefren considéraient essentiel : tirer à l'arc, monter à cheval, dire la vérité. Tel était leur héritage, et même quand le maître de l'Empire sombrait ensuite dans l'indolence et la dépravation, il gardait ces valeurs au plus profond de son âme, et celle-ci se chargeait de lui adresser des reproches lorsqu'il manquait à ses devoirs. Il s'agissait de choses d'une simplicité extrême.

La vérité.

À l'âge de treize ans, Ashurnan avait été ramené à Ashur où des tuteurs engagés par son père pour compléter son éducation lui avaient révélé ses origines. Illettré comme le couple d'*hufsan* qui l'avait élevé, il avait été brusquement immergé dans un univers régi par le protocole, d'impitoyables conspirations, des ferments de discorde et le poison... l'arme de prédilection des épouses, des concubines, des eunuques et des courtisans. Archerie et équitation étaient ici superflues. Tout comme la vérité, d'ailleurs. Il était de retour au palais.

Le Grand Roi supervisait tout cela, ou tout au moins Anurman en avait-il chargé deux étrangers qui avaient toute sa confiance. Le Macht Vorus et le Juthien Proxis. Ils étaient aussi fidèles à sa personne que des chiens, et haïs - également comme des chiens - par les nobles Kefren que l'attitude du Grand Roi à leur égard exaspérait. Ashurnan en avait conscience, il en avait été témoin et il en avait entendu parler en devenant un homme à l'intérieur de la ziggourat. Son père avait été un personnage sévère qui gardait ses distances, mais Vorus s'était parfois intéressé à lui... sans doute pour pouvoir renseigner son père sur son compte. Cet homme lui avait inspiré un vif ressentiment, car il savait qu'Anurman avait pour cet étranger des sentiments bien plus forts qu'envers lui. Il les voyait réunis pour les grandes occasions, Vorus ayant été promu commandant de la garnison d'Ashur, un rang plus élevé que celui du plus noble des Kefren. Il l'avait exécré pour sa patience, son honnêteté, sa loyauté. Toutes les qualités qu'on avait besoin de trouver chez un véritable ami.

Arkamenes, mon frère ! Ashurnan serra la bride à sa monture et resta sur son cheval à une centaine de pas devant les troupes de sa Maison, plus loin encore de son armée. Il fit signe à ses compagnons de reculer, lorsqu'ils voulurent approcher... sans doute pour lui reprocher de prendre de tels risques. Il demeura sur place pour voir les rangs ennemis s'étoffer, se changer en une haie de lances et de boucliers, une masse d'hommes qui se poussaient, se bousculaient et trébuchaient en cherchant à s'approprier un carré de sol sur lequel concentrer leur courage. Il voyait ici les étendards de Tanis, et là d'Artaka. Il ne put s'empêcher de grimacer en reconnaissant le sigile d'Istar et Honuran.

Qu'a-t-il pu te promettre ? se demanda-t-il, car il avait eu de l'affection pour son cousin. Il avait toujours vu en lui un véritable ami. Ils s'étaient mutuellement soutenus quand des bouleversements avaient agité le palais : Ashurnan le sérieux, Arkamenes le fier et Honuran le rusé. Un petit triumvirat de résistance, une union sacrée formée pour se soustraire à la vigilance de leurs tuteurs et sortir du palais. Tous avaient perdu leur virginité avec la même prostituée, une décision prise pour ne pas tomber sous l'emprise d'une des concubines rouées et redoutables. Ils s'étaient enivrés ensemble dans les tavernes de la ville basse dont leurs gardes personnels surveillaient nerveusement chaque accès. Ils partaient chasser, canoter sur l'Oskus, débourrer des chevaux. Leurs tuteurs leur avaient infligé des corrections collectives et ils s'étaient retrouvés avec les fesses à l'air en même temps. Enfance et amitié. Il avait cru que ces choses avaient de l'importance. Peut-être est-ce le cas. J'étais sans doute trop sérieux… l'héritier du trône. T'ai-je causé des torts, Arkamenes ? Si la réponse est oui, ce n'était pas par malveillance, seulement par maladresse.

L'amitié. Je n'en bénéficie pas. Mon père avait de la chance. J'ai pris ce qu'il m'a laissé, des hommes de grande valeur, et j'ai obtenu d'eux ce dont j'étais capable. Mais tout indique que je n'ai jamais su gagner l'amitié de qui que ce soit.

Il avait perdu sa magnificence. Ashurnan restait en selle pour regarder la ligne de bataille adverse avec des yeux aussi froids que s'ils étaient en verre, notant la profondeur des rangs, l'équipement, le niveau d'entraînement. *Mon frère*, pensa-t-il. *J'ai fait de toi le maître d'un tiers de cet Empire, en pratique si ce n'est pas officiellement… mais cela ne t'a pas suffi. J'ai agi ainsi par amour, par solidarité enfantine. J'ai eu tort. Je vais à présent devoir te tuer, et je ne verserai pas une larme sur ton cadavre.*

Il éperonna brutalement sa monture, qui rua de frayeur et de surprise. Il l'apaisa avec de douces paroles, honteux de son impulsivité.

L'arc, l'équitation, la vérité. Entendu. Même si c'est uniquement pour honorer le souvenir d'un père disparu, cela devra suffire.

Il regarda derrière lui la pente sur laquelle son frère pouvait se trouver, puis il scruta les lignes ennemies pour y chercher le mythe, ces Macht légendaires aux exploits tant vantés. Les rangées familières de Kefren qui se constituaient en face l'avaient en quelque sorte rassuré, car il s'agissait de soldats tels qu'on pouvait voir d'un bout à l'autre de l'Empire, et ils n'étaient guère impressionnants comparés à ses honai. C'était presque en souriant qu'il s'intéressait à leurs adversaires, des sentiments de colère et de trahison venant alimenter une sorte d'arrogance, un bouclier à travers lequel peu de gens pouvaient voir… ce qui signifiait qu'il ne réussirait jamais à se faire des amis comme son père.

Les Macht !

Les discerner était difficile, tant ils restaient immobiles. Ils demeuraient patiemment alignés sur la droite des troupes d'Arkamenes, huit rangées d'hoplites qui laissaient reposer leur bouclier sur le sol, calé contre leur genou droit. Le bronze de leur cuirasse avait une particularité qu'Ashurnan ne put définir qu'en prenant conscience que ce métal était extrêmement ancien, terne et assombri. Ces hommes se coltinaient leur attirail depuis longtemps. Cet aspect n'était pas attribuable à un quelconque brunissage mais aux ans, il n'avait rien de décoratif. Ils n'en tiraient aucune fierté. Ils portaient leurs panoplies avec l'énergie de travailleurs prêts à entamer une rude journée de labeur. Ashurnan allait ricaner sous son komis, quand ses lèvres se crispèrent. Leur formation était irréprochable, comme si quelqu'un avait aligné leur première ligne au cordeau. Tous étaient détendus. Ils regardaient sans broncher les armées prendre position sans que la nervosité des Kefren contamine leurs rangs. Ils paraissaient presque trouver tout cela… ennuyeux.

Ashurnan fit tourner bride à son cheval pour revenir au petit galop vers ses propres lignes, en brassant mentalement une multitude de fantasmes. Tuer son frère… tel était le but évident de cette campagne. Mais une pensée parasite filtrait désormais dans son esprit. Ces Macht ne devraient à aucun prix rester dans son Empire. Les décimer jusqu'au dernier serait une nécessité. Il lui faudrait également mettre au pas ces guerriers légendaires.

▪▪▪▪

Les conscrits du Grand Roi enrôlés par une nuée d'estafettes frénétiques se regroupaient sur une pente à l'est de Kaïk. Ici, le sol s'élevait de la plaine alluviale du Bakaï pour former une succession d'éminences peu importantes ayant autrefois servi de fondations à des cités disparues depuis, en laissant pour seuls vestiges ces monticules informes. Mais ces hauteurs avaient un nom. Elles étaient localement connues en tant que les Kunaksa, les collines des chèvres qui avaient effectivement servi de pâturages à des caprins en des temps meilleurs. Elles fournissaient à présent un terrain sûr pour la ligne de bataille du Grand Roi, et une position dominante d'où la plaine leur était révélée jusqu'au fleuve. En contrebas, sur les terres détrempées des fermes, l'armée du félon avait fini de se déployer. Elle occupait un front continu d'environ six pasangs, avec sur la droite les Macht dont les boucliers s'alignaient sur un peu plus d'un pasang et demi, et au-delà de leur flanc laissé à découvert une foule amorphe de membres de l'infanterie légère, des gymnètes armés de lances et de javelots mais privés d'équipement digne de ce nom. Arkamenes avait positionné sur la gauche des Macht une légion de renégats juthiens et ses troupes personnelles - ses honai - puis le millier de cavaliers de sa garde. Encore plus loin sur la gauche on pouvait voir les conscrits d'Artaka, la garnison de Tanis et d'autres troupes juthiennes. Entre quarante et cinquante mille hommes en tout. Des formations aussi irréprochables qu'on aurait pu l'espérer dans cette immense plaine. Le traître manquait cruellement de cavaliers et d'archers, mais il disposait d'une infanterie lourde qu'il serait difficile d'arrêter autrement qu'en la démoralisant.

Telles étaient les pensées de Vorus, alors qu'il s'intéressait aux combattants. Mais son regard était attiré par l'alignement inébranlable et insouciant de bronze dénué d'ornements des Macht. Quelque chose se manifestait dans son cœur, une sorte de fierté attribuable à ses origines. Les mercenaires avaient gardé leurs manteaux. Conscients que la bataille ne débuterait pas ce jour-là et qu'ils devraient dormir sur place, ils avaient conservé le symbole écarlate de leur profession. Le jour suivant, ils mourraient en portant leur couleur et, pendant un court instant de démence, Vorus regretta de ne pas se trouver avec eux pour participer à ce sombre sacrifice.

Mais ce fut bref.

XIV
Les Kunaksa

Loin au nord, la cavalerie arakosienne s'était mise en mouvement, six mille hommes progressant dans la brume matinale qui montait caresser le ventre de leurs montures. Le sol était rougeâtre et tassé sous leurs sabots, durci par la fraîcheur de la nuit. On pouvait entendre le grondement des chevaux sur des pasangs à la ronde. Peut-être était-ce un présage de ce qui allait se produire, un hymne funèbre qui se répandait sur le monde en éveil.

Un son qui tira d'un sommeil agité Gasca et bon nombre de ses camarades. Ils se levèrent au milieu de leurs rangs serrés, s'emportèrent contre l'inconfort dû au contact du bronze sur leurs tibias et refermèrent leur manteau sur leur torse, cernés par une brume aussi profonde et insondable que les courants de la mer.

Le vieux Demotes redressa son nez aquilin, renifla l'air que l'aube n'illuminait pas encore, puis inclina sa tête grise. « La cavalerie », annonça-t-il avant de cracher et de dénuder quelques chicots de dents tout en étirant ses membres tors et usés afin de les inciter à reprendre du service.

Autour de lui d'autres hommes se mettaient debout, sans attendre la sonnerie du réveil, car le murmure retransmis par le sol avait suffi à les tirer du semblant de repos qu'ils avaient pu connaître. Le soir précédent, près de dix mille hoplites s'étaient couchés avec leur bouclier en guise d'oreiller, les hanches meurtries par leur cuirasse. Se lever était presque un soulagement, tant pour permettre au sang de circuler de nouveau que pour affronter enfin ce qui motivait leur présence en ce lieu.

Gasca vérifia machinalement son équipement, caressa la hampe de sa lance plantée à la verticale pour s'attirer les faveurs de la chance, et tenta de communiquer par des tremblements un peu de chaleur à ses membres. Le manteau s'était chargé de le protéger, mais la froidure avait raidi la cuirasse de son père. Ce serait à son corps de la réchauffer, l'inciter à se soumettre et s'abstenir de le blesser de toutes parts.

Buridan suivait leur ligne. Il avait assumé le commandement des têtes de chien après la promotion de Jason et son casque était désormais surmonté d'un cimier transversal de centurion. « Levez-vous et alignez-vous, bande de fainéants. Une rude journée attend les bâtards que vous êtes.

– J'espère que tu as toi aussi passé une bonne nuit, centurion.

– J'ai rêvé de ta mère, l'Ours.

– Oui, et elle s'envoyait en rêve la moitié du centon. »

Ils se levaient, pissaient sur place et s'attiraient insultes, horions et propos grivois de rigueur chaque matin au sein de toutes les armées. Les chefs de file s'équipèrent et avancèrent d'un ou deux pas, en échangeant récriminations et murmures se rapportant à l'emplacement des lignes, pendant que derrière eux les hommes qui s'étaient harnachés en hâte prenaient position en subissant poussées, encouragements et menaces des rimarches qui procédaient à l'appel. Lorsqu'il avait compté six hoplites, cet homme donnait une tape sur l'épaule de celui se trouvant devant lui, qui en faisait autant jusqu'au moment où le premier sentait ce contact sur son épaule et savait qu'ils étaient au complet. Buridan passa le centon en revue et, sur son passage, le responsable de chaque colonne leva sa lance. Les centurions les imitaient tout au long des alignements de guerriers masqués par la brume. Sous la vague clarté de l'aube, ils avaient reconstitué leurs premières lignes en quelques minutes, alors que sur leur gauche les troupes kefren continuaient de s'agiter sans méthode et avec acrimonie, et que leurs officiers montés allaient et venaient au petit galop en brandissant leurs épées pour les inciter à se mettre en place.

Le soleil se levait au cœur de la brume, la puissante Araian qui aimait tant son lit mais paraissait pour une fois impatiente d'assister au spectacle. Elle se dissipait. Il n'y avait pas le moindre souffle de vent. Avant même que l'astre du jour ne se soit dégagé des Magron, la chaleur s'échappait du sol en compagnie des myriades de minuscules moucherons noirs qui devenaient un véritable fléau à proximité du fleuve. En se réchauffant, la terre devenait plus meuble et les hoplites s'y enfoncèrent d'un pouce sous le poids de leur panoplie. Gasca entendit son rimarche, le gros Gratus, s'adresser aux gymnètes légèrement armés qui restaient derrière eux. « Vous allez nous alimenter en eau, et je me fiche que vous deviez aller vous approvisionner au fleuve. J'exige que les outres soient toujours pleines, c'est compris, les jeunots ?

– Du nouveau, en face ? » s'enquit un hoplite posté à côté de Gasca. Il bâilla, le crâne comprimé par le bronze de son casque. L'usure avait emporté une partie du rembourrage, qu'il aurait dû faire remplacer depuis longtemps.

« Ils sont sur la colline, comme la nuit dernière, mais en bien plus nombreux.

– Je me demande où est Phiron.

– Occupé à lécher le cul d'un Kufr, sans doute. » Et les rires fusèrent.

■■■■

Arkamenes retrouva les dix généraux macht devant leur ligne de bataille. Phiron et Pasion étaient également présents, chacun d'eux portant un casque à cimier transversal d'officier ainsi que le Divin Fléau. Ils avaient leur bouclier sur l'épaule et tenaient des lances semblables à celles des simples fantassins. Arkamenes baissa le regard vers eux du haut de sa monture, et quand leurs yeux se rivèrent sur lui derrière les fentes en T de leurs casques, il sentit un frisson descendre le long de sa colonne vertébrale. Il se félicitait de ne pas être au sommet de la colline pour y attendre la charge de ces guerriers.

« Nous allons attaquer, annonça-t-il sèchement. Mon frère occupe une position dominante et il n'y renoncera pas. Nous devrons donc arriver jusqu'à lui. Phiron, conformément à tes suggestions, tes troupes mèneront une avance échelonnée dans le flanc droit de son armée et décimeront ses hommes.

Les Juthien ont pour instructions de rester en retrait et de ne vous suivre qu'après votre engagement. Puis le reste des troupes montera à son tour par la droite. C'est le meilleur moyen d'éviter un débordement par le flanc. Je resterai au centre, avec ma garde. Dès que j'aurai repéré Ashurnan, nous le chargerons. La mort du Grand Roi marquera la fin des affrontements. Des questions ?

– Quand ? demanda Phiron.

– À toi de décider. Mais n'attends pas trop car la chaleur sera éprouvante, aujourd'hui.

– Merci, seigneur. »

Arkamenes se pencha sur sa selle et écarta légèrement le komis de son visage. Il sourit et tous trouvèrent sa face dorée déconcertante. « Bonne chance, général. Si tout se passe comme je l'espère, nous serons devenus les maîtres du monde quand la nuit tombera. » Sur ces mots, il se redressa et éperonna sa monture, avant de faire demi-tour pour regagner le point où l'attendait sa garde personnelle, magnifique et chatoyante, au centre de ses troupes.

Phiron parcourut du regard les autres officiers. « Il nous laisse le soin d'ouvrir la première brèche. Nous devrons donc frapper le plus durement possible puis virer sur la gauche, vers leur centre. C'est là que l'affrontement sera décisif. Arkamenes a dit vrai en déclarant qu'ils se replieront si nous tuons leur roi.

– Nous avons entendu la cavalerie se déplacer avant l'aube, dit Pasion. Peut-être veulent-ils nous prendre par le flanc. »

Phiron hocha la tête. « Ça ne fait même aucun doute. Voilà pourquoi les chiens seront à l'extrême droite pour protéger nos arrières. Je veux toutes les lances en premières lignes, pour exterminer ces bâtards avant midi. Jason, ta mora étant la plus proche, les chiens seront placés sous ton autorité. S'ils ont besoin d'aide, ce sera à toi de les assister. Tu passeras à l'action dès que tu seras prêt, et nous interviendrons sitôt après. »

Jason hocha la tête, les yeux brillant sous son casque. Il avait mis son chiton d'apparat, sous sa cuirasse, et l'éclat des broderies d'or visibles ici et là paraissait incongru en de telles circonstances.

Les douze hommes restèrent un moment silencieux, occupés à se dévisager. Certains souriaient.

« Allons ouvrir le bal, mes frères », déclara simplement Phiron.

■■■■

L'armée des Macht se mit en mouvement en débutant par la droite. Les hommes laissaient la partie concave de leur bouclier calée sur leur épaule, afin d'économiser leurs forces, et ils tenaient leur lance le long de leur bras droit, plaquée contre leur corps. La boue qui aspirait leurs pieds rompit le rythme de leurs pas jusqu'au moment où ils quittèrent le terrain où ils avaient passé la nuit et retrouvèrent la stabilité des pâturages. Les chefs de file et les rimarches aboyèrent la cadence et le sol entra en résonance dès que tous se déplacèrent au pas, un grondement de tonnerre inquiétant. La mora de Jason, près d'un millier d'hommes disposés sur huit rangs, venait en premier. Suivaient les morai de Mynon, Orsos et Castus, et ensuite celles de Pomero, Argus, Teremon, Durik, Gelipos et Marios.

Sur leur gauche la Légion juthienne se contentait de les regarder gravir la pente vers l'armée du

Grand Roi, près de deux pasangs d'hommes proches les uns des autres qui marchaient à une allure presque irréprochable, et désormais dans un silence quasi absolu. Au-dessus de leurs têtes les étendards du centon pendaient dans l'air matinal. Il n'y avait pratiquement aucune brise, dans la plaine, mais la chaleur du soleil avait déjà entraîné l'évaporation de la brume. Les hommes alignés eurent le soleil dans les yeux sur les premières centaines de pas, avant d'en être protégés par l'ombre des hauteurs.

L'infanterie légère suivait la phalange, et Rictus progressait sans peine, le cœur battant si fort que les pulsations semblaient vouloir remonter dans sa gorge.

« S'il le faut, nous nous battrons comme des hoplites », leur avait dit Agrimos, le commandant en chef des gymnètes. « Il y a des cavaliers, là-bas sur la droite, et nous devrons leur résister. On ne se replie pas, on ne bat pas en retraite. On reste où on est. »

Rictus allait enfin participer à une véritable bataille, pas une de ces attaques furtives menées à coups de couteau et de javelot d'où tout honneur était absent. Cette fois, ils s'affronteraient à la loyale et il s'en félicitait.

Regarde-moi, père. Transmets-moi ton courage. Aide-moi à vivre ou à mourir dignement avant le coucher du soleil.

■■■■

Au cœur de son millier d'hommes, Jason entama leur péan qui fut repris par toute la mora. Il se propagea le long des lignes jusqu'au moment où tous l'interprétèrent, son rythme lent et plaintif aidant leurs pieds à se mouvoir simultanément. Comme toujours, Jason en avait des frissons. L'hymne à la Mort des Macht. Des millénaires s'étaient écoulés depuis qu'un Grand Roi avait eu l'occasion de l'entendre, et dix mille hommes le reprenaient à présent avec un plaisir intense, en plein cœur de l'Empire, scandé par les claquements de leurs sandales ferrées. Dix mille voix que les collines renvoyaient en écho sur un sol qui s'élevait à chaque pas comme ils se dirigeaient vers le sommet de la pente et l'armée qui les attendait.

Voilà ce que chantent les aèdes, estima Jason, ce que signifie être véritablement vivant. Et, pendant qu'il progressait ainsi, des larmes coulaient sur ses joues sous le haut cimier de son casque.

▣▣▣▣

De la selle de sa jument placide, Vorus regardait les hoplites gravir la colline précédés par le rempart sonore de leur péan. Il n'avait encore jamais rien vu d'aussi impressionnant que cette muraille mouvante d'écarlate et de bronze, cette vague destructrice en approche. Un frisson parcourut les rangs des Kefren désormais nerveux, comme un homme qui se crispe en attendant de recevoir un coup.

« Laisse-moi me porter sur la gauche, sire », demanda-t-il.

Ashurnan secoua la tête. Il avait regagné le chariot royal, ombragé par un parasol et entouré de ses gardes du corps, d'estafettes et d'officiers de l'état-major.

« Reste ici, Vorus. Ne sois pas impatient d'aller risquer ta vie. »

Sur la gauche, les hommes commençaient à crier, se moquer et faire claquer leurs lances contre leurs boucliers en un fracas de défi censé renforcer leur courage. Derrière eux, les archers avaient encoché leurs flèches. Un drapeau fut levé pour signaler que tout était prêt. Ashurnan agita la main, un geste aussi gracieux que pour saluer un ami, et les archers libérèrent leurs traits.

L'air fut alors saturé par un son différent, le sifflement des flèches qui masquaient le soleil. Elles s'élevèrent en un nuage qui finit par s'incurver pour s'abattre vers les Macht.

Le martèlement de leurs impacts parvint jusqu'au Grand Roi, le crépitement démentiel du métal sur le métal. Des trouées apparurent dans les rangs des assaillants. Des hommes se recroquevillaient, tombaient comme des veaux assommés d'un coup de merlin, titubaient comme s'ils étaient cinglés par un vent de tempête. Durant quelques secondes les lignes oscillèrent et les Kefren poussèrent des cris moqueurs et triomphants. Mais les vides furent comblés, les phalanges reconstituées. Les mercenaires étaient de plus en plus proches.

Un ordre fut retransmis. Les hoplites des trois premiers rangs abaissèrent leurs lances. Ils reçurent d'autres instructions et pressèrent l'allure, pour se mettre à courir avec lourdeur. Arrivés à dix pas des Kefren, ils rugirent puis chargèrent.

Le contact des deux armées fut si bruyant que tous ceux qui entendirent ce fracas tressaillirent. Le son se propagea dans la vallée et fut immédiatement suivi par un grondement dû aux corps à corps. Les dix mille Macht venaient de percuter quarante mille adversaires comme une force de la nature. Les archers postés derrière le flanc gauche de l'armée du Grand Roi tirèrent, une volée de vingt mille traits qui allèrent piqueter le sol loin derrière les assaillants. Aux premières lignes, les lanciers étaient repoussés et comprimés les uns contre les autres. Vorus pouvait voir les aichmes miroitantes des mercenaires avancer et reculer, faire couler le sang tels les crocs d'une gigantesque machine de guerre, pendant que les hommes des rangs suivants calaient leurs boucliers contre le dos de ceux qui les précédaient et enfonçaient leurs pieds dans le sol meuble pour les pousser. La ligne des Kefren soumis à cette pression se rétracta, comme l'estomac d'un homme qui reçoit un crochet au ventre. Le front se disloqua et se replia. La respiration de Vorus se coinçait dans sa gorge. Tant d'années s'étaient écoulées depuis le début de son exil qu'il avait oublié l'efficacité au combat de ses semblables, la fougue qui les caractérisait.

Sur la gauche des Macht, la Légion juthienne entamait à son tour l'ascension de la colline. Toute l'armée du félon se mettait en mouvement, bloquant sur place les troupes du Grand Roi par la simple menace que faisait planer leur approche. Une progression par échelon, une tactique irréprochable. Ce Phiron était un excellent stratège. Dans toute la plaine en contrebas, de grandes formations se déplaçaient sur six bons pasangs. Pour l'instant, les forces d'Arkamenes avaient l'initiative… ainsi qu'il l'avait prévu.

■■■■

Gasca s'était avancé du cinquième au troisième rang pour donner des coups de lance par-dessus les têtes de ses compagnons, contraint de poursuivre sa progression par la pression écrasante de ceux qui le suivaient. Soumis à la poussée frénétique de la phalange, ses pieds quittaient périodiquement le sol et il était alors emporté par la foule qui le comprimait. Il baissa la tête sous l'orle de son bouclier en voyant une aichme filer droit vers ses yeux, puis il riposta sans regarder, avec acharnement, après que l'impact eut ébranlé son casque. Il sentait des corps s'agiter dans la boue que brassaient ses pieds, pendant que ses compagnons utilisaient leur sauroter pour achever les blessés tout en broyant leurs faces sous leurs talons. La chaleur était indescriptible, les sons assourdissants en dépit de l'effet de conque marine de son casque. C'était l'*othismos*, l'essence même de la guerre. Il vivait un de ces instants où les hommes se découvraient ou se perdaient, quand toutes leurs vertus disparaissaient pour ne laisser subsister que le courage indispensable à leur survie.

Tous firent une embardée comme les rangs des Kufr cédaient sous leurs coups de boutoir. Les chefs de file lancèrent des ordres d'une voix rauque à peine audible, alors que de l'arrière la pression ininterrompue des rimarches incitait les phalanges à aller de l'avant. Les morts étaient déplacés à la verticale à l'intérieur des colonnes, étayés par la chair et le bronze des vivants. Les aichmes des trois premiers rangs s'abattaient sans interruption - ce que les hoplites appelaient tondre les moutons - pour décimer les premiers rangs adverses en utilisant une haie de métal tranchant qui débitait visage, épaules, poitrine et ventre de l'ennemi, partout où il était vulnérable. Les fantassins kufr n'étaient pas aussi bien protégés que les Macht, et les pointes acérées traversaient aisément le bois de leurs boucliers et le cuir de leurs casques et de leurs corselets. Gasca escalada un monticule de cadavres et d'agonisants, des êtres qui s'agitèrent jusqu'au moment où ceux qui le suivaient les achevèrent à coups de sauroter.

L'impact d'une lance étira le métal de son bouclier. Les hommes des premiers rangs avaient baissé la tête, comme pour s'abriter d'une tempête. Ils étaient nombreux à avoir les bras tailladés et ensanglantés par les coups de leurs camarades. Gasca fit reposer son arme sur l'épaule du chef de colonne, trois rangs devant lui, tant elle lui semblait s'être alourdie. Un chef de colonne dont la lance se rompit dans le corps d'un Kufr pris de démence qui avait chargé l'alignement de boucliers. La hampe brisée déchiqueta la cuisse de l'homme du deuxième rang. En retournant son arme pour orienter le sauroter vers l'avant, Gasca se remit à donner des coups avec une énergie toujours égale. Dans cette masse de bronze et de fer affûté, la chair était fendue et tranchée sans que cela ne suscite ni commentaires ni protestations. Ils étaient de simples éléments de la machine de guerre, des pions sacrifiables, et ils acceptaient de tenir ce rôle sans se plaindre jusqu'au moment où tout s'achèverait. C'était indissociable de l'*othismos*.

Dix mille Macht exerçaient leur pression avec professionnalisme et les lanciers kefren ne pouvaient contenir cette ruée destructrice. Les troupes massées sur la gauche pour absorber l'impact de l'assaut des Macht devenaient un handicap bien plus qu'un atout. Les régiments de réserve venus assister leurs camarades furent comprimés par les hommes du premier rang, et privés de toute liberté de mouvement face aux lances ennemies.

L'armée des Kufr battait en retraite, non, elle fuyait… même si ses rangs étaient à tel point serrés que c'était à peine perceptible.

Mais les Macht en prirent conscience. Ils perçurent une réduction de la résistance, comme s'ils avaient poussé une porte aux gonds récalcitrants au-delà du point d'équilibre. Ils eurent tôt fait de comprendre que ce qu'ils affrontaient s'était brisé.

Les Kefren du premier rang reculaient contre leurs camarades regroupés derrière eux pour s'éloigner des lances. Ceux dont le courage s'était évaporé étaient lardés de coups. Devenus des blocs de chair sanguinolente et frissonnante, ils faisaient trébucher en basculant les guerriers de la rangée suivante. La cohue désordonnée qui en résultait était massacrée sans merci. Gasca fut pris d'un fou rire incontrôlable alors qu'il maniait sa lance par-dessus les épaules de ceux qui le précédaient. La pression des hommes se trouvant derrière lui s'était réduite, et les rangs des Macht s'ouvraient au fur et à mesure que le front opposé par leurs adversaires se désintégrait devant eux. Il sentait sa langue râper ses dents et découvrait sur ses lèvres le goût de sel de la sueur et des éclaboussures de sang. Ses jambes étaient écarlates jusqu'aux genoux, et ils pataugeaient dans des flaques vermeilles partout où le sol ne disparaissait pas sous les cadavres. Toute l'aile gauche de l'armée du Grand Roi avait cédé.

Une trouée apparut entre les Kufr qui fuyaient et les rangs ordonnés des Macht impitoyables. L'ordre de s'arrêter fut retransmis le long des lignes par des guerriers à peine capables de s'exprimer, et les phalanges s'immobilisèrent. Tous avaient le souffle court et bon nombre se penchaient pour vomir. Se faufilant entres les files qui se défaisaient arrivaient les gymnètes plus légèrement armés, avec des outres suspendues sur l'épaule. L'eau fut distribuée aux hoplites et Gasca réussit à en boire quelques gorgées avant de passer le sac de peau à ses camarades ; il ferma les yeux quand le liquide tiède et éventé permit à sa langue de recouvrer un semblant de mobilité dans sa bouche.

Les centurions abandonnaient leurs centons pour se regrouper devant les troupes. Jason gesticulait, sa cuirasse noire laquée de sang, la moitié de la crête de son cimier tranchée. L'aile gauche de la ligne de bataille des Kufr n'était plus qu'un fouillis d'individus qui battaient en retraite, dévalant la pente par milliers, cavaliers et fantassins réunis, officiers qui frappaient leurs hommes avec le plat de leur glaive. Derrière eux, le sol était jonché de boucliers, d'armes et de blessés qui s'éloignaient en utilisant des hampes brisées en guise de canne, lorsqu'ils ne se déplaçaient pas à quatre pattes en implorant leurs camarades de ne pas les abandonner. Quelques centons de gymnètes les avaient pris en chasse, pour les embrocher d'un javelot planté dans la colonne vertébrale ou pour les achever alors qu'ils rampaient et hurlaient sur le sol. Un centurion les rappela, en les traitant d'écervelés indisciplinés, et ils remontèrent la pente d'un pas léger, l'air penaud et les bras rougis jusqu'aux coudes. Quelques-uns avaient suspendu des têtes tranchées à leur ceinture. Gasca se demanda où était Rictus, s'il avait été proche du cœur des combats. Par le Voile d'Antimone, il en aurait des choses à lui raconter, ce soir-là !

Puis des tremblements l'ébranlèrent et il dut serrer les dents pour retenir un sanglot qui enflait dans sa poitrine. Un gémissement s'échappa de sa bouche, un autre. Il dissimula cette réaction sous une quinte de toux quand il sentit qu'on tapotait le dos de sa cuirasse. Il s'agissait du vieux Demotes, dont la barbe blanche était tachée de sang partout où elle dépassait au bas de son casque. « C'est normal, mon garçon. C'est la déesse. Elle a son mot à dire dans tout ceci. Laisse-la s'exprimer librement, tu ne t'en sentiras que mieux.

– En formation… remettez-vous en formation, bande de tire-au-flanc ! » cria quelqu'un. C'était Orsos, qui courait de-ci de-là devant les hommes dont la tension se dissipait. Il avait retiré son casque et placé sa lance sur son épaule. Sa tête rasée brillait de sueur, sous le soleil, et des gouttes de salive s'envolaient de sa bouche. « Jason ! Jason… Leur cavalerie nous charge sur notre droite et nos arrières, peut-être dix morai. Fais virer tes hommes de ce côté. Nous conduirons les autres vers le centre des lignes des Kufr. Est-ce que tu m'entends, Jason ? »

Les cavaliers surgirent comme une vague déferlante, des Kufr hurlants aux yeux brillants et aux robes multicolores enflées par le déplacement d'air, montés sur d'énormes destriers. Ils étaient armés de cimeterres, de javelots et de lances pour quelques-uns d'entre eux. À droite comme à gauche, leur ligne s'étendait sur deux pasangs. Si le terrain avait été plus stable, ils seraient arrivés au grand galop tant ils éperonnaient frénétiquement leurs montures aux yeux fous. Mais le sol avait été transformé en bourbier par les piétinements des fantassins, et la colline était jonchée de morts et de mourants, hérissée de tant de flèches perdues qu'elle faisait penser à l'avant-bras d'un homme ayant la chair de poule. Ils se contentaient donc d'avancer au trot rapide, certains chevaux trébuchant et tombant malgré tout. Ils étaient des milliers... Rictus n'aurait jamais cru qu'on pouvait trouver un tel nombre de ces bêtes sur ce monde. Le sol vibrait sous leurs sabots et le sang des flaques qui s'étaient formées dans les cratères boueux en frissonnait.

Ils piétinaient leurs propres blessés. À une centaine de pas, les gymnètes tirèrent leur première volée de javelots. Il y avait peut-être trois morai de ces troupes légères ici, sur la droite des Macht, et elles ne bénéficiaient pour l'instant d'aucun soutien. L'infanterie lourde se dressait au sommet de la colline, tournant le dos à la cavalerie.

Un second lancer de javelots. Cinquante pas. Ils n'auraient pas le temps de recommencer. « Lances, cria Rictus. Combat rapproché ! »

Contrairement aux hoplites, les gymnètes n'avaient pas été préparés à un affrontement de ce genre, et ils ne se regroupèrent pas pour opposer un front uni à leurs adversaires. Ils se contentèrent de former de petits groupes d'hommes et d'adolescents, leur pelta au bras gauche, leur lance à tête unique brandie du bras droit. Rictus connut pendant un instant une terreur si pure qu'elle le priva de tous ses moyens. Il n'avait encore jamais été chargé par des cavaliers, ce qui s'appliquait également à tous ses camarades.

Les énormes destriers les atteignirent. Certains, bloqués d'un côté comme de l'autre par leurs congénères, allèrent s'empaler sur les lances des gymnètes. Mais la plupart filèrent sur la droite ou la gauche de la ligne brisée, et leurs cavaliers en profitèrent pour abattre leur cimeterre au passage. Devenus de simples îlots dans une mer d'acier et de chair déchaînée, Rictus et ses camarades utilisèrent leurs armes sur le ventre des chevaux et, quelques instants plus tard, ils étaient cernés par un rempart de bêtes blessées qui se débattaient autour d'eux, leurs cavaliers coincés sous leur carcasse ou achevés avant d'avoir pu s'extirper de la boue. Mais d'autres passaient en trombe, pour faire une volte-face et revenir sitôt après, les sabots brassant le sol pour le transformer en bourbier sanglant dans lequel tous s'enlisaient. Le combat manquait de fluidité, il n'y avait ni offensives ni contre-offensives. Les Arakosiens avançaient péniblement au milieu des troupes légères des Macht en utilisant la force musculaire brute, en les éliminant sous leur nombre et leur masse.

Cernés, les hommes du demi-centon de Rictus formaient à présent un carré autour d'une douzaine de chevaux morts ou mourants qui constituaient une sorte de fortification. En donnant un coup de lance à un cavalier qui passait, Rictus fit reposer son pied sur la carcasse du quadrupède qu'il avait devant lui et il sentit la chaleur et les battements de cœur de la bête qui agonisait dans le mélange de boue et de sang, sans comprendre pourquoi elle endurait de pareilles souffrances. Incapable de supporter plus longtemps ses râles et gargouillis, Rictus l'acheva d'un coup de lance au cerveau. Les plaintes des Kufr qui tombaient étaient aussi poignantes, mais elles n'avaient pas le même impact sur sa conscience.

■■■■

Le soleil continuait de s'élever, au cours de cette matinée qui paraissait sans fin. Il dépassa les collines sur lesquelles se trouvaient les armées du Grand Roi et finit par illuminer la totalité du champ de bataille, parant de reflets les casques, les pointes de lances, les lames des épées, la sueur des hommes et le vernis que la folie ajoutait à leurs yeux. Il s'emparait du nuage attribuable au souffle des montures des cavaliers pour façonner des javelots et des traits de lumière qui descendaient empaler la scène de carnage en lui apportant une indéniable beauté. Les Arakosiens avaient été stoppés par le sang-froid des gymnètes, et à présent quelque huit ou neuf mille soldats s'enlisaient dans un charnier de sang, de boue et d'animaux hurlants le long de l'aile gauche de l'armée du Grand Roi. Sur peut-être deux pasangs carrés, le sol transformé en immonde bouillie était dissimulé par la ruée insensée d'hommes et de bêtes qui s'y affrontaient. Les considérations d'ordre stratégique perdaient toute raison d'être, quand tous ne songeaient plus qu'à prendre des vies pour conserver la leur. Mais si les gymnètes se faisaient progressivement massacrer, ils avaient su protéger le flanc des phalanges d'hoplites qui viraient sur la gauche au sommet de la colline, une mora après l'autre, pour reprendre leur progression, en rangs désormais moins denses mais de façon toujours aussi ordonnée qu'en début de journée. Devant eux le centre de l'armée des Kefren reculait, menacé par les Dix Mille au sud et par la Légion juthienne à l'ouest. Mais les estafettes du Grand Roi se succédaient pour inciter ses généraux à faire avancer l'aile droite de ses troupes à pas redoublés, pour soutenir sa position. Sur quatre pasangs, un alignement de guerriers réalisa une conversion pour prendre les régiments d'Arkamenes en tenaille. D'autres cavaliers les précédaient, cette fois les lanciers du cœur d'Ashur aux armures laquées en bleu et or. Ils partirent à la charge avec la fougue et la rapidité d'un martin-pêcheur plongeant sur un poisson, et ils dévalèrent la pente vers les contingents de Tanis et d'Istar dans un grondement de tonnerre, forts de cinq mille combattants puissants et reposés.

■■■■

« Nous devrions nous replier », déclara Vorus à Ashurnan. Il avait retiré son casque pour que les propos dictés aux scribes soient intelligibles, et il portait à tour de rôle le regard sur les Macht qui progressaient sur leur gauche et la Légion juthienne visible juste en face. L'aile gauche des Kefren avait subi de si lourdes pertes qu'il serait impossible de la reconstituer. Derrière la colline, la plaine était sur deux pasangs noire de fugitifs, des milliers d'hommes qui avaient renoncé à leurs armes et à leur honneur dans l'espoir d'échapper à la machine à tuer des Macht. Ce qui avait été leur centre était désormais un flanc. Quarante mille hommes, balayés comme des feuilles mortes en automne. Il n'aurait pu le croire, s'il n'y avait pas personnellement assisté.

« J'aurais dû m'offrir les services d'une partie de ces mercenaires », déclara Ashurnan. Il avait néanmoins le sourire, et si la peur atténuait la nuance dorée de sa peau, son amusement paraissait authentique. « Mais c'est secondaire. Il faut savoir se contenter de ce que l'on a.

— Tu ne dois pas t'exposer aux premières lignes, Grand Roi, insista Vorus.

— Regarde là-bas, général. Sur la droite de leurs Juthiens. Vois-tu cette enseigne ? C'est celle de mon frère. Je meurs d'envie d'aller l'affronter. Il y a si longtemps que nous ne nous sommes pas regardés droit dans les yeux, lui et moi. »

Les Macht avaient repris leur péan, et leur ligne de bataille s'étirait car une mora après l'autre venaient la compléter tant sur la droite que la gauche. Une telle discipline était incroyable. Guère plus d'un pasang séparait désormais les aichmes de leurs lances du chariot du Grand Roi.

« Qu'on m'amène mon cheval », ordonna Ashurnan. Il ne regardait pas les Macht mais l'enseigne qui dansait au-dessus de la cohue d'hommes progressant sur les pentes en contrebas. « Vorus, tu vas leur opposer une vive résistance. Recule un peu si nécessaire, mais ralentis tes compatriotes. Accorde-moi du temps. »

Dans quel but ? s'interrogea Vorus assailli par l'inquiétude. Le Grand Roi était descendu de son chariot pour enfourcher un grand niséien. Un aide de camp lui apporta sa lance en bois de cèdre. Il était entouré par les grands destriers de sa garde montée personnelle qui piaffaient d'impatience, avec en leur centre le porte-enseigne qui brandissait le vexille ailé des rois asuriens à l'extrémité d'une pique de huit coudées. « Je vais aller saluer mon frère », annonça Ashurnan. Il avait le même sourire que son père et Vorus ne put exprimer la moindre protestation.

Il s'inclina. « Je les retiendrai, sire, ou je mourrai en m'y efforçant. »

Ashurnan se pencha sur la selle pour le prendre par l'épaule. « Ne meurs pas. Je n'ai déjà que trop peu d'amis. » Sur ces mots, il se redressa et leva la main. Autour de lui le gros de la cavalerie, au moins un millier d'hommes, se mit en mouvement, la noblesse kefren qui suivait son monarque vers le bas de l'éminence pour aller se jeter dans la gueule de l'ennemi.

■■■■

Les lignes de bataille avaient fait demi-tour. Les ailes droites des deux armées en présence se déplaçaient comme pour exécuter les pas convenus d'un ballet cataclysmique. Le centre des troupes d'Arkamenes avait presque atteint l'armée royale postée au sommet de la colline. Le Grand Roi menait sa garde forte d'un millier de cavaliers dans la mêlée, et le grondement de l'affrontement parvenait aux hoplites se trouvant deux pasangs plus au sud. L'avance des rebelles fut alors interrompue par la charge des meilleurs guerriers de l'Empire. La cavalerie asurienne établit un contact avec l'aile gauche des troupes du félon, trois pasangs plus au nord. Il n'y avait plus sur tout le champ de bataille qu'une mêlée indescriptible et, là où les affrontements étaient les plus violents, les combattants s'enlisaient jusqu'aux chevilles dans un sol changé en marécage, aspirés dans ce bourbier où les blessés suffoquaient et étaient piétinés par ceux encore capables de se battre.

■■■■

Le jeune Morian était tombé, le cou sectionné à demi par un Kufr hurlant. À côté de son cadavre, Rictus para le deuxième coup avec sa pelta… qui fut tranchée en deux par la lame affûtée comme il levait sa lance et embrochait l'aisselle de son assaillant, juste au-dessus de son corselet en cuir. Le Kufr s'inclina et glissa sur le côté de sa monture, un animal désormais terrifié. Il se cabra, et l'Iscan en profita pour l'éventrer. Une longueur d'intestin lové jaillit du trou attribuable à son aichme, puis la pauvre bête fit un écart ainsi qu'une embardée, avant de se prendre les sabots dans ses propres entrailles comme elle tentait de fuir son intense souffrance, en traînant son maître agonisant par un étrier. L'homme percuta au passage deux autres cavaliers aux montures déjà enlisées dans la boue rougeâtre, et Rictus se débarrassa de son bouclier devenu inutilisable puis avança en titubant afin de se servir de sa lance contre ces deux nouvelles victimes. Il en atteignit une à la cuisse, l'autre à l'aine. Les Kufr poussèrent des cris aigus qui n'avaient plus rien d'humain, les yeux aussi brillants que des gemmes des montagnes. Rictus lâcha la lance plantée dans la chair comme leurs chevaux vacillaient, s'inclinaient et tentaient vainement de s'extraire de la fange. À quatre pattes, il rampa sur les carcasses et dans le sang pour regagner ce qui subsistait de son centon. Siffleur quitta les rangs décimés pour se porter à sa rencontre et le tirer vers lui, en franchissant un rempart de viande chevaline. Ils avaient autour d'eux un monceau de morts qui tenaient toujours des lances et des boucliers, et – pour la troisième fois ce matin-là – Rictus reconstitua sa panoplie, les paumes collées à la hampe de sa nouvelle lance par le sang d'un autre homme. Il regarda Siffleur dont la tête chauve disparaissait sous un bonnet de sang, avec une lanière de cuir chevelu qui se balançait le long d'une oreille. Mais il réussit à lui adresser un sourire édenté. Tout commentaire eût été superflu.

En début de matinée, il y avait eu là une pente régulière parsemée de buissons, assez vaste et dégagée pour qu'il fût possible d'y organiser une course.

La guerre l'avait transformée en marais dans lequel les cadavres s'empilaient en talus et affleurements de charogne qui lui donnaient l'aspect d'un champ envahi de cailloux flasques en décomposition. Ce n'était certainement pas un terrain convenant à la cavalerie, mais les Arakosiens s'en extirpaient tant bien que mal, leurs montures immobilisées sous eux. Que fallait-il avoir à l'esprit, pour utiliser des chevaux au combat ? se demanda un Rictus épuisé et outré par un tel comportement, choqué par ces excès inconcevables.

Il était néanmoins indéniable que les Macht avaient subi une défaite. Sur les trois mille gymnètes qui s'étaient dressés sur cette pente en début de matinée, il ne devait en rester qu'un tiers toujours capables de tenir une arme, et encore ne tarderaient-ils pas à aller rejoindre leurs camarades. Tous en étaient conscients mais continuaient de se battre, parce qu'ils savaient aussi que derrière eux, dans les hauteurs de la colline, les hoplites comptaient sur eux pour protéger leurs arrières. Si l'ennemi réussissait à franchir leurs lignes, le massacre qui aurait lieu tout là-haut rendrait celui-ci négligeable, par comparaison.

Et les gymnètes, un corps qui n'avait été ni créé ni formé pour accomplir de tels exploits, ne cédaient plus de terrain. Pour la simple raison qu'ils étaient des Macht, et qu'ils en avaient reçu l'ordre.

■■■■

Cette matinée avait été pour Arkamenes une débauche merveilleuse de sensations, un spectacle d'une intensité inouïe. Même le plus blasé des hommes n'aurait pu rester indifférent à tout ceci, la plus grandiose des formes de représentation théâtrale. *Je leur dis d'avancer et ils avancent,* pensa-t-il. *Ils meurent par milliers, et les lignes se déplacent. Ils meurent par milliers, et les survivants repartent et font ce que je leur ai dit de faire. Tout ce que je veux se réalise.*

Il n'avait encore jamais éprouvé tant de joie.

Il venait de voir les Macht gravir la colline et annihiler l'aile droite des troupes du Grand Roi, une armée à elle seule. La charge des cavaliers avait été stoppée par les gymnètes. Des affrontements qui se poursuivaient, dessinant une tache noire sur le sol à environ trois pasangs au sud. La ligne de bataille des hoplites se reconstituait au sommet de l'éminence, et ils ne tarderaient guère à reprendre leur progression pour réaliser une percée au centre des troupes ennemies. Une fois cela réalisé, il mènerait sa garde personnelle à l'assaut de la colline pour parachever leur victoire et participer à la curée.

Il faisait chaud, à présent que le soleil approchait du zénith. Il percevait ses rayons même à travers le fin voile de son komis, et les cuirasses serties de gemmes des membres de sa garde personnelle étaient trop brillantes pour qu'il pût les regarder. Il tendit la main et un serviteur y déposa un gobelet d'eau de source bien fraîche.

Une eau qu'il ne put boire. Le récipient s'immobilisa à mi-chemin de ses lèvres et resta dans les airs, ses doigts étant brusquement très frais. Il venait de voir l'enseigne du Grand Roi, le symbole sanctifié d'Asuria. Son frère descendait la colline pour venir droit vers lui au cœur d'une nuée de guerriers extrêmement rapides.

Il lâcha le gobelet qui tournoya, tandis que le grand niséien, qui avait perçu sa surprise, manquait se cabrer. Arkamenes réagit et frappa l'animal pour qu'il se calme, les yeux écarquillés. C'était impossible !

La cavalerie ennemie fit une boucle vers le nord, à quelques centaines de pas, pour contourner la Légion juthienne qui gravissait la pente avec obstination. Tous virèrent comme des poissons dans les hauts-fonds, non en rangs ordonnés mais comme autant de cavaliers magnifiques suivant leur chef… un chef qui se dressait à leur tête en brandissant un cimeterre sur lequel miroitait le soleil.

Arkamenes tira sa propre épée et s'avança. « Allez, allez, allez ! » cria-t-il aux Kefren qui l'entouraient, l'esprit cherchant des mots qu'il n'aurait pu trouver dans un pareil tumulte.

Les deux corps de cavalerie se rejoignirent au galop, dans un fracas assourdissant de chair et de métal, et la guerre devint soudain très proche, personnelle et redoutable. Les lignes arrière de la cavalerie des rebelles furent emportées par l'impact. Des chevaux furent déséquilibrés au premier assaut, d'autres churent sur le flanc avec leurs cavaliers cloués sur place dans la mêlée, les jambes broyées sous les côtes de leur monture prise de panique. Des hauteurs de ces plates-formes vivantes, les soldats échangeaient des coups d'épée et de lance, les pointes affilées et les lames tranchantes s'entrechoquaient en libérant des gerbes d'étincelles. L'acier asurien claquait sur l'acier asurien, des Kefren tuaient des Kefren, et l'impétuosité de la charge restait perceptible dans la chair des chevaux et la confusion générale, alors que le vexille royal surplombait la mêlée tel un oiseau de proie.

Les gardes d'Ashurnan étaient l'élite des guerriers de leur peuple, montés sur les chevaux les plus puissants de tout l'Empire, et ils bénéficiaient en outre de l'élan acquis au cours de la charge. Le Grand Roi s'ouvrait un chemin à coups de cimeterre, et ceux qu'il tuait pouvaient lire sur ses traits de la joie, de l'insouciance. Certain de périr sous peu, il voulait vivre intensément ce qui était mesurable en instants, les derniers grains d'un sablier presque vide. Ceux qui le suivaient avaient perçu son état d'esprit et le partageaient, acceptant leur destin sans réserve. Même Arkamenes, qui assistait à tout cela, estimait que cette scène ne manquait pas de panache. Et, une fraction de seconde, il se surprit à avoir de tendres sentiments pour celui qui avait partagé son enfance, le frère qui avait été sa conscience et son allié. Ce visage familier transfiguré au point de retrouver sa jeunesse d'antan.

Mais ce fut bref, et seule subsista la violence meurtrière insensée de l'instant présent et de ce qu'ils avaient entrepris, une chose que la brume de peur et de confusion rendait difficile à appréhender. La charge menée par le Roi venait de repousser la garde personnelle d'Arkamenes qui ne disposait d'aucune voie de repli. S'il avait été possible de mettre pied à terre au cœur de cette épouvantable mêlée, il aurait été réduit en bouillie en quelques secondes.

La brutalité des affrontements engendrait des courants qui brassaient cette foule. Le Grand Roi s'avançait dans une trouée de chevaux qui s'effondraient, les veines du garrot tranchées ou le cerveau empalé d'un coup de lance. Les gardes d'Arkamenes résistaient avec la hargne propre aux animaux acculés, mais s'ils étaient des honai, ils n'étaient pas les honai d'Ashurnan et ils cédaient du terrain, tombant et s'abandonnant à leur trépas au lieu d'essayer de parer les lames mortelles lorsqu'ils prenaient conscience d'avoir déjà acquis un statut de charogne.

Et le Grand Roi et le Prince finirent par se retrouver au cœur de cet immense bain de sang, ayant tous deux souhaité qu'il en soit ainsi, redevenus des frères et débarrassés de toute frayeur.

Ils se regardèrent mais restèrent muets, alors qu'ils auraient eu tant de choses à se dire. Leurs armes cliquetèrent. Sous eux, les grands niséiens se repoussaient, épaule contre épaule, en tentant de se mordre et de se cabrer, mais ils étaient maintenus sous contrôle par leurs maîtres qui faisaient voleter leurs cimeterres pour tenter de se donner la mort dans le cadre d'un ballet en un sens magnifique. Ashurnan, cependant, avait toujours été plus appliqué que son frère pour apprendre l'escrime, et ce fut lui qui fit couler le premier sang. Bien qu'il eût porté le coup avec force, il tenta de retenir la lame en constatant que son frère ne l'esquiverait pas, sans que ce fût seulement un acte conscient. Mais l'acier bien affûté n'avait nul besoin de sa force musculaire pour entamer les chairs et, en atteignant Arkamenes sous le menton, il trancha carotide et trachée avant de se dégager.

Le prince rebelle lâcha son épée et referma les mains sur sa gorge béante. Sa bouche s'ouvrit, comme celle d'un crapaud, et de la terreur put se lire dans son regard, ainsi que des regrets. Puis il chut de sa monture. Ses gardes réunis autour de lui virent disparaître tous leurs espoirs et gémirent. Certains jetèrent leur arme et levèrent les yeux au ciel, comme pour prier. D'autres firent tourner bride à leur monture et tentèrent de se frayer un chemin vers l'arrière de leurs troupes. Le porte-enseigne chargé de matérialiser la présence du prétendant au trône fut repoussé et disparut dans la masse de chairs ensanglantées en plein affrontement et, quand la boue engloutit le vexille, une onde de terreur parcourut les rangs de l'armée d'Arkamenes.

XV

L'adieu au roi

Phiron gagna l'avant de la phalange et leva sa lance, un ordre qui fut retransmis d'un bout à l'autre des alignements d'hoplites. « Arrêtez ! »

Pasion alla le rejoindre, et au fil des minutes qui s'écoulaient d'autres centurions vinrent grossir leur groupe en restant sur place tels des passants témoins d'une rixe. « Est-ce le… ? commença Durik.

– Tout indique que le Grand Roi veut démontrer qu'il est un homme », déclara Phiron. Il retira son casque puant, révélant au-dessous des cheveux noirs plaqués qui donnaient à son cuir chevelu l'aspect d'un dos de phoque. « Ils vont régler ça face à face, gardes personnels inclus.

– Et eux ? » demanda Pasion en désignant les ennemis alignés le long de la crête à moins d'un demi-pasang de distance. Les lanciers kufr étaient désormais aussi hésitants et fascinés que leurs officiers par le duel qui débutait en contrebas et les deux enseignes qui semblaient danser à seulement quelques coudées l'une de l'autre.

« S'ils s'affrontent en combat singulier, l'issue de cette bataille dépendra du résultat de cette rencontre, déclara Orsos qui venait les rejoindre, le souffle court. Jason couvre nos arrières, Phiron. Il a repoussé la cavalerie arakosienne. C'est une sacrée boucherie, là en bas. » Même lui paraissait choqué par un tel carnage.

Des milliers d'hommes s'étaient immobilisés sur toute la longueur de la crête pour assister au duel, un spectacle souligné par un rugissement étouffé renvoyé par le versant de la colline. La Légion juthienne s'était arrêtée à mi-hauteur de la pente, décomposée en une foule désordonnée de plusieurs milliers d'individus qui regardaient d'où ils venaient et non les hauteurs et le centre des troupes ennemies.

« Nous restons plantés là comme des vierges effarouchées dans une chambre matrimoniale ! » C'était le jeune Pomero qui montait vers eux à grands pas, et son expression traduisait autant de rage que de surprise. « Qu'est-ce qui a figé ainsi les deux armées ? Nous devrions être en train de défoncer leurs lignes pendant que les Juthiens les attaquent par le flanc. Nous avons la victoire à portée de la main ! »

Phiron ferma les yeux, sans se tourner vers lui. « Ne comprends-tu pas que nous avons perdu cette bataille ? »

Ils regardaient toujours, désormais silencieux. En contrebas, la masse de cavaliers composant le cœur des combats se dissolvait. Pour les Macht, tous les Kefren étaient identiques, mais ils constataient que l'enseigne de leur employeur venait de disparaître alors que le vexille ailé du Grand Roi avançait et que des nuages de cavaliers s'égaillaient devant lui. D'un bout à l'autre du champ de bataille s'élevait un son collectif surnaturel émis par les troupes kufr d'Arkamenes, un étrange hybride de gémissement et de lamentation qui se propageait sur des pasangs dans la plaine du fond de la vallée.

« Cet inconscient a affronté son frère et s'est fait trucider », gronda Orsos.

■■■■

La nouvelle se diffusait de façon surprenante, bien plus rapidement qu'un homme n'aurait pu courir. La Légion juthienne se défit la première, dès que des membres de la garde personnelle en fuite passèrent à proximité au triple galop, des cavaliers qui cravachaient follement leurs montures en se débarrassant frénétiquement de leurs cuirasses hors de prix afin de s'alléger. Ils dévalaient les pentes vers le Bakaï visible dans le lointain, et tout ce qui avait constitué cette armée était en cours de dissolution. Ici et là subsistaient quelques formations ordonnées et intactes, et ils pouvaient voir les troupes d'Artaka placées sous les ordres de Gushrun, qui était venu à pied avec elles des berges de l'océan Tanéen. Mais la plupart des soldats d'Arkamenes ne formaient plus qu'un fouillis chaotique d'individus n'ayant d'autre souci que rester en vie… en espérant réussir à traverser le Bakaï avant que la cavalerie du Grand Roi ne condamne cette voie de repli. Les Asuriens les pourchassaient déjà, en rangs irréprochables, des milliers de cavaliers aux tenues chatoyantes qui hurlaient en s'adonnant au jeu cruel de la poursuite. Les centurions macht postés sur la colline suivaient la scène avec horreur, et ce qui pouvait s'apparenter à de la crainte. Ce fut Phiron qui se ressaisit le premier.

« Nous risquons fort d'être perdus, mes frères, mais ça ne signifie pas que nous quitterons ce monde tels des agneaux. Orsos… fais faire demi-tour à ta mora et va rejoindre Jason. Dis-lui de gravir la colline et de venir avec les gymnètes qui ont survécu. Mes frères, nous établirons un périmètre de défense et attendrons la suite. Nous n'allons pas décamper, pas même nous replier. Les ponts du Bakaï seront sous peu des goulets d'étranglement devant lesquels le Grand Roi massacrera ce qui subsiste de l'armée de son frère. Nous devons trouver une autre solution. » Il remit son casque et ils restèrent à se dévisager, en ayant les mêmes pensées. Le sort de la bataille avait été joué alors qu'il aurait suffi d'une autre demi-heure d'affrontements pour qu'ils règnent sur tout un Empire. L'inconscience de leur employeur en avait décidé autrement, les privant également de la vie.

« Nous sommes des Macht, rappela Orsos en crachant ce mot comme si c'était un juron. Nous ne montrons jamais notre dos à nos adversaires. La matinée appartient au passé, et nous attendrons la nuit pour nous enfoncer tous ensemble dans les ténèbres. »

■■■■

Resté au centre de son armée, Vorus assista à la défaite d'Arkamenes en s'en étonnant un peu. Près de lui, le vieux Proxis appliqua le poing sur son cœur et s'accorda un moment pour prier le dieu juthien sur les forges duquel le monde avait été façonné.

« Je savais qu'il avait hérité du courage de son père, mais Anurman n'aurait jamais tout risqué sur un lancer de dés. D'après toi, Proxis, avons-nous affaire à un génie ou à un écervelé ?

– Il a agi comme il le fallait, puisqu'il a tranché la tête du serpent et sauvé son Empire. »

Vorus fit venir un scribe militaire ainsi qu'une estafette et griffonna rapidement quelques mots sur l'écritoire suspendue au cou de l'*hufsan*. « Nous n'avons pas tout à fait terminé, déclara-t-il à Proxis en écrivant toujours. Il reste sur cette colline des hommes qui ne s'enfuiront pas.

– Les Macht ? Ils ne comptent plus. Ils se sont battus vaillamment, mais ils n'ont plus de jambes.

– Nous devons les contenir sans attendre. » Il se tourna vers l'estafette. « Porte ceci à tous les commandants de légion. Dis-leur de ne pas hésiter, et de ne pas rompre les rangs. Transmets-leur mes paroles en même temps que cette missive. »

Le messager hocha la tête puis partit au pas de course.

« Nous allons les cerner, et les exterminer », déclara Vorus. Mais, malgré son assurance, il paraissait combattre des nausées.

■■■■

Loin à l'extrémité sud du champ de bataille, la mora de Jason était au repos. Autour de ces hommes qui avaient posé leur bouclier devant eux et retiré leur casque, les gymnètes survivants allaient examiner les corps empilés pour chercher des blessés, du butin, des Kufr dont la gorge restait à trancher. L'estafette trouva Jason occupé à partager une outre avec Rictus et Gasca, trois hommes qui ne disaient mot, se contentant de boire à tour de rôle en ayant les yeux vitreux de ceux qui ont vu trop de choses. L'estafette leur expliqua ce qui se passait ailleurs sur le champ de bataille, un jeune tête en paille qui s'était débarrassé de tout son attirail pour exécuter sa mission le plus rapidement possible. Un récit entrecoupé par les efforts réclamés pour reprendre son souffle. Jason l'écouta sans faire de commentaire.

« Alors Rictus, que devrions-nous faire ? »

Le visage de l'Iscan était rendu insondable par un masque de sang séché strié de coulées noires, les seuls secteurs relativement propres se situant sur le pourtour de ses lèvres et de ses paupières qu'il avait essuyées. Il regarda autour d'eux les collines dévastées et leur macabre tapis de cadavres. « J'estime qu'il doit rester environ huit cents hommes encore capables de se battre, plus deux ou trois cents blessés légers et un nombre égal qui ne verront pas le prochain lever du soleil si nous ne leur prodiguons pas des soins au plus vite. »

Jason se massa le front. « Nous devons immédiatement regagner le haut de la colline, rejoindre les autres morai. Nous n'aurons pas le temps... » Il se tourna pour regarder vers le nord, le haut de la vallée. À six pasangs de là, le gros de l'armée d'Arkamenes couvrait le sol comme une éruption de boutons d'où jaillissaient les taches blanchâtres du soleil reflété sur le métal. Le sommet était dénudé, les centons des Macht s'étant repliés au-delà. D'où il se trouvait, il lui était difficile de croire que tout n'était pas terminé.

Jason chassa des mouches noires de son visage, en grimaçant. Ses yeux gris étaient aussi froids que des fers de lance, mais il les fermait en parlant, semblant mort de fatigue. « Achevez ceux qui ont été grièvement atteints. Emmenez les autres. Nous couvrirons votre retraite. Prélevez tout ce que vous pouvez prendre sur les morts, le plus d'armes lourdes possible. Ce sont d'hoplites dont nous aurons besoin, pas de gymnètes. »

Rictus lorgna Gasca. « Les achever ? »

Jason rouvrit des yeux injectés de sang. « Tu m'as bien entendu. Les prendre avec nous est impossible, et les Kufr les soumettront à d'atroces tortures. Leur offrir une mort rapide est un acte de compassion. En outre, il est probable que nous irons les rejoindre sous peu dans l'au-delà.

– Qui suis-je pour donner de tels ordres ? demanda Rictus en cillant.

– Tu es celui qui détient le commandement, voilà ce que tu es ! Agrimos et tous tes supérieurs sont morts ou hors de combat. Tu vas donc prendre ces hommes et te faire obéir. Est-ce compris ? Fais-le, et tout de suite ! » Jason repartit à grands pas. Il y avait eu des trémolos dans sa voix. L'Iscan le regarda s'éloigner en étant atterré.

« Une promotion. C'est-y pas magnifique ? » Gasca renifla et but encore. Il essuya sa bouche et ajouta en souriant presque : « Ce soir, c'est avec un statut de centurion que tu arriveras en enfer. »

■■■■

Le Grand Roi était en selle et baissait les yeux sur son frère. De son vivant, Arkamenes avait été quelqu'un de séduisant. Son visage n'était plus qu'un amas de chairs, car les chevaux l'avaient piétiné. Sous son menton une entaille noire comme les mûres béait telle une seconde bouche grouillante de mouches qui adressait un sourire au ciel.

« Couvrez-le, ordonna-t-il d'une voix vacillante. Emportez-le du champ de bataille. Sa dépouille sera ensevelie en Ashur, là où est sa place… »

Les honai s'inclinèrent et étendirent un manteau sur le corps mal en point du frère de leur Roi, qui fit tourner bride à sa monture et rabattit son komis sur son visage.

« Midarnes !

– Oui, sire ? » Le commandant des troupes de la Maison royale vint se placer à sa hauteur et se pencha sur sa selle.

« Laisse à la cavalerie le soin de les poursuivre. Charge Berosh de conduire nos Juthiens vers le fleuve, et assure-toi qu'il s'empare de tous les ponts et les conserve. Ma Maison et les honai resteront face aux Macht, sans toutefois rouvrir les hostilités. Est-ce compris ?

– Oui, sire. »

Ashurnan scruta le ciel. Il était plus de midi. La matinée appartenait enfin au passé mais il disposait encore d'un temps suffisant pour régler les questions restées en suspens.

« Il me faut des estafettes et des scribes, les meilleurs. Nous informerons Istar, Jutha et Artaka que l'imposteur a péri. Ces provinces devront me faire immédiatement acte de soumission, et elles ne subiront alors aucunes représailles. Dans le cas contraire, j'y porterai le feu et la lance.

– Honuran est mort sur le champ de bataille, déclara Midarnes. Mais la capture de Gushrun de Tanis tarde un peu trop à mon goût.

– Trouve-le et amène-le-moi. Il servira d'exemple. Je le ferai empaler au-dessus des portes de Tanis. »

Midarnes s'inclina de nouveau.

« Et Amasis aussi, le chambellan… il rentrera avec les bagages. Nous devons nous emparer de leur caravane de ravitaillement. Sans elle, les Macht seront privés de nourriture et d'eau, sans une seule aichme de rechange.

– Je m'en charge, sire. Je vais en informer la cavalerie. On raconte qu'Arkamenes se déplaçait avec une fortune en lingots, la moitié du trésor de Tanis qui devait servir à régler la solde des mercenaires.

– Empare-t'en. La journée est loin d'être terminée. »

Le Grand Roi fit gravir lentement à sa monture la colline qu'ils avaient dévalée peu auparavant, entouré par les centaines de cavaliers kefren qui venaient de démontrer dans le sang leur fidélité à sa personne. Il ne les avait encore jamais tenus en si haute estime, car ils l'avaient suivi lorsqu'il avait tenté son pari insensé, sans seulement songer à ce qui pourrait en résulter. Il avait de légers vertiges, étourdi par l'ivresse de la victoire, par le contrecoup de la violence qui tintait toujours dans ses oreilles et faisait frémir tous ses muscles. *Je viens de démontrer que je suis le digne fils de mon père,* pensa-t-il. *J'ai fait le nécessaire pour mériter mon trône.* Et là, en plein centre de l'immense charnier, il rendit grâces à Dieu pour la façon dont cette matinée s'était conclue.

■■■■

« Nous sommes à douze pasangs du fleuve, et à cinq de la caravane de l'intendance, déclara Phiron.

– Le ravitaillement a disparu, grommela Pasion. Inutile de nous en soucier. Tout ce que nous avons encore, ce sont les lances que nous tenons et le bronze que nous portons.

— En ce cas, nous sommes toujours riches, lança le vieux Castus. Je préfère mourir avec ma panoplie sur le dos qu'en regardant le cul d'un bœuf. Quels sont tes projets, Phiron ? Rester là à attendre qu'ils viennent nous chercher ou les charger et périr en nous couvrant de gloire ? »

Treize hommes équipés du Divin Fléau, à l'exception du plus jeune. Rictus avait récupéré la cuirasse de bronze bosselée d'un cadavre et il disposait d'une panoplie complète pour la première fois depuis le jour où il s'était battu dans les rangs des phalanges d'Isca. Jason avait insisté pour qu'il soit admis dans le Kerusia, alors que ses gymnètes s'équipaient de la même façon pour constituer une mora. Rictus n'était pas devenu un centurion mais le commandant de plusieurs centaines d'hommes. Pour cette raison, il était ignoré par les vétérans de l'armée des Dix Mille qui voyaient en lui un parvenu de tête en paille, et qu'il fût un Iscan n'entrait pas en ligne de compte. Aussi tint-il sa langue, pendant que ses aînés débattaient de la situation.

Les Macht s'étaient regroupés sur la crête des Kunaksa, leurs centons faisant face à toutes les directions. Dans le cœur évidé de la formation, plusieurs centaines de blessés légers pansaient leurs plaies le mieux possible, aidés par les gymnètes trop jeunes ou trop âgés pour se coltiner le poids d'une panoplie complète. À quelques centaines de pas, les lignes des Kufr s'étendaient vers l'est et vers l'ouest en un croissant de troupes de plus en plus denses. Sur la plaine en contrebas, la partie de chasse se poursuivait et les cavaliers kefren fondaient sur les derniers vestiges de l'armée d'Arkamenes pour massacrer ces hommes avant qu'ils n'atteignent les ponts enjambant le Bakaï. Il y avait à l'ouest tant de personnages que la plaine paraissait grouiller de vie sur des pasangs, comme si quelqu'un avait éventré une termitière et répandu alentour des dizaines de milliers d'insectes frénétiques.

Phiron essuya la sueur de son visage. Leurs dernières réserves d'eau avaient été attribuées aux blessés, et sa langue râpeuse avait tout d'un corps étranger ayant pénétré dans sa bouche. « Nous allons nous porter à leur rencontre, lança-t-il sèchement. Autrement, ils n'auront qu'à patienter jusqu'à ce que la soif fasse la moitié du travail à leur place.

– De quel côté ? s'enquit Pomero.

– Pas vers le fleuve, en tout cas, car ils nous y attendent. Nous les attaquerons ici, le plus brutalement possible, pour les chasser des hauteurs. Leur cavalerie est toujours occupée dans la plaine, aussi resterons-nous dans ces collines. Nous irons vers le nord en longeant le fleuve. On trouve de grandes agglomérations, sur ce cours d'eau. Carchanis doit être à huit ou dix jours de marche. Nous l'atteindrons et nous nous en emparerons. Nous resterons dans cette cité le temps de nous regrouper et de reconstituer des réserves, puis…

– Puis ? répéta Orsos.

– Nous déciderons ce qu'il convient de faire.

– Nous pourrons nous estimer chanceux si nous avons la possibilité de choisir comment mourir dans les deux heures à venir, lança Mynon dont les yeux noirs brillaient. Dix jours de marche ? Que mangerons-nous et que boirons-nous en chemin ? Crois-tu que le Grand Roi nous laissera traverser librement son Empire ?

– Mynon a raison, intervint posément Pasion en se massant la mâchoire. Soit nous nous battons et nous mourons ici, soit nous entamons des pourparlers. Ashurnan sait que chacun de nous emportera dans l'au-delà un nombre dix fois plus important des siens, et peut-être acceptera-t-il un compromis. Faute de quoi, son armée pourrait être décimée par notre dernier carré.

– Crois-tu qu'il s'en soucie ? » lança Teremon, un homme âgé, un ami proche de Castus et d'Orsos. Il avait reçu une flèche au visage au cours des affrontements de la matinée et il avait un chiffon ensanglanté fourré dans la cavité qu'avait occupée son œil gauche. « Il peut lever un million de lances contre nous, s'il le souhaite ; nous sommes au cœur de son Empire. Que lui importe de perdre dix mille ou cinquante mille hommes supplémentaires, si cela lui permet de se débarrasser de nous ?

– Enrôler de nouvelles recrues prend du temps, rétorqua patiemment Pasion. Pour l'instant, la seule armée dont le Grand Roi dispose se trouve en face de nous, sur ces collines. N'oublions pas que Jutha, Istar et Artaka ne se sont pas encore ralliées officiellement à lui. Il devra envoyer des troupes pour ramener ces provinces dans son giron. Non, Teremon, il ne peut pas se permettre de perdre trop d'hommes dans ces hauteurs. Je propose de lui adresser une délégation pour déterminer s'il n'est pas possible d'arriver à un accord. Qui sait, peut-être a-t-il besoin de nous au même titre que son frère. Nous nous battons pour de l'argent, pas pour un idéal. Il faut le lui rappeler, et sans perdre de temps. Si les combats reprennent, l'occasion ne se représentera pas. Nos os blanchiront en ce lieu et les Kufr prélèveront sur nos cadavres les Présents d'Antimone. »

Des propos qui suscitèrent des murmures irrités. Penser que leurs cuirasses pourraient tomber aux mains des Kufr était intolérable, impie. Il y en avait des vingtaines, dans les rangs de leur armée.

« C'est entendu », conclut Phiron. Il paraissait s'être rabougri, comme si la tournure prise par les événements avait eu un étrange effet sur ses entrailles. « Nous enverrons un négociateur. Quelqu'un qui parle leur maudit langage. » Il y eut un silence. « Ce qui…

— Moi, bon sang, fit Jason. Oui, je sais. J'irai, et je me ferai accompagner par le tête en paille. »

■■■■

La chaleur de l'après-midi transformait les lieux en fournaise dans laquelle toute progression équivalait à un combat physique. Les cadavres commençaient à puer et les survivants devaient bien uriner et déféquer quelque part. Sur des pasangs alentour, les relents de cet air stagnant pesaient sur l'estomac. C'était comme si le sang versé avait souillé la terre, faussé un équilibre essentiel, et qu'à présent tout Kuf en était révolté. Les Macht avaient attribué un nom à ces miasmes, comme à bien d'autres choses liées à la guerre : la soupe. En les désignant ainsi, en s'en moquant, ils les rendaient plus supportables. Alors que pour les charognards qui tournaient dans le ciel et les mouches noires qui pondaient dans les yeux des morts c'était un pays de cocagne qu'ils transformeraient sous peu en foyer d'infection.

Jason et Rictus avançaient désarmés sous une petite branche desséchée, ce qu'ils avaient trouvé de plus proche d'un rameau feuillu sur ce champ de bataille. Ils traversaient le bourbier fumant de boue et de charogne qui occupait le secteur séparant les armées et tentait d'aspirer leurs pieds. Ils s'y immobilisèrent, pendant que la sueur agressait leurs yeux et que la puanteur les faisait suffoquer.

« Pourquoi moi ? demanda Rictus en s'intéressant aux silhouettes qui allaient et venaient derrière les lignes des Kufr.

– Je pourrais poser la même question, répondit Jason. Phiron maîtrise bien mieux que moi l'asurien, ainsi que le kefren. Mais je présume qu'il est bien trop utile pour tenter un pari aussi risqué. Quant à toi, j'ai voulu que tu m'accompagnes pour diverses raisons. Tu n'es pas idiot, tu es attentif et je te sais capable de regarder ces imbéciles dégingandés droit dans les yeux. Maintenant, tais-toi et démontre-moi que je ne me suis pas trompé sur ton compte. »

La présence des deux hommes entre les armées avait incité des cavaliers isolés à rejoindre au galop les phalanges des Kufr. Il y en avait d'autres, à présent, des guerriers qui avaient fière allure dans les plus beaux atours que pouvait fournir l'Empire. Jason les regarda et dit : « Je crois que le Roi est là. Il n'y a pas d'enseigne ni de chariot, mais soit c'est sa garde personnelle, soit j'ai la berlue.

– Que se passera-t-il s'ils ont décidé d'en finir aujourd'hui ? demanda Rictus.

– Nous mourrons l'arme au poing », déclara Jason en inclinant la tête pour le dévisager.

Chose étrange, Rictus lui répondit par un sourire.

Les rangs des Kufr s'ouvrirent et quelqu'un en sortit pour se porter à leur rencontre sur l'étendue boueuse. Cet homme portait une armure noire. Comme il se rapprochait, ils purent constater qu'il s'agissait d'un Macht bardé d'un Divin Fléau. Jason en resta bouche bée de surprise.

« Comment vous appelez-vous ? » demanda ce Macht déconcertant. Il était entre deux âges, émacié et barbu. Il n'avait aucune arme et il les regardait avec une curiosité à peine contenue. Jason et Rictus s'intéressaient à lui en ayant à peu près la même expression.

« Jason de Ferai et Rictus d'Isca », répondit Jason en se ressaisissant.

L'homme sourit. « Je m'appelle Vorus et je suis le général de l'armée qui se trouve derrière moi. »

Jason et Rictus restèrent silencieux, trop surpris pour répondre. Vorus les regarda de la tête aux pieds, non sans une certaine sympathie. « Vous souhaitez entamer des négociations pour le compte de Phiron, je présume ? Eh bien, je suis habilité à en faire autant au nom du Grand Roi. Vous pouvez me parler librement.

– Par Phobos ! jura Jason à voix basse. Nous sommes venus nous entretenir des conditions sous lesquelles nous pourrions quitter l'Empire sans nous battre. Notre employeur est décédé, et nous souhaitons seulement regagner nos pénates. Vorus, as-tu dit ? Vorus d'où ?…

– Sache que je suis parti des Harukush bien avant que tu ne soulèves ta première lance. Cependant, mon Roi a deviné vos intentions. Nous n'avons aucun désir de voir couler plus de sang, étant donné que la question qui nous a valu de croiser nos lances a été réglée. Reste à déterminer comment votre armée pourra être rapatriée le plus rapidement et le plus facilement possible. À cette fin, nous souhaitons inviter tous les généraux de votre Kerusia à une rencontre ce soir, en bas dans la plaine, là où nous négocierons les conditions de votre départ de l'Empire. Crois-tu que ton commandant trouvera cela acceptable ?

— Je le pense, répondit Jason sans pouvoir s'empêcher de sourire. Je présume que chaque groupe sera désarmé, et que cette rencontre se déroulera à égale distance des deux armées ?

— Cela va de soi. Nous allons immédiatement organiser cette réunion. Le Grand Roi sera présent avec moi, quelques-uns de mes pairs, et - naturellement - autant d'esclaves que nécessaire. Vous ne viendrez qu'avec vos officiers supérieurs, car il est inutile d'être trop nombreux pour une rencontre de ce genre. Qu'en dites-vous ?

— Je pense pouvoir prendre au nom de Phiron l'engagement d'y participer comme tu le suggères. Puis-je demander à ce qu'entre-temps, en gage de bonne volonté, de l'eau nous soit apportée par tes... par tes hommes ? Nous avons parmi nous des blessés qui béniront le nom de ton Grand Roi, s'il leur permet d'étancher leur soif. »

L'expression de Vorus s'assombrit. « C'est hors de question, je le crains. Nous resterons ennemis jusqu'à ce que les généraux arrivent à un accord. » Il fit jouer sa mâchoire et esquiva son regard. « Je regrette. »

Jason se raidit, mais ce fut avec courtoisie qu'il déclara : « Je comprends parfaitement. Nous allons rapporter tes propos à nos camarades. »

Il se détourna, l'expression partagée entre l'exaspération et le soulagement. Rictus resta pour dévisager Vorus, une nouvelle manifestation de l'arrogance des Iscans, et le renégat soutint longuement son regard avant de rompre ce contact oculaire avec nervosité et de regagner ses propres lignes, de la démarche privée de souplesse propre aux hommes honteux de leurs actes.

XVI

Les hommes sur la colline

Bon nombre de blessés moururent, ce jour-là, et les autres en furent réduits à tremper leur casque dans les flaques les moins pestilentielles qui pointillaient la colline pour boire autant de boue et de sang que d'eau. Un fluide immonde qu'ils recrachaient aussitôt, et des pratiques que Phiron finit par interdire.

L'armée du Grand Roi poursuivait ses manœuvres, avec des régiments qui allaient de-ci de-là sous la chaleur accablante, et des convois de mules de bât qui amenaient du ravitaillement en provenance du camp de l'intendance situé plus à l'est. Des hauteurs, il était possible de voir à travers la brume de chaleur les miroitements du Bakaï à douze pasangs de distance, mais pas de déterminer ce qui se passait au-delà de l'ombre projetée par le tertre de Kaïk.

Les troupes d'Arkamenes semblaient s'être évaporées de la surface du monde, pour ne laisser derrière elles que des cadavres, une multitude de charognes disséminées sur le sol aussi loin que portait le regard. Des Juthiens dégageaient méthodiquement la plaine, dépouillant les morts qu'ils entassaient sur des bûchers funéraires. Une tâche qui se poursuivit jusqu'au moment où la clarté commença à décroître et que la chaleur accablante se réduisit un peu. Sur la crête des Kunaksa, les Macht se dressaient en alignements farouches, le bouclier aux genoux, le casque à la ceinture, la gorge aussi sèche que du pain grillé. Ils avaient empilé tous leurs morts, même s'ils n'avaient rien pour les réduire en cendres. Toutes les têtes de lance et boucles de ceinturon ramassées sur le champ de bataille avaient été réunies. Près de trois mille cadavres s'entassaient en monticules oblongs. Corbeaux et vautours étaient déjà regroupés sur ces collines de chair en décomposition, indifférents aux cris et aux jets de pierres, pendant que la *soupe* s'épaississait alentour, que le soir tombait et que le sang caillait autour des pierres enchâssées dans le sol.

■■■■

L'enseigne du Grand Roi fut plantée dans la plaine, à un pasang et demi des lignes des Macht, et tout autour une centaine de Kufr érigèrent des tentes en œuvrant sous la chaleur jusqu'au moment où on aurait pu croire qu'un véritable village avait jailli du sol en seulement quelques heures. Quand la clarté du jour décrut, trois cavaliers Kefren remontèrent les lignes des Macht en tenant une branche verte dont ils se servirent pour désigner le campement en contrebas. Phiron cria son assentiment et ils repartirent au galop, le komis rabattu sur leur nez.

« Eh bien, nous avons reçu une invitation, dit-il. Allons-nous y répondre ?

— Nous avons le choix entre accepter et passer à l'offensive », rappela Castus. Son vieux visage balafré semblait s'être ratatiné comme une pomme dans un four, mais ses yeux étaient toujours aussi limpides et menaçants. « Pouvons-nous nous fier à ces misérables ?

– Soit nous leur accordons notre confiance, soit nous les affrontons, résuma Phiron.

– Alors, allons-y avant que la nuit nous empêche de voir où nous mettons les pieds », lança Orsos d'une voix rauque. Ils furent treize à quitter les rangs des phalanges. Ils avaient déposé leurs cuirasses et leurs armes, pour ne garder que leur léger chiton rafraîchi par la sueur qui l'imbibait et un petit glaive passé à leur ceinture. Plusieurs avaient reçu des blessures sommairement pansées. Tous étaient couverts de sang séché et de fragments de chair et d'os, avec les jambes gainées de boue et de crasse jusqu'aux genoux. Ils faisaient bien plus penser à des esclaves convoqués par leurs maîtres qu'à des officiers supérieurs. Un murmure de malaise s'éleva des rangs de leurs troupes, lorsqu'ils entamèrent la descente de la pente accidentée. L'armée kufr avait reculé pour la nuit, allumé des feux et établi des piquets tous les cent pas. La clarté du jour décroissait et les étoiles commençaient à apparaître au-dessus des sombres hauteurs des Magron. Au centre d'une courbe de feux de camp longue d'environ huit pasangs, l'armée des Macht se dressait dans des ténèbres absolues, et les blessés frissonnaient comme la chaleur du jour s'évaporait pour être remplacée par la fraîcheur provenant des montagnes.

Il y avait quelques chevaux entravés à côté de la tente de réunion, mais la plaine paraissait autrement déserte depuis que les Juthiens avaient interrompu pour la nuit la corvée du ramassage des corps. Les treize généraux s'arrêtèrent et attendirent devant l'abri de toile qu'un rabat fût relevé pour laisser la lumière se déverser à l'extérieur. Ils entrèrent en file indienne ; Rictus fermait la marche, la main crispée sur la poignée de son épée dérisoire.

■■■■

« Nos blessés meurent sur la colline faute de disposer d'un peu d'eau, et ce misérable a le front de nous faire préparer un *festin* ? marmonna Teremon d'une voix pleine de fiel.

— Contiens-toi et nos camarades pourront peut-être se désaltérer avant l'aube prochaine, lui répondit Phiron. C'est au Grand Roi que nous avons affaire, et non à un usurpateur ivre de grandeur. Nous devons faire montre d'humilité, mes frères. M'entendez-vous ? Nous sommes en terre étrangère, non en tant que conquérants mais qu'intrus.

— Intrus mon cul ! » gronda Orsos.

La tente sous laquelle ils avaient pénétré était aussi haute qu'un grand arbre, et elle avait reçu un plancher en bois de cèdre. Y étaient suspendues de toutes parts des lampes dans lesquelles se consumaient des huiles parfumées. Sur une table basse installée sur le côté se trouvait un important assortiment de pains, de viandes, de fruits, de confitures et de vins, ainsi qu'une vasque en terre aussi grande qu'un centos pleine d'eau claire. Les Macht la regardèrent avec colère, en humectant leurs lèvres parcheminées, mais aucun ne s'en rapprocha. Tous restaient alignés derrière Phiron.

Ils avaient en face d'eux quelques *hufsan* – des serviteurs royaux portant la livrée du Grand Roi –

et dans les recoins les plus sombres de la tente trois honai imposants, désarmés à l'exception de petits glaives... le seul armement autorisé lors de pourparlers, plus des symboles que des outils permettant de prendre ou de défendre une vie.

« Alors, où est le renégat ? demanda le vieil Argus.

– Et le Roi ? » ajouta Mynon.

Jason restait sur place, la tête inclinée pour tendre l'oreille. Il allait faire un commentaire quand un rabat de la partie opposée de la tente fut soulevé et que Vorus entra. Il portait sa cuirasse noire et tenait son casque dans le creux de son bras.

« D'autres le suivent, siffla Jason en allant pour tirer son épée.

– Détendez-vous, mes frères », déclara Vorus en levant la main.

Mais tous les Macht prenaient leurs armes, à l'exception de Phiron qui s'avança en lui présentant ses paumes.

« Écoutons-le, ordonna-t-il d'une voix forte. Rengainez vos glaives, bon sang ! Pensez aux hommes restés sur la colline, pour l'amour de Phobos ! »

Tous interrompirent leur geste et douze lames rentrèrent l'une après l'autre dans leur fourreau. Vorus hocha la tête et se porta à sa rencontre. « Phiron d'Idrios, tu as admirablement commandé tes hommes qui se sont pour leur part honorablement comportés. Je te salue comme un homme en salue un autre, comme un général salue un égal. » Il présenta sa main libre et, après une brève hésitation, Phiron la prit comme le font les guerriers. La tension perceptible sous la tente décrut rapidement. Pasion, qui se tenait derrière Phiron, secoua la tête et sourit.

Puis Vorus leva son casque et abattit cette masse de bronze sur le visage de son interlocuteur, pour le défoncer.

Phiron tituba et Vorus le frappa encore, la main de sa victime toujours serrée dans son poing aux jointures livides. Pendant que le mercenaire s'effondrait, Vorus lança un ordre en kufr et des rabats jusqu'alors invisibles remontèrent sur tout le pourtour de la tente, dans laquelle s'engouffrèrent des gardes du Grand Roi.

Vorus lâcha Phiron qui chut sur le plancher, la face réduite en bouillie, avant de reculer d'un pas en se coiffant du casque ensanglanté et de fournir d'autres instructions aux honai qui avancèrent.

Pasion dégaina et bondit, pour franchir le corps de Phiron en rugissant et abattre son glaive vers Vorus. La lame glissa sans faire de dégâts sur la cuirasse noire du renégat qui planta son épée entre les côtes de Pasion, jusqu'à la garde.

Rictus n'avait pas vu grand-chose. Il se tenait derrière les autres Macht, avec Jason qui le poussa vers la paroi de la tente lorsqu'il voulut aller prêter main-forte à leurs camarades. « Fends-la ! » lui ordonna Jason avant de se tourner pour faire dévier la lance d'un honai.

La lame de Rictus trancha le cuir et laissa entrer une bouffée d'air frais. Il pivota vers la mêlée inégale qui avait éclaté. Les Macht s'étaient regroupés pour former un dernier carré et se défendre avec leurs courtes épées. Vorus avait disparu. Phiron et Pasion étaient morts, et Teremon subit le même sort, son œil unique ne lui ayant pas permis de voir la lance qui venait l'embrocher du côté opposé. Le grondement taurin d'Orsos satura l'air comme le général à la tête rasée plongeait pour embrocher l'honai sous son corselet et lui ouvrir le ventre. La chute de ce Kufr fit tituber deux de ses congénères, dont les lames des Macht tranchèrent tant la gorge que l'aine. L'air puait le sang, les grands guerriers aux yeux brillants de fureur avaient tout d'automates sortant d'une forge et animés par des mécanismes à ressort pour donner des coups de bouclier et de lance de toutes parts.

Puis Rictus se faufila dans l'ouverture qu'il venait de pratiquer et fut aussitôt étourdi par la noirceur d'une nuit saturée de bruits de pas rapides, d'éclaboussements fangeux, de voix qui s'appelaient en kufr, de hurlements qui s'élevaient de la tente. Après être resté un court instant figé sur place, il se détournait pour regagner l'intérieur de la tente quand Jason en jaillit à son tour en entraînant Mynon à sa suite. « Prends son autre bras, Rictus ! On regagne nos lignes, tout de suite ! Remue-toi ! »

Mynon avait reçu un coup à la tête et il n'était pas plus stable qu'un individu passablement éméché. Ils le portèrent et le traînèrent loin de ce guet-apens, alors que sa respiration sifflait dans ses poumons et que le traumatisme subi les empêchait tous d'avoir des pensées cohérentes. Rictus avait l'impression que son esprit venait d'être enfermé dans une boîte et que son corps réagissait à la situation en devant s'en passer.

« À terre ! » ordonna Jason. Et ils se retrouvèrent dans la boue. Des Kufr munis de torches venaient en courant se regrouper autour de la tente, comme des nuées de lucioles. Bien qu'allongés à moins de trente pas des plus proches, les trois Macht étaient à tel point recouverts de fange que seuls leurs yeux étaient visibles. Des yeux qu'ils s'empressaient de fermer dès qu'un Kufr regardait dans leur direction.

« Est-ce fini ? demanda Jason d'une voix rauque. Je tuerai ce maudit renégat. » Il fit reposer son front sur le sol lourd et humide, et des spasmes l'agitèrent pendant quelques secondes. Lorsqu'il redressa la tête, sa face était dissimulée par un masque de boue symbolisant la haine.

Les paupières de Mynon battirent. Il gémit et Rictus appliqua une main sur sa bouche. L'homme aux sourcils sombres le foudroya du regard, avant de se ressaisir et d'écarter sa paume avec douceur. « Qui est-ce ? Rictus… et Jason ?

— Silence ! » ordonna ce dernier.

Un chariot approchait lentement, accompagné par des cavaliers de la Garde royale, des Kefren bien armés. Il y avait à bord de ce véhicule conduit par un *hufsan* un grand Kufr au visage voilé par un komis à la blancheur immaculée. Des Juthiens s'alignèrent et levèrent leurs torches pour délimiter un passage, une avenue de flammes qu'emprunta une file d'honai, pour certains ensanglantés et claudiquant. Chacun d'eux tenait à la main quelque chose et Vorus fermait la marche, reconnaissable à sa cuirasse noire.

Les honai brandirent leurs trophées. Les Juthiens puis les gardes montés les acclamèrent et firent claquer leurs lances contre leurs boucliers et leurs cuirasses. Dix têtes tranchées, ruisselantes sous la lueur des torches, dont le sang striait les bras de ceux qui les exhibaient fièrement. Les chefs des Dix Mille, aux traits figés par la mort, aux yeux vides et vitreux.

« J'en ai vu plus qu'assez, murmura Jason. Il faut partir sans attendre, tant qu'ils célèbrent leur victoire.

On remonte ! » Les trois hommes rampèrent vers le haut de la pente boueuse et s'enfoncèrent dans les ténèbres. Derrière eux les Kufr acclamaient leur monarque pendant que les têtes des dix généraux étaient piquées sur des lances en guise de trophées.

■■■■

« Est-ce tout ? demanda Ashurnan. Les avons-nous tous éliminés, Vorus ? »

Le visage du général évoquait un masque sculpté dans de la pierre grise. « Je crois qu'un ou deux ont réussi à s'échapper. Mais nous avons eu Phiron, Pasion, les officiers les plus expérimentés. Les Macht n'ont plus de chefs, désormais. Nous les attaquerons à l'aube, un assaut dans les règles. »

Sous la clarté des torches, le Grand Roi s'intéressait aux têtes qui semblaient lui adresser des grognements de reproche du haut des piques sur lesquelles elles avaient été plantées. Bien que dressés pour garder leur calme en toutes circonstances, les chevaux de trait du chariot piaffaient et renâclaient sous le regard de ces yeux morts. « Tu sais ce qu'il convient d'en faire, dit-il sèchement. Je vais regagner le campement. Lance l'offensive à l'aube, Vorus, et extermine-les. S'il reste des survivants quand les lunes se lèveront, je les veux sous le joug.

— Oui, sire. »

Ashurnan l'étudia plus attentivement en abaissant le komis qui couvrait sa bouche. « Ne préfères-tu pas qu'un autre officier s'en charge ? Je pourrais aisément le comprendre. C'est ton peuple, après tout. »

Vorus se redressa, et ses yeux brillaient de colère. « J'ai toujours servi le Grand Roi et exécuté ses ordres, quels qu'ils soient. Je suis au service de l'Empire depuis vingt ans, et je n'ai jamais demandé à être exempté d'une seule mission, je n'ai à aucun moment rechigné à exécuter un ordre et je compte continuer de te servir jusqu'au jour de ma mort. »

Ashurnan sourit. « Je n'en doute pas, mon ami. Tiens-moi informé de l'évolution de la situation. Midarnes, tu placeras les troupes de la Maison royale sous les ordres directs de Vorus et tu lui obéiras comme tu m'obéirais. Va, général, va voir ce qui reste de la caravane de ravitaillement de mon frère et des richesses qu'il a apportées de Tanis. Si tu as besoin de me consulter, tu sais où me trouver. » Il leva une main et le conducteur fit claquer les rênes sur la croupe des chevaux. Le chariot repartit au cœur d'un nuage d'honai montés sur des destriers dont les sabots martelaient un roulement de tambour triomphal. Vorus les suivit longuement du regard, au milieu des gardes juthiens et kefren qui l'entouraient sous le halo des torches.

« Proxis !

– Oui ? » Le vieux Juthien s'avança. Il était un peu éméché mais aussi stable qu'un chêne, et ses yeux jaunes brillaient de vivacité comme s'il avait été à jeun.

« Tu sais ce qu'il convient d'en faire ?

– En effet.

– Alors, charge-t'en. Je vais monter à la rencontre de nos officiers. » Il sortit du cercle de torches pour s'aventurer dans les ténèbres puantes des hauteurs des Kunaksa, là où des hommes attendaient autour des feux de camp d'exécuter une macabre besogne.

Les têtes seraient transportées jusqu'à Kaïk, de l'autre côté de la plaine, où des embaumeurs se chargeraient d'assurer leur conservation. Après quoi, une importante escorte les emporterait sous un rameau feuillu dans les provinces rebelles d'Istar, Jutha et Artaka, afin de fournir la preuve que l'usurpateur était mort et que les Macht soi-disant invincibles avaient été exterminés. Un chariot spécial était déjà en cours de fabrication, pour permettre de les exposer à tous les regards pendant ces déplacements. C'était barbare mais indispensable. Vorus en comprenait l'utilité, et il approuvait ces mesures même si elles lui retournaient l'estomac.

Les soldats étaient nerveux, autour des feux de camp. Les yeux des honai assis sur leurs boucliers reflétaient la clarté des flammes comme des bulbes polis de lampes en cuivre. Des rangs des *hufsa* s'élevaient les chants funèbres que les montagnards interprétaient à la mémoire des défunts, pour célébrer et se remémorer leurs semblables qui avaient péri ce jour-là. Les Juthiens restaient accroupis en cercle avec leurs hallebardes sur les genoux, pour échanger des propos dans leur langue gutturale. Plus loin, sur les terrains moins accidentés du sud, la cavalerie avait pris ses quartiers. Ces combattants avaient participé aux affrontements les plus violents et ils pansaient à présent leurs bêtes. Parmi les Arakosiens qui menaient leurs montures boire sur la berge du fleuve, par groupes d'un millier, bon nombre ne regagneraient pas leur poste. Vorus les suspectait de déserter massivement, car l'assaut lancé contre le flanc de l'armée des Macht les avait brisés et des centaines d'entre eux avaient perdu leur cheval. Ils s'étaient trouvés au cœur de ce carnage, ce qui paraissait les obséder. Les autres troupes toujours présentes sur les collines n'avaient pas encore affronté les mercenaires et les Arakosiens racontaient de sombres histoires de massacres aux visiteurs venus des autres secteurs du camp pour s'informer sur la façon dont se battaient ces étrangers. Tous avaient vu l'aile gauche se décomposer sous leur assaut, et entendu leur péan dans toute sa sinistre splendeur… des éléments de la bataille qui alimentaient déjà une sorte de légende.

Nous en écrirons l'épilogue au lever du jour, se promit Vorus.

▪▪▪▪

« Ils attaqueront à l'aube », déclara Jason. La boue séchait et se craquelait en se détachant de son visage, mais il enfila le Divin Fléau sans s'y intéresser, les yeux rivés sur les feux des Kufr qui dessinaient des courbes agitées sur les collines.

« Mynon, il nous faut de nouveaux commandants de mora. Trouve le doyen des centurions de chacune d'elles et amène-le-moi. Buridan fera l'affaire, pour la mienne. Je sais que Mochran et Phinero conviendront, eux aussi. Fais-les venir le plus vite possible, nous n'avons pas un instant à perdre. »

Mynon parut vouloir faire un commentaire, et son froncement de sourcils engloutit presque ses yeux au regard perçant, mais il finit par hocher la tête et s'éloigner à petites foulées.

« Prends-en également une, Rictus », dit Jason en lui désignant l'alignement de cuirasses noires posées sur le sol.

L'Iscan resta à contempler ces précieuses reliques que nul ne pouvait plus revendiquer.

« Ils auraient dû les mettre, commenta-t-il.

– S'ils l'avaient fait, les Kufr s'en seraient emparés. C'était une décision pleine de bon sens. Sers-toi, pour l'amour d'Antimone... et pour l'amour de ceux qui les ont portées. Elles ne risquent pas de te mordre. »

Tout autour, les Macht s'étaient rapprochés pour voir et écouter. Les mauvaises nouvelles se disséminaient rapidement, au sein d'une armée. Elles se propageaient sur les plus véloces des ailes. Antimone y veillait, c'était un élément de sa malédiction. L'information s'était répandue dans les centons comme un feu de broussailles. Leurs chefs étaient morts, certains des hommes les plus expérimentés et aimés de toute cette armée. Il n'en avait résulté aucun mouvement de panique, mais les rangs s'étaient malgré tout disloqués. L'armée se réduisait à ses éléments constitutifs, les centons qui se reformaient, les hommes qui s'entretenaient par petits groupes. Ils n'avaient même plus de *centoi* communs autour desquels se retrouver, ni de bois pour allumer des feux au-dessous. Ils se dressaient dans les ténèbres, autant d'entités distinctes qui ne se sentaient plus liées à une autorité suprême. Les troupes étaient au bord de la désintégration, et Jason en avait conscience.

« Prends-en une, Rictus », répéta-t-il avec plus de douceur. Le grand tête en paille affublé d'un masque de sang continuait de regarder les Divins Fléaux des généraux défunts comme s'il avait devant lui les épouses dénudées de ses meilleurs amis.

« Je n'ai aucun droit sur elles », déclara-t-il. Les stries blanchâtres que les larmes avaient dessinées sur son visage évoquaient sous la clarté des deux lunes la peinture de guerre d'un sauvage.

« Tu y as droit. Je compte les utiliser comme attribut des nouveaux commandants de nos morai. Elles les investiront d'autorité aux yeux des troupes. Alors, choisis-en une et *mets-la, bon sang* ! » La voix de Jason s'était brisée. Autour d'eux, les membres de son ancien centon échangeaient des murmures.

Gasca décida d'intervenir : « Prends-la, Rictus. Tu vaux n'importe lequel de ceux qui les ont mises avant toi. » Des paroles saluées par un grondement approbateur des têtes de chien qui l'entouraient.

Siffleur leva une lance. « Prends-la, mon garçon. Tu l'as amplement méritée, en réussissant à revenir sain et sauf du camp de ces fourbes assassins. »

Et Rictus finit par se pencher et saisir les épaulières de la cuirasse la plus proche. Il ne savait pas à qui elle avait appartenu, car tous les Présents d'Antimone étaient identiques et ne pouvaient être ni modifiés ni personnalisés. Quel qu'en soit le matériau, il résistait aux coups, aux ans et aux outils des hommes. Toutes étaient inviolables et anonymes.

Et extrêmement légères… à tel point que Rictus en resta interdit. Il se redressa plus rapidement qu'il n'en avait eu l'intention, lorsqu'il en souleva une. À peine plus pesante qu'un manteau, elle était constituée de deux plaques moulées que d'étranges petits fermoirs noirs assujettissaient sous le bras gauche et d'épaulières qui se rabattaient pour s'emboîter dans des fermoirs identiques sur le plastron. Rictus voulut tirer sur le col de l'armure qui meurtrissait son cou, et Jason écarta sa main.

« Il suffit d'attendre un moment. »

La cuirasse paraissait s'alléger au fur et à mesure qu'elle absorbait sa chaleur corporelle. Rictus leva les yeux, sidéré, et Jason ne put s'empêcher de sourire. « Elle s'adapte à la conformation de celui qui la porte. Ses éléments se déplacent, s'amollissent puis se solidifient de nouveau. Accorde-lui un peu de temps et tu la remarqueras à peine. »

Me voici devenu un porte-fléau, songea l'Iscan. Il est possible que je ne le reste que quelques heures, mais je mourrai en ayant sur moi un des Présents d'Antimone et en me battant contre un ennemi bien supérieur en nombre, en compagnie de guerriers valeureux. Père, tu n'aurais pas pu imaginer plus beau destin pour moi.

« N'oublie pas ta tête, ajouta Jason en désignant l'alignement de casques à cimier transversal que les généraux avaient également laissés derrière eux. Nous devons avoir le physique de l'emploi, si nous voulons mener tout ceci à bon terme. »

Les centurions que Jason et Mynon avaient nommés nouveaux généraux de l'armée des Macht arrivaient les uns après les autres, paraissant sidérés par cette promotion. À leur arrivée, Jason leur désignait une cuirasse noire qu'ils hésitaient à enfiler comme l'avait fait Rictus.

« Reformez les rangs, leur dit ensuite Jason. Nous attaquerons immédiatement, sous le couvert des ténèbres. Nous traverserons les lignes ennemies et irons jusqu'au fleuve.

– Douze pasangs nous en séparent, rappela posément Mynon.

— Nous prendrons les ponts sur le Bakaï et les tiendrons, avant d'établir notre base à Kaïk. Là, nous reconstituerons nos réserves. Une dernière chose, nous récupérerons tous nos biens au passage. Je ne veux pas leur laisser un seul de nos chaudrons.

— Leur cavalerie nous réduira en bouillie, une fois dans la plaine, marmonna dans sa barbe Buridan.

— Même les gardes du Grand Roi ont mené un grand nombre de combats, aujourd'hui, et nul n'envoie des cavaliers se battre dans l'obscurité. Le jour se lèvera dans trois ou quatre heures et nous devons mettre ce laps de temps à profit.

— Et les blessés ? » demanda un des nouveaux généraux. Il s'agissait de Phinero, dont le frère Pomero avait péri sous la tente du Grand Roi moins de deux heures plus tôt.

« Cinq morai en avant, une sur chaque flanc et quatre pour fermer la marche. Les blessés seront au milieu. Ceux qui ne peuvent pas marcher devront trouver quelqu'un disposé à les porter ou les achever. »

Un silence. Nul ne protesta. Ils étaient tous tenaillés par la soif et morts de fatigue, et aucun d'entre eux n'espérait vivre bien plus longtemps.

« Voilà de quelle façon nous allons nous déplacer », poursuivit Jason.

XVII

Le deuxième jour

Au plus profond de la nuit, les Kefren épuisés des piquets postés sur les collines des Kunaksa levaient les yeux sur le ciel étoilé. Des nuages apparus à l'est, au-dessus des montagnes, avaient dérivé vers eux pour se regrouper à l'aplomb de leurs têtes et dissimuler la voûte céleste. L'une après l'autre, les lunes disparurent : tout d'abord la sphère rosée d'Haukos porteuse d'espoir et de compassion, puis celle livide et goguenarde de Phobos qui alimentait les peurs des hommes. La nuit les enveloppa et la pluie se mit à tomber, une bruine régulière qui n'éteignit pas les feux de camp mais incita les dizaines de milliers d'hommes allongés dans la boue à s'en rapprocher. Les averses printanières arrivaient plus tôt que de coutume, cette année. C'était un présent de Bel le Régénérateur. Mot, dieu de la mort et des terres arides de l'été, avait pour une nuit cédé la place à son rival, et de grosses gouttes froides venaient tremper le sol déjà boueux de cette plaine dévastée par la guerre.

Une pluie qui, en crépitant dans sa bouche ouverte et en tambourinant un rythme glacial sur sa peau, ranima Tiryn. Ayant oublié où elle se trouvait, elle voulut essuyer ses yeux avant de se remémorer ce qui s'était passé et de s'éveiller pour de bon, en cillant.

Les taches de clarté aux contours indistincts des torches, les ombres qui se déplaçaient devant elle, tout cela allait et venait comme dans ses cauchemars. Elle eut des frissons convulsifs sous les baisers intimes de cette pluie glacée, et ciller lui permit de recouvrer une vision plus nette. Le moyeu de la roue du chariot avait creusé une ecchymose au bas de ses reins, et elle avait cessé de percevoir ses mains livides attachées à la jante. Elle était nue et elle n'aurait pu dire combien de fois ils l'avaient violée, ce qui n'avait d'ailleurs plus aucune importance.

Le camp était en effervescence, non en raison de la relève nocturne des sentinelles mais d'une recrudescence d'activité chaotique, ponctuée de bousculades et de cris. Il s'était produit du nouveau, d'autres chapitres avaient été ajoutés à ce récit cruel. Tiryn referma les paupières, devenue un simple morceau de viande attaché à une roue de chariot depuis que son esprit s'était coupé du monde, replié sur lui-même, incapable d'oublier les abominations dont il avait été témoin.

Ils se trouvaient à cinq pasangs du front, et les miroitements des ondes de chaleur de la veille ne leur avaient même pas permis d'assister au spectacle. N'étant accompagnée que par sa servante, Tiryn s'était éloignée de la palissade fragile pour mieux voir les masses obscures des armées se déplacer à la surface du monde. Elle avait entendu, léger dans cet air stagnant, le grondement terrifiant de leur rencontre. Les Macht remportaient la victoire, disait-on, et elle avait effectivement vu l'armée d'Arkamenes gravir la colline. Elle avait cru que tout était terminé, que les épreuves appartenaient au passé. Voici mon Prince devenu Roi, s'était-elle dit.

Avec une autosatisfaction dont la liquéfaction avait été presque instantanée. Il y avait eu en premier lieu les traînards, les lâches, les démoralisés et les blessés encore capables de se déplacer. Puis était venu le gros de l'infanterie, la Légion juthienne, les Kefren de la ligne de front. Ils avaient traversé le campement en accordant à peine un regard à ceux qui s'y trouvaient, bien trop terrifiés pour s'intéresser aux coffres pleins d'or. Car ils avaient l'ennemi à leurs trousses, comme s'ils étaient des moutons affolés poursuivis par une meute de vorins.

Puis la cavalerie asurienne avait pénétré dans le campement, de nobles Kefren juchés sur de magnifiques destriers, des statues d'or, de métal et de lapis-lazuli aux yeux brillants et aux épées ensanglantées. Les Juthiens chargés de l'intendance avaient tenté de les arrêter en utilisant des fouets, des bâtons, des louches et tout autre objet qu'ils avaient sous la main. Lorsqu'ils ne trouvaient rien, ils sautaient sur les cavaliers et s'agrippaient à eux pour utiliser leur denture. Ils s'étaient battus jusqu'au bout et, bien que terrorisée, Tiryn n'avait pu s'empêcher d'admirer leur courage.

Elle savait que son garde du corps, Hurth, ne l'avait jamais tenue en haute estime. Il appartenait à une caste bien plus élevée que la sienne et jugeait humiliant de devoir veiller sur une catin *hufsa*. Il avait néanmoins essayé de la conduire hors du campement, et quand l'ennemi les avait repérés, il avait sacrifié sa vie pour lui accorder le temps de prendre la fuite. Une abnégation qui l'avait profondément bouleversée. Elle et sa dernière esclave avaient plongé sur le sol, trop effrayées pour tenter quoi que ce soit. Elles étaient comme des lapines, paralysées par l'imminence de leur trépas et incapables de changer quoi que ce soit à leur triste destin.

C'était la fin, les Asuriens étaient victorieux et la mise à sac du campement avait débuté.

Que les troupes ennemies triomphantes s'emparent du contenu des tentes et des chariots de l'armée, principalement les coffres où se trouvait l'or de Tanis, démontrait qu'Arkamenes avait péri. Après quoi la soldatesque s'intéressa à des choses ayant moins de valeur, comme celle découverte sous la tente du prince, le poing serré sur un couteau montagnard à la lame incurvée. Tiryn l'avait utilisé pour infliger une unique blessure, qui lui avait valu de recevoir une bonne correction. Ils l'avaient tout d'abord laissée de côté, préférant s'adonner au pillage et s'approprier les nobles concubines du harem. Mais, une fois ces femmes revendiquées, ils étaient revenus s'occuper d'elle. Ils avaient égorgé la servante juthienne qui s'était interposée pour la protéger avant d'entamer leurs festivités vespérales.

Ceux de sa propre caste se seraient peut-être montrés moins brutaux, mais rien n'était moins sûr. Toujours est-il que Tiryn avait terminé cette nuit sans fin attachée à la roue de ce chariot, mise à la disposition de quiconque passait par là et ne se laissait pas rebuter par le sang, la crasse, les ecchymoses et le sperme de ceux qui les avaient précédés.

Arkamenes est mort, pensait-elle. *Pourquoi tout ne s'achève-t-il pas ?* Et elle implorait Mot, le dieu des ténèbres, de lui accorder le soulagement qu'apporte le trépas.

■■■■

À cent pas de là, sous ce qui avait été la tente de son frère, le Grand Roi fut tiré de son sommeil par le vieux Xarnes. Sans cérémonies. Les honai allumaient les lampes sans solliciter son autorisation et Xarnes s'était même permis de secouer son épaule. Il s'assit aussitôt, portant sa tenue de jour et les mules de soie de son frère.

« Que se passe-t-il ? » Que la peur suscitée par les événements eût balayé celle qu'il leur inspirait était révélatrice de la gravité de la situation.

« Les Macht ont contre-attaqué, sire… D'un bout à l'autre des collines. »

Ashurnan cilla. Un honai lui présenta un gobelet de vin, qu'il refusa d'un geste et d'une grimace. « Combien de temps ai-je dormi ?

– Trois tours de sablier, sire.

– Des nouvelles de Vorus ?

– Rien pour l'instant.

– Alors, comment peux-tu être certain de ce que tu avances ? »

Xarnes hésita. Il paraissait épuisé, sous la clarté de plus en plus intense des lampes, un vieillard éloigné de son lit. « Certains de nos détachements postés dans les Kunaksa se sont repliés jusqu'ici. »

Ce fut comme si de l'eau glacée avait été versée le long de sa colonne vertébrale. Ashurnan roula hors de sa couche et se redressa avec la rapidité mercurielle d'un danseur. « Tous les gardes à leur poste. Envoyez des messagers à Vorus. Où est Proxis ?

— À l'intérieur du campement, sire, mais nous ne l'avons pas encore localisé. Il a supervisé le transport des coffres de l'autre côté du fleuve jusqu'au milieu de la nuit.

— Trouve-le, Xarnes.

— Oui, sire. » Le vieux chambellan s'inclina et se retira.

Les honai l'observaient. *Nous avons remporté une grande victoire*, se dit-il. *Nous nous sommes couverts de gloire et avons tenu leurs vies entre nos mains ! Que m'infligent à présent ces pourceaux, par les profondeurs insondables des enfers ? Ne peuvent-ils pas admettre qu'ils sont déjà morts ?*

Ils mouraient effectivement. Ils périssaient par centaines, mais les autres restaient debout et avançaient en piétinant leurs camarades. Dans les ténèbres ruisselantes de pluie de cette nuit sans étoiles, ils chantaient le péan de leur peuple, et que l'hymne guerrier des Macht soit aussi leur hymne funèbre n'avait encore jamais paru aussi approprié.

Ils progressaient sur un front d'environ sept cents pas, une masse compacte de centons et de morai imbriqués. La ligne de bataille était irrégulière : les hommes trébuchaient ou contournaient des obstacles à peine entrevus dans le noir jusqu'au moment où un rocher éraflait leur tibia. Mais la ligne se reformait sitôt après, car le fracas du bronze dans les ténèbres était suffisant pour ramener dans le droit chemin ceux qui s'égaraient. La boue tentait d'aspirer leurs sandales, et la pluie - cette bénédiction du ciel - ruisselait sur leur corps, incitant chacun d'eux à redresser la tête et ouvrir en grand la bouche pour laisser ce fluide vital se répandre sur leur langue. Antimone avait agité son Voile, disaient les hommes. Elle pleurait à leur aplomb et leur offrait ses larmes pour étancher leur soif dans la pénombre de ces monts étrangers. La pluie leur apportait des forces, du courage. Rien n'aurait pu les convaincre qu'ils survivraient à tout ceci, mais au moins pouvaient-ils désormais espérer qu'ils mourraient dignement.

Les piquets des Kufr avaient été immédiatement balayés, et les Macht s'enfonçaient au cœur des troupes royales désorganisées, surprenant des centaines, des milliers d'hommes avant que leurs formations ne se reconstituent. Les hoplites donnaient des coups de lance vers des adversaires à peine visibles qui fuyaient de toutes parts, sans interrompre leur progression. Subir des pertes importait moins que continuer d'avancer, poursuivre ce déplacement impitoyable de chair et de bronze qui s'enflait dans la nuit comme le péan qui l'accompagnait au rythme des pas cadencés de l'infanterie. C'était une armée à laquelle les Kufr avaient permis d'entrer dans la légende. Les morai repoussaient devant elles les forces du Grand Roi. Sur des pasangs, vers le haut et le bas des collines, se répandait une onde de panique. Ceci - un assaut à cette échelle - était inconcevable par une nuit sans lune. C'était inimaginable, et les Kufr attribuaient par conséquent des pouvoirs surnaturels à ces hoplites presque invisibles ainsi qu'au chant qui accompagnait leur progression inexorable.

Seuls les honai de la Garde personnelle du Grand Roi gardaient la tête froide. Dix mille fantassins magnifiquement équipés faisaient la démonstration d'une discipline qui laissait pantois les autres soldats, l'équivalent d'un rocher autour duquel les vagues de leurs camarades moins aguerris venaient tourbillonner et se briser. Midarnes, leur général, se dressait à l'arrière de la formation, aussi inébranlable qu'un monolithe de granite, quand Vorus alla le retrouver pour lui dire : « Retiens-les. Nous devons les arrêter ici. L'aube ne tardera guère et au lever du soleil la situation prendra un tour nouveau. »

Midarnes était un noble de la vieille école, et il appartenait à la caste la plus élevée de cet Empire, son roi excepté. Les reflets de ses yeux étaient pâles, alors qu'ils surplombaient Vorus. Il étudiait le renégat sans la moindre rancœur, peut-être même avec un soupçon de respect. « Tes semblables sont dignes des exploits qu'on leur prête, déclara-t-il avant de se redresser. Tu ferais bien de prendre des mesures sur les flancs de notre armée. Je me charge de les contenir, ici au centre. »

Dans les chants et les récits épiques, la rencontre de deux armées s'accompagne d'un grand fracas. C'est parfois le cas, mais dans l'obscurité de cette nuit balayée par la pluie sur les collines des Kunaksa, ce fut sans bruits assourdissants que les lignes des Macht et des honai du Grand Roi s'imbriquèrent pour former une haie hérissée de fers de lance et illuminée par les étincelles des feux de camp que soulevaient les pieds des combattants, un cataclysme qui se propageait lentement… aveugle, brutal et bien plus sanglant que dans n'importe quelle légende.

Rictus était en première ligne. Le contact des deux armées s'accompagna d'une brève vision d'or pâle, puis il perçut l'impact du bouclier d'une créature massive contre le sien. Il sentit son adversaire lui souffler son haleine au visage, comme ils se retrouvaient cloués là, cuirasse contre cuirasse, par la pression des guerriers qu'ils avaient derrière eux. Ils utilisèrent tous deux leur lance, sans réussir à s'atteindre. Ils étaient pris en tenaille dans un étau de chair et de sang qui les comprimait, cuisse contre cuisse, sur ce sol boueux, un contact étrangement intime. Son opposant étant plus grand que lui d'un bon pied, Rictus lui donna un coup de tête. Son casque heurta une trachée et la pression se réduisit. Sitôt après, il fut poussé en avant par ceux qui le suivaient. Le Kufr s'affaissa. Il y eut une odeur de sang et des crissements de bronze. L'être glissa et se retrouva au niveau de sa taille, de ses genoux, puis sous lui. Il abattit son pied nu, qui fut ébranlé par le contact brutal avec le métal, mais ce que fit craquer le deuxième coup de talon était incontestablement organique. Une fois de plus propulsé en avant, il sut que les sauroters de ceux qu'il précédait achevaient ce qu'il avait débuté. Un nouveau visage, une autre silhouette démesurée mais possédant les mêmes yeux. Il dut combattre sa panique jusqu'au moment où il remarqua que les aichmes de ses compagnons prélevaient leur tribut. Le regard de son adversaire se voila, juste avant qu'il ne tombe dans une couche de boue lui arrivant aux chevilles pour y être à son tour piétiné et embroché. L'esprit avait été relégué au second plan, la progression se poursuivait inexorablement. Ceux des derniers rangs chantaient toujours, un défi rauque issu de gorges desséchées. Rictus abattit son bouclier devant lui, désormais conscient de l'invulnérabilité de sa cuirasse pourtant si légère, de l'équilibre inhabituel de son casque au cimier transversal. *Je mène ces hommes au combat*, se dit-il posément. *Ils me regardent… ils sont fascinés par cette cuirasse noire, ce cimier…*

Je dois les convaincre que je suis bien meilleur que je ne le suis.

Et il mit toutes les forces de son corps dégingandé à contribution pour repousser les lignes adverses, ses pieds s'enfonçant profondément dans la fange, ses orteils enfouis dans ce limon étranger. Il s'ouvrait un passage dans les rangs des honai sans faire montre d'habileté ni de courage, uniquement animé par la détermination farouche de mener à bien ce qu'il avait entrepris, alors que devant lui les honai battaient en retraite et abaissaient leurs boucliers en perdant l'équilibre… ce qui ouvrait une trouée dans laquelle les aichmes des Macht s'engouffraient pour se planter dans des masses sombres et claires, argentées et rouge sang, ce qui avait pour effet d'élargir plus encore cette brèche.

■■■■

Vorus sentit l'équilibre des forces se modifier dans les ténèbres, même à l'épicentre de ce grand maelström de violence. Les lignes des lanciers kefren se trouvant devant eux frémirent tel un cheval qui s'ébroue pour chasser une mouche. Puis fut entamé un mouvement de recul lent et insoutenable. C'était une impossibilité, que les grands Kefren du corps des honai puissent être physiquement repoussés par des Macht, mais c'était pourtant ce qui se produisait. Ils ne se repliaient pas, ils se faisaient massacrer plus rapidement qu'ils ne pouvaient combler les vides et il en résultait une inexorable progression de l'ennemi.

Ils vont céder ! comprit Vorus. Ce n'était pas intellectuellement inadmissible, mais le choc était grand. Après tant d'années vécues dans l'Empire, il avait cru les honai du Grand Roi invincibles. Il avait oublié trop de choses sur ses semblables.

La ligne de front éclata. Ce n'était pas la déroute que leurs adversaires avaient subie la veille mais une retraite maussade, pesante d'amertume. On aurait pu comparer cela à un vol d'étourneaux, un instant noir et dense au point d'obscurcir le ciel et transformé l'instant suivant en un nuage fuyant de points dispersés d'une tout autre nature. Les honai ne fuyaient pas mais reculaient lentement, ce qui avait pour effet de semer un impensable chaos. Ce n'était plus une armée mais une foule composée d'éléments indépendants.

Vorus s'étira pour agripper le bras de Midarnes. « Donne l'ordre de battre en retraite. Les honai doivent se replier et reformer leurs rangs. »

Midarnes baissa les yeux sur lui et sourit. « Jamais ! déclara-t-il avant de crier d'une voix sonore : À moi ! Ralliez-vous à moi ! »

Il leva sa lance et l'abattit sur le cuivre de son bouclier. Les honai présents autour de lui entreprirent de se regrouper, telle une cohue désordonnée. Les hoplites les repoussaient toujours et ils s'étaient disposés en coins qui pénétraient à l'intérieur de leurs lignes en enjambant les morts, le tout dans des ténèbres uniquement rompues par le halo infernal de quelques feux de camp à l'abandon, et sous les traits argentés de la pluie qui descendait en sifflant à la rencontre des étincelles, comme si les éléments de l'eau et du feu s'étaient eux aussi déclaré la guerre.

■■■■

Jason émergea de la première rangée. Une brèche s'ouvrait devant ses hommes, un espace dégagé. Il leva horizontalement sa lance au-dessus de sa tête et cria, au point qu'il crut que les veines de sa gorge allaient éclater. « Attendez ! Restez-la ! » Il suivit la première ligne à petites foulées. Les Kefren reculaient rapidement, pour l'instant en déroute, et les Macht se dressaient sur les monticules constitués par leurs morts.

Un cimier transversal. Il referma la main sur l'épaule de cet homme. Qui était-ce ? Sans importance. « Il faut aller à gauche… transmets cet ordre. Tous les morai doivent prendre cette direction en commençant par Mynon à l'extrême droite. Fais passer ! »

Les minutes s'écoulaient. Il regarda le ciel pour ne voir que des ténèbres privées de caractéristiques, sentir la pluie dans ses yeux et la lécher sur ses lèvres. Il se retrouvait au-delà du stade de l'épuisement et avait la bouche et la gorge desséchées. Il devait rester droit, continuer de se déplacer. Il savait que s'il s'autorisait à s'arrêter, ou simplement à baisser son bouclier, il serait incapable de repartir.

Puis le mouvement débuta finalement et le péan reprit loin sur la droite, un millier de voix faussées par la souffrance. Grâce à la déesse la ligne était relativement courte, de cinq morai de long, six cents pas, avec derrière elle les blessés survivants et l'arrière-garde. Les Macht formaient un grand carré de soldats dépenaillés, incomplet mais compact. *La cohésion*, pensa Jason. *Voilà ce qui importe le plus.*

Mynon l'assurera sur la droite. Mais nous sommes bien trop lents, par Phobos !

Les Macht viraient vers l'ouest en pivotant autour de la mora de Buridan. Le mouvement était saccadé, hésitant, exécuté dans l'obscurité par des hommes à bout de forces, mais tous restaient épaule contre épaule, un contact humain qui permettait aux formations de se resserrer et de recouvrer une certaine unité. Les hoplites du premier rang avaient la tâche la plus difficile. Jason les discernait sous la clarté papillotante de quelques feux qui se consumaient encore. Ils évoquaient des fantômes, des morts condamnés à errer dans l'enfer des âmes perdues. Les Macht n'avaient aucun dieu de la guerre, mais ils savaient qu'Antimone veillait sur eux. S'ils glorifiaient le combat, ils étaient parfaitement conscients de son prix. Les hommes n'avaient nul besoin de l'assistance des dieux pour donner la mort, car tuer était dans leur nature, mais l'aide des divinités était indispensable pour affronter ce qui en découlait. Ils devaient solliciter la pitié et la compassion de la Déesse Voilée, qui leur avait en l'occurrence accordé son attention. Jason en était convaincu. Il n'avait qu'à fermer les yeux pour entendre battre ses ailes noires.

Plus loin, sur la droite, les morai des Macht rattrapaient les honai qui tentaient de se réorganiser autour de Midarnes. Il y eut d'âpres affrontements et les premiers rangs de la mora de Mochran cédèrent, mais les centons de gauche et de droite prirent l'ennemi en étau. La formation fut ainsi scindée et un petit groupe d'hommes continua de se battre autour du porte-enseigne pendant que les autres atteignaient les limites de ce qu'ils pouvaient endurer et préféraient jeter leurs boucliers pour dévaler la colline et affronter seuls leur destin. Midarnes disparut sous un enchevêtrement de corps alors que sur la crête des Kunaksa les Macht reconstituaient une fois de plus leurs rangs pour reprendre leur progression. Plus aucun ne chantait encore. La langue enflée à l'intérieur de leur bouche, ils n'étaient plus que des masses de muscles et d'os à peine capables d'envisager la fin de la nuit ou la possibilité de s'accorder du repos.

Mais il y avait un élément nouveau, au sujet du but qu'ils s'étaient fixé. Pour la première fois depuis le début de ces affrontements, ils descendaient la colline et se dirigeaient vers le fleuve. En prendre conscience leur insuffla de l'énergie. Ils avançaient derrière leurs centurions après s'être rendus maîtres de la ligne de crête, et ils baissaient désormais les yeux sur la plaine piquetée de feux que traversait le Bakaï, dont seuls dix pasangs les séparaient encore. Ils concentraient leurs pensées sur cela, la possibilité de boire, d'atteindre l'équivalent d'un sanctuaire... et interrompre leur progression à ce stade eût été inconcevable.

Plusieurs milliers de Kefren et de Juthiens fuyaient dans la plaine, mais la plupart se dirigeaient vers l'est, les Monts Magron et les camps de l'intendance situés à des pasangs derrière les collines des Kunaksa. C'était également la direction suivie par Vorus qui essayait vainement de rejoindre les unités kefren des deuxièmes lignes. C'était irréalisable, dans le noir. Ils fuiraient jusqu'au moment où ils estimeraient que la poursuite avait pris fin, jusqu'à ce que la vision de leurs propres tentes les incite à s'arrêter. L'armée des Macht avait mis en déroute le gros des troupes du Grand Roi et pratiquement annihilé sa Garde personnelle, l'élite de l'élite. Il lui faudrait attendre que la panique décroisse, avant d'essayer de redresser la situation. Pendant que Vorus piquait des deux afin que son cheval épuisé reste tant bien que mal au petit galop, il ramena un rabat de son manteau sur sa tête comme s'il s'agissait d'un komis écarlate. Au cœur de cette immense foule de Kufr armés et affolés, laisser voir son faciès de Macht n'aurait rien arrangé.

Mais où se trouvait Ashurnan ? Une question qui lui donnait des sueurs froides. Le Grand Roi avait décidé de prendre quelques heures de repos dans le camp de ravitaillement ennemi qui venait de tomber entre leurs mains. Un bivouac situé sur le chemin emprunté par les Macht. Vorus serra la bride à sa monture. C'était inutile, nul n'aurait pu arriver vivant à destination.

Il fit une volte-face pour regagner son point de départ. Il fallait que quelqu'un traverse les lignes ennemies, et qui aurait plus de chances d'y parvenir qu'un Macht ?

■■■■

Derrière lui, le ciel s'éclaircissait et s'épanouissait dans des tonalités de rose et de sang. À l'est, les Monts Magron évoquaient des titans noirs dressés au bord du monde. Le vent d'ouest qui se leva entreprit de repousser le lourd nuage de la nuit. Sous la clarté de plus en plus vive du jour, les Macht descendaient d'un pas titubant des hauteurs boueuses et ensanglantées des Kunaksa et commençaient à patauger avec lassitude dans les basses-terres humides. Les retardataires de l'armée kefren s'égaillaient devant ces hommes comme des cailles surprises par un renard, ne constituant plus un ensemble soudé mais des individus bien mal en point. Certains se précipitaient vers les ponts du Bakaï, d'autres se disséminaient vers le nord et le sud le long du fleuve. Ils fuyaient les tentes du camp des Macht comme des cafards réfugiés sous une pierre brusquement retournée, abandonnant butin, femmes et armement. Vus de loin, les Macht paraissaient aussi disciplinés et indomptables que lors de leur ascension victorieuse de la veille. Cette armée redescendait des hauteurs en silence, aucun de ses membres n'étant encore capable d'entonner le péan. Il était à cette distance impossible de remarquer que les hoplites titubaient de lassitude, que les hampes de leurs lances étaient brisées, qu'au milieu des morai se traînaient une multitude de blessés aux cris étouffés par des chiffons fourrés dans leur bouche. Ils avaient été treize mille cinq cents à gravir la colline, le matin précédent, et seuls dix mille en redescendaient. Dont bon nombre qui n'assisteraient pas au lever du jour suivant.

■■■■

Assis sur sa monture épuisée au sud du campement, Ashurnan les regardait approcher. Il était entouré par un assortiment disparate d'assistants, de gardes du corps et d'officiers, des cavaliers démoralisés par la vision de cette phalange et la disparition de leur puissante armée. La scène ne leur paraissait pas réelle. Le jour naissant lui apportait un éclairage de cauchemar dont ils devaient impérativement s'éveiller.

Ashurnan se pencha sur son cheval pour refermer la main sur le bras du vieux Xarnes, sur le point de tomber de selle.

« Il ne faut pas, sire…

— Devrais-je te laisser choir ? Permets-moi d'en douter. » Ashurnan sourit à son chambellan, mais son visage était aussi inexpressif que celui d'un poisson dans un bocal. Il regarda ses pieds, les mules de son frère maculées de boue, avant de reporter son intérêt sur l'armée en approche et de secouer la tête avec stupéfaction.

« Par tous les dieux du ciel, ces êtres sont extraordinaires !

— Mon Roi, dit un des gardes. Nous devrions…

— Je sais, Merach. Je les vois, moi aussi. Regardeles marcher ! Nos légendes sont fondées, n'est-ce pas ? » Son expression se durcit. « Quelqu'un vient nous rejoindre. Une autre âme égarée. »

C'était Vorus, sur un cheval ahanant et brisé. Il baissa le manteau de devant son visage et leva la main. « Sire…

— Midarnes aurait-il péri ? »

Vorus se contenta de le confirmer de la tête.

« Je savais qu'il ne fuirait pas, pas lui. Il était également un fidèle ami de mon père. »

Le Grand Roi détourna le regard, remonta son komis et retint un sanglot. Tous restaient assis là sur leurs montures, intimidés, effrayés et conscients de la situation, pendant qu'il contenait son chagrin, les jointures livides de ses mains crispées sur les rênes, et que devant eux les Macht poursuivaient leur irrésistible progression, à seulement un pasang de distance.

Il se ressaisit. Des larmes rendaient ses joues presque aussi brillantes que ses yeux violines.

« Général Vorus, je me réjouis de constater que tu es toujours de ce monde. Aurais-tu une suggestion à me faire ? »

Le cheval épuisé de Vorus donnait des signes d'agitation, car il avait perçu des vibrations dans le sol, les piétinements de l'armée en approche.

« Aller nous réfugier loin d'ici me paraît le plus sage. Nous gagnerons ainsi du temps et nous pourrons terminer plus tard ce que nous avons débuté en ce lieu.

— Ton frère n'est plus, mon Roi, surenchérit le vieux Xarnes. Ce qui menaçait l'Empire a disparu. Les Macht posent un problème que nous réglerons par la suite, comme vient de le faire si justement remarquer le général Vorus. L'important, c'est qu'il ne t'arrive rien. Ta place n'est plus ici. »

Ashurnan grimaça et s'intéressa aux hoplites. Ils étaient désormais suffisamment proches pour qu'il pût constater que la fatigue les faisait tituber, qu'ils étaient couverts de sang, qu'ils avaient des lances brisées et des boucliers défoncés. Ils n'avaient rien de héros légendaires, il s'agissait d'hommes à bout de forces. Ils n'étaient pas invincibles.

« Partons, décida-t-il malgré tout. Merach, guide-nous. Ramène-nous au campement. Nous allons céder ce terrain à l'ennemi. »

■■■■

La fille nue était ligotée à la roue d'un chariot. S'il la crut tout d'abord morte, il vit battre ses paupières lorsqu'il la saisit par les cheveux pour redresser sa tête. C'était une Kufr, de l'espèce la plus petite. Comment les appelait-on, déjà ?

Gasca baissa la main vers son couteau. Il y avait longtemps, un cerf avait éventré le meilleur chien de chasse de son père en répandant ses entrailles alentour. Il avait alors fait ce qu'il ferait à présent, non par colère ou soif de vengeance mais par compassion. Il appliqua la lame sur la gorge de la fille, avec regret tant elle lui paraissait humaine. Il soupira. Le couteau était émoussé.

« Arrête ! » C'était Jason de Ferai qui retirait son casque et venait vers eux à grands pas. Il posa son bouclier. « Éloigne ta lame et redresse son visage. »

Sans dire un mot, Gasca exécuta cet ordre en se reprochant de s'être arrêté. La mora avait repris possession du campement et renoncé à toute méthode pour fouiller les tentes et les chariots subsistants. De l'eau, ils cherchaient de l'eau plus que toute autre chose, mais ils n'en trouvaient pas. Les centurions les avaient alors chargés de hisser les *centoi* dans les chariots, et comme il n'y avait plus ici un seul animal de trait encore en vie, tout indiquait qu'ils devraient les tirer jusqu'à l'autre berge du fleuve en ployant eux-mêmes sous le joug. S'il n'y avait eu le respect quasi sacré que ces ustensiles de cuisine inspiraient aux mercenaires, cela aurait sans doute été la goutte de trop fatale à toute discipline. Mais, dans l'ensemble, leur sens du devoir avait bien résisté. Le bivouac n'était plus qu'une ruine éventrée et il n'y restait plus rien à récupérer, mais même les Macht les moins sensibles à ces choses seraient ravis de reprendre ces maudits *centoi*.

Et la fille... Gasca regarda Jason avec curiosité.

« Je crois la connaître », déclara l'officier. Il s'agenouilla devant elle et fit pivoter son visage d'un côté et de l'autre, comme s'il étudiait une statue.

« Par Phobos, qu'ont-ils fait ? » murmura-t-il en découvrant ce qu'elle avait subi. De la colère apporta de l'éclat à ses yeux et il déboucla son manteau, avant de l'étendre sur le sol. « Qui es-tu... Gasca ? Tranche ses liens, enveloppe cette malheureuse dans ce vêtement et emporte-la avec nous. Fais en sorte qu'elle reste en vie.

– Général...

– Ne t'avise pas de discuter mes ordres, tête en paille. Et abstiens-toi de la violer à ton tour. » L'expression de Gasca le fit rire et il tapota l'épaulière de la cuirasse du jeune homme. « Tout va bien se passer. Contente-toi de satisfaire mon caprice... Emporte-la. Elle pourra nous être utile. Où est ton ami ? »

Gasca avait entrepris de scier méthodiquement les liens qui assujettissaient la Kufr à la jante. « Je n'ai pas revu Rictus depuis qu'il a enfilé cette cuirasse noire. Il a pu mourir, pour autant que je sache.

– Lui ? Jamais. Il est de la trempe dont on fait les vieillards. Sais-tu pourquoi ? Parce que rester en vie est le dernier de ses soucis. Veille sur elle, Gasca ! » Jason se leva, récupéra son bouclier en gémissant puis s'éloigna en débitant des chapelets d'instructions à un groupe d'hoplites qui avaient lâché leurs armes pour répertorier le contenu de quelques sacs.

■■■■

Rictus se dressait à l'extrémité du pont enjambant le Bakaï avec son bouclier appuyé contre ses genoux et le front calé sur sa lance. Il était presque convaincu que, si la hampe glissait, plus rien en ce monde ne lui permettrait de se tenir debout. Il roulerait vers le bas du talus, traverserait les nuages de moustiques et s'étalerait dans l'eau brune. Il en boirait à satiété, sans se soucier de savoir si tous les Kufr ayant vu le jour y avaient vidé leur vessie, et il pourrait ensuite mourir en se sentant ballonné mais heureux.

Il redressa brusquement la tête et un élancement empala son crâne comme il sentait son casque basculer. Non, ce n'était pas son casque puisqu'il n'était pas assujetti à son visage. La souffrance le tira de sa somnolence. Il sautilla sur ses pieds nus et baissa le regard sur la colonne sans fin d'hommes qui traversaient le fleuve tant devant lui qu'à un demi-pasang de distance, la même scène se déroulant sur l'autre pont. Ils retraversaient le fleuve, ils repartaient vers le point d'où ils étaient venus… quand ?… trois jours plus tôt ? Parler d'un bon mois semblait être plus proche de la vérité.

Jason le trouva là, émergeant d'une étrange somnolence en dodelinant de la tête pour se rendormir aussitôt.

« Ces misérables ont pris mon manuscrit, tout ce que je possédais, grommela-t-il. Mais je constate que tu es toujours de ce côté du Voile.

– Toujours », confirma Rictus d'une voix pâteuse. Sa langue crissait sur ses dents comme une tranche de foie ayant roulé dans du sable.

« Nous conduirons nos hommes dans Kaïk où nous prendrons tout ce que nous voulons. Mais nous n'aurons pas la possibilité de nous attarder dans les parages. L'Empire ne disparaîtra pas en une nuit. J'ai une nouvelle mission à te confier, Rictus. »

L'Iscan le regardait, ses yeux injectés de sang enchâssés derrière la fente en T de son casque. « Pourquoi moi ?

– Nous aurons plus que jamais besoin de troupes légères, et tu es un demi-dieu pour les mener au combat. »

Rictus ne jugea pas utile de dire quoi que ce soit. Émettre des sons était bien trop pénible. Trouver quelque chose à boire accaparait ses pensées.

« Va rejoindre ta mora et entre dans la ville. Je me charge de protéger vos arrières. »

Mais Rictus ne bougea pas. « Qu'allons-nous faire, Jason ? Chercher un autre employeur, ouvrir boutique dans cette cité ?

– Nous en débattrons plus tard. » Les yeux vert noisette de Jason reflétèrent la lumière lorsqu'il s'intéressa aux sombres hauteurs des Kunaksa. Combien de corps y gisaient ? Dans quelques jours tout ce secteur serait devenu pestilentiel. Puis il regarda l'ouest, les plaines et les terres de Pleninash qui semblaient se poursuivre à l'infini, plates et fertiles, pointillées de tertres artificiels saillant de la brume de chaleur pour désigner les emplacements d'autant d'anciennes cités. Ce monde grouillant de vie, ces terres étrangères où lui et tous ces hommes à moitié morts étaient venus se perdre.

« Nous vaincrons ces grands échalas. Nous les battrons à plate couture », déclara alors Rictus. Et ce fut comme si ce jeune homme avait saisi l'essentiel de ses pensées.

« Dès l'instant où nous l'avons déjà fait, nous le ferons encore. »

XVIII
Au pays des fleuves

Tiryn ouvrit les yeux sur les grosses poutres d'un plafond brunâtre. Un gecko s'y déplaçait, tournant la tête de tous côtés à chacune de ses haltes. Un léger grondement parvenait jusqu'à elle, les sons de nombreuses voix qui semblaient avoir une origine extrêmement lointaine. Tout était paisible, ici. Elle se trouvait dans un lit acceptable, avec des draps et une courtepointe en lin, et de la lumière se déversait à l'intérieur de la chambre par un balcon orienté vers l'ouest, les tentures étant ouvertes tout comme les volets. De la poussière dansait dans les rayons de soleil, et ses grains restaient en suspension devant elle. La chaleur des basses-terres avait pénétré dans la pièce et la soif primait sur toute autre considération.

Elle allait se lever quand un élancement épouvantable parcourut ses épaules et ses bras, l'obligeant à se rallonger, et elle nota aussitôt un mouvement de l'autre côté de la pièce. Une Juthienne s'avança, et ses yeux dorés brillèrent comme elle passait de l'ombre à la lumière. Elle plongea une calebasse dans un pot en terre suspendu dans un angle, avant de venir soutenir sa tête et lui dire : « Bois. Lentement. » Elle parlait l'asurien avec l'accent guttural propre aux membres de son peuple, mais ses mains étaient très douces. Tiryn but une petite gorgée d'eau, dont elle savoura chaque goutte, la bouche redevenue mobile.

« Où suis-je ?

– Kaïk, dans la cité », fit une voix inconnue à l'accent encore plus surprenant, une phrase balbutiée et bancale. Un homme approcha. Un Macht à la peau sombre et aux yeux noisette vêtu d'une tunique en feutre de paysan *hufsan*. « N'aie pas peur. Je t'ai déjà vue, une fois, avant... »

Avant. Avant quoi ? Elle se rappelait vaguement avoir été portée ou traînée au cœur d'une immense foule en déplacement. Auparavant, il y avait eu cette roue de chariot ; plus loin encore, la prise de conscience de la défaite.

« Tu ne crains rien, ici, ajouta-t-il avant que quelque chose n'altère brièvement son expression. Tu ne crains rien.

– Arkamenes est mort », fit-elle avant d'opter pour la langue des Macht, apprise au cours de ce long voyage. « Que s'est-il passé ? Que *va-t-il* se passer ? »

En entendant ces mots, l'inconnu ne put s'empêcher de sourire. Il avait un visage d'homme foncièrement bon, érodé par les privations et les soucis. « Je n'en sais fichtre rien, reconnut-il dans sa langue natale.

– Qu'est-ce que je fais ici ?

– Aurais-tu préféré que nous te laissions où tu étais ? »

L'onde de chaleur qui se répandit sur sa peau l'informa qu'elle rougissait. Son corps, nu sous le drap, paraissait propre mais contusionné. Des bandes de toile attachées par de petits nœuds entouraient ses poignets, là où l'abrasion des cordes avait emporté la peau. Tout lui revenait à l'esprit, à présent ; la nuit interminable, l'épouvantable obscénité. Elle ferma ses paupières, sous lesquelles des larmes s'accumulèrent. « Mieux aurait valu me laisser mourir », répondit-elle. Il se rapprocha. Elle sentit sa main dans ses cheveux, un léger contact dicté par la pitié. Elle détourna le visage.

« Cette Juthienne s'occupera de toi », déclara-t-il sur un ton devenu bourru. De la colère avait fait son apparition, mais elle n'en était pas la cible. « Tu as besoin de repos. Ne t'inquiète pas. Ne réfléchis pas, n'approfondis pas tes souvenirs. Bois, nourris-toi et profite du soleil. »

Elle le dévisagea encore, sidérée par la compassion que contenait sa voix. Il lui sourit. En d'autres circonstances, elle aurait pensé qu'il trouvait tout cela amusant… mais elle discernait des ombres dans ses yeux.

« Qui es-tu ? s'enquit-elle, intriguée.

– Jason de Ferai, autrefois centurion du centon des têtes de chien et désormais général des Macht survivants. Tu es…

– Tiryn.

– C'est cela. Tu m'as déjà dit ton nom.

– Il y a longtemps.

– Moins qu'on ne pourrait le croire, même si une éternité semble s'être écoulée depuis. » Il lui sourit encore. Elle remarqua des marques purpurines sous ses yeux, les stigmates de ceux qui ont oublié comment s'y prendre pour dormir.

« Pourquoi m'as-tu aidée ? Je suis une Kufr et tu es un Macht. »

La colère réapparut, probablement libérée par sa profonde lassitude.

« Je n'aurais pas laissé un chien en aussi mauvaise posture. » Elle sentait son cœur chavirer quand une main aux grosses jointures caressa son visage en gloussant, comme à contrecœur. « Alors, comment aurais-je pu abandonner à son triste sort une Kufr aussi belle que toi ? » Il s'assit au bord du lit et leur proximité soudaine la surprit. L'odeur des Macht était différente de celle des Kufr, évocatrice de terre, à la fois repoussante et étrangement fascinante. Elle n'était pas bestiale, contrairement à ce qu'elle avait toujours estimé.

« J'ai besoin que tu m'apprennes ton langage, ajouta-t-il simplement. Nous voici perdus dans ton monde, et nous devrons nous adresser à sa population pour pouvoir le traverser. »

En elle, un étrange espoir se flétrit. Mais elle hocha imperceptiblement la tête. Elle aurait voulu qu'il s'éloigne, car il était bien trop proche. Les souvenirs qui s'affrontaient juste au-delà du seuil de cette pièce ne tarderaient guère à revenir l'assaillir.

Il le perçut et se leva, recula d'un pas. « Tu es en vie. Ils sont des milliers à avoir péri sur ces collines, mais tu es toujours parmi nous. Antimone en soit louée.

— Qui ?

— Notre déesse, la protectrice des Macht. Elle est la divinité de la pitié et ses larmes coulent sur tous les champs de bataille. Elle est témoin de tous les crimes qui sont commis de par le monde.

— Une déesse ? Je croyais que vous adoriez un monstre aux ailes noires.

— C'est également ce qu'elle est, répondit-il en hochant la tête. Maintenant, dors, Tiryn. Nous sommes dix milliers à monter la garde autour de toi. » Il se détourna, et ses pieds nus s'éloignèrent à pas feutrés sur la pierre chaude du sol.

C'était étrange, mais cette pensée lui apporta un réconfort authentique. Elle savait qu'elle pourrait dormir, désormais, que ces dix mille soldats qu'elle avait jusqu'alors assimilés à des animaux veillaient sur elle… quand ses semblables avaient renoncé à toute loyauté.

■■■■

Le Kerusia se réunit dans la maison du gouverneur, près du sommet de la colline de Kaïk. C'était une construction en briques flammées au plafond élevé, avec de grosses poutres noires de palmier et de cèdre, et de hautes fenêtres laissant entrer un peu d'air humide qui dérivait paresseusement au-dessus de leurs têtes. Ils se regroupèrent autour de la longue table où le gouverneur avait eu coutume de recevoir ses hôtes, avec près d'eux des pichets en grès d'eau tiède dont ils buvaient constamment des gorgées, de façon machinale, pour combler les besoins de leur corps desséché.

Jason était trop las pour rester debout, presque trop las pour se remémorer les noms des personnes présentes, même si leurs visages étaient profondément gravés dans son esprit.

Rictus était peut-être le plus brave d'entre eux, même s'il ne l'aurait jamais dit à ce tête en paille d'Iscan. Il avait été témoin de nombreux actes de bravoure avant cet instant, sans doute à une échelle moindre, mais il savait reconnaître les héros en puissance. Ce jeunot monté en graine en avait l'étoffe. Si ce n'est qu'il avait perdu sa jeunesse. Les combats des Kunaksa s'étaient chargés de consumer tout ce qui subsistait en lui d'innocence.

Son ami Buridan, dont l'abondante barbe rousse était désormais striée de gris, semblait issu d'une vie antérieure. Mynon était un officier efficace – et peut-être le plus calculateur du lot, voire le plus brillant –, mais Jason n'aurait pu lui accorder sa confiance ailleurs que sur un champ de bataille, malgré tous ses sourires.

Venaient ensuite des individus qu'il connaissait bien moins. Phinero, qui ressemblait à son frère décédé, un chien de chasse aux crocs plus aiguisés que son esprit. Mochran, un vétéran obstiné et échevelé, un des rares survivants du groupe de centurions qui exerçaient leur commandement depuis plus longtemps que lui. S'il manquait d'imagination, il exécuterait les ordres reçus à la lettre jusqu'au moment où il se serait entièrement vidé de son sang.

Aristos, le neveu d'Argus, un jeune chiot ravi de sa brusque promotion. L'influence de son oncle lui avait permis de devenir commandant en second malgré son arrogance et son inaptitude. Bien que chargé de tenir les ponts, il avait laissé ses hommes s'en occuper seuls pour venir attendre le début de ce nouveau Kerusia. *Une verge pour me fouetter*, se dit Jason en soupirant.

Quatre autres : Dinon, Hephr, Grast et Gominos. De simples noms et des visages juvéniles épuisés. Jason ne savait rien sur eux. Pour l'instant, il avait seulement besoin de dormir, et il ne pouvait chasser de son esprit les traits de la Kufr à laquelle il venait de rendre visite.

La moitié d'entre eux étaient plongés dans des discussions, principalement les plus jeunes. Buridan,

Mynon et Mochran les observaient avec un détachement teinté de méfiance. Rictus regardait par une fenêtre le bleu écrasant du ciel. La chaleur était telle qu'un de ces hommes ne tarderait guère à hurler, par besoin de se quereller ou de faire l'amour.

Le visage blême aux yeux sombres de la Kufr réapparut dans son esprit et il tapa sur la longue table, sans violence mais avec suffisamment d'énergie pour ébranler les pichets et obtenir le silence. Il ferma les yeux, comme pour les comprimer et en extraire des larmes… aussi acides que du jus de citron.

« Mynon, dit-il dès que le calme fut revenu. Fais-moi un compte rendu de la situation, et je jure par le con d'Antimone de défoncer à coups de pied le fondement de quiconque osera t'interrompre. »

Mynon sourit. Son sourcil unique s'incurva sur son front, la peau rouge pelant au-dessus, ses yeux noirs enchâssés dans des rides de lassitude. Mais il ne se départit pas de sa désinvolture habituelle. Il prit une ardoise et un morceau de craie, avant de parcourir la table du regard.

« Nous avons récupéré les coffres, car les Kufr ont fui trop précipitamment pour emporter cet or avec eux. Cependant, un homme ne se nourrit pas de métaux précieux et c'est pour cette raison que nous ne pouvons pas nous attarder. »

Quelques protestations furent bredouillées. Mynon et Jason se dévisagèrent.

« Nous aurons épuisé les ressources de cette cité en quelques jours, celles de la campagne environnante en moins d'un mois, précisa Mynon. Si nous restons ici, nous finirons par mourir d'inanition, en même temps que tous les Kufr vivant dans les parages. Est-ce assez clair, mes frères ?

– J'aimerais t'avoir pour intendant. Tu es doué pour jongler avec les chiffres et bien d'autres choses encore. Acceptes-tu cette charge ? »

Mynon réfléchit en inclinant comme toujours la tête à la façon d'un oiseau, mais il finit par hausser imperceptiblement les épaules. « C'est d'accord.

– Tu conserveras bien entendu le commandement de ta mora, car ton expérience au combat nous est indispensable.

– Au nom de quoi t'arroges-tu le droit de prendre des décisions sans seulement solliciter notre avis, Jason ? » lança Aristos dont le visage piqueté de taches de rousseur avait été bruni par le soleil, ce qui mettait en relief sa chevelure si claire. Un autre tête en paille. Certains membres du conseil, parmi les plus jeunes, tambourinèrent la table avec leurs jointures afin de l'approuver.

Pourquoi, vraiment ? s'interrogea Jason. Il envisagea un court instant de charger un cheval et de partir seul dans l'Empire en direction du couchant, pour gagner au triple galop les berges de la mer. Mais il aurait alors abandonné ses têtes de chien ainsi que Buridan, laissé derrière lui la plupart des choses péniblement acquises au fil de son existence… dont un nom, et le respect qu'il inspirait. S'il y renonçait, il perdrait toute valeur. Retourner faire le mercenaire dans les Harukush ? Pourquoi ? Il avait trouvé l'aventure et la gloire, ici, en cet instant.

« Aristos marque un point, reconnut-il. Faut-il procéder à un vote ? Je dépose ma candidature en tant que remplaçant de Phiron. Qui veut de moi ? »

Sa main se leva la première, aussitôt suivie par celles de Buridan et de Rictus. Le vieux Mochran et Mynon les imitèrent, puis il se produisit un flottement. Finalement, Phinero se joignit à eux. « Je ne vois ici personne d'autre dont j'accepterais de recevoir des ordres », déclara-t-il en haussant les épaules.

Aristos se contenta d'abattre sa main à plat sur la table, sans voter pour autant. « Tu détiens donc la majorité, Jason. Te voici devenu notre chef de guerre, dit-il avec un sourire encore plus désagréable que ceux de Mynon. Il convient de respecter nos usages ; faute de quoi, que deviendrons-nous ?

– Ce qu'il convient de faire, c'est utiliser nos pelles pour nous dégager de la merde dans laquelle nous nous sommes enfoncés jusqu'au cou, grommela Buridan. Quel est ton plan, Jason ? »

Il se leva de table pour gagner une des grandes fenêtres et baisser les yeux sur les jardins en terrasses de Kaïk, des carrés de verdure qui se succédaient vers le bas de la colline abrupte dans une mer de briques brunes, le tout miroitant de chaleur. Une colonne de réfugiés quittait la cité en empruntant la route de l'ouest. Tous fuyaient devant la tempête. Ses hommes avaient détruit l'agglomération simplement en y pénétrant et en s'appropriant ce dont ils avaient besoin – ils ne s'étaient pas livrés au pillage, pas même à des viols –, autrement dit de l'eau, de quoi se nourrir, un lieu où dormir. Cette armée aura tout dévasté avant notre retour au pays, estima-t-il. Et c'est là qu'est notre place. Il n'y a rien de bon à espérer pour nous, au cœur de cet Empire.

Peut-être pour la première fois, il comprit quels avaient été les véritables talents de Phiron et de Pasion. Ils avaient constitué, nourri, abreuvé et équipé ces centons. Ils avaient assuré leur cohésion jusqu'au moment où la mort de leur commanditaire avait balayé toutes leurs certitudes.

« Rentrer chez nous, dit-il simplement. C'est tout ce que nous pouvons faire. » Il venait d'obtenir la preuve qu'il était impossible de négocier avec le Grand Roi, de lui accorder sa confiance, et il ne s'y essaierait plus. Il se tourna vers ses compagnons, privé de visage et métamorphosé en simple silhouette par le soleil qui brillait derrière lui.

« Nous allons devoir marcher jusqu'à la mer. »

▪▪▪▪

On trouvait sous le palais du gouverneur une place construite en terrasse pour compenser la pente de la colline. Tout autour, les bâtiments de briques flammées de la cité se dressaient sur trois ou quatre étages, et on pouvait voir sur leurs toits, à trois ou quatre longueurs de lance au-dessus des pavés, des dattiers, des genévriers, de la vigne et des plantes vertes. Lierre et fougères laissaient pendre leurs vrilles le long des façades. Le centre de l'esplanade était occupé par une oasis de cèdres et de peupliers, un bosquet de belle taille assiégé par la chaleur étouffante que la pierre réverbérait. C'était en ce lieu que s'était tenu le marché de la ville, et on y voyait toujours les vestiges de cent ou deux cents stalles, des melons qui roulaient sous les pieds, des grenades éclatées comme des vestiges sanglants de la bataille, des pistaches éparpillées tels des galets sur une grève. Ici, bon nombre de Macht épuisés avaient improvisé un bivouac en utilisant le bois des stalles pour alimenter des feux sur lesquels ils faisaient rôtir tout ce qui avait quatre pattes et pouvait être capturé. Il y avait à chaque angle un puits public vers lequel se dirigeait en permanence une file d'hommes munis de seaux, de pots et d'outres qu'ils venaient remplir pour désaltérer les centons. Tout était en un sens ordonné, même si les habitants terrifiés de ce quartier avaient l'impression qu'une énorme bête de l'Apocalypse au pas traînant s'était aventurée dans leur monde pour s'y effondrer en gémissant de fatigue. Environ six mille hommes dormaient sur ces pavés, avec leur manteau rouge déchiré enroulé en guise de traversin. Tous avaient récupéré leur centos et s'étaient regroupés autour de ce chaudron noir tels des acolytes autour de leur oracle. Ces récipients ne servaient pas à préparer des repas mais avaient été remplis d'eau potable. Les déjections de cette armée rendaient pestilentielles les ruelles et les rues donnant sur cette place, et les centurions venaient les haranguer et préciser où les membres de chaque centon devaient aller soulager leur vessie. Ces hommes épuisés semblaient prêts à s'entretuer, comme s'ils étaient confrontés à des Kufr, depuis que la précarité de leur situation s'était finalement imposée à eux à travers le brouillard en recul de la soif et de la lassitude.

Gasca avait voulu s'adresser à un carnifex pour faire suturer une blessure, mais la puanteur de charnier l'avait chassé de l'immeuble transformé en infirmerie. Des Kufr pris de nausées étaient chargés de hisser les cadavres sur les plateaux de chariots qu'ils conduisaient ensuite hors de la cité, sur les berges du fleuve où le feu les consumait. Les blessés encore capables de marcher regagnaient leur centon dès qu'ils en avaient la possibilité, mais en raison de la chaleur ambiante, toute blessure reçue dans la crasse des Kunaksa s'infectait rapidement et les mouches bleues qui assombrissaient l'air autour des dispensaires étaient bien trop grasses et têtues pour renoncer aux plaies sur lesquelles elles avaient jeté leur dévolu. Des asticots grouillaient sur certains malheureux aux yeux ternis et creusés par la souffrance. Leurs camarades leur tenaient compagnie aussi longtemps qu'ils en étaient capables, mais leur destin se lisait déjà sur leur visage. Ils avaient commencé à entrevoir la contrée que dissimule le Voile.

Les Mach les plus jeunes, énergiques et aventureux s'étaient dispersés dans la cité, officiellement pour récupérer un maximum de ravitaillement. En pratique, ils se livraient discrètement au pillage. Mais, d'après ce que Gasca avait pu constater, ils ne recherchaient pas de l'or ou des joyaux. Ils ne s'intéressaient qu'aux chaussures, aux vêtements et aux armes, tout ce qui faciliterait leur retour à travers cet Empire. Une mora gardait les portes de la cité, mais certains Macht en sortaient en franchissant les murailles afin d'abandonner Kaïk, leur centon, leurs camarades et tenter seuls leur chance dans cette immense contrée, croyant dans leur folie qu'ils réussiraient à surmonter les dangers qui les guettaient au fil des pasangs les séparant des Harukush. Nul n'eût tenté de retenir des insensés, et tout indiquait qu'ils avaient perdu la raison. Mais l'armée s'effilochait, se désagrégeait, s'effondrait. Quelques orateurs improvisés lançaient des harangues sur la place, soutenant que leur contrat était désormais nul et non avenu, qu'ils n'avaient plus d'obligations qu'envers eux-mêmes. Ils resteraient pour l'instant avec leur centon, mais bon nombre commençaient à se remémorer avec nostalgie leur cité d'origine. Des factions se dessinaient, même parmi les porte-fléau.

Gasca trouva les têtes de chien sous l'ombre des arbres du centre de la place, et il se vit remettre une outre sans un seul commentaire. Les dauphins et les merles bivouaquaient autour d'eux, car ces trois centons s'étaient battus côte à côte depuis la traversée de l'Abekaï.

Astianos leva une main en visière au-dessus de ses yeux. « Tu as fait voir ta blessure ?

— Il y avait trop de monde. Ce n'est qu'une égratignure, quoi qu'il en soit.

— Tu veux que je te recouse ?

— Recouds plutôt mon cul ! »

Astianos était l'opposé de Gasca. Aussi brun que le tête en paille était blond, il ne lui restait que quelques dents pour compléter le sourire qu'il lui adressa. « Penche-toi en avant, mon chou, et je verrai ce que je peux faire pour toi.

— Même un cul de Kufr serait le bienvenu », intervint le grand Gratus en paraissant sincère. Chef de colonne de Gasca, il s'était allongé avec les mains croisées sur le ventre.

« Tu as le choix, ici. Ce n'est pas ce qui manque, lança un autre mercenaire.

— Mais laisse-nous regarder, Gratus, gloussa le vieux Demotes. Je me demande bien ce qu'une Kufr pourrait faire de ta petite saucisse. »

Les grivoiseries décousues débitées machinalement fusaient. Ces hommes venaient de livrer deux grandes batailles et se retrouvaient isolés à deux mille cinq cents pasangs de chez eux, mais il suffisait de leur accorder un peu d'eau et de sommeil pour qu'ils se remettent à s'asticoter comme avant, uniquement pour le plaisir procuré par ces joutes verbales. Ils étaient restés auprès de Gasca pendant la traversée de l'Abekaï puis dans les Kunaksa. Il devait à leurs aichmes d'être toujours de ce monde et ils avaient paré avec leurs boucliers bien des coups lui étant destinés. Ils lui avaient offert leur eau quand leurs bouches étaient craquelées et sèches. En s'asseyant sur son manteau, Gasca estima que ces hommes étaient bien plus ses frères que les fils de son père auprès desquels il avait grandi. Quoi qu'il advienne, il se félicitait d'avoir choisi cette voie, d'avoir connu ceci. Il en remercia silencieusement Antimone, tout en riant des insanités qu'ils se lançaient comme des enfants jouant à la balle. *Peut-être était-ce mon destin, après tout.*

■■■■

L'après-midi commençait à se fondre dans le crépuscule précoce des basses-terres, quand Rictus le trouva. Il enjamba les soldats endormis et se fraya un chemin sur un tapis d'humains mal en point, pour atteindre son ami et agiter devant ses yeux une petite outre. « Du vin de palme, annonça-t-il. Est-ce que ça tente quelqu'un ou avez-vous tous fait vœu d'abstinence ?

– Libère-lui une place, gronda Astianos en poussant l'homme qui dormait près de lui. J'ai bu tant d'eau que mes dents du fond ont failli se noyer. Si tu n'y vois pas d'inconvénients, j'en prendrai une gorgée, centurion. » Rictus lui lança l'outre et s'assit en tailleur devant Gasca, nu-pieds et avec son Divin Fléau enfilé sur un chiton subtilisé à un Kufr.

« Jason m'a dit que tu étais indemne.

– Une chance de tête en paille », répondit Gasca. Ils se dévisagèrent, sans trop savoir quoi ajouter.

« Nous sommes encore loin de la route de Machran, déclara finalement Rictus.

– Je n'aurais jamais cru que la neige pourrait un jour me manquer.

– T'es-tu encore pissé dessus ?

– Comme tous les bons à rien qui m'entourent. »

Tous sourirent, mais ce fut bref.

« Je voulais seulement devenir un hoplite, comme vous. Rien de plus. »

Gasca désigna la cuirasse noire qui épousait son torse comme une seconde peau. « Tu es né pour ça, et pour ce que tu fais à présent. C'est évident. Tu n'as pas à te trouver des justifications. »

Rictus le dévisagea. Il semblait chercher quelque chose, une parole, une sorte de pardon. « Ils vont refaire de moi un gymnète, à la tête d'une mora d'infanterie légère. Je présume que ça ne te tente pas...

– Ma place est ici, auprès de mes camarades. Je suis né pour suivre celui qui me précède avec la lance au poing. Je ne souhaite rien d'autre. »

Rictus l'approuva de la tête. Il paraissait très jeune, sous le jour mourant, même si le crépuscule et la lueur des feux creusaient ses traits.

« Bois, centurion. Par les tétins d'Antimone, que vous arrive-t-il ? lança Astianos avant de faire claquer l'outre sur l'épaule de Rictus. Y aurait-il une affaire de cœur, entre vous ? Si c'est le cas, allez faire vos cochonneries ailleurs !

– Que va-t-il se passer ? demanda Gasca. Qu'a décidé le Kerusia ? »

Rictus s'essuya la bouche. Autour de lui, et malgré la tombée de la nuit, il pouvait constater que tous interrompaient leurs conversations pour tendre l'oreille et entendre sa réponse.

« Nous devons rester ensemble », dit-il en haussant la voix. Et, comme s'il avait lâché une pierre dans un étang, cela créa des vaguelettes qui se répandirent sur toute la place. *Je devrais me lever et les haranguer*, pensa-t-il. Mais c'eût alors été un discours, et ils auraient cessé de lui prêter attention.

« Si nous nous dispersons, les Kufr nous massacreront les uns après les autres. Ensemble, nous formons une armée, une armée de Macht. Sur les Kunaksa nous avons vaincu les meilleurs d'entre eux, sans aucune aide extérieure. Si nous restons unis, si nous continuons de faire honneur à l'écarlate, nous reproduirons cet exploit. Et nous le devrons, pour pouvoir revenir à notre point de départ. Nous rentrerons par le plus court chemin, en traversant Pleninash, Kerkh et Hafdaran, par les Monts Korash, à travers Askanon et Gansakr, pour finir par nous retrouver à Sinon, sur les berges de la mer. Voilà ce que nous allons faire, et nous nous déplacerons d'un bout à l'autre comme il sied à une armée digne de ce nom : tous ensemble. »

TROISIÈME PARTIE

La marche vers la mer

XIX

La Kufr du général

L'armée s'étirait en ligne droite sur trois pasangs dans les basses-terres détrempées, autant que le permettait la Voie impériale. En tête, une mora d'infanterie légère s'était déployée en dessinant une sorte de croissant irrégulier devant le corps de troupes principal, un millier d'hommes armés de javelots et de courts épieux et protégés par un assortiment de boucliers disparates. Aucun ne portait l'écarlate ; plus personne n'avait cet uniforme, au sein de la colonne, car les chitons avaient été trop imbibés de boue et de sang lors des précédentes batailles pour être encore utilisés. Ils les avaient troqués contre les tuniques de feutre des paysans asuriens, lorsqu'ils n'avaient pas retaillé des robes de lin trouvées dans des demeures pillées. Mais ils avaient sanglé sur ces habits de fortune le bronze de leurs pères, et les longues lances que leur peuple utilisait depuis des temps immémoriaux reposaient sur les épaulières de leurs cuirasses.

Les deux premiers tiers de la formation étaient composés d'hommes capables de marcher sans aide.

Puis venaient des chariots légers et des charrettes ayant un seul essieu, des véhicules tirés par des mules et des chevaux, des ânes et des bœufs, et tout ce qui pouvait encore recevoir un joug. On dénombrait à peu près deux cents de ces moyens de locomotion, ainsi qu'un millier d'hommes qui les accompagnaient pour caler leurs épaules contre les roues sitôt que les bêtes de trait donnaient des signes de défaillance. Derrière ce convoi lent et pesant venaient deux mille hoplites supplémentaires. Comme ceux de l'avant-garde, les membres de ces morai n'avaient pas déposé leurs lourds boucliers dans les chariots mais les gardaient sur l'épaule. À intervalles réguliers, ils s'arrêtaient, faisaient demi-tour, et présentaient un front impénétrable à quoi que ce soit - ou qui que ce soit - risquant d'approcher par l'arrière. Ce fut ainsi que les Macht s'éloignèrent du Bakaï et s'enfoncèrent dans les basses-terres de Pleninash.

■■■■

« Je vois une ligne noire souligner l'horizon, déclara Proxis en fronçant les sourcils. Ils se sont regroupés comme s'ils s'étaient fixé un but précis.

— Il est évident qu'ils l'ont fait, répondit Vorus au Juthien. Ils rentrent chez eux.

— Nous avons exterminé tous leurs chefs et…

— Les Macht soumettent les décisions importantes à un vote, expliqua Vorus en souriant presque. Et tous respectent l'expression de cette volonté collective. Je concède que ce n'est pas le meilleur moyen de diriger une armée, mais nous sommes ici et eux là-bas, se déplaçant comme s'il ne s'était rien passé. Ils ont élu un nouveau chef, sans doute quelqu'un qui bénéficiait de leur respect avant le massacre de leurs généraux. Il s'agit certainement d'un individu valable, pour avoir obtenu qu'ils fassent ce qu'ils ont accompli dans les Kunaksa. Je me demande si je le connais. »

Ils précédaient leurs troupes de quelques pasangs sur leurs montures placides. Derrière eux, Kaïk s'élevait sur son vieux tertre au-dessus du Bakaï, les portes de la cité béantes, des files de Kefren défilant devant elles pour aller traverser le fleuve sur les ponts dont nul n'assurait la défense.

« Ils ont pillé Kaïk, rappela Proxis. Ils n'ont absolument rien laissé. Nourriture, eau, vin, chevaux, bétail, bêtes de somme et centaines de mes semblables emmenés comme esclaves. Même si cela ne change rien à leur statut. »

Vorus regarda son compagnon et hocha la tête. « C'est exact. Mais j'ai entendu dire que la population de Jutha prend les armes, et que ce n'est pas pour les utiliser contre les Macht. »

Proxis s'autorisa un semblant de sourire exempt de joie. « J'ai également eu vent de ces rumeurs.

– Ceux que nous poursuivons… Si nous les laissons faire, ils détruiront la moitié de l'Empire dans leur sillage.

– Il n'est pas à exclure que les jours dudit Empire soient comptés », répondit Proxis avant de se détourner, dans l'incapacité de soutenir le regard de son ami.

« Si c'est le cas, les nôtres le sont aussi », déclara Vorus avec irritation, avant d'éperonner sa monture.

■■■■

Le Grand Roi s'installa dans le palais du gouverneur de Kaïk. L'immense caravane de l'intendance fut amenée de la rive est du fleuve et, pendant une journée, les malheureux habitants de la cité regardèrent défiler le chapelet ininterrompu de chariots, de charrettes et de mules de bât qui franchissaient les portes de leur ville. Le Grand Roi les ferait bénéficier quelque temps de l'insigne honneur et du baume de son auguste présence, étant donné qu'il avait décidé d'installer en ce lieu sa base avancée. Les miettes oubliées par les Macht étaient récupérées par les intendants de la Maison royale. Des colonnes de milliers de pillards se répandaient sur les terres d'abondance de Pleninash, plus de troupes chargées de reconstituer les réserves que Vorus n'en avait pour pourchasser l'ennemi. Telles étaient les pénibles réalités de la guerre. Même l'armée désormais réduite du Grand Roi représentait l'équivalent de la population affamée de trois ou quatre cités brusquement transférée au cœur de cette région, alors que des retardataires venaient grossir ce nombre, de nouvelles recrues enrôlées dans les secteurs les plus reculés de l'Empire, partout où il était possible de trouver et d'armer des jeunes gens.

« Je veux que Vorus m'adresse des rapports quotidiens », décréta Ashurnan en inhalant les parfums que les porte-éventails dirigeaient vers lui. La salle dans laquelle il se tenait avait été utilisée pour les réunions des généraux ennemis. Des esclaves juthiens avaient tout récuré et lavé à grande eau, mais chasser de son esprit l'image de ces créatures assises à la longue table qu'il avait devant lui était impossible et il finit par donner l'ordre de faire emporter et brûler ce meuble souillé par leur présence.

« Ils ont transformé Kaïk en véritable cloaque, marmonna-t-il avant d'agiter la main quand le vieux Xarnes se pencha pour saisir le sens de ses propos. Sans importance. Général Berosh, avons-nous l'absolue certitude que nos messagers sont partis avant que les Macht ne s'emparent de cette cité ? »

Berosh, le nouveau commandant de sa Garde personnelle, s'inclina pour le confirmer. « Ils ont pris la route avec leur escorte avant la fin des affrontements dans les collines, sire. Ils doivent être loin d'ici, à l'heure qu'il est.

– Tant mieux. » Dix têtes, dix têtes tranchées plantées sur des piques pour être exhibées dans tout l'Empire comme autant de mises en garde. Cela, au moins, s'était déroulé comme il l'avait souhaité.

« Dommage que nous n'ayons pas été aussi rapides en ce qui concerne leur or. » Et Berosh acquiesça de la tête. « Sitôt rééquipés et reposés, les membres de la cavalerie asurienne iront rejoindre Vorus. Ils ont besoin de montures rapides, pour ne pas se laisser distancer. Ils devront se porter au-delà de leur position, les encercler. » Ashurnan abattit le poing sur l'accoudoir de son trône. « Il faut les cerner et les éliminer jusqu'au dernier.

– Nous faisons tout notre possible, sire, déclara Berosh en exécutant une courbette supplémentaire.

– Oui, nous réalisons des miracles… après avoir laissé à l'ennemi la possibilité de prendre son envol ! » Il se leva et toutes les personnes présentes dans la salle - courtisans, esclaves, soldats et serviteurs - s'inclinèrent bien bas. Il s'était plié tout au long de sa vie à ce protocole, la façon dont les choses devaient avoir lieu, mais il trouvait soudain le carcan de ces usages étouffant.

Il revit le visage de son frère, à l'instant où sa lame atteignait son cou, juste sous le menton.

« Hors d'ici, ordonna-t-il. Tous, à l'exception de Xarnes et de Berosh. *Tout de suite !* »

Ils sortirent à la queue leu leu, en silence, porte-éventails inclus. Ashurnan leva la main à son épaule pour déboucler sa lourde robe. Uniquement vêtu du long maillot de lin qu'il portait au-dessous, il gagna une des grandes ouvertures murales, une haute fenêtre sans vitrage. Il y avait ici une légère brise qui rafraîchissait le tissu humide du vêtement. Il se débarrassa du komis royal et sentit également l'air sur son visage, inhala à pleins poumons. La puanteur de la ville basse arrivait jusqu'à lui, malgré la distance.

« Grand Roi, balbutia Xarnes.

– Je ne supportais plus cette chaleur, tout simplement. Laisse-moi. Tu n'as pas à t'inquiéter. Il n'y a absolument rien à redouter. » Il s'adressa à Berosh, par-dessus son épaule. « Envoie des estafettes dans les provinces du nord-ouest, afin qu'elles informent leurs gouverneurs que je raserai toutes les cités qui auront ouvert leurs portes aux Macht. Est-ce bien compris, Berosh ?

– Oui, sire.

– Je ne laisserai pas ces barbares souiller une seule autre agglomération comme ils l'ont fait avec celle-ci, en laissant derrière eux des chaussées couvertes de sang et d'excréments. Je veux que ces rues soient lavées à grande eau. Réquisitionne pour cela toute la population, s'il le faut, mais Kaïk doit redevenir aussi propre qu'avant. »

Il se tourna vers eux et ferma les paupières, pendant que la brise rafraîchissait son dos et défroissait le tissu détrempé.

« Laver notre monde de cette immonde souillure que sont les Macht est une nécessité, Berosh. Ils n'y ont pas leur place. Ils ne l'ont jamais eue. »

■■■■

Lorsqu'ils bivouaquaient pour la nuit, les Macht creusaient une tranchée peu profonde autour du campement, moins pour assurer leur défense qu'en tant que ligne de démarcation. Les dix morai s'installaient dans une vaste dépression au centre occupé par la caravane de ravitaillement et les bêtes de trait, les coffres pleins de l'or de Tanis et les esclaves juthiens qui avaient quitté Kaïk enchaînés avec des sacs, des barils et des jarres en équilibre sur la tête… leur façon de transporter des lourdes charges depuis l'aube des temps.

Les hommes dormaient à même le sol, enveloppés dans les couvertures ou les tentures qu'ils s'étaient appropriées lors du pillage de Kaïk. La plupart avaient pu également conserver leur manteau écarlate et, dans la soirée, ils retrouvaient un aspect plus ou moins uniforme. Les fourrageurs regagnaient le camp à la tombée du jour, des groupes forts de deux ou trois centons et ayant tout – si la chance avait voulu leur sourire – de cirques ambulants avec les files d'animaux brayant, bêlant et gloussant qu'ils ramenaient. Le temps que ces hommes reviennent, ceux chargés d'aller ramasser du bois mort étaient aussi de retour, avec les porteurs d'eau. Les feux étaient allumés sous les grands *centoi* puis l'eau se mettait à bouillir. En tout, peut-être un tiers de l'armée s'éparpillait dans la campagne environnante en fin d'après-midi de chaque jour, pour dépouiller le secteur de tout ce qui avait quelque utilité. Une semaine après leur départ de Kaïk, c'était devenu une habitude et, malgré les éclaireurs kufr qui les surveillaient des hauteurs des tertres les plus élevés des environs, il n'y avait toujours aucune trace des hommes que le Grand Roi n'avait pu manquer d'envoyer à leurs trousses.

Tiryn s'asseyait près d'un des feux centraux, au milieu de la caravane de ravitaillement, pendant que sa nouvelle esclave juthienne faisait chauffer un pot de cuivre au-dessus des flammes. Jason les cherchait alors du regard, pour s'assurer comme chaque soir qu'elles avaient de quoi se sustenter. Conscients de l'intérêt qu'il lui portait, les hommes de troupe savaient qu'il valait mieux ne pas importuner la *Kufr du général*. Dès qu'il en avait la possibilité, il allait la rejoindre près du feu en fin de soirée, et ils bavardaient en passant d'un langage à l'autre. Elle lui enseignait l'asurien ou apprenait le machtique. C'était devenu une activité routinière qui permettait à Tiryn de rester ancrée dans la réalité tout en vivant dans un univers devenu incompréhensible, et elle attendait avec impatience ces paisibles instants passés près du feu de camp, quand même les bêtes dormaient dans leurs enclos et qu'elle et Jason échangeaient des propos apaisants, utilisant leur esprit à d'autres fins que la simple survie.

Il était bougon lorsqu'il arriva ce soir-là. Il rabattit son manteau sur ses genoux en s'asseyant à sa place habituelle, près du feu, comme pour se couper de ce qui s'était passé au cours de cette journée autant que de la fraîcheur nocturne. Il regarda autour de lui les alignements de chariots et de charrettes, les mules et les chevaux entravés, les bœufs qui ruminaient et les chapelets de Juthiens enchaînés épuisés par une nouvelle journée de dur labeur.

« Ils sont pour ainsi dire aussi éveillés que des mules », dit-il à Tiryn en désignant de la tête son esclave personnelle. La Juthienne restait assise de l'autre côté du feu, les yeux baissés et un collier en chanvre autour du cou. Elle semblait avoir oublié qu'elle tenait un pot en cuivre.

« Elle s'appelle Ushdun, répondit Tiryn. Elle est née à Jarman, dans le nord de Jutha, et elle a été remise à un collecteur d'impôts royal en tant qu'acompte sur la dette de son père. »

Jason y réfléchit, en grimaçant de dégoût. « Ces gens donnent donc leurs enfants en règlement des taxes ?

– C'est ainsi que tout fonctionne, au sein de l'Empire, répondit-elle sèchement. Arkamenes m'a dit que c'était bon pour… le brassage de la population, tout en évitant de réduire les petits exploitants à la mendicité. La plupart ont trop de bouches à nourrir. » *Comme mon père,* pensa-t-elle, consciente qu'elle ne pourrait jamais l'exprimer à haute voix.

« Alors, ils méritent leur Empire.

– Il n'y a donc pas d'esclaves, dans ton pays ?

– Si, mais ce sont des prises de guerre et non des *dons* de leurs parents. » Il réfléchit, haussa les épaules. « Enfin, on retrouve de telles pratiques chez les chevriers… mais ils ne sont guère plus évolués que des animaux.

— Sommes-nous supérieurs à des bêtes, en ce cas ? »

Il la regarda, la tête penchée sur le côté. « Ton machtique est parfait. Et si on essayait d'améliorer mon asurien, pour tenter de me hisser à ton niveau ?

— Le mot qui signifie esclave est *durun*. Un animal se dit *qaf*. As-tu entendu parler des Qaf ? »

Jason sourit. « Je constate que tu étends mes connaissances dans plusieurs domaines à la fois, ce soir. Oui, j'ai entendu parler d'eux.

— Ils sont plus grands que le plus grand des Kefren, et plus corpulents que les Juthiens. Ils vivent loin au nord d'ici, dans les neiges des Monts Korash. Ils ne supportent pas la chaleur des basses-terres, même si j'en ai vu quelques-uns à Ashur.

— Ils semblent vraiment effrayants.

— Colère se dit *irghe*, et je sens qu'elle te ronge, ce soir.

— Gasca t'a-t-il apporté cette jarre de vrai vin ? J'en boirais volontiers, s'il en reste. »

Elle ordonna à la Juthienne d'aller la chercher dans le chariot. Jason retira le couvercle d'argile et leva le récipient à sa bouche. Puis il s'essuya les lèvres en hochant la tête. « J'en avais grand besoin. Je ne supporte plus le vin de palme. Savoir qu'on trouve ici quelqu'un capable de préparer une boisson à base de raisin est réconfortant. » Il remarqua que Tiryn ne l'avait pas quitté des yeux. « Oui, je suis en colère.

— Pourquoi ?

— Je ne suis pas venu t'entretenir de ces choses.

— Je sais. Tu viens ici pour qu'un animal t'enseigne son langage. Pourquoi es-tu si mécontent ? »

Il ne put s'empêcher de rire. « Est-ce pour cela qu'Arkamenes te gardait à ses côtés ? Pour l'aiguillonner lorsqu'il broyait du noir ?

– C'est possible. Tu aimes t'entretenir avec moi. Tu diriges cette armée, et je ne crois pas que tu puisses faire des confidences à d'autres que moi.

– Tu as rencontré Rictus. Non ? Je lui parle souvent, ce qui s'applique aussi à mon ami Buridan. Et à toi. Je ne sais pas pour quelle raison. J'ignore pourquoi tu m'inspires confiance, mais c'est ainsi. »

Il était redevenu sérieux et n'avait plus du tout envie de rire. Il s'intéressa au feu et repoussa du pied un fagot de brindilles qui s'en était écarté.

« Nous ne formons pas une mais deux armées distinctes, dit-il finalement. Pour l'instant, nous restons ensemble car nous savons que nous diviser scellerait notre perte. Mais si le Grand Roi renonce à nous poursuivre, des factions apparaîtront aussitôt dans nos rangs et nous déchireront.

– Tu n'as qu'à éliminer les dissidents. » Elle prit un pot oublié des mains de la Juthienne pour prélever des louchées de lentilles et les verser dans trois écuelles en terre cuite.

« Les Macht ne règlent pas leurs problèmes de cette manière.

– As-tu faim ?

– Je vais manger. »

Ce qu'il fit avec les doigts, tout comme la servante. Tiryn utilisa quant à elle une cuiller en corne. Le goût la renvoya vers le foyer de la maison de son père, dans les montagnes. Le feu au centre de la pièce circulaire, la fumée de bois qui altérait chaque bouchée. Elle regarda son assiette et des images d'enfance commencèrent à défiler dans son esprit, emportant avec elles son appétit.

Jason posa le récipient vide et s'allongea sur le dos pour contempler les étoiles. « Je vois la Balise de Gænion, déclara-t-il. Elle nous désigne le nord. Elles sont nombreuses, les nuits de marche au cours desquelles elle m'a guidé. Retrouver nos étoiles en ces terres étrangères m'a surpris, en quelque sorte.

– *Vos* étoiles ?

– Gænion le Forgeron les a façonnées à partir des larmes d'Antimone. Lorsqu'elle s'est mise à pleurer, il a été séduit par la façon dont l'éclat de son épouse s'y reflétait… Je te rappelle que son épouse n'est autre qu'Araian, le soleil. Aussi en a-t-il ramassé quelques-unes et les a-t-il disposées dans les cieux pour y reproduire des motifs que Dieu avait déterminés, et elles y sont restées.

– Les étoiles sont les gemmes que le dieu Bel a lancées dans le ciel pour célébrer le trépas du grand Taureau, la bête des ténèbres de Mot, rétorqua Tiryn. Les yeux du Taureau sont eux aussi enchâssés dans le ciel, même si l'un est injecté du sang attribuable aux affres de son agonie. Je te parle de nos lunes, Firghe et Anande, Courroux et Patience. »

Jason sourit. « Chaque peuple a ses dieux. Je ne connais pas votre Bel, mais j'ai entendu les ailes d'Antimone battre au-dessus des champs de bataille, comme un papillon noir captif à l'intérieur de mon cœur, et il y a naturellement ceci… » Il écarta son manteau et s'assit, pour marteler le plastron de son Divin Fléau.

« Je ne vois pas comment de simples mortels auraient pu forger ces cuirasses, si ce n'est pas l'œuvre d'une divinité, car il n'existe assurément personne capable de percer les mystères de leur fabrication.

– Tous en étaient peut-être capables, autrefois, rétorqua Tiryn en haussant un sourcil.

– Comment dit-on têtue, dans ton langage ?

– *Kura*. Un mulet est un *kuru*. Je commence à me dire que c'est un qualificatif qui s'applique parfaitement aux Macht. »

Jason se leva et s'inclina devant elle. « Je te remercie pour le vin, le repas et cette leçon d'humilité. »

Elle abaissa le komis dissimulant son visage et le considéra. Il restait immobile et elle n'avait nulle envie qu'il s'éloigne. « Peut-être te verrai-je demain, au cours de la marche ?

– Peut-être, peut-être… » Il avança sa main et, pendant une seconde d'irréflexion, elle tendit vers les siens ses doigts bien plus longs et plus pâles sous la clarté du feu… sans qu'ils se touchent. Elle ramena le bras en arrière, sidérée par la témérité d'une telle pulsion.

« Demain, dit-il. Je souhaite apprendre les mots qui désignent la terre, un foyer et le bonheur, au cas où j'aurais un jour besoin de les connaître. » Il pivota sur ses talons pour repartir.

« J'espère que ce sera le cas », fit-elle en regardant la silhouette drapée de son manteau disparaître entre les lueurs du feu et les ombres du camp endormi. Elle ne pensait pas qu'il avait pu l'entendre.

■■■■

Le lendemain, les gymnètes de Rictus virent un grand tertre émerger des brumes matinales. Tout autour, les basses-terres du Moyen Empire coassaient, stridulaient et bourdonnaient sous l'effet du soleil qui réchauffait déjà l'atmosphère. Un fermier kufr solitaire parti travailler avec son bœuf aperçut les Macht et prit la fuite, en abandonnant l'animal déconcerté. Rictus abattit sa paume sur la croupe du ruminant au passage et Siffleur sourit. « Je peux, Rictus ?

– Laisse-le. Les fourrageurs le récupéreront. Cormos… conduis ton centon sur la droite, sans rompre le contact.

– Regarde », dit Siffleur qui fit passer sa pelta de son dos à son bras gauche.

Il y avait là une cité qui semblait flotter sur une mer de blancheur immatérielle, à la bordure du monde. Avec ses murailles aussi droites qu'un fer de lance, c'était une énorme masse noire que les papillotements d'une centaine, deux cents, un millier de lampes éveillaient à la vie. Ses habitants se levaient avec l'aube.

« Ab-Mirza, déclara Rictus. C'est ce qu'a dit Jason. Tous les centons au pas de course… Transmets ces instructions. Ils ouvriront les portes quand le soleil apparaîtra, et nous devrons être là pour les empêcher de les refermer. »

Ils s'élancèrent à petites foulées dans l'étendue blanchâtre, le javelot tenu du même bras que le bouclier, une courte lance dans l'autre main. Ils étaient presque tous nu-pieds, car leurs sandales n'avaient pu résister aux bourbiers des terres agricoles qu'ils venaient de traverser. Environ neuf cents hommes, aux yeux aussi brillants et enfiévrés que ceux des vorins en chasse, une multitude désordonnée, une simple entité obscure qui se déplaçait à vive allure dans la brume.

Embroché d'un coup de lance, un autre fermier s'effondra en gardant la bouche ouverte sur une plainte tronquée. Rictus ne put s'empêcher de sourire. Fournir des instructions à la meute qui le suivait eût été superflu. Lorsqu'on avait de tels hommes sous ses ordres, il fallait les prendre tels qu'ils étaient.

Ils passèrent devant des bâtiments agricoles aux murs en pisé et aux toits de roseaux, un alignement de palmiers trapus longeant un fossé d'irrigation, des murets de terre qui arrivaient aux genoux, à la poitrine. Ils les franchirent sans faire de pause et sentirent les briques d'argile s'effriter sous leurs pieds, leurs coudes et la prise tâtonnante de leurs doigts.

Et, finalement, ils découvrirent l'odeur de la cité, reniflée par le nez et perçue comme une ombre sur la brume environnante. Ils avaient atteint les murailles, de la brique glissante veinée de lierre. « Longez-les », chuchota Rictus. Il entendait marcher, du côté opposé, ainsi que des claquements attribuables aux femmes venues faire leur lessive sur les pierres d'un cours d'eau ou d'un lavoir.

Et ils atteignirent la porte… un haut panneau de bois renforcé de bronze qui se refermait déjà devant eux. Rictus hurla un ordre - il n'aurait pu dire lequel - avant de s'élancer au pas de course. Ses hommes libérèrent un grondement de colère inarticulé et l'imitèrent. Ils percutèrent le battant de plein fouet, et l'impact de leurs têtes s'accompagna d'un chapelet de craquements.

« Poussez, bande de fainéants ! »

Il recula du rassemblement d'hommes qui avaient calé leurs épaules contre le bois pour s'élancer vers l'ouverture obscure déjà fort réduite et s'y faufiler. Il vit du côté opposé une multitude de Kufr, de grandes silhouettes anguleuses qui grognaient et criaient. Il en embrocha plusieurs avec sa courte lance, sans seulement s'intéresser au résultat. Derrière lui, d'autres gymnètes se glissaient dans l'entrebâillement. Siffleur se retrouva près de lui, avec un javelot qu'il utilisait comme une lance. Une pointe acérée crissa sur la cuirasse de Rictus, même s'il sentit à peine l'impact. Puis une autre. Un archer avait pris la mêlée pour cible, sans se soucier de qui il abattait.

Les portes se rouvraient, sur la masse imposante d'hommes hurlants aux boucliers levés au-dessus de leurs têtes, aux lances dardées par-dessous vers des ventres et des aines d'autochtones. Les Macht se déversèrent dans la ville, en se servant à présent de leur élan. Le passage était dégagé et le torrent de muscles les emportait au-delà du sol de pierre du corps de garde. Les Kufr battaient en retraite. Ici, la lumière des torches rivalisait avec le halo cerné de brume du soleil levant. Le matin se frayait un chemin jusqu'à eux. Les hommes de Rictus avaient franchi les portes de la ville et se répandaient dans ses rues. Les bâtiments qui se dressaient autour d'eux faisaient penser à des falaises rouges, des Kufr couraient en tous sens, des volées de traits s'abattaient en sifflant, des hommes s'effondraient, traversés par des fûts empennés. Des Kufr étaient montés sur les toits et des archers se redressaient le temps de tirer pendant que les simples citoyens se contentaient de lancer des briques, des pierres et d'autres projectiles improvisés. Une douzaine de Macht étaient tombés et leur sang se répandait en flaques sur les pavés. Les autres membres de la mora qui franchissaient les portes poussèrent un grand cri en voyant leurs camarades à terre, et ils s'élancèrent en redoublant de vigueur. Le noyau de résistance apparu autour du poste de garde se brisa. Les Macht franchirent leurs morts et leurs blessés d'un bond pour s'engouffrer dans les rues et les venelles, défoncer les portes à coups de pied et traîner à l'extérieur les femmes pour leur tordre le cou, leur transpercer le cœur ou leur crever les yeux. Puis ils gravissaient à pas lourds l'escalier intérieur pour se ruer vers la terrasse et massacrer impitoyablement tous ceux qui s'y trouvaient avant de balancer leurs cadavres dans la rue. Rictus vit deux de ses hommes immobiliser une grande Kefren et la violer avec un javelot, en riant follement tant leur haine était grande.

Il lança des ordres, auxquels nul ne prêta attention. Ses troupes échappaient à son commandement, s'éparpillant dans le labyrinthe de ruelles à la poursuite de tout Kufr qui osait montrer le bout de son nez. Mais sur les toits plus éloignés, d'autres habitants de la cité se redressaient le temps de les cribler de flèches, de piques et de pierres. D'autres encore poussaient des chariots en travers des rues pour barrer le passage aux envahisseurs. Il ne semblait y avoir ici aucune garnison capable de s'opposer aux Macht, et c'était la population elle-même qui organisait cette résistance. Absorbée par la cité, la mora de Rictus disparaissait au cœur du chaos et de la boucherie qu'il avait sous les yeux.

Il retint un jeune Macht par la peau du cou et écarta d'une tape le couteau brandi devant son visage. « Ressors d'ici ! Va rejoindre le gros de l'armée. Trouve Jason et dis-lui de venir au plus vite avec les autres morai. Explique-lui qu'il y a des combats de rue et que nous allons être submergés s'il n'intervient pas au plus vite. C'est compris ?

Répète-moi ce que je viens de dire. » Ce que fit l'adolescent, avec ressentiment.

« Comment t'appelles-tu ?

— Lomnos.

— Eh bien, Lomnos, sache que si Jason ne reçoit pas mon message je te retrouverai… tu saisis ? » Le jeune mercenaire gronda un assentiment avant de s'éloigner au pas de course.

« C'est toi, Siffleur ? Encore à la tête ! » Le crâne dégarni de l'intéressé avait perdu une autre tranche, et il leva la main pour toucher le sang.

« J'ai rien senti. C'est devenu complètement insensible… et c'est une excellente chose, non ? Rictus, il faut empêcher ces imbéciles de tout raser par le feu.

— Je sais. Il n'y a plus aucune discipline. Fais ton possible. Je vais quant à moi essayer de rejoindre ceux qui sont en tête. » Rictus s'élança au pas de course dans les rues pentues de la cité, pour retenir des hommes ici et là, tous les visages connus. Ainsi rappelés à l'ordre, ces gymnètes se remémoraient leur devoir et lui emboîtaient le pas, mais ils étaient des centaines à s'être dispersés pour tuer et piller, loin de tout centurion, et les piles de cadavres devenaient de plus en plus importantes dans chaque rue.

■■■■

Le jeune Lomnos débita son message en postillonnant et Jason posa la main sur son épaule. Il regarda autour de lui et vit Aristos au milieu de la colonne. Il l'appela.

« Conduis ta mora dans la cité sans perdre une seconde. Rictus peut avoir besoin d'aide. » Aristos sourit, rougit de plaisir et se détourna pour partir.

« Et ne laisse pas tes hommes faire tout ce qui leur plaît ! »

Les premières lignes de la mora s'élancèrent au pas de course en se coiffant de leur casque et en tirant sur la sangle de leur bouclier, pour le passer du dos sur leur épaule. Jason s'intéressa une fois de plus à son entourage et aperçut Buridan à deux cents pas de là. Il lui désigna l'agglomération et leva puis baissa le poing. Buridan hocha la tête et donna des ordres. Aussitôt, cette deuxième mora pressa à son tour le pas. Il y avait à présent deux mille hommes qui suaient et hoquetaient dans leur armure pour atteindre le plus rapidement possible la porte restée béante d'Ab-Mirza.

« Boucliers ! » ordonna Jason. Les centurions qui l'entouraient reprirent cette instruction, et les cinq morai du centre rompirent les rangs pour se diriger vers la caravane de l'intendance et les chariots sur lesquels s'entassait leur équipement. Les morai se succédaient pour assurer à tour de rôle l'avant- et l'arrière-garde, car marcher tout le jour en se coltinant une panoplie complète était exténuant. Jason serait par conséquent contraint d'attendre un peu avant de pouvoir envoyer d'autres hommes dans la ville. Pour l'instant, tout ce qui s'y passait devrait être géré par Rictus, Aristos et Buridan.

■■■■

Environ deux cents gymnètes s'étaient regroupés autour de Rictus, tout ce qu'il avait pu reconstituer de sa mora. Il s'agissait principalement de vétérans qui s'étaient battus à ses côtés dans les Kunaksa, des hommes plus âgés et plus équilibrés que les autres mais qui bouillaient d'envie de se joindre aux pillards. C'était pour Rictus une évidence. Un inconscient avait renversé une lampe à huile dans une étable et la moitié de la rue était la proie des flammes. L'Iscan restait paralysé face à cet incendie qui lui rappelait la fin de sa propre cité, les cris de souffrance qui se répercutaient sur des collines recouvertes de pins.

D'autres troupes progressaient vers le haut des rues pentues, des centaines d'hoplites précédés par un porte-fléau. Aristos se coiffa de son casque et devint un centurion au teint olivâtre, au visage rayonnant de bonheur. « Allons terminer ce que Rictus a débuté, cria-t-il à ses hommes. Rappelez-vous mon oncle Argus… rappelez-vous Phiron ! Allez apprendre leurs noms à ces Kufr ! »

Vorus fut réveillé par une ordonnance, un jeune *hufsan* à l'expression résolue. « J'ai reçu l'ordre de t'avertir, général. Il se passe à l'extérieur une chose à laquelle tu dois absolument assister. »

Décontenancé, Vorus jeta une couverture sur ses épaules et ce fut pieds nus qu'il sortit de la tente. L'aube allait se lever et le vaste campement s'agitait, alors que les odeurs de la fumée des feux et du crottin de cheval se mêlaient dans la nuit.

« Le général Proxis est sur le tertre », précisa l'*hufsan*.

Vorus gravit en peinant la petite éminence, cet ultime vestige de ce qui avait été une cité dans un lointain passé. Ils avaient installé à son sommet un poste d'observation, car c'était le point le plus élevé à des pasangs à la ronde. Proxis s'y dressait, avec trois autres membres de la Légion juthienne.

« Proxis.

— Regarde l'ouest, Vorus. Qu'y vois-tu ? »

Un halo à la bordure du ciel, du rouge dans la mer de brume blanche qui recouvrait la plaine. L'expression de Vorus se durcit.

« Ils incendient une cité. De quoi peut-il s'agir ?

— D'Ab-Mirza. Cette agglomération est à soixante pasangs d'ici, deux jours de marche.

— Le gouverneur a dû recevoir le message du Roi et organiser la défense de la cité.

— À moins que les Macht n'aient voulu faire un exemple.

— J'en doute. À quoi cela leur servirait-il ? Non, je suis prêt à parier que la population leur a opposé une vive résistance.

— Et a été vaincue. Le gouverneur d'Ab-Mirza a condamné tant sa personne que ses administrés.

— Voudrais-tu dire à tous les gouverneurs d'ouvrir les portes de leur cité à ces bandits ? » demanda Vorus, désormais irrité. « Le Roi a eu raison. Nous devons les contraindre à se battre tout au long de leur chemin.

— Ce qui nous obligera à piétiner des cadavres de Kufr tout au long du *nôtre* », rétorqua Proxis. Vorus se détourna du spectacle silencieux visible à l'horizon. Là-haut, sur ce tertre, ils surplombaient la brume et entendaient sans la voir l'armée qui les cernait. Comme si elle était spectrale.

« Proxis, mon ami, qu'est-ce qui te tourmente ? » demanda-t-il doucement. Les trois Juthiens se trouvant au-delà regardaient le couchant sans broncher, mais tous partageaient une chose dont le Macht se savait exclu.

« Proxis ?

— Rien. Je n'aime pas voir une cité s'envoler en fumée, voilà tout. » Proxis devait être à jeun, car nul relent de vin n'empestait son haleine, ce qui signifiait qu'il n'avait pas non plus bu la veille. Vorus connaissait ce Juthien depuis deux décennies, et il ne se souvenait pas l'avoir vu aller se coucher sans s'accorder au moins une coupe de n'importe quel breuvage alcoolisé qu'il réussissait à se procurer.

« Viens me rejoindre sous ma tente. On y trouve de quoi se réchauffer.

— J'ai du travail à terminer, répondit Proxis en secouant la tête.

— Je n'aime guère te voir refuser un verre. »

Le Juthien le dévisagea. S'il n'arrivait qu'au menton de Vorus, il avait des épaules bien plus larges que les siennes, presque de moitié. Ses yeux dorés étaient injectés de sang et, sous la clarté de l'aube, sa peau paraissait aussi noire que du charbon. « Il est possible que je renonce à tout jamais à la boisson. En tant qu'esclave, j'ai bu tous les tord-boyaux sur lesquels j'ai pu mettre la main. Une quantité plus que suffisante pour la durée de deux existences.

— Tu n'es pas un esclave…

— Nous sommes tous des esclaves, Vorus. Toi le premier ! »

Sur ces mots, le Juthien se détourna pour redescendre du tertre, suivi par ses compatriotes, des individus aussi sombres et taciturnes que les autres représentants de leur peuple. Mais il y avait dans leur attitude un élément qui avait apparemment disparu… un semblant de considération pour l'officier devant lequel ils passaient en regagnant la plaine. Une déférence que Vorus n'avait pas remarquée avant qu'elle ne s'évapore.

« Qu'il soit maudit, marmonna-t-il. Il découvre ce qu'est la fierté vingt ans trop tard. Qu'il soit maudit ! »

Nous allons effectivement piétiner des cadavres tout au long de notre chemin, c'est une triste certitude, se dit-il en regardant le spectre d'Ab-Mirza qui se consumait dans les brumes du lointain.

XX

Ensemble dans le noir

Un feu de camp et, sur son pourtour, onze hommes bardés du Présent d'Antimone.

« Et pourquoi pas ? demanda Aristos avec les yeux brillants. Nous avons des lances qui nous permettent de prendre tout ce que nous voulons, quand nous le voulons. Leur Grand Roi se tapit quelque part à l'est, au-delà de l'horizon. Au nom de quoi devrions-nous nous abstenir de violer et piller son Empire en chemin ? Chargeons le vent de lui apporter notre message, de charrier jusqu'à lui la puanteur de ses cités en flammes. Qu'est-ce qui nous en empêche ? »

Plusieurs généraux firent claquer leurs poings sur leurs cuisses, en signe d'approbation. Jason s'intéressa à eux. Gominos le robuste, Grast l'affreux, Hephr l'insidieux et Dinon l'hypocrite. Tels étaient les qualificatifs qu'il leur avait attribués. Puis Mynon prit la parole, cet homme aux yeux d'oiseau qui se laissait emporter par le vent.

« Aristos a peut-être raison, Jason. Qu'avons-nous à gagner en négociant avec des individus qui ne nous ouvriront jamais les portes de leur ville ? »

Jason allait répondre quand Rictus intervint. Ses yeux étaient deux fenêtres vitrées dans son visage basané et il exsudait de la fureur par tous ses pores, mais ce fut d'une voix posée qu'il déclara : « Chaque fois que nous pillons une agglomération, un peu de discipline disparaît dans nos rangs. Chaque fois que nous massacrons des innocents désarmés, nous distillons du poison dans le soldat qui est en nous. Nous nous transformons en brigands, violeurs et assassins. Or, seuls des militaires peuvent espérer atteindre la mer. Nous devons faire preuve de rigueur, être obéis par nos hommes. Si le respect de la hiérarchie va à vau-l'eau, nous mériterons de mourir car nous serons devenus de vulgaires criminels. »

Aristos rit et renifla. « Eh bien, écoutez-le ! Voilà un tête en paille qui a un sens de l'honneur extrêmement développé ! Où es-tu allé pêcher ces beaux principes, Rictus ? Ton père te les aurait-il enseignés pendant qu'il enculait ses brebis ? »

Ils virent une vague silhouette, une ombre indistincte, franchir d'un bond le feu de camp. Puis Aristos fut sur le dos, chevauché par Rictus qui appliquait sur sa gorge un couteau dont le tranchant avait déjà fait couler un peu de sang. Tous restèrent figés une seconde, puis Gominos tira son glaive.

« Ça suffit ! beugla Jason qui s'avança pour saisir Rictus par l'épaule. Laisse-le, mon garçon… C'est un ordre ! »

L'Iscan se releva, remit son couteau dans sa ceinture et baissa le regard sur Aristos pour lui murmurer : « Ne t'avise pas de dire encore quoi que ce soit sur le compte de mon père, ou tu es un homme mort ! »

Le noyau de guerriers s'ouvrit. Aristos se leva, la main crispée sur la poignée de son propre glaive, et les généraux les plus jeunes se rapprochèrent de lui. « Je te conseille de tenir ton chien en laisse, Jason ! cracha-t-il d'une voix qui chevrotait un peu. Il va recevoir une volée de coups de bâton, s'il tente de nouveau de mordre les mollets de ses maîtres !

— Ferme ta grande gueule, pauvre imbécile, gronda Buridan qui faisait plus que jamais penser à un ours.

— Arrêtez ! lança Jason. Contestes-tu mon autorité, Aristos ?

— Je réclame un nouveau vote.

— Sur quelles bases ?

— Sur le fait que certains membres de ce Kerusia ne sont pas dignes de commander une mora.

— Je partage cette opinion sans réserve, mais changer de généraux quand nous avons le Grand Roi à nos trousses et les chariots de ravitaillement à moitié vides manquerait de sagesse.

— J'exige un nouveau vote, ici et sur-le-champ.

— Et moi, j'exige que tu te taises… faute de quoi je te destituerai.

— Tu n'en as pas le droit !

— Bien sûr que si ! Rien ne m'en empêche, vu que les généraux n'ont pas été désignés par un vote. J'ai simplement promu le commandant en second de chaque mora quand l'ennemi nous a mis à genoux, dans les Kunaksa. Le moment venu, les hommes devront décider qui ils veulent avoir à leur tête, mais l'instant serait mal choisi. Le reconnais-tu ? »

Aristos finit par hocher la tête.

« Alors, vous devrez exécuter mes ordres sans discuter, tous autant que vous êtes. Nous ne pillerons plus une seule cité. Je compte sur vous pour le faire comprendre à vos hommes. Seul un fou creuserait plus encore le trou au fond duquel il se débat. Que ce soit bien clair. Je punirai quiconque y trouvera à redire. » Il se tut, le temps de les regarder de la tête aux pieds en se souvenant de Phiron, Pasion, Orsos, Castus et autres chefs que ces gringalets avaient remplacés. Il se sentait très vieux, il avait l'impression qu'ils s'étaient tous avilis. Le sentiment de fraternité qui les avait conduits jusque-là avait disparu. Il se demandait si même Phiron aurait pu redresser une situation de ce genre.

« Nous sommes des Macht, mes frères. Ne l'oubliez jamais. »

Certains lui retournèrent son regard. Le vieux Mochran, qui hocha la tête en ayant dans les yeux les reflets des mêmes souvenirs. Le jeune Phinero, qui avait tant aimé son frère assassiné. Même Mynon, qui eut la grâce de paraître un peu honteux de son comportement. Rictus s'était perdu dans une colère qui le rendait inaccessible. Aristos et ses partisans… ce qu'il venait de dire n'avait eu sur eux aucun impact.

« Vous pouvez disposer, déclara-t-il. Mynon et Rictus, je vous demande de rester. »

Il leva les yeux sur les étoiles… ses étoiles. Un autre souvenir, qui lui arracha un sourire. Ils se trouvaient à un demi-pasang du campement, car il avait jugé préférable que leurs débats se déroulent sans que leurs hommes puissent les suivre. À l'ouest, les bivouacs des Macht dessinaient un carré de feux de camp d'un pasang de côté. Sur l'horizon est, Ab-Mirza se consumait toujours, désormais derrière eux. Il avait conduit l'armée à marche forcée tout le jour, afin que la sueur élimine le vin trouvé dans la cité. Jason ferma les yeux pour se remémorer l'instant d'angoisse où il avait senti les troupes échapper à tout contrôle pour se livrer aux pires exactions. Aristos et sa mora avaient franchi les portes sans aucune discipline, ordre ou autre pensée que l'assouvissement de leurs instincts les plus vils. Les hommes de Buridan, les meilleurs de son armée, s'étaient jetés dans la mêlée pour participer au massacre en croyant qu'il s'agissait d'une nouvelle bataille.

Et c'était lui, Jason, qui les avait envoyés dans cette ville.

Alors que les troupes d'Aristos et de Rictus y massacraient déjà femmes, enfants et vieillards... pour le plaisir. Le temps de restaurer un semblant d'ordre, tout était en flammes. Il ne restait qu'un charnier embrasé et rien à faire, sinon attendre que le feu achève son œuvre purificatrice.

Jason ne savait pas pourquoi cela le tourmentait à ce point. Rictus avait vu Isca se consumer et tout indiquait que sa famille avait été massacrée - son père, à en juger par ce qui venait de se passer avec Aristos - et sa réaction était excusable. Mais Jason avait déjà participé à la destruction d'une cité - où vivaient des Macht - et il ne pouvait comprendre pourquoi tout ceci l'affectait ainsi.

« *Par Phobos !* », marmonna-t-il, déconcerté tout autant qu'irrité. Au moins les Kufr savaient-ils désormais ce que ressentaient les victimes des Macht. Une autre nouveauté dans ce monde en pleine mutation.

« C'est ma faute, déclara Rictus en se frottant les yeux comme si la clarté ambiante les agressait. Ils m'ont semé, et ensuite seul un petit nombre est revenu. C'est ma mora qui a tout déclenché. Aristos a raison. Je ne suis pas digne d'exercer un commandement.

— Tu restes aux premières lignes, alors qu'un chef doit prendre du recul pour diriger ses centons. Voilà la clé de la victoire. Tu es un général, Rictus, et tu as été le premier à franchir cette porte. Nous n'écrivons pas une histoire droit sortie d'une légende. Un commandant a l'obligation de considérer la situation dans son ensemble. Le comprends-tu ?

— Je souhaite renoncer à mon commandement.

— Plus un mot. Retourne auprès de tes hommes et apprends-leur à t'obéir. Va, je ne veux plus en entendre parler ! »

Rictus s'éloigna dans les ténèbres, de la lente démarche propre aux vieillards épuisés.

« Ce garçon a des idées bizarres, déclara Mynon. Peut-être parce qu'il vient d'Isca.

— Il voudrait tenir les humains en haute estime, les croire bien meilleurs qu'ils ne le sont. Ses gymnètes l'aiment pour ça, à en croire Buridan. Lorsqu'ils le déçoivent, il le prend mal. Il est jeune, il n'a pas encore découvert les dures réalités de ce monde.

— Il n'y a pas leçons plus profitables que celles que nous apprenons à nos dépens, déclara Mynon en bâillant. Mais je suppose que tu t'interroges sur ce que nous avons encore à manger ?

— La plupart des réserves d'Ab-Mirza se sont envolées en fumée, ce qui a rendu notre approvisionnement problématique. Que nous reste-t-il, Mynon ? Je t'en prie, ménage-moi.

— Trois jours de rations complètes. En les réduisant de moitié et en laissant les esclaves crever de faim, nous pourrons tenir une semaine. On ne trouve plus rien sur des pasangs, et d'après ce qu'on raconte…

– Le renégat a envoyé une armée complète à nos trousses. Je sais. Ses troupes sont à deux jours de marche, et des cavaliers les accompagnent. Nous sommes à huit cents pasangs des montagnes. En forçant l'allure, nous les atteindrons dans vingt à vingt-cinq jours. Une fois dans les hauteurs, nous pourrons faire volte-face et nous battre. En attendant, nous devrons nous contenter de nous déplacer le plus rapidement possible.

– Avec le ventre vide.

– Je redoute bien plus les langues que les ventres. Rictus est dans le vrai lorsqu'il dit que si les hommes prennent l'habitude d'agir à leur guise, comme hier, nous ne serons plus que de la racaille dans moins d'un mois. Il est certain que ces jeunes chiots en seraient ravis, mais ça sonnerait purement et simplement le glas de notre armée.

– On pourrait estimer que ce qu'elle avait de meilleur a déjà disparu, déclara Myron pour une fois lugubre.

– Antimone est toujours à nos côtés. Nous sommes encore des…

– Macht, je le sais. J'étais là. Qu'a dit Orsos, déjà ? C'était une citation extraite de Sarenias, il me semble. *Mes frères, pénétrons ensemble dans les ténèbres, dans l'ombre des ailes d'Antimone.* »

Ils restèrent là à se remémorer le passé, pendant que le feu crépitait en se réduisant à leurs pieds. Autour d'eux les insectes, innombrables dans les basses-terres, emplissaient la nuit de leurs stridulations et cliquetis, des sons privés de signification.

« Nous n'avons pas notre place dans cette contrée, déclara Jason.

— Je le sais. Je vois tout là-haut les mêmes étoiles et je me demande pourquoi elles ne sont pas différentes. Même l'eau a un goût étrange, ici. Il m'arrive de me dire que les Kufr ont plus de droits que nous sur ce monde. »

Jason tenta de rire, mais nulle manifestation de gaieté ne put franchir sa gorge. « L'eau ? Hier, les caniveaux d'Ab-Mirza débordaient de sang. Il coulait par-dessus les murailles. Combien de milliers, Mynon ? Plus qu'il n'en est tombé dans les Kunaksa, je pense. Quels que soient les torts que nous avons subis, nous les avons rendus au centuple. »

L'armée reprit la route avant l'aube, chaque homme étant aussi maussade et taciturne qu'un ivrogne se remémorant les excès du soir précédent. Jason envoya les centurions parcourir le campement et faire jeter tout le butin provenant d'Ab-Mirza dans les braises des feux. Les femmes amenées sous le joug furent libérées et laissées en bord de route, tels des spectres nus livides. Les hommes repartirent avec le ventre vide et d'épouvantables migraines, et les centurions se déplaçaient le long des colonnes pour leur hurler de presser le pas. Quand des bêtes de somme défaillaient, des centons complets étaient chargés de prendre la relève. Des douzaines d'hommes furent envoyés stabiliser et pousser à la force des bras les chariots les plus lourds dans les bourbiers des plaines de Pleninash, rouant de coups des mules et des bœufs épuisés. La moitié des militaires semblaient accablés par la honte, alors que les autres bouillaient de ressentiment, comme des hommes accusés d'un crime qu'ils considéraient ne pas avoir commis. Des disputes éclataient d'un bout à l'autre des détachements qui progressaient péniblement. De temps en temps, quelques individus s'écartaient du gros des troupes pour régler un différend en se battant dans la boue du bas-côté de la route, jusqu'à ce que des centurions décident d'intervenir pour les séparer.

« J'aimerais que ce putain de pays soit expédié derrière le Voile », grommela Gratus en faisant claquer sa main sur son cou. Il pela une bestiole noire de sa peau, la regarda avec dégoût et essuya ses doigts tachés de sang dans sa chevelure. « Nous ne sommes même pas au milieu de l'été, et cette chaleur ferait suer un poisson. Comment supportent-ils ça ?

— C'est leur pays », répondit le vieux Demotes, dont les yeux bleus brillants contrastaient de façon incongrue avec sa face ratatinée noircie et sa barbe blanche. « Ils y ont grandi, comme nous avons appris à vivre dans nos montagnes. Par ailleurs, ils n'ont pas à se plaindre. Chez nous, pendant l'hiver, mes genoux se bloquent après une courte marche et je dois les frictionner comme un môme qui vient de découvrir comment fonctionne son tube à pisse jusqu'à ce que je puisse me lever de nouveau.

— Je t'ai vu prendre cette Kufr, Gasca. Ça s'est passé comment ? demanda Astianos. Le temps de trouver une fente entre ses jambes, la mienne avait crevé et j'ai pour principe de ne jamais baiser des charognes. »

Gasca continua sa route, sans répondre.

« Il est timide, ajouta Astianos en lui donnant une tape dans le dos. C'était sa première fois, alors s'envoyer une Kufr ne compte pas. Il est toujours puceau. »

Gasca resta impassible. Le soleil avait décoloré ses cheveux blonds et sa peau était aussi sombre que du cuir de sandale, les taches de rousseur de son nez et de ses joues s'étant métamorphosées en tatouages noirs. Il avait effectivement saisi cette fille, pour l'isoler des autres. Il l'avait trouvée jolie, la première Kufr qu'il considérait sous cet angle. Dans le chaos de la ville mise à sac, il l'avait traînée dans une ruelle tranquille et lui avait arraché ses vêtements, enivré par la surexcitation due à la chute de la cité autant que par l'alcool de grain qu'Astianos avait déniché dans une riche demeure. Il avait passé ses mains sales sur sa peau si douce, il l'avait caressée et pelotée. Mais son regard avait eu sur lui l'effet d'une douche froide, tant ses yeux étaient sombres et pleins de désespoir. Elle pleurait en silence, comme une humaine, et il l'avait laissée partir. Chose étrange, avoir renoncé à la violer ne lui avait pas fait douter de sa virilité. Il était au contraire soulagé d'être ressorti d'Ab-Mirza en étant le même homme qu'à son arrivée. Ses camarades n'auraient pas pu comprendre, mais il savait que Rictus en eût été capable. Il en était convaincu. Et il subit les railleries de ses compagnons en se contentant d'en sourire. Il l'ignorait, mais il était devenu un homme. Il continuait sa route avec des airs de vétéran, et son expression était celle d'un adulte dont l'esprit n'avait plus de secrets pour lui.

Tous étaient plus maigres qu'autrefois, avec ici et là des balafres, une peau parcheminée par le soleil et des pattes-d'oies blanches de chaque côté des yeux. Ils avaient des ongles cassés et incrustés de crasse, la plante de leurs pieds nus aussi coriace que du cuir. Ils n'auraient pu avoir un corps plus fuselé et usé, et les muscles de leur visage modelaient tempes et mâchoires, leur apportant du relief dès qu'ils ouvraient la bouche. Ils étaient des soldats, des êtres faits de désirs et d'habitudes enchâssant un noyau d'agitation indéfinissable. Ils étaient durs, brutaux, sentimentaux et sardoniques. Ils étaient égoïstes et altruistes. Ils auraient éventré un homme pour une obole en cuivre et partagé avec lui les dernières gouttes d'eau que contenait leur outre. Ils auraient foulé au pied un chef-d'œuvre artistique et été émus jusqu'aux larmes par la voix d'un vétéran qui se mettait à chanter. Ils étaient la lie de la terre, ils étaient des Macht.

Il y avait quatre jours que l'armée se déplaçait à l'allure exténuante que leur imposait Jason. Chariots cassés et bêtes épuisées jonchaient la Voie impériale, derrière eux, et des groupes de fourrageurs allaient se procurer de quoi nourrir les bêtes, alimenter les feux et… rien d'autre. Au fur et à mesure que s'égrenaient les jours, les souvenirs sanglants d'Ab-Mirza s'estompaient et la fréquence des rixes éclatant dans les rangs redevenait normale. Les dernières réserves de nourriture, des restes poudreux et entamés par les rats au fond des chariots, furent mises à bouillir dans les *centoi* avec ce qui restait de viande désormais verdâtre et visqueuse. Pour la première fois, des hommes commencèrent à s'écarter de la colonne pour aller vider leurs boyaux à d'autres moments qu'au cours des haltes. Une semaine s'écoula et, si leur allure décrut, les chariots se remplirent de ceux dont les forces avaient été emportées avec le contenu de leurs intestins, pendant que la maigreur de ceux qui marchaient toujours en portant assistance aux malades s'accentuait encore.

« Ça suffit ! déclara finalement Buridan à Jason. Ils sont conscients de ce que tu fais. Ils ignorent comment ils l'ont découvert, mais ils le savent.

– Que savent-ils donc ? Que tu es leur supérieur ?

– Tu dois envoyer au ravitaillement de véritables équipes de fourrageurs, Jason, intervint Mynon. Par Phobos, la faim nous tenaille.

– À trois jours de marche, au nord-ouest, se trouve la cité d'Hadith. Arrivés là, nous pourrons reconstituer nos réserves. » Pour répondre à leurs regards, Jason ajouta : « Nous camperons à l'extérieur des remparts et nous enverrons une délégation à son gouverneur. Il a certainement entendu parler de ce qui s'est passé à Ab-Mirza, ce qui devrait l'inciter à céder à nos exigences. »

■■■■

Ce fut seulement deux jours plus tard que Jason retourna voir Tiryn. Il la trouva dans son chariot, près d'une lampe qui dégageait une épaisse fumée. L'huile était presque entièrement consumée et son esclave juthienne dormait, blottie dans des couvertures sous l'essieu du véhicule. Tiryn restait assise sous la clarté vacillante de la flamme, fascinée comme si cette langue de feu tentait de lui adresser un message de la plus grande importance. Elle redressa la tête quand le poids de Jason fit craquer le plancher, avant de reporter son attention sur la lampe et de rabattre le komis sur son visage.

« Voici le conquérant, fit-elle d'une petite voix. T'ai-je appris le terme que nous employons pour désigner les meurtriers, Jason ? C'est *jurud*. J'ai estimé que le connaître pourrait t'être utile. »

Il resta à la regarder, la mâchoire tour à tour crispée et détendue. « Je suis désolé. Ce n'était pas censé dégénérer ainsi.

– Vous faites la guerre, et j'ai eu tort de croire qu'il pourrait en aller autrement. Lors d'un conflit de ce genre, quelle importance peut encore avoir une cité, ici ou là ?

– Tiryn…

– As-tu assouvi tes désirs, à Ab-Mirza ? Tes hommes ne s'en sont pas privés, en tout cas. Ils savent désormais que la différence existant entre les femmes Kufr et Macht est infime. Tous nos orifices sont situés aux mêmes endroits !

– J'aurai sous peu besoin de toi.

– Mon aide ? Quels plaisirs pourrais-je te procurer, si mes semblables d'Ab-Mirza en ont été incapables ?

– Arrête ! Il faut que tu t'exprimes en notre nom, au nom des Macht, que tu serves d'intermédiaire entre nous et ton peuple. Je n'ai aucun désir de voir d'autres agglomérations s'envoler en fumée. »

Elle le dévisagea, l'air menaçant. « Pourquoi vous aiderais-je ?

– Tu aiderais également tes semblables.

– En les trahissant ?

– Pour autant que je m'en souvienne les tiens n'ont pas été tendres avec toi, avant que je te trouve, s'emporta-t-il à son tour. Depuis que tu voyages en notre compagnie, personne ne t'a manqué de respect. Tous savent que je tuerais quiconque s'y hasarderait. »

L'atmosphère était soudain glaciale. Elle écarta le komis de sa bouche et il vit ses lèvres sombres articuler « Pourquoi ? » sans émettre le moindre son.

« Je me le demande, avoua-t-il avec bien plus de douceur. J'ai vu bon nombre de cités en flammes et je sais ce que ça signifie. Mais je pense être devenu comme Rictus, j'en ai plus qu'assez de ces massacres. Ils me donnent la nausée, Tiryn. Je ne supporte plus ma profession. » Il s'adossa à la paroi du chariot, libéra un long soupir et leva les yeux vers les étoiles. « Foyer et maison…

– *Orthos*, et *amathon*. Tu sauras désormais comment les appeler.

– Je puis t'assurer que je m'en souviendrai. Aide-nous à regagner nos pénates et je ferai mon possible pour éviter que mes hommes ne brûlent des biens et ne tuent des innocents en chemin. »

La lampe grésilla et s'éteignit, les laissant dans le noir sous les étoiles. Il se pencha vers elle et leurs bouches s'effleurèrent un très court instant, une seconde étourdissante. Elle resta assise comme une statue de marbre délicate, les poings serrés dans la couverture qui couvrait son giron. Lentement, elle ramena le voile devant son visage puis se figea de nouveau. Jason ouvrit la main, comme pour lui offrir un présent, avant de se détourner et de descendre du chariot sans avoir ajouté un seul mot.

▪▪▪▪

Les portes d'Hadith étaient closes et des citoyens aux expressions pleines de défi s'alignaient sur les remparts. Jason s'avança jusqu'aux murailles de briques cuites en compagnie d'une seule personne, pendant qu'un demi-pasang derrière eux les Macht formaient une ligne de bataille. Il agita en approchant la branche feuillue des négociateurs, tout en se remémorant ses derniers pourparlers avec des Kufr. Son visage ruisselait de sueur.

« Baisse ton voile, dit-il à sa compagne. Il faut leur permettre de voir à qui ils ont affaire. »

Tiryn s'exécuta. Sa peau, habituellement couleur noisette, était plus claire que de coutume. La crainte la faisait trembler et elle gardait ses yeux écarquillés rivés sur les lances, les javelots et les arcs des défenseurs de la cité. Jason prit sa main dans la sienne. Elle était fraîche, fine et effilée. Elle la dégagea aussitôt et ses joues reprirent des couleurs. « Tiens parole, dit-elle posément. C'est tout ce que je te demande.

– S'ils refusent d'ouvrir les portes, nous repartirons sans nous battre. J'en ai fait le serment. »

Elle se tourna pour baisser les yeux sur lui et réussit à sourire. « En ce cas, tout est parfait. »

Le Macht et la Kufr s'immobilisèrent sous la falaise du mur d'enceinte, et Tiryn s'exprima d'une voix claire qui portait loin. Elle réclama de la nourriture, des chariots et des bêtes de somme, en promettant que cette armée s'abstiendrait de toute attaque et repartirait au lever du jour suivant. Alors que les habitants d'Hadith connaîtraient le même sort que ceux d'Ab-Mirza s'ils ne satisfaisaient pas leurs exigences avant la tombée de la nuit.

Une heure plus tard les portes s'ouvraient et les Kufr apportaient aux assiégeants le contenu de leurs silos, de leurs écuries et de leurs étables. Les Macht, restés immobiles tels des soldats coulés dans du bronze, allèrent ramasser leur butin pendant la nuit, et à l'aube suivante ils n'étaient plus qu'une ombre sur la route, loin à l'ouest, estompés par la poussière que soulevait leur passage. Les portes d'Hadith furent rouvertes et les plus hardis de ses habitants s'aventurèrent à l'extérieur, pour aller inspecter la terre piétinée à l'emplacement que le camp des Macht avait occupé. Alors qu'ils restaient là, sidérés, ils virent à l'est une autre colonne de poussière venir vers eux, dans le sillage d'une très grande armée qui suivait la première.

XXI
Frères d'armes

« Nous sommes sur une pente ascendante », fit remarquer Rictus en s'appuyant sur sa lance pour regarder l'ouest dans la brume miroitante infinie, un voile bleuté attribuable à la distance. Il tapa du talon. « Le sol est ici bien plus sec ; c'est un terrain où les déplacements sont plus faciles tant pour les hommes que pour les bêtes. Peut-être avons-nous atteint les limites des basses-terres.

– Le secteur vallonné qui s'étend sur ta gauche n'est autre que Jutha, lui expliqua Jason en consultant la carte en vélin de Phiron. Junnan, la capitale de cette province, se situe trois cents pasangs au sud-ouest. » Il redressa la tête pour regarder l'occident avec Rictus, et son expression avait des points communs avec celle d'un homme tenaillé par la faim. « Nous sommes à deux cents pasangs des Korash. Cinq ou six jours de marche, si le temps est clément. Imagine un peu, Rictus, nous allons regagner les montagnes.

– Quelle est leur altitude ? » L'Iscan n'avait pas perdu son esprit pratique. Il regardait Tiryn qui s'était agenouillée sur l'herbe presque rase de la colline pour la caresser telle une fermière tâtant des épis de blé.

« Elles sont moins élevées que les Magron », déclara-t-elle avant de se redresser, et de démontrer ainsi qu'elle était plus grande qu'eux. « Les Korash sont cependant bien plus froides, et on n'y trouve qu'un seul col autorisant le passage d'une armée : les Portes d'Irun. Ce défilé est défendu par deux cités fortifiées : Irunshahr à l'est et Kumir à l'ouest. Et on raconte que des Qaf vivent entre les deux.

– Au-delà de ces monts s'étend le pays d'Askanon, précisa Jason qui contemplait toujours l'occident. Et encore plus loin, Gansakr et finalement la mer. »

Rictus s'était détourné pour s'intéresser au chemin qu'ils avaient parcouru. Sous eux le campement de l'armée dessinait à peu près un carré et les rubans de fumée grise d'un millier de feux s'élevaient dans l'air stagnant. Des hommes éloignaient les bœufs pour leur chercher des pâturages et il entendait des armuriers marteler le métal sur leurs enclumes portatives. À cette distance, ces coups réguliers auraient pu être les tintements d'un glas.

Puis il scruta l'horizon et le revit, le nuage jaunâtre qui révélait la position des soldats du Grand Roi qu'ils avaient à leurs trousses, aussi opiniâtres que des limiers ayant flairé une piste.

« Lors du prochain affrontement, occuper une position plus élevée que la leur sera une nécessité, dit-il.

– Absolument, lui répondit Jason en enroulant la carte. Et nous devrons les affronter de ce côté des montagnes, les écraser avant de nous engager dans les Portes d'Irun.

— Une autre bataille ? demanda Tiryn.

— En effet, confirma Jason. La dernière, si nous savons nous y prendre.

— Je partirai en éclaireur avec mes hommes pour voir ce que contiennent les garde-manger des villages des collines », déclara Rictus. Il se pencha pour ramasser sa pelta et la suspendre dans son dos, puis il salua Jason de la tête et s'éloigna à petites foulées. Sa mora l'attendait plus loin sur la pente, quelque huit cents hommes qui s'étaient dispersés sur l'herbe pour profiter de la fraîcheur ambiante, la plupart allongés sur le dos et endormis. Ils commencèrent à se lever en le voyant approcher, un mouvement qui se propagea telle une ondulation sur ce versant de la colline. Tous avaient peint sur leur bouclier le sigile *iktos*, le symbole d'Isca.

« Il est si jeune pour assumer la responsabilité de tant d'hommes, fit remarquer Tiryn.

— Il a beaucoup mûri, crois-moi. » Jason fit reposer sa main dans le creux des reins de la jeune femme puis la remonta lentement, en percevant sa chaleur corporelle à travers le tissu arachnéen. Ses doigts s'immobilisèrent sur sa nuque, glissèrent sous le vêtement et effleurèrent des cheveux aussi soyeux que sa robe. Il put constater qu'elle frissonnait.

« Si tu me désires, pourquoi ne me prends-tu pas ? lui demanda-t-elle sans bouger.

— Je ne veux que ce qui m'est librement accordé.

— J'ai déjà été prise, bien des fois.

— Ça n'y change rien. » Jason écarta sa main pour la refermer sur son menton à travers le fin voile de son komis. « Ce qui m'attire, c'est ce qu'il y a en toi, fit-il en secouant doucement la tête. Ici. » Il plaça sa paume sur la douce chaleur d'un sein et perçut les battements de son cœur. Elle se rapprocha de lui, imperceptiblement, en se pressant contre sa paume, ce qui lui permit de sentir le mamelon.

« Tu es un Macht et je suis une Kufr.

— Peu m'importe, Tiryn. »

Elle inclina la tête et, après une brève hésitation, elle déposa un baiser sur sa bouche à travers son voile. « D'autres y accorderont énormément d'importance.

— Pas moi.

— Alors, qu'il en soit ainsi... pour un temps. Jusqu'à notre arrivée sur le littoral. » Elle leva la main afin de caresser son visage, effleurer de vieilles cicatrices.

« Jusqu'au littoral », approuva-t-il avant de l'embrasser.

▣▣▣▣

Vorus se laissait porter par sa vieille jument en lâchant également la bride à ses pensées vagabondes, les paupières mi-closes pour protéger ses yeux du nuage de poussière jaunâtre que soulevaient les troupes du Grand Roi. Ce brouillard très dense l'isolait de l'armée qui le suivait et il laissait à sa monture le soin de choisir son chemin, se contentant de quelques incitations des talons pour l'empêcher de dévier de leur cap. Les éclaireurs l'avaient informé qu'ils étaient à trois journées de marche de leurs adversaires, et il lui semblait que cet écart ne pourrait jamais être comblé, qu'il incite ou non ses soldats à presser l'allure. Il était à la tête d'une armée spectrale de fantômes fourbus et poudreux qui poursuivaient une chose encore plus fantasmatique. Une idée, peut-être, un simple symbole qui, à chaque pas, faisait naître de nouveaux concepts dans l'esprit des populations traversées, des gens qui avaient à peine entendu parler de tout cela et se chargeaient de colporter des versions dénaturées de ce voyage. Il avait l'impression de s'être lancé à la poursuite d'un mythe.

C'était ce qu'il pensait chaque soir, lorsqu'il lisait la lettre qu'Ashurnan lui faisait transmettre au triple galop pour gâcher les quelques instants de repos qu'il aurait pu s'accorder quand ses troupes s'arrêtaient enfin pour la nuit. Le Grand Roi avait conservé auprès de lui cinquante mille soldats chargés d'assurer sa protection, s'appropriant les nouvelles recrues qui continuaient d'arriver en Pleninash pour les cantonner autour de Kaïk, comme si les Macht avaient pu décider de revenir l'attaquer par surprise. Il avait perdu quelque chose, dans cette aventure, peut-être son courage. Vorus le percevait, même dissimulé sous les périphrases alambiquées des scribes. Ashurnan voulait en finir avec tout ceci, tourner la page au plus vite. Sans doute souhaitait-il tirer un trait sur le carnage des Kunaksa et la mort de son frère. Pour quelle autre raison aurait-il expédié le corps d'Arkamenes à Ashur, afin qu'il bénéficie de funérailles princières ? S'il n'en avait été que de lui, Vorus l'aurait jeté aux chacals.

Mais ils étaient néanmoins assez nombreux pour exécuter leur mission. La colonne qui le suivait était longue de douze pasangs. Chaque jour, l'avant-garde atteignait l'emplacement de leur bivouac deux heures avant l'arrière-garde, et il avait en outre à sa disposition une cavalerie forte de six mille hommes. Répartis tant sur les flancs que devant le gros des troupes, ces Asuriens faisaient toutefois montre de bien moins d'enthousiasme – et de panache – qu'auparavant. Ils étaient nombreux à monter des petits chevaux locaux, depuis que des centaines de niséiens avaient péri dans les Kunaksa. Mais ils constituaient incontestablement ses meilleures troupes.

Il s'agissait pour le reste des honai survivants, des détachements qu'il gardait en réserve et dont il assurait personnellement le commandement. Les conscrits *hufsan* continuaient de traverser les basses-terres, en dépit du fait qu'ils ne supportaient pas leur humidité, et il y avait aussi les trois Légions juthiennes, douze mille de ces petits guerriers maussades placés sous l'autorité de Proxis. Ils étaient en tout près de cinquante mille, et Vorus avait envoyé des officiers kefren chargés de recruter de jour comme de nuit d'autres combattants dans les cités des plaines. Il en aurait besoin. Chacun d'eux lui serait utile.

Il s'écarta de la colonne et éperonna sa monture récalcitrante pour remonter au petit galop les troupes en mouvement. Près de la tête de l'armée se trouvait le contingent des Juthiens à la peau grisâtre teinte en fauve par la poussière, hallebarde posée sur l'épaule, bouclier suspendu dans le dos. Il longea leurs rangs au trot, pour inspecter ces alignements de guerriers trapus, aussi attentif que si son regard avait pu lui permettre de lire leurs pensées. Il faillit percuter Proxis qui restait assis sur sa mule couleur ardoise sur le bas-côté de la route, perdu dans la contemplation des légions qui passaient devant lui.

« L'eau ne tardera guère à manquer, lui annonça Proxis.

— Anaris est à dix pasangs, et on trouve de nombreux puits, là-bas. Nous nous y arrêterons pour la nuit.

— Les cités des plaines ont fourni aux Macht eau et nourriture… toutes sans exception, depuis le sac d'Ab-Mirza.

— Je sais. » Un fait qui avait exaspéré la plupart des militaires et envenimé leurs rapports avec les gouverneurs des agglomérations concernées. Pourvoir aux besoins d'une armée réclamait des sacrifices, mais quand en arrivait une seconde – cinq fois plus importante pour couronner le tout –, les marges de manœuvre étaient infimes.

« Comptes-tu exercer des représailles ? demanda Proxis. C'est ce que souhaiterait notre Grand Roi.

— Je ne mettrai à sac aucune de nos cités, sauf si Ashurnan m'en donne expressément l'ordre. Il s'agit là de notre peuple, Proxis.

— Le crois-tu encore ? Tu as entendu comme moi les rumeurs qui concernent Junnan.

— En effet. » Vorus restait immobile sur sa selle pour étudier les colonnes de Juthiens sans accorder un regard à son vieil ami. Des esclaves qui espéraient obtenir leur affranchissement grâce à leurs états de service ; comme l'avait fait Proxis vingt ans plus tôt en sauvant la vie d'un général sur un champ de bataille. Un officier supérieur répondant au nom de Vorus.

« Il est possible qu'après avoir anéanti tes semblables, nous soyons envoyés combattre les miens.

— Tant de choses peuvent se produire, répondit sèchement Vorus. Nul ne saurait tout prévoir. Nous devons nous contenter de faire un pas après l'autre. » Si les rumeurs étaient fondées, les Juthiens s'étaient soulevés contre l'Empire qui avait ainsi perdu toute la province de Jutha. En recouvrant leur fierté, ces gueux avaient chassé toutes les garnisons impériales se trouvant entre le Désert du Gadinaï et le fleuve Jurid, même celles dissidentes qu'Arkamenes avait laissées derrière lui lors de sa traversée de cette province. Des rumeurs d'affrontements circulaient, d'impensables bains de sang. L'Empire était censé vaciller sur ses bases.

« Tu as toujours été mon ami, rappela Proxis. Je te suis redevable de mon affranchissement.

– Tu l'as gagné en me sauvant la vie, à Carchanis. »

Proxis massa les oreilles de sa monture. Il allait ajouter quelque chose, mais il se ravisa. Sa réserve juthienne reprenait le dessus. « Comme tu l'as déclaré avec sagesse, il n'est possible d'effectuer qu'un seul pas à la fois. » Il fit tourner bride à sa mule pour aller rejoindre la colonne des Juthiens, se réduire à un simple grain de cette foule de guerriers couleur sable qui cheminaient péniblement. Vorus le suivit du regard, conscient que Proxis venait de prendre une décision et qu'il n'y pourrait rien changer.

■■■■

Loin sur l'horizon ouest, les pics couronnés de blancheur des Monts Korash se découpaient contre les couchers de soleil. Il y avait là la province d'Hafdaran. Ils avaient enfin laissé derrière eux les basses-terres du Moyen Empire et le sol était devenu plus dur et accidenté, avec des grappes et des poings de pierre qui en saillaient de toutes parts. On ne trouvait plus les systèmes d'irrigation omniprésents dans la plaine, car la terre était ici plus pauvre et les Kufr de ce secteur se contentaient d'y faire paître des moutons. Il s'agissait principalement d'*hufsan*, ces montagnards de l'Empire, et ils vivaient dans des bourgs privés de la protection d'une simple palissade, des villages aux maisons disséminées. Ils élevaient des caprins, des ovins, quelques vaches et chevaux de petite taille. À mesure qu'ils s'élevaient, l'air se rafraîchissait, ce qui permettait aux Macht de respirer plus aisément. Devenu sec, le vent qui descendait des montagnes couchait l'herbe comme dans leur pays natal. Les milliers d'hommes qui se déplaçaient avaient l'impression de se rapprocher de leur but, même si ceux qui avaient de vagues notions de géographie savaient que ce n'était qu'un leurre. Sous les vols des corbeaux, douze cents pasangs les séparaient encore de Sinon.

La forteresse d'Irunshahr se dressait sur un éperon rocheux des contreforts des Korash. Elle surplombait les Portes d'Irun, l'unique passage donnant à travers les montagnes sur les vastes étendues de l'Empire Extérieur. Sitôt qu'ils l'aperçurent, les Macht s'arrêtèrent et établirent leur bivouac avant d'envoyer des fourrageurs chercher alentour tout ce qui avait quatre pattes et était comestible. À l'arrière, Jason posta les morai d'Aristos et de Mynon afin qu'elles surveillent l'armée qu'ils avaient à leurs trousses. Au cours des cinq dernières semaines, ils avaient parcouru plus d'un millier de pasangs en suivant la Voie impériale comme si elle avait été créée dans le but d'accélérer leur départ de l'Empire. C'était désormais l'été, dans les basses-terres, mais ici les ajoncs étaient en fleur et on pouvait voir des millions d'abeilles sur les pentes couvertes de bruyère et entre les rochers. Dans le ciel, les grands rapaces des contreforts des Korash dessinaient des cercles sans fin comme des sentinelles aux ailes déployées.

« C'est un terrain valable », déclara Jason. Tous les généraux de son armée s'étaient regroupés autour de lui à flanc de colline, appuyés à leurs lances.

« Voilà où nous allons nous battre. Nous avons deux jours devant nous, avant que l'ennemi nous rejoigne. Vous prendrez position là où les collines se changent en rocaille. Nous nous installerons sur ces crêtes et les laisserons approcher. Si nous infligeons un revers à son armée, le renégat aura besoin de temps pour la réorganiser et nous mettrons ce répit à profit pour franchir les montagnes. » Jason s'interrompit pour regarder ses compagnons. « Des questions, mes frères ?

— La forteresse a fermé ses portes mais nous devrons malgré tout surveiller nos arrières, fit remarquer Mynon. La garnison d'Irunshahr pourrait sortir en pleine bataille pour nous prendre à revers…

— C'est entendu. Aristos, tu resteras en retrait avec tes hommes, tant comme réserve que pour protéger nos arrières. Rictus, tes gymnètes demeureront près de cette mora et ils veilleront sur la caravane de l'intendance. L'ennemi dispose encore d'une cavalerie importante et je ne voudrais pas que tes hommes l'affrontent, car ils pourraient finir comme dans les Kunaksa. Dis-leur de laisser les chevaux à ceux qui ont des lances, d'accord ? » Rictus hocha la tête. Lui et Aristos se dévisagèrent et, témoin de la haine qu'ils s'inspiraient, Jason se demanda s'il n'était pas le roi des imbéciles, ou des naïfs, pour les avoir ainsi réunis. Mais même les pires des antagonistes voyaient se développer entre eux de la camaraderie sur un champ de bataille, et il espérait que ce serait une fois de plus le cas.

« Le gros des troupes se déploiera sur cette colline, au sud de la route, reprit Jason. Ma mora sera à gauche, à côté de la chaussée. Mochran, ta mora occupera l'extrême droite et tu devras redoubler de vigilance sur ton flanc, car il n'y aura au-delà que de l'herbe et des cailloux. Chaque mora gardera un centon complet derrière ses lignes, en réserve. Nul ne rompra les rangs sans en avoir reçu l'ordre, même si toute l'armée ennemie fait demi-tour et détale. N'oubliez jamais leurs cavaliers. Ils nous extermineront les uns après les autres, si nous nous dispersons. Pour l'instant nous allons bivouaquer, nous accorder un bon repas et dormir comme des loirs. Au matin, nous prendrons position et attendrons l'arrivée des Kufr. Si la chance veut nous sourire, ils ne tarderont guère à pleurer comme des bébés. » Il y eut des rires, un vague écho de bonne entente.

« Si nos lignes se défont, nous les reconstituerons. Nous comblerons les vides, et nous nous dresserons sur ces rochers pour combattre jusqu'à la victoire ou la mort. Nous n'avons quoi qu'il en soit nulle part où nous réfugier. Des questions ?

– Qui veillera sur le ravitaillement ? demanda Rictus. J'ai mis au repos l'équivalent de deux centons, des hommes qui ont des blessures légères, mal aux pieds ou la courante. Ils devraient faire l'affaire, pour rester près des chariots.

– Et de l'or », ajouta Gominos en souriant.

Tous se dévisagèrent jusqu'au moment où Aristos lança sèchement : « Alors, qu'attendons-nous ? »

Ils se dispersèrent et Jason demeura au sommet de l'éminence pendant que les autres redescendaient la pente pour regagner leurs morai. Malgré les circonstances, ils formaient deux groupes bien distincts qui semblaient avoir pour noyaux Aristos et Rictus. Il pria pour qu'ils finissent par fusionner, quand tous auraient baissé leurs lances.

XXII

Dernières gorgées de vin

L'armée arriva en vue des collines d'Irunshahr en milieu de matinée et Vorus aperçut enfin ses proies devant la cité fortifiée, des hoplites alignés sur plus d'un pasang au sud de la Voie impériale, sur la crête d'une éminence et ondulant sur chaque affleurement de roche érodée par les éléments. C'était donc ici que tout s'achèverait.

Il serra la bride à la jument placide qui mâchonnait son mors et redressa la tête comme si elle avait su interpréter ce qu'annonçait le vent. Il se tourna vers Proxis. « Nous les tenons.

— Tout semble en effet l'indiquer, répondit un Proxis au regard clair bien qu'il eût bu. Mes légions sont en tête… nous nous dirigerons sur la gauche, et les autres avanceront sur notre droite.

— Entendu. Je compte sur la cavalerie pour déterminer s'il est possible d'attaquer par le flanc. Que les dieux soient avec toi, Proxis. »

Le Juthien se pencha sur la selle pour prendre sa main droite dans la sienne, tout en refermant ses autres doigts sur son poignet gauche, comme le voulaient les usages entre guerriers. « Puissent-ils veiller sur toi aussi. »

Midi passa. Là-haut, sur la colline, les fantassins macht se détendirent comme ils se relayaient pour déjeuner : galettes d'orge, fromage et dernières gorgées de vin. En contrebas, les Kufr effectuaient marches et contremarches, des troupes mortes de fatigue qu'aiguillonnaient leurs officiers, et les régiments se mettaient en formation sitôt arrivés sur la Voie impériale. Tous furent finalement en place en milieu d'après-midi et, alors que les deux armées se jaugeaient, les abeilles se regroupaient sur la bruyère et les genévriers, des alouettes chantaient au-dessus de leurs têtes, indifférentes à tout ce qui n'était pas la chaleur du soleil et la limpidité du ciel bleu infini.

Ce qui rappela à Vorus sa jeunesse, la fin du printemps dans les collines des environs de Machran, quand la neige réduisait enfin sa prise sur le nord du continent. Il y avait très longtemps qu'il n'avait pas inhalé l'air des hauteurs et senti la douce senteur des fleurs d'ajonc portée par la brise. Immobile sur son cheval, légèrement en retrait du centre de son armée, il bénéficia d'un instant de lucidité totale. Il avait une connaissance approfondie des rouages de ce monde. Il aurait aimé renvoyer tous ces soldats dans leurs foyers, annoncer aux Macht qu'ils pouvaient regagner leur pays sans avoir à se battre. À quoi rimait ce concept de devoir, de loyauté envers un Empire qui les retenait en ce lieu par dizaines de milliers, qui voulait que cette belle journée d'été s'achève par un épouvantable massacre ? Qu'est-ce qu'un nouveau bain de sang apporterait au monde, aux montagnes, aux pierres qu'ils avaient sous leurs pieds ?

Il trouva rapidement la réponse. Vingt années de bons et loyaux services avaient une valeur en soi.

Celui qui n'en avait pas conscience, qui ne pouvait garder cela à l'esprit tandis qu'il traversait les voiles absurdes de sa condition n'était pas véritablement un homme.

Vorus se tourna vers le porte-étendard qu'il avait près de lui, un grand Kefre à la peau dorée. « Donne le signal de l'attaque. »

▪▪▪▪

Les chariots de la caravane d'approvisionnement étaient chargés et prêts au départ. Les bœufs, pourtant si patients, tentaient de chasser les mouches qui venaient les importuner en agitant leurs oreilles. Les esclaves juthiens sanglaient les derniers colis sur les mules de bât sous la surveillance de quelques Macht âgés, blessés ou affaiblis par la diarrhée qui avait fait fondre leurs chairs. Assise sur son chariot, Tiryn scrutait l'est, là où le sol s'élevait et les fers de lance des mercenaires miroitaient par intermittence au-dessus de la crête. *C'est exactement l'inverse des Kunaksa,* pensa-t-elle. *Aujourd'hui, c'est nous qui occupons la position dominante.*

Et elle sursauta en prenant conscience du sens qu'elle donnait à ce *nous.*

Jason lui avait remis un couteau au manche gainé de cuir et à la longue lame acérée. Elle le trouvait lourd et énorme, entre ses doigts, et elle n'aimait ni l'odeur de sueur se dégageant de la peau tannée ni les entailles de la lame dans lesquelles du sang avait séché, si intimement lié au métal qu'il aurait fallu le faire fondre pour l'en débarrasser entièrement. Quand le final va-t-il débuter ? Quand…

Maintenant… Ça y était. Ce rugissement de voix innombrables qui s'élevait sur l'autre versant des collines. Oui, c'était incontestablement le commencement de quelque chose. Elle effleura du doigt le tranchant de son arme et se fit la promesse que – quoi qui puisse se passer ce jour-là – elle se tiendrait prête. Elle se transpercerait le cœur avec cette lame plutôt que de se laisser attacher à une roue de chariot.

■■■■

Agité comme un cheval qui a senti l'odeur d'un incendie, Rictus allait et venait devant les rangs plus ou moins ordonnés de sa mora. Ses hommes ne restaient pas en place, eux non plus. Ils se balançaient d'un pied sur l'autre, se mouchaient, faisaient rouler le fût de leur javelot dans leur paume. Demeurer totalement immobile semblait être impossible, lorsqu'on n'était pas lesté par la panoplie complète d'un hoplite. Les hommes se lançaient des outres, plus pour s'occuper que pour étancher leur soif, mais ils échangeaient peu de paroles. Quand Rictus s'arrêtait, il entendait leur respiration, des centaines de poumons au rythme accéléré par l'imminence des combats. En de tels instants, le cœur battait avec tant de force qu'une ombre paraissait palpiter au coin des yeux.

Sur la gauche de sa mora, des hoplites lourdement armés se dressaient telles des statues casquées, le bouclier posé sur le sol et calé contre leurs genoux. Devant eux, Aristos faisait également les cent pas. Il avait retiré son casque pour mieux entendre le ressac des sons parvenant jusqu'à eux. Même ainsi, le bourdonnement des abeilles qui poursuivaient leur travail incessant entre les pierres, une activité paisible sans lien avec le chaos destructeur qui allait débuter, était sonore. C'était la journée idéale pour mettre dans un panier des pommes, du fromage, du vin et gagner avec l'élue de son cœur un paisible recoin chauffé par le soleil à l'abri des rochers, afin de déjeuner, boire, faire l'amour, contempler les alouettes et compter les nuages.

Par Phobos, pensa Rictus. *Je hais tout ceci !*

■■■■

Tout là-haut, près de la crête ouest de la colline, Gasca était le troisième membre d'une colonne parmi des milliers d'autres combattants. Il inclina la tête vers la gauche et la droite, comme quelqu'un qui suit un combat de coqs par-dessus les épaules d'autres spectateurs. Il avait des pierres sous les pieds, une surface solide et stable. Il sentait à peine le poids de sa panoplie. Le battement sourd gravissait lourdement la colline boueuse. *Cette fois, nous allons les laisser venir et tenter de nous déloger*, pensa-t-il.

« Ils arrivent, mes frères », annonça leur chef de file, le gros Gratus. « Nous avons des Kufr devant nous, des grands échalas qu'une fille ferait tomber d'un coup de pied. Des Juthiens sur la droite, un grand nombre, et loin sur la gauche leurs saloperies de cavaliers.

— Merde, je les ai en horreur ! lança quelqu'un.

— Ils ne monteront pas jusqu'ici… il y a trop de pierres sur lesquelles leurs montures pourraient trébucher. J'espère qu'Aristos et sa bande sont prêts à les affronter, parce que vous pouvez me croire quand je vous dis qu'ils vont nous contourner pour attaquer la caravane par le flanc.

– Combien sont-ils, Gratus ?

– Peut-être cinq fois plus nombreux que nous. Assez pour nous encercler, en tout cas. C'est bon, mes frères, voici venir Jason. Levez vos boucliers sur son passage. »

Leur commandant passa à grands pas devant la phalange en saluant d'une inclination de sa tête nue les chefs de file qu'il connaissait le mieux. Lorsqu'il arrivait à leur hauteur, les Macht s'inclinaient pour prendre leur bouclier, glisser le bras dans les anneaux de bronze du centre et agripper la sangle du pourtour.

« Tenez bon, ordonna Gratus. Lance levée jusqu'à nouvel ordre. »

Le péan débuta, loin sur la droite, et il s'enfla comme les huit mille hommes présents sur la colline le reprenaient, un centon après l'autre. L'armée des Kufr avait entamé l'escalade de la pente accidentée et venait vers eux, des lignes de lanciers qui s'écartaient pour se resserrer sitôt après, ondoyant autour des rochers les plus importants. À l'arrière, les archers s'arrêtèrent pour planter à leurs pieds des flèches qu'ils pourraient ainsi saisir et encocher plus rapidement.

D'un bout à l'autre de la ligne de bataille des centurions beuglaient des ordres. « En position ! » Les membres des trois premiers rangs de la phalange abaissèrent la pointe de leur lance calée sur leur épaule. Cette fois, Gasca ferait partie de ceux qui tondraient les moutons dès le début. L'aichme de son arme saillait sur la droite du casque de Gratus. Il sentait derrière lui les hommes des derniers rangs s'arc-bouter, caler leurs pieds nus entre les pierres, chercher à améliorer leur assise en prévision de la bousculade qui allait débuter. Il ferma les yeux une seconde et revit l'expression terrorisée de la jeune Kufr d'Ab-Mirza. Tout autour de lui, le fracas de l'armée en approche croissait, les piétinements des pieds, les lazzis, acclamations et hurlements naissants. Puis il y eut un sifflement dans le ciel comme une volée de flèches s'abattait pour faire les premières victimes de cette nouvelle journée de combats.

■■■■

La ligne des Kufr s'étirait sur près de quatre pasangs. Vorus se tenait au centre, légèrement en retrait, pour suivre du haut de son cheval les déplacements des divers éléments de son armée. Les archers tiraient une volée après l'autre, et le gros des troupes d'infanterie atteignait les hauteurs et allait engager l'ennemi. Une élévation de terrain lui dissimulait la cavalerie asurienne, mais il pouvait entendre au nord le grondement des sabots malgré les sons dont l'origine était plus proche. Il avait l'intention de déborder les Macht sur la droite avec la cavalerie et sur la gauche en utilisant la Légion juthienne. Au centre, il se contenterait de les contenir. Il savait désormais qu'il n'y avait dans tout l'Empire aucune troupe capable de vaincre ces guerriers lors d'un assaut frontal, pas même les honai du Grand Roi. Ici, il bloquerait les hoplites sur place pour gagner du temps pendant que l'issue de la bataille se jouerait en d'autres points. Il avait convenu de ce plan avec Proxis, la nuit précédente.

Kufr et Macht se retrouvaient face à face, vu que les mercenaires se tenaient un peu plus haut sur la pente. Une phalange qui dardait les aichmes de ses lances, d'innombrables reflets du soleil miroitant. Face à elle la formation des Kufr ondulait, comme la première ligne s'effondrait ou reculait, avant de repartir à l'assaut. Les deux armées s'affrontaient au corps à corps, tels des molosses aux crocs plantés dans la gorge de leur adversaire.

Vorus se tourna vers une des estafettes qui restaient à ses côtés comme des enfants, aussi impatientes que leurs montures qui piaffaient constamment.

« Va annoncer à Proxis que le moment d'intervenir est venu.

– Oui, général. » Le Kefre s'élança, et son cheval dispersa quelques touffes d'herbe.

Une autre estafette vint le remplacer, et son cheval était écumant. « Général, l'archonte Tessarnes est au sud de la Voie impériale. Il se trouve derrière l'ennemi et compte attaquer sans attendre.

– C'est parfait. Va te servir de l'eau. » Vorus sentait une onde de soulagement l'envahir. La cavalerie avait pris position. Tous les préparatifs étaient terminés. Ils suivaient leurs plans à la lettre. C'était à présent aux lanciers de jouer.

■■■■

La cavalerie asurienne apparut sur le remblai de la Voie impériale, une masse miroitante de deux pasangs de large sur autant de profondeur. Ces hommes avaient surgi derrière les Macht afin de les éviscérer d'un coup dans le dos. Ils les chargeaient en chantant, et leurs lourds niséiens furent estompés par la brume attribuable à leur propre sueur lorsqu'ils se séparèrent. Ils arrivaient au galop, perdant ici et là des cavaliers dont la monture avait trébuché sur le sol accidenté, mais ils restaient néanmoins ensemble, un bloc de muscles, de chair et d'os, un raz de marée moucheté d'or.

Rictus les vit apparaître et fut sidéré par leur nombre, ainsi que par l'impétuosité qui représentait le véritable atout de la cavalerie.

« Non, laissa-t-il échapper. Oh, non ! »

Ils infléchissaient leur route, viraient comme des poissons dans les hauts-fonds. Ils avaient désormais devant eux la colline rocailleuse et les dernières lignes de la phalange des Macht. C'était un terrain très dangereux pour des chevaux, mais les Asuriens n'en avaient cure. Ils poussèrent un grand cri sans réduire leur allure, tout en se déployant et en tirant leurs cimeterres scintillants. Les chevaux grognèrent en redoublant d'énergie pour gravir la pente.

Finalement, la mora d'Aristos se déplaça ; sur sa droite venait Rictus dont les hommes se dispersaient et lançaient déjà leurs javelots sur les cavaliers. Rictus s'élança vers Aristos, qui courait devant ses hommes, son casque semblant danser sur sa tête.

« Clairsemez vos lignes ! Formez quatre rangs, si vous ne voulez pas être débordés ! » Un appel qui fut ignoré.

Les hoplites atteignirent le flanc droit des cavaliers asuriens qui firent pivoter plusieurs escadrons pour les stopper, une manœuvre qui brisa leur élan. Ils s'étaient pratiquement immobilisés, quand se produisit le contact. Les chevaux reculèrent en trébuchant, se cabrant et hennissant, lorsque les alignements d'aichmes prélevèrent leur lourd tribut. Aristos et sa mora s'enfoncèrent dans les rangs des Asuriens comme une pointe de flèche dans la chair d'un nourrisson mais, toujours comme une flèche, ils s'y retrouvèrent coincés. Et s'ils retenaient peut-être un tiers des assaillants, le gros de cette troupe avait continué sa charge et allait atteindre son but au sommet de la colline.

« Arrêtez ! » ordonna Rictus en levant le poing. Ses hommes exécutèrent cet ordre, les uns après les autres. Des javelots volaient toujours par-dessus son épaule. Les yeux écarquillés, il étudia son secteur du champ de bataille. Il était déjà trop tard. Les Asuriens avaient atteint la cime et les dernières lignes des hoplites. Ils étaient des milliers et tout le secteur gauche de l'armée des Macht disparut, comme s'ils l'avaient absorbé.

Siffleur vint le rejoindre, le souffle court. « Oh, Phobos ! »

Plus bas sur la pente, la mora d'Aristos participait à une mêlée sanglante et vaine contre environ deux mille cavaliers, des Asuriens occupés à tailler en pièces ces hommes lourdement armés qui tentaient de massacrer leurs montures. Mais Aristos avait laissé passer la majeure partie des cavaliers et se retrouvait bloqué sur place, condamné à se battre et perdre un temps précieux.

« Débarrassez-vous de vos javelots, ordonna encore Rictus. Nous utiliserons la lance, aujourd'hui.

— Nous nous sommes fait baiser, la dernière fois que nous avons affronté des adversaires de ce genre, lui rappela un de ses hommes.

— Cette fois, c'est nous qui les baiserons ! Ils massacrent nos frères, sur cette colline. La mora de

Jason se trouve sur notre gauche, et ils vont la décimer. S'il le faut, je monterai les affronter seul !

– Seul ? Mon cul ! » gronda Siffleur en se débarrassant de son faisceau de javelots. Il y eut des bruits comparables de toutes parts, comme des centaines d'hommes l'imitaient.

« Nous te suivons, Rictus ! » cria quelqu'un.

Ils s'élancèrent vers le haut de la pente, à petites foulées, leur courte lance dans la main droite et leur pelta passée au bras gauche, les yeux brillant de peur tout autant que de haine.

■■■■

Gratus était tombé et Gasca se retrouvait en deuxième ligne, avec Astianos devant lui. Sa lance s'était rompue en restant fichée dans la tête d'un Kufr, aussi l'avait-il retournée pour utiliser le sauroter, le bois éclaté de la hampe lacérant ses paumes à chaque coup porté au visage des adversaires qu'il voyait devant lui. Sous ses pieds, Gratus avait reculé en rampant de la première ligne, et un œil énucléé se balançait sur sa joue. Il avait réussi à s'éloigner un peu, et les hoplites l'enjambèrent pour le protéger jusqu'au moment où il cessa de vivre. Il avait reçu à la cuisse une blessure moins spectaculaire mais mortelle, et il s'était vidé de son sang au milieu de ses camarades. Ils assuraient à présent la défense de son cadavre, que leurs pieds déplaçaient constamment comme ils tentaient de maintenir l'intégrité de la ligne de bataille. Il n'était pas le seul Macht que les hoplites foulaient aux pieds, mais il avait été tant apprécié par ses camarades que sa mort les rendait furieux. Devant eux, les Kufr gravissaient la pente pour se faire tuer les uns après les autres. Il leur fallait à présent escalader des monticules de leurs camarades en calant leurs talons dans leur chair.

Gasca sentit une sorte de vibration approcher derrière lui et fut déséquilibré. Il batailla pour rester debout, pendant qu'Astianos était poussé en avant. Il écarta un Kufr en le frappant avec son bouclier, donna un coup de tête à un autre et utilisa sa lance à l'aveuglette. « On se calme… on se calme ! » cria-t-il en recouvrant son équilibre en même temps qu'Astianos.

Un cheval hennit, apparemment au ras de son oreille droite. Il se tourna à l'instant où les hommes qui l'entouraient rompaient les rangs. La formation qui lui paraissait si stable quelques secondes plus tôt volait en éclats. La clarté du soleil couchant fut masquée par une nuée de cavaliers qui chargeaient les hoplites par-derrière pour leur ouvrir le dos, pour embrocher leur nuque.

« Volte-face, l'arrière-garde ! gronda Buridan reconnaissable à la barbe rougie qui dépassait sous son casque. Résistez, mes frères ! »

Il avait laissé tomber son bouclier pour désarçonner un Kufr, dont la monture au crâne traversé par une lance bascula sur lui. Buridan s'effondra, écrasé entre l'animal et le sol rocailleux. Ses compagnons crièrent. Les chevaux chargeaient, piaffaient et ruaient, défonçant la ligne de bataille et faisant choir les hommes. Il était difficile de se tourner pour repousser ce nouvel assaut, au sein d'une telle cohue, et encore plus difficile d'utiliser des armes aussi longues que les leurs. L'alignement de Macht vola en éclats et ce fut le chaos, des douzaines d'hoplites furent mis en pièces avant d'avoir pu lever leur lance.

« Gasca ! » Astianos était à terre. Le temps de pivoter sur lui-même pour découvrir ce qui se passait derrière lui, l'aichme d'un Kufr avait pénétré dans son aisselle. Il s'effondra et Gasca s'élança pour le protéger avec son bouclier, donner des coups de sauroter à ses assaillants, tout en essayant de suivre l'évolution de la situation au-delà du champ de vision réduit qu'offraient les fentes de son casque. Leur formation avait été enfoncée, à l'avant comme à l'arrière. Il ne pouvait déterminer ce qui se déroulait autour de lui.

« Astianos ! » Mais son ami avait déjà été embroché de toutes parts. Gasca restait accroupi près de lui quand trois Kufr l'attaquèrent en grondant. Il repoussa le premier et tua le deuxième d'un coup à la gorge, mais le troisième ne lui laissa pas le temps de recouvrer son assiette et planta sa lance dans la cuirasse de son père. La pointe se rompit à l'intérieur de ses chairs et il chut sur le côté, surpris de sentir ses pieds déraper sur les pierres et sidéré par la tournure que prenait la situation. Deux autres lances descendirent le transpercer, le clouer sur le sol. Il s'agita et perdit son casque, ce qui permit à l'air des hauteurs de lui rafraîchir le visage. Dépassé par les événements, il se crut un instant de retour dans les hauts pâturages, quand ses frères venaient de le terrasser à la lutte. Puis la dernière tête de lance s'abattit et l'impact se chargea de lui rappeler où il se trouvait.

■■■■

Nous les tenons, pensa Vorus. *Notre plan a été couronné de succès !*

Il avait vu l'aile gauche de l'armée des Macht vaciller sous l'assaut des Asuriens. Ce monstre de bronze et de fer redoutable était à présent submergé. Il suivait toujours l'évolution de la situation, plus attentif qu'il ne l'avait jamais été pendant que les mercenaires se faisaient massacrer. La cavalerie traversa leurs rangs, y ouvrant à coups de taille des trouées sanglantes. Enhardis par l'intervention des Asuriens, les lanciers kufr reprirent leur progression.

Vorus se tourna vers le messager le plus proche. Il s'agissait d'un *hufsan* qui assistait à la déroute des Macht comme s'il était témoin d'un miracle.

« Va dire à l'Archonte Distartes de donner les réserves... d'envoyer toutes les troupes dont il dispose.

– Oui, général. » Les dents de l'*hufsan* tracèrent un trait de blancheur sur son visage, comme il repartait et que les sabots de son petit cheval louvet paraissaient miroiter sous lui.

Les Macht se trouvant sur la droite n'étaient plus alignés, il n'y avait que des petits groupes de fantassins qui résistaient en restant dos à dos. Ils ne pouvaient battre en retraite, car ils n'avaient nulle part où aller. Ils mourraient sur place, en opposant une vive résistance aussi longtemps que leurs jambes pourraient les soutenir.

Je les ai vaincus, pensa Vorus. Il en obtenait la confirmation en voyant les Macht périr sur la colline. Ils étaient nombreux à avoir perdu ou brisé leur lance et à devoir utiliser leur glaive. Il vit un porte-fléau s'effondrer, sa cuirasse noire bien visible au cœur de cette masse de bronze, et pendant une seconde il ne put s'empêcher de baisser la tête et de refouler ce qui s'apparentait à du chagrin.

Mais sur la gauche leurs morai décimaient toujours les Kufr qui gravissaient la pente. Sans doute n'étaient-ils même pas conscients de l'hécatombe dont les leurs étaient ailleurs victimes. Le moment était venu pour que Proxis intervienne et en finisse. Positionnées sur la droite des Macht, ses légions n'avaient rien devant elles. Lorsqu'elles feraient mouvement vers eux, comme les Asuriens, les Dix Mille seraient exterminés jusqu'au dernier, ce qui mettrait un terme à toute cette histoire.

Mais les Juthiens ne se déplaçaient toujours pas. Ils restaient alignés, douze mille hommes qui se contentaient de regarder les autres s'entretuer sur les pentes rocailleuses situées sur leur droite, aussi impassibles que s'ils assistaient aux funérailles d'un proche.

Vorus en eut froid dans le dos. Non, Proxis, ne me fais pas ça… Pas maintenant !

Il se pencha sur sa selle pour agripper l'estafette la plus proche, sans détacher les yeux de l'alignement de Juthiens se trouvant à un pasang et demi de distance. « Tu dois aller… » Il le lâcha.

« Ils se déplacent, général, cria quelqu'un. Les Juthiens s'en vont.

– Lentement, comme toujours », jugea utile de préciser un aide de camp avec la morgue propre à la noblesse. Et il était exact qu'ils s'étaient mis en mouvement. Douze mille d'entre eux, parmi lesquels se trouvait celui qui était son ami depuis vingt ans.

« Où vont-ils ? » demanda l'aide de camp qui n'avait pas tout saisi.

Toutes ces années, pensa Vorus. *Comment les as-tu vécues, Proxis ? Comme une épreuve patiemment endurée ? Est-ce pour cette raison que tu as sombré dans la boisson, pour essayer d'oublier que tu finirais tôt ou tard par te comporter ainsi ?*

Car les Juthiens s'éloignaient, légion après légion. Ils quittaient le champ de bataille pour partir vers le sud, en formation irréprochable. Vorus vit à leur tête une silhouette montée sur une mule.

« Où vont-ils ? répéta l'aide de camp sidéré.

– Ils rentrent chez eux. C'est évident. » *Et tu as bien choisi ton moment, Proxis,* pensa-t-il. *Tu as attendu l'instant crucial.*

Il baissa la tête et prit appui sur l'encolure de son cheval, humant l'odeur saline de cet animal si patient. *Je n'ai que trop longtemps vécu,* conclut-il.

« Général. »

Il se redressa et regarda une fois de plus la bataille qui se déroulait dans les hauteurs, cette débauche de folie et de meurtre qui avait perdu pour lui toute signification. D'autres Macht étaient arrivés pour prendre les Asuriens à revers, des unités de l'infanterie légère à en juger par leur aspect. Dans ce secteur, tout était aussi confus et sanglant que lors des affrontements dans les Kunaksa. La cavalerie arakosienne avait été également arrêtée par les gymnètes et il se demanda s'ils avaient toujours le même commandant. Un individu aux capacités incontestables, en tout cas.

Le centre de son armée s'effondrait. Pendant que les légions juthiennes s'éloignaient en abandonnant les Kufr à leur destin, les Macht se mirent à avancer, finalement conscients que sur leur gauche leurs frères avaient grand besoin d'assistance. Ils descendirent la colline en formant une ligne de combat irréprochable, redoutable. Ils piétinaient cadavres et blessés, et les Kufr ne purent résister à tant de détermination et de discipline. Ils battirent en retraite, tout d'abord de façon plus ou moins ordonnée, avant de jeter leurs boucliers et de détaler sans vergogne. Derrière eux, des hoplites changeaient de direction pour aller prêter main-forte à leurs camarades qui étaient en mauvaise posture.

Le jeune aide de camp de Vorus en pleurait, tant de chagrin que de rage. « Général… seigneur. Il faut partir. La bataille est perdue…

– Maudits Juthiens ! »

Toujours en selle, Vorus regardait les hauteurs et ses semblables, ces Macht qu'il avait cru pouvoir exterminer. Les honai qui l'entouraient étaient visiblement inquiets, et ils jetaient subrepticement des coups d'œil au ruban clair de la Voie impériale. Sur la pente qu'ils avaient devant eux, les archers se repliaient déjà, alors qu'ils n'avaient pas tiré la moitié des flèches de leurs carquois.

Et Vorus ne put s'empêcher de penser que certaines choses sont indissociables de la victoire. Peut-être même est-ce ce qui l'engendre. *J'espère en être pardonné, Proxis, mais je te souhaite bonne chance. Conduis les tiens vers la liberté.*

« Donnez le signal de la retraite, lança-t-il à voix haute. Nous allons nous replier en empruntant la Voie impériale. » Il prit son aide en pleurs par l'épaule, brusquement conscient qu'il n'était guère plus qu'un enfant. « Phelos, tente de joindre Tessarnes pour lui dire de rompre le combat, de fuir avec le plus grand nombre d'hommes possible. »

Le Kefre essuya son nez sur le dos de sa main dorée. « Oui, général. Où te retrouverai-je, à mon retour ?

– Dis également à Tessarnes d'assumer le commandement, Phelos. Je me démets de mes fonctions. J'ai échoué.

– Seigneur ! Général !

– Va et fais ton possible pour survivre. » Il lui donna une tape sur l'épaule. *Ai-je un jour été aussi jeune ?* se demanda-t-il. Et, pendant que Phelos s'éloignait au pas de course, le porte-étendard qui se tenait à côté de Vorus tendit sa pique vers leurs arrières. Ce n'était toutefois qu'une simple formalité, car toute l'armée se repliait déjà.

Une obstination sans bornes, compris Vorus. *Voilà ce qui nous différencie des autres, nous les Macht. Nous continuons de nous battre même lorsque tout espoir de remporter la victoire a disparu. Nous sommes têtus, bien plus encore que des mulets. On ne peut même pas parler de courage.*

Il leva le regard vers la scène de chaos qu'offrait le haut de la colline. Les morai qui avaient viré vers le nord étaient les seules troupes encore intactes sur le terrain. Ne subsistait de tout le reste qu'une impensable mêlée d'hommes, de Kufr et de chevaux, toute formation ayant disparu, tout semblant d'ordre ayant été détruit. Les combattants étaient en certains endroits serrés les uns contre les autres comme des spectateurs dans un théâtre, alors qu'ailleurs les rassemblements explosaient pour ne laisser subsister que des fuyards, des blessés et des morts. Les liens qui assuraient la cohésion d'une armée s'étaient défaits. Les compagnies de Kufr dévalaient la pente en abandonnant derrière elles des alignements de corps entassés et enchevêtrés évoquant ces algues que les marées printanières rejettent sur les plages. Sur la gauche, les Macht étaient tombés là où ils s'étaient battus, sans rompre leur alignement.

Par pur entêtement.

Vorus leva la main pour les saluer, eux qui étaient ses compatriotes, puis il fit virer son cheval afin de s'éloigner à son tour sur la Voie impériale, un infime élément dans une mer de fuyards.

XXIII
Le décompte des pierres

La neige tombait de nouveau, voletant par rafales autour du camp pour grisailler le monde. Les seules couleurs dansaient dans les milliers de feux qui pointillaient sur des taenons le fond de la vallée, des taches dorées lumineuses cernées par le sombre décor des montagnes les surplombant de toutes parts, tels des titans intéressés par une fourmilière. Les Macht ne s'étaient pas donné la peine de creuser des fossés, et les bivouacs étaient disséminés au hasard. Leur campement n'avait plus rien de militaire, ce n'était plus qu'un regroupement désordonné d'individus. La plupart des membres d'un centon restaient ensemble, ce qui s'appliquait également à quelques membres des morai, mais ils avaient pour la plupart renoncé à toute organisation.

« Comment va-t-il ? » demanda Rictus en passant la tête sous le rabat de la bâche du chariot. Le vent se levait et, bien qu'il fût relativement modéré pour un montagnard, il faisait claquer et frissonner le cuir comme un oiseau pris dans un collet.

« Il dort, lui répondit Tiryn. Il a mangé un peu de soupe, ce matin, mais rien depuis. Il me faudrait de l'eau.

— Je vais t'en chercher. »

Rictus allait pour repartir quand elle referma ses doigts glacés sur son poignet. « Que se passe-t-il, là-dehors ? »

L'expression de l'Iscan resta inchangée. « Ils parlent, ils expriment tout ce qu'ils ont sur le cœur.

— Tu devrais t'entretenir avec eux.

— Je n'ai rien à leur dire.

— Les hommes t'écoutent, pour la plupart. Tu ne dois pas laisser Aristos leur imposer ses volontés. »

Rictus riva sur elle ses yeux de la couleur du ciel assombri par la neige. « Je vais aller chercher de l'eau », répéta-t-il avant de s'esquiver.

Tiryn referma le rabat de la bâche et seule la lueur papillotante de l'unique lampe d'argile subsista. Jason reposait juste à côté, emmitouflé dans son manteau rouge et toutes leurs couvertures.

Elle repoussa de son front une mèche de cheveux bruns. Sa respiration emplissait l'espace exigu, un affrontement de sons durs et sonores. Une tête de lance avait glissé sur le côté de sa cuirasse pour atteindre sa clavicule et obliquer jusqu'au poumon.

Les sons s'interrompirent une seconde. Jason ouvrit les yeux. Sa voix était un zéphyr et elle dut se pencher pour l'entendre. « Rictus est passé, lui expliqua-t-elle. Il est allé chercher de l'eau.

— Froid, murmura le blessé en humectant ses lèvres craquelées.

— Nous sommes dans les montagnes, les Portes d'Irun.

— Froid », répéta-t-il avant de refermer les yeux.

Elle s'allongea près de lui et l'attira vers elle, pour lui communiquer un peu de sa chaleur corporelle. La cuirasse du Macht était posée du côté opposé, à la verticale, noire et menaçante. Il n'aurait pas pu se détendre, s'il ne l'avait pas eue près de lui. Tiryn avait cet objet en horreur, cette noirceur inaccessible qui ne révélait rien, que rien ne pouvait affecter. C'était comme si sa stèle funéraire avait déjà été érigée au fond de ce chariot, assistant avec indifférence au combat qu'il livrait à la mort.

Combien de jours s'étaient écoulés depuis la bataille ? Quatre ? Cinq ? Tous lui paraissaient identiques, ces derniers temps. Elle avait vu la cavalerie asurienne fondre sur eux en ressentant une indicible horreur, elle avait cru cette bataille perdue et cette armée détruite. Les Asuriens et les hommes d'Aristos s'étaient battus entre les chariots de la caravane d'avitaillement, pendant que Rictus et ses gymnètes gravissaient la colline au pas de course pour venir prêter main-forte aux hoplites. Elle ne savait toujours pas à quoi il fallait attribuer ce renversement de situation, mais tous disaient que les Juthiens avaient quitté le champ de bataille sans avoir engagé le combat. La plupart des Macht étaient convaincus qu'ils devaient leur salut à une intervention d'Antimone. Mais, même s'il s'agissait d'une victoire, elle était amère. Ils venaient de perdre plus de deux mille hommes et déploraient des centaines de blessés. Tiryn s'était frayé un chemin vers le haut de la colline, devant Irunshahr, en pataugeant dans des flaques écarlates et les entrailles d'humains et de chevaux éviscérés. Elle était montée jusqu'à la crête pour y chercher Jason, car elle savait qu'il s'était battu sur la gauche, là où les affrontements avaient tourné au désastre. C'était la première fois qu'elle traversait un champ de bataille et que le sol disparaissait totalement sous les cadavres et les blessés macht et kefren qui gémissaient côte à côte, que les chevaux hennissaient et tentaient de se redresser sur leurs pattes aux os broyés. Elle ne s'était pas doutée que c'était ainsi, après un assaut, qu'il en résultait une telle concentration de corps, un pareil enchevêtrement de chairs lacérées. C'était finalement Rictus qui avait trouvé Jason et organisé sa descente jusqu'aux chariots sur une litière improvisée avec des lances. La seule chose qui avait réchauffé le cœur de Tiryn, c'était qu'ils lui avaient confié Jason sans se poser de questions. « Occupe-toi de lui », s'était contenté de dire un Rictus au regard aussi froid que les montagnes.

Suite à la déroute de l'armée du Grand Roi, le gouverneur d'Irunshahr était venu jusqu'à leur campement sous la protection d'une branche feuillue afin de solliciter leur clémence. S'il ne savait pas quelles pertes les Macht avaient subies, il avait vu ses ultimes espoirs s'éloigner sur la Voie impériale en cédant à un début de panique. Il se mit à genoux devant ces hommes couverts de bronze et de sang, pour les implorer d'épargner sa cité. Il ignorait qu'il aurait pu garder ses portes closes en toute impunité, que les Macht n'étaient pas en état de prendre ses remparts d'assaut… et qu'ils n'auraient quoi qu'il en soit pas voulu tenter une telle aventure. Rictus et Aristos exécutèrent toutefois un numéro convaincant. Le grand Iscan fut aussi imperturbable qu'une colonne de marbre et Aristos aussi arrogant qu'un prince kefren, et ce fut ainsi que les Macht purent tant bien que mal reconstituer leurs réserves.

« Buridan, demanda Jason. Où est-il ?

— Il a été tué, lui répondit Tiryn. Tu t'en souviens ? »

Jason rouvrit les paupières et grimaça, sans la regarder. « Phiron s'en serait bien mieux sorti que moi. Il me le dit. » Ses yeux jusqu'à présent restés limpides, même dans la pénombre du chariot, se révulsèrent. « J'entends battre ses ailes. Elle est proche, désormais. »

Puis il la quitta de nouveau.

La lampe s'éteignit et seule l'obscurité subsista à l'intérieur du véhicule, avec les crissements de la respiration de Jason, les martèlements du cœur de Tiryn. À l'extérieur, le vent se ruait vers le haut et le bas de la vallée. Ici, dans les Korash, l'été était encore lointain. Même le printemps n'était qu'un embryon pathétique, un avorton à peine suffisant pour inciter les premiers brins d'herbe à pointer hors du sol. Ushdun, l'esclave de Tiryn, avait fui avec ses semblables dès la fin de la bataille. Informés de la trahison de Proxis, les Juthiens avaient estimé que le chaos succédant à la fin des combats leur offrait une opportunité idéale pour tenter leur chance. En amenant Jason dans son chariot, Tiryn avait découvert que tout venait d'être pillé. Les blessés macht chargés de surveiller les captifs étaient allés prêter main-forte à leurs camarades qui affrontaient les Asuriens. Cette armée n'était donc plus accompagnée par un seul esclave et Tiryn prit conscience d'être la seule Kufr présente dans ce campement, une pensée qui la glaça.

Sans importance. Elle serra Jason contre elle. Il avait des frissons convulsifs, bien qu'il fût brûlant et en sueur.

Je ne sais pas pourquoi, mais je le tiens en haute estime, se dit-elle. *Ce Macht, ce barbare. Il est même possible qu'il m'inspire de l'amour. Rictus s'en est rendu compte. Peut-être en a-t-il pris conscience avant moi.*

■■■■

Ils s'étaient regroupés dans un espace dégagé entre les centons, et ils y empilèrent la carcasse d'un chariot cassé qu'ils embrasèrent. Plusieurs milliers d'hommes se réunirent autour de ce feu de joie. Le soir tombait, rendant la clarté des flammes de plus en plus vive. Ils étaient venus là pour débattre de leurs problèmes et prendre des décisions en assemblée, ainsi qu'ils l'avaient toujours fait depuis la fin du Temps des Rois, dans un passé si lointain qu'il en devenait mythique. La plupart des membres du Kerusia étaient présents, emmitouflés dans leurs manteaux écarlates comme les hommes de troupe, mais portant au-dessous le Divin Fléau tel un symbole de leur charge. Ils étaient moins nombreux, depuis que Jason était blessé et que Grast avait péri près d'Irunshahr, à son côté dans la ligne de bataille. Mynon avait reçu une ruade et gardait son bras cassé en écharpe, mais ses yeux noirs brillaient toujours autant. Le vieux Mochran, le dernier des anciens, se tenait à l'écart, sa barbe poivre et sel tombant sur sa poitrine. Il avait renversé la situation en prenant l'initiative d'envoyer ses morai vers le centre, en priant Antimone pour que la désertion des Juthiens ne fût pas une ruse. Sans lui, les Macht auraient probablement été décimés. Que tous en soient conscients lui permettait d'avoir un peu plus d'espace vital près du grand feu, dans lequel son regard allait se perdre. Peut-être se remémorait-il les bûchers funéraires sur lesquels s'étaient consumés les corps de deux mille de leurs camarades. Ils avaient consacré trois journées à cette macabre besogne qui avait empuanti l'atmosphère sur des pasangs à la ronde.

Les hommes restaient silencieux, ouverts aux suggestions. Ils étaient las et découragés, bien plus qu'ils ne l'avaient été depuis les Kunaksa. Ils savaient que cette aventure tirait à sa fin. Ils avaient été quatorze mille à embarquer avec Phiron, un an plus tôt. Sur ce nombre, près de la moitié étaient morts. Ils avaient parcouru plus de trois mille pasangs et finalement vaincu les armées levées contre eux, mais ils étaient conscients que la chance avait tourné. Ils en avaient assez de tout ceci. La seule chose qu'ils voulaient, c'était rentrer chez eux le plus rapidement possible, franchir ces montagnes et atteindre la mer. Peu leur importait d'avoir les poches vides à l'arrivée, car rien n'avait à leurs yeux plus de valeur que leur vie.

Haukos nous a abandonnés, comprit Rictus alors qu'il se dressait avec les autres généraux au cœur des discussions. *L'espoir a disparu. Notre invincibilité appartient au passé.*

Et il baissa la tête. *Te voici bien loin de ces choses, Gasca.*

« Nous aurions dû rester à Irunshahr », soutenait Gominos dont l'agressivité était proportionnelle à sa laideur et à sa corpulence. Rictus lui trouvait des points communs avec Orsos, si ce n'est qu'Orsos avait été un excellent meneur d'hommes autant qu'un ignoble rapace. « Nous aurions pu y prendre nos aises, avoir des esclaves, reconstituer nos forces et nous détendre…

– Nous avons vidé cette cité jusqu'à la moelle, rétorqua Mynon. Si nous y étions restés, nous aurions pâti de la faim moins d'une semaine plus tard.

– Avec un toit au-dessus de nos têtes.

– Le Grand Roi n'a pas qu'une seule armée, grommela Mochran. Arrêtons-nous pour l'attendre et notre trépas est assuré. C'est aussi simple que cela. Au moins sommes-nous plus difficiles à localiser, ici, dans ces montagnes.

– Nous fuyons donc à toutes jambes après avoir vaincu les meilleurs ? »

Rictus intervint, plus posément que les autres à présent que des dissensions apparaissaient. « Quelle est la situation, Mynon ? »

Le centurion inclina la tête tel un oiseau à l'aile cassée. Jason avait parfois eu la même attitude, comme si cela lui permettait de prendre du recul. « Nous pouvons tenir une semaine, sans nous rationner. Mais ça ne concerne que les hommes. Nous ne trouverons pas de fourrage pour les bêtes, pas dans ces hauteurs, et elles ne tarderont guère à crever. Nous devrons ensuite tirer les chariots à la force des bras.

– Ce ne sera pas la première fois. Nous attellerons les mules et mangerons les bœufs. » Rictus s'interrompit. « Nous sommes quoi qu'il en soit moins nombreux. Il y a désormais moins de bouches à nourrir. »

Le silence s'installa autour du feu qui crépitait et s'emballait, un doux rugissement dans l'obscurité grandissante. Les hommes se rapprochaient de la clarté des flammes, comme pour mieux entendre les propos échangés sous la lumière. Rictus vit Siffleur, et le vieux Demotes des têtes de chien. *Combien étaient-ils encore* ? se demanda-t-il. Les nuits passées sur le champ de manœuvres de

Machran semblaient remonter à une vie antérieure, concerner une autre personne. Il leva la main et caressa deux objets suspendus à son cou : le pendentif en corail de Zori et le croc de loup qui s'entrechoquaient sous ses doigts. De bien petites choses, pour renfermer tant de souvenirs.

Aristos s'avança pour tendre les mains et les réchauffer au-dessus des flammes. « Nous sommes moins nombreux, cela a été dit. Je voudrais aller plus loin. J'irai jusqu'à déclarer que nous ne constituons plus une armée, pas depuis les combats des Kunaksa. Phiron savait nous commander, et il l'a fait à la perfection. À sa mort, Jason l'a remplacé et c'était un choix logique. Il s'agissait d'un homme plein de courage, mais il n'avait pas les qualités de son prédécesseur. Voila pourquoi nous avons subi de si lourdes pertes à Irunshahr. »

Rictus s'avança en le foudroyant du regard. « Est-ce bien la raison ? Explore ton cœur, Aristos. Est-ce bien la raison ?

– Ne m'interromps pas, Rictus. » Aristos avait levé la main, et son expression n'aurait pu traduire plus de tristesse et de bon sens.

« Oui, laisse-le s'exprimer ! intervinrent des hommes de plus en plus nombreux.

– Il doit pouvoir dire librement ce qu'il pense. Ce n'est que justice, tête en paille ! »

Rictus recula. S'il avait comme eux tous les mains vides, il n'était pas nécessaire d'être armé pour s'affronter au sein de l'assemblée. Les mots étaient plus redoutables, mais il n'était pas un expert de leur maniement. Il ne l'avait jamais été. C'était la spécialité de Jason.

« J'ai consulté une carte de l'Empire, mes frères. Nous sommes dans les Korash, des montagnes moins élevées que les Magron, mais qui se situent plus au nord et sont par conséquent plus froides. Cette vallée les traverse de part en part, jusqu'aux terres d'Askanon et de Gansakr. La chaîne mesure environ deux cents pasangs d'est en ouest. Après avoir franchi cet obstacle, notre route sera dégagée et la marche facile jusqu'à la mer… avec des agglomérations de toutes parts. Et je ne parle pas des cités fortifiées du Moyen Empire mais de simples bourgs privés de protection. Une fois de l'autre côté de ces monts, nous serons à quinze jours de marche de Sinon. Seulement deux semaines. »

Une déclaration qui fut accueillie par une acclamation hésitante, et les hommes se tournèrent vers leurs voisins pour se sourire et se donner des tapes sur les biceps. Ils n'avaient pas osé espérer que le salut était si proche, qu'ils avaient pratiquement atteint la frontière de cet Empire qui leur paraissait pourtant sans limites. Aristos leva la main pour réclamer de nouveau le silence, en regardant Rictus qui comprit aussitôt ses intentions.

« Écoutez-moi, mes frères. Nous nous sommes pendant des mois déplacés à l'allure que nous imposaient les Kufr. Nous avons tout d'abord été ralentis par leurs troupes, nos soi-disant alliés, puis par toutes les contraintes de la guerre telle qu'ils la pratiquent. Ces chariots qui ne font que nous gêner… Lorsque nous nous sommes battus dans les Harukush, lequel d'entre nous a eu besoin d'une caravane pour transporter ses bagages ? Peut-être est-ce utile sous la chaleur étouffante des basses-terres, mais nous voici dans un pays qui rappelle le nôtre, là où les saisons correspondent à celles que nous connaissons. Des charrettes pour les *centoi*, des mules pour les forges de campagne… de quoi d'autre avons-nous besoin ? Nous n'avons plus à calquer notre pas sur celui des Kufr et nous pouvons repartir comme nous l'entendons, laisser derrière nous toutes ces contraintes et redevenir les guerriers que nous étions autrefois. Et je puis vous affirmer que si nous agissons ainsi, nous reverrons la mer dans moins d'un mois. Qu'en dites-vous ?

— J'en dis qu'il est bien trop bavard », lança à mi-voix Mochran à Rictus. Mais c'était secondaire car les hommes approuvaient Aristos. Il leur offrait de l'espoir, l'énergie nécessaire pour poursuivre leur route, et leurs acclamations correspondaient à des manifestations de soulagement plus qu'à toute autre chose.

« Je ne servirai pas sous ses ordres, déclara Rictus.

— Tu n'auras pas le choix, mon garçon. Je suis prêt à parier qu'il va réclamer une élection. À présent que Jason est réduit à l'impuissance, il obtiendra les voix du Kerusia. Si tu veux qu'il en aille autrement, tu dois te dresser sur tes ergots et exposer à ton tour tes arguments.

— Voteras-tu pour moi ?

— Tout comme Phinero et Mynon, c'est une certitude. Exprime-toi, Rictus. Les hommes que je vois aux premiers rangs de cette foule n'y sont pas par hasard. J'en ai identifié des vingtaines qui appartiennent à la mora d'Aristos. Ouvre ta putain de gueule, ou ce fils de chienne deviendra notre chef.

— Je risque de ne pas faire mieux que lui.

— Par le crottin d'un cheval boiteux ! D'après ce que j'ai pu en juger, tu es un des éléments les plus valables de cette foutue armée ! »

Ce qui coupa Rictus dans son élan. Il ne s'était pas attendu à cela, et il en éprouva même du ressentiment. *Je ne me suis pas enrôlé pour devenir un chef,* se dit-il. *Tout ce que je voulais…*

Tout ce que je voulais, c'était mourir face à l'ennemi. Connaître un trépas honorable.

Et il se retrouvait là, quand tant d'hommes bien meilleurs que lui avaient été réduits en cendres. Il garda la tête basse pendant une seconde, pour se les remémorer, ces morts qui lui avaient inspiré tant de respect. Comme devenue indépendante, sa main remonta vers les talismans suspendus à son cou.

« Rictus… dit Mochran.

— Il va prendre les plus valides et abandonner les autres. Il ne songe qu'à son intérêt personnel », déclara Rictus avant d'ajouter en pensée : *Et il porte la responsabilité de la mort de Gasca.* Peut-être était-ce totalement faux, mais s'en convaincre le rendrait plus efficace.

Il recula sous la clarté des flammes qui s'élevaient de la carcasse du chariot, un grand individu à l'abondante toison blonde et aux yeux aussi lumineux que Phobos.

« La carte dont parle Aristos appartient à Jason de Ferai, commandant de cette armée. Il l'a reçue après la mort de Phiron. Phiron qui nous commandait autrefois, comme vous le savez tous. Il nous a menés à la victoire, dans les Kunaksa. Lorsqu'il a été assassiné, Jason nous a tirés d'affaire. Il nous a permis de traverser le Moyen Empire, de nous rapprocher de notre pays. Il nous a conduits jusqu'ici en ne laissant derrière nous que nos morts.

« Aristos a raison, lorsqu'il parle de la distance qui nous sépare de la mer, mais pas en ce qui concerne le temps nécessaire pour l'atteindre. Nous avons des blessés, dans les chariots qu'il propose d'abandonner pour pouvoir se déplacer plus vite… et manquer à nos devoirs envers nos frères serait indigne de nous. Les Macht ne s'y sont jamais abaissés. Phiron s'y serait quant à lui fermement opposé. S'il faut à cette armée un chef en attendant que Jason se rétablisse, je présente ma candidature. C'est d'ailleurs une décision qui ne doit pas être prise uniquement par le Kerusia mais par l'armée tout entière. Que ceux d'entre nous qui sont encore capables de soulever une pierre votent maintenant. C'est ici même, dans ces montagnes, que nous devons nous fixer une ligne de conduite puis nous y tenir. »

Mochran retira son manteau et l'étendit sur le sol. « Je prends le parti de Rictus », proclama-t-il. Il y eut un bref silence, puis Gominos l'imita.

Il étala son propre vêtement, se redressa et y jeta une pierre. « Celui-ci est pour Aristos. »

Les hommes réunis autour du grand feu restèrent un moment silencieux. Ils pouvaient entendre au-delà de la clarté des flammes les plus enthousiastes parcourir le bivouac au pas de course pour annoncer la nouvelle. Mochran se baissa et posa d'un geste décidé une pierre sur le tissu écarlate délavé de son manteau. « Votons, mes frères ! »

Rictus et Aristos se placèrent sur le côté, bras croisés comme le voulait la tradition, pendant qu'autour d'eux les mercenaires se bousculaient pour approcher. Les pierres lancées sur tel ou tel manteau commencèrent à s'entrechoquer, puis à s'empiler. Tous étaient désormais informés de ce scrutin et le nombre d'individus regroupés autour du grand feu mourant ne cessait de croître, certains apportant du bois sec pour l'alimenter, d'autres ne cessant d'entrer et de sortir des poches de clarté, quelques-uns encore restant sur place après avoir voté pour surveiller les manteaux écarlates qui disparaissaient sous les tas de cailloux.

Ce fut seulement au milieu de la nuit que la dernière pierre tomba. Les Macht qui ne pouvaient se déplacer seuls à cause de leurs blessures avaient été portés jusque-là, et la dernière personne à fendre la foule était grande et voilée. Tiryn s'avança en robe noire sous la clarté du feu, et seuls ses yeux apparaissaient au-dessus de son komis. Elle déposa une pierre sur le tas de Rictus.

« Que viens-tu faire ici ? lui demanda Aristos.

— Je suis venue exprimer la décision de Jason », répondit-elle calmement. Aristos alla pour émettre des objections, mais Gominos et Hephr le tirèrent.

« Non, Aristos, regarde-la. »

Tous paraissaient frappés de stupeur par la vision de cette Kufr enveloppée de voiles noirs qui se dressait devant les flammes, le bas de sa robe étant agité par le vent. « *Antimone* », murmura quelqu'un. Et ce nom fit le tour de l'assemblée plus vite qu'une rumeur. Les plus proches d'elle reculèrent. Certains firent le signe destiné à se protéger du mauvais sort, en crachant dans l'anneau formé par la réunion de leur pouce et leur index.

« Comptons ces pierres avant que le soleil ne vienne nous surprendre, déclara Mochran qui paraissait encore plus vieux et las que de coutume. Gominos, tu compteras les voix en faveur d'Aristos et moi celles en faveur de Rictus. Tu connais la musique. »

Les cliquetis et claquements des pierres dans les mains des deux hommes. Une fois comptés, les cailloux étaient lancés dans les ténèbres, au-delà du cercle de clarté du feu. Chaque fois qu'ils atteignaient une centaine, Gominos et Mochran mettaient la pierre de côté. Il faisait froid, à présent que le feu ne diffusait presque plus de chaleur, mais les Macht s'étaient emmitouflés dans leurs manteaux écarlates et restaient là, sans mot dire, pour suivre le décompte que plusieurs d'entre eux contrôlaient en articulant les nombres en silence.

Finalement, les deux manteaux furent entièrement dégagés. Mochran et Gominos les prirent et les levèrent, afin de démontrer qu'il ne subsistait plus sur eux la moindre pierre avant de les enfiler en frissonnant. Mynon s'avança. « Alors ?

– Trois mille six cent dix-sept », déclara Gominos en grimaçant.

Mochran sourit. « Quatre mille deux cent soixante-trois. Mes frères, nous avons un nouveau chef de guerre : Rictus d'Isca. »

Un résultat qui n'éveilla guère de passions. C'était le milieu de la nuit et les feux étaient bas. Les membres des morai se dispersèrent pour regagner leurs bivouacs. Aristos adressa à Rictus une sorte de grimace. « Qui aurait pu imaginer qu'un tête en paille deviendrait si populaire ? » Rictus le dévisagea sans faire de commentaire. Il ne ressentait qu'une profonde lassitude, et il n'était pas véritablement conscient de ce qui venait de se produire.

« Viens dans mon chariot, lui dit Tiryn en lui touchant le bras. Jason en sera ravi. »

Rictus secoua la tête. « Je dois rester ici, à la disposition de ceux qui ont des choses à me dire. J'ai par ailleurs à m'entretenir avec certains. Je passerai le voir demain. »

Tiryn s'éloigna sans insister. Plus grande qu'une humaine et toute de noir vêtue, elle avait effectivement des airs de déesse.

« Il faut que tu dormes, déclara Mochran. Les heures les plus sombres de la nuit ne sont pas les meilleures pour prendre des décisions. Mieux vaut attendre le lever du jour. » Il s'accorda un instant de réflexion puis il ajouta : « Va passer la nuit au sein de ta mora, Rictus, parmi des hommes qui ont toute ta confiance.

– Serions-nous tombés si bas, Mochran ?

– Aristos n'a pas menti en déclarant que nous ne constituons plus une armée. Il est possible que tu réussisses à redresser la situation, mais redoubler de prudence s'impose. Ce chien n'est pas du genre à accepter sa défaite, et je crains qu'il ne tente au plus tôt quelque chose. »

XXIV

Des rangs qui s'amenuisent

Le soleil se levait, une simple lueur rosâtre derrière les montagnes et rien de plus. Des flocons de neige descendaient paresseusement, en grappes ou à la débandade, pour tournoyer autour des bivouacs avant de se poser sur les sourcils et les barbes des hommes qui frissonnaient, allongés dans un demi-sommeil à côté des chicots de bûches finissant de se consumer. Les bœufs et les mules de l'intendance restaient apathiques, la tête basse.

« Quelle avance ont-ils sur nous ? demanda Rictus en se frottant les yeux.

– Ils se sont glissés jusqu'à la caravane bien avant l'aube, répondit Mynon. C'est ce qu'on m'a dit, en tout cas. Ils ont pris une douzaine de charrettes et de mules, pas plus.

– Ils ont décidé de voyager léger, déclara Mochran avant de se pencher pour tousser, se racler la gorge et cracher des glaires verdâtres. Il doit avoir deux tours de sablier d'avance, et pas de chariots ni de blessés pour le ralentir.

– Pourquoi ne m'a-t-on pas averti ?

– Les hommes ont jugé préférable de ne pas intervenir. Qu'auraient-ils dû faire, déclencher un combat au cœur du campement, verser le sang de leurs semblables ?

– Seulement celui d'Aristos... et celui de Gominos.

– Nous voici débarrassés d'une source d'ennuis potentiels, lança sèchement Mochran. Ils nous ont laissé l'or, sans doute parce qu'ils ont estimé que son poids les ralentirait. Mais ils ont prélevé du ravitaillement en quantité plus que suffisante pour la traversée des montagnes.

– Nous allons donc manquer de vivres. »

Mynon soupira, le bras cassé calé sous son manteau. « Oui, c'est exact. »

Rictus scruta l'ouest, les vallées sinueuses et les monts aux pics enneigés vertigineux. Deux morai au complet, environ mille sept cents hommes, avaient quitté le campement en pleine nuit et nul n'avait jugé utile d'aller en informer le nouveau chef de guerre, ce jeune imbécile qui croyait pouvoir leur imposer ses volontés.

« Si nous ne sommes plus une armée, alors que sommes-nous ? »

Mynon et Mochran se contentèrent de le considérer, la mine lugubre.

« Enfin, n'en parlons plus. Nous allons lever le camp. Nous avons tout intérêt à nous mettre nous aussi en route et à couvrir une distance importante, aujourd'hui.

– Crois-tu que nous avons des Kufr à nos trousses ? » demanda Mochran. Il regarda derrière eux, mais la neige formait un voile qui dissimulait tout ce qui se trouvait à l'est.

« C'est en effet probable.

– Si les Juthiens ont pris les armes contre l'Empire, cela devrait les occuper, fit remarquer

Mynon en démêlant avec les doigts sa barbe noir et argent.

— Je n'en disconviens pas, mais nous établirons malgré tout une arrière-garde et nous nous déplacerons en formation militaire. »

Mynon s'éloigna, les lèvres gauchies par ce qui pouvait être un sourire moqueur. Mochran s'attarda pour contempler le ciel et voir le premier éclat du soleil disparaître derrière le rideau de flocons.

« Ce ne sont pas les Kufr que nous devons redouter le plus, Rictus. Ce sont les montagnes. »

■■■■

Ils ne parcoururent que quelques pasangs avant que l'épaisseur de la couche de neige gêne leur progression et que le vent se mette à hurler autour des pics environnants. Les hommes de Phinero s'étaient postés en tête pour sonder le terrain avec leurs lances, tout en envoyant les plus lestes d'entre eux en éclaireurs. Ils relevaient par instants des traces du passage d'Aristos : sandales abandonnées ou étrons sur le côté du chemin. Mais la neige eut tôt fait de tout recouvrir et ils se retrouvèrent dans un autre univers délimité par les tourbillons de flocons, les parois entrevues dans des tonalités de gris de la vallée rocailleuse et le dos de l'homme qui progressait péniblement devant eux, emmitouflé jusqu'aux yeux.

Ils rompirent les rangs en milieu de journée pour grignoter du pain dur et du fromage sec. Bon nombre découpèrent le bas de leur manteau en bandes qu'ils enroulèrent autour de leurs pieds engourdis, alors que d'autres utilisaient des sacs de céréales vides trouvés dans la caravane. Ils n'étaient pas équipés pour affronter la froidure, mais les Macht étaient des montagnards, habitués à dormir en souffrant des frimas et en connaissant la froide rigidité de la chair devant être dégelée au réveil.

Toutefois il y avait longtemps qu'ils n'avaient pas senti la morsure du gel sur leur visage ou marché dans la neige, et ils assimilaient ces épreuves à un retour vers leur vie d'antan. Les déserts d'Artaka et les basses-terres humides de Pleninash avaient tout de rêves colorés à moitié oubliés, désormais. Les rafales de flocons qui les agressaient et la vague perception des montagnes qui les cernaient, telles étaient les réalités actuelles. Les seuls éléments qui n'avaient rien d'onirique.

Ce soir-là, ils eurent beau explorer les pentes inférieures des montagnes et diverses vallées et gorges zigzagantes que suivaient des torrents écumants, ils ne purent ramasser assez de bois pour faire plus que cuire leur dîner. Les hommes revêtus de capes de neige se regroupèrent autour des *centoi* et se relayèrent pour approcher et dégeler tant leurs pieds que leurs mains, pendant que la lueur des flammes dansait sur leur visage dont la peau commençait à peler. Ils prenaient leur temps pour manger leur ragoût, afin que la chaleur de l'écuelle se communique à leurs doigts, puis ils avalaient le bouillon et serraient les dents pour les empêcher de claquer tout en échangeant lazzis et insultes avec leurs camarades. Après quoi ils regagnèrent leurs bivouacs, étalèrent leurs couvertures sur la neige et s'allongèrent ventre contre dos, la tête recouverte, jambes repliées pour abriter leurs pieds glacés sous l'ourlet effiloché de leur manteau.

Cinq jours s'écoulèrent ainsi, la neige n'étant pas assez abondante pour les contraindre à interrompre leur marche mais suffisante pour leur dissimuler le soleil. Ils s'élevaient dans les montagnes, et ils sentaient l'air se raréfier sur cette pente qui grimpait à la rencontre du ciel. Il fallait attendre le soir pour que les nuages se dissipent et qu'il soit possible de voir les étoiles briller au-delà des panaches grisâtres de leur respiration, blanches et agressives, aussi lumineuses qu'elles l'avaient été dans les hauteurs des Harukush, avec la Balise de Gænion qui leur désignait leur contrée natale. Le matin venu, ils s'extirpaient de leur couverture durcie comme des hommes devant rompre une gangue de cristal, avec la barbe blanche de givre d'une armée de vieillards. Quand le premier des blessés mourut, les hommes voulurent l'incinérer en sacrifiant leur maigre réserve de bois, mais Rictus s'y opposa. Les morts seraient ensevelis sous des cairns, les pierres pouvant servir aux besoins des morts et le bois à ceux des vivants.

C'est ainsi qu'un peu plus de six mille hommes traversèrent péniblement les cols des Monts Korash, au cours de la septième année du règne du Grand Roi Ashurnan, l'année du Soulèvement des Juthiens, après que l'usurpateur Arkamenes eut trouvé la mort pendant la Bataille des Kunaksa. L'armée macht, qui avait ébranlé les fondations de l'Empire Asurien, disparut dans les hauteurs rocailleuses du toit du monde comme si elle n'avait jamais existé. Mais elle ne passa pas inaperçue pour autant, car dans les dépressions enneigées des montagnes des yeux suivaient sa progression.

Rictus portait chaque soir du ragoût à Tiryn, accompagné par un ou deux membres de son ancien centon et par Siffleur qui – ayant été muletier dans une vie antérieure – avait décidé de s'occuper de son chariot et des malheureuses bêtes qui le traînaient. Il allait à la tombée de la nuit les panser et vérifier l'état du véhicule, établir un constat des dégâts subis dans la journée et de son usure. Quand un tel moyen de transport devenait inutilisable, après avoir par exemple perdu une roue ou rompu un essieu, il était immédiatement débité en bois de feu, étant donné qu'ils n'avaient rien à leur disposition pour effectuer une quelconque réparation et que les forges de campagne ne chauffaient pas suffisamment le fer pour permettre de retravailler les jantes et les anneaux des jougs. L'armée laissait derrière elle un sillage de matériel abandonné et ils étaient nombreux à s'être même débarrassés de leur bouclier, pour s'alléger.

Il restait cependant un peu d'huile pour les lampes. Rictus sortit la jarre de sous son manteau. Trop chaude pour qu'il pût la tenir lorsqu'il l'avait prise, elle n'était à présent plus que tiède. Tiryn transvasa des cuillerées de ragoût dans deux bols. Jason pouvait désormais s'asseoir, et bien qu'il fût livide et émacié, il avait de nouveau des yeux limpides. La fièvre qui le consumait était enfin tombée, après s'être repue de ses chairs depuis la bataille d'Irunshahr. Rictus aurait pu joindre les extrémités de son pouce et de son index autour de son avant-bras autrefois si musclé. Mais si Jason était capable de s'alimenter sans aide, la cuiller tremblait dans sa main comme si l'effort réclamé était trop important. Il remarqua l'expression de Rictus et sourit, ce qui métamorphosa momentanément sa tête en étrange crâne chevelu.

« Ne fais pas une mine pareille ! Je suis vivant, il me semble ?

— Et j'en remercie les dieux.

— C'est Tiryn qu'il convient de remercier. Sans elle, je serais sous un cairn, loin derrière nous. » Il leva sa main libre pour refermer les doigts sur ceux de la Kufr, qui sourit. Rictus s'étonna de ne pas avoir remarqué plus tôt qu'elle était si belle. Un court instant, il envia Jason pour les regards qu'elle lui adressait. Nulle femme n'en avait fait autant pour lui.

« Tu es un homme chanceux, Jason.

— Ce n'est rien de le dire, répondit ce dernier en goûtant la soupe. Par Phobos ! En sommes-nous réduits à manger nos mules ?

— Quand des bêtes meurent, nous les dépeçons aussitôt. Je tente d'économiser les haricots, qui se conserveront jusqu'au moment où il ne restera rien d'autre.

— Comment se déroule notre joyeuse escapade ? Je parie qu'elle est plus longue que prévu.

— Le mauvais temps nous a ralentis, et les vallées orientées vers l'ouest sont si nombreuses que nous devons y envoyer des éclaireurs chargés de déterminer si elles ne donnent pas sur un cul-de-sac. Nous sommes contraints d'avancer à tâtons.

— En étant constamment accompagnés par notre vieille ennemie la famine. Quel est l'état des réserves ? »

Aristos avait subtilisé plus que sa part de nourriture, en partant, et tous devaient se contenter de demi-rations depuis longtemps.

« À ce rythme, il ne restera plus rien dans trois jours. Ensuite, nous devrons manger les bêtes de trait et ce que nous réussirons à extraire du sol. Nul n'a aperçu le moindre gibier à poil ou à plume, depuis que nous sommes dans les hauteurs. Nous exceptés, il n'y a rien ici de vivant.

– Il faudra marcher tenaillés par la faim, reconnut Jason en haussant ses maigres épaules. Ce ne sera pas la première fois.

– Nous nous déplacerons le ventre vide », approuva Rictus d'une voix plate.

Jason l'étudia sous les légers papillotements de la lampe, semblant avoir oublié le bol sur son giron. « La solitude des chefs est éprouvante, n'est-ce pas ?

– Disons que ce n'est pas ce que j'aurais souhaité.

– Mais tu t'en tires plus qu'honorablement, à ce qu'on m'a rapporté. Mynon et Mochran sont venus me rendre visite. Ils ont à eux deux quarante ans de plus que toi, mais que tu aies accepté d'assumer toutes les responsabilités les ravit. »

Rictus s'abstint de répondre.

« Je vous ai laissé Aristos et sa bande de jeunes coqs imbus d'eux-mêmes à la tête de leurs morai, ajouta Jason. Je suis responsable de ce qui en a découlé. J'aurais dû m'accorder le temps de chercher de meilleurs chefs.

– Ce qui est fait est fait.

– J'ai appris que ton ami Gasca a péri.

– À Irunshahr, c'est exact.

– J'en porte également la responsabilité.

– Non ! C'est Aristos. Il…

– C'est ma faute, Rictus. Je ne suis pas un stratège tel que Phiron. Qu'on me confie un centon ou une mora, et me voici comblé. Mais une armée pareille… Non, j'ai manqué de prévoyance. Je suis désolé.

– Ce sont des choses qui arrivent.

– C'est désormais ton armée, Rictus, et je sais que tu ramèneras ces hommes chez eux.

– Et toi… »

Jason tourna la tête vers Tiryn, qui lui rendit son regard. « J'ai tout ce que je désire. J'en ai terminé avec la guerre, avec la vie militaire.

– Je… Je ne…

– Comment s'appelait ton père ? »

Une question qui prit Rictus au dépourvu. Un moment s'écoula, avant qu'il ne puisse répondre : « Arhus.

– C'était certainement un homme plein de qualités, pour avoir fait de toi l'homme que tu es devenu. »

▣▣▣▣

Le lendemain matin les flocons étaient plus épars, mais aussi plus pesants, et ils lestaient les chairs exposées comme si c'était du sable. L'armée progressait en titubant, et les morai se rassemblaient à l'entrée des défilés pour se disperser sitôt que le passage s'élargissait. La Voie impériale avait disparu. La chaussée pavée qu'ils suivaient depuis les Kunaksa s'était changée en route de terre battue balisée par des tas de pierres érigés à un pasang d'intervalle, puis en piste indistincte pour se réduire finalement à un vague souvenir enfoui sous la neige.

Un torrent croisait leur route, un large obstacle d'eau écumante qui se précipitait des hauteurs pour s'élargir sur le sol de la vallée. Les hommes le franchirent à gué, en pestant contre l'eau glacée. Ils prenaient appui sur leurs lances en poussant et tirant les chariots, là où les flots leur arrivaient à la taille. Une charrette transportant des blessés heurta un rocher invisible et bascula. La mule fut emportée par le courant en hennissant de frayeur et cinquante hommes se précipitèrent pour redresser le véhicule, mais le temps d'y parvenir, la douzaine de blessés qu'il transportait avaient été charriés au loin, devenus de simples points noirs qui filaient vers l'aval en étant déchiquetés par les rochers. Lorsqu'ils établirent leur bivouac, ce soir-là, tous étaient ruisselants et frissonnants. L'eau gelait leurs manteaux et les rigidifiait comme des armures. Ils se dépouillèrent de tous leurs effets et se roulèrent nus dans la neige, en se donnant des tapes tant que le sang n'eut pas coloré de nouveau leur épiderme, ce qu'ils firent en riant, conscients de l'absurdité d'une telle situation.

À l'aube suivante, ceux qui furent aussi matinaux que le soleil découvrirent que certains de leurs compagnons ne les imitaient pas mais restaient sur le sol, froids et raides, l'expression aussi sereine que s'ils s'accordaient une grasse matinée après une rude journée de voyage. Comme chaque matin, les centurions procédèrent à un recensement et allèrent faire leur rapport à Rictus, qui en prit connaissance avec gravité. Plus de trois douzaines d'hommes étaient morts de froid pendant la nuit, et un nombre équivalent venaient de découvrir à leur réveil que leurs pieds avaient gelé.

Privés de bois de feu, ils mâchonnèrent de fines tranches de viande crue. Ils réservaient le cœur et le foie des mules et des bœufs aux malades et aux blessés, et Rictus autorisa une distribution de vin, la mise en perce de leurs derniers barils. Chaque soldat put ainsi en boire une bonne gorgée, puis les tonneaux furent réduits en bois de feu et chargés sur les chariots pour être utilisés plus tard dans la journée. Ils repartirent après avoir érigé des cairns sur les cadavres. Rictus estimait que leur progression avait été bien plus facile au cours de la bataille des Kunaksa.

■■■■

Quatre autres jours s'écoulèrent, puis un cri provenant de l'avant-garde de la colonne incita Rictus à s'élancer... dans la mesure de ses possibilités : un personnage dépenaillé vêtu de bandes de tissu déchirées dans divers effets et couvertures, aux pieds enveloppés de lambeaux écarlates débités dans le manteau d'un mort. Il voyait des engelures apparaître comme des taches blanches brillantes sur le dos de ses mains et sur son visage, mais c'était sans importance. Tous ici étaient logés à la même enseigne, et bon nombre continuaient de suivre la colonne en traînant les pieds alors que les chairs nécrosées de leurs membres noircissaient déjà.

Rejoint par un Phinero toujours valide, Rictus dépassa Mynon qui traînait le pas en gardant la tête basse et Mochran qu'un de ses centurions devait guider depuis qu'il avait été aveuglé par la réverbération du soleil sur la neige.

Le souffle court, ils arrivèrent là où se dressaient Siffleur et le dernier des limiers de Phiron, sur une pente surplombant le torrent dont les méandres suivaient le fond de la vallée. Il s'était à un moment ou un autre produit une avalanche, et ils voyaient de toutes parts des rochers éparpillés comme les jouets abandonnés de quelque dieu, certains aussi gros qu'une maison et ayant volé en éclats au terme de leur chute. Le vent était plus mordant, ici. Il brassait l'air et arrachait aux pierres des nuages de blancheur. La respiration de Rictus était difficile. La faim avait consumé son énergie et cette course d'un demi-pasang le faisait haleter comme un vieillard. Même le Divin Fléau pesait sur ses épaules.

« Qu'en dis-tu, Rictus ? » lui demanda Siffleur. Il prit une aichme de fer en rompant sa hampe. Près de lui, ses hommes passaient la neige au crible et poussaient des exclamations en découvrant d'autres reliques. L'un d'eux glissa et jura quand ses pieds dérapèrent sur le renflement d'un bouclier.

« Regarde, Rictus, un sauroter, dit Phinero en écartant le manteau qui abritait son visage. C'est comme ça qu'ils les fabriquent, à Machran. Je peux même voir le sceau du fabricant : Ferrious d'Afteni.

– Poursuivez les recherches, ordonna Rictus. Dispersez-vous. Siffleur, retourne sur nos pas et stoppe la colonne. »

Ils trébuchaient sur une cache d'armes et d'objets divers enfouis sous la neige. Certaines aichmes avaient sur elles du sang gelé. Ils gravirent péniblement la pente, pour finir par atteindre un tertre rocailleux à flanc de montagne, trop régulier pour être attribuable à la nature. Rictus entreprit de dégager les pierres qui le recouvraient, en tressaillant chaque fois qu'elles entaillaient ses mains glacées.

Et là, alors qu'il écartait un bloc gros comme sa tête, il vit un visage droit devant lui.

« Par Phobos ! Viens ici, Phinero ! »

Ils retirèrent d'autres pierres et tous s'exclamèrent en découvrant au-dessous de nombreux corps.

« Un tertre funéraire, commenta Rictus.

– Je le connais… je le connais ! fit un des limiers. C'est Creanus de Gleyr, de la mora de Gominos. »

Phinero dévisagea Rictus. « Ils auraient donc livré bataille en cet endroit ? Mais contre qui ?

– Un affrontement qu'ils ont remporté, car dans le cas contraire ils ne se seraient pas attardés pour offrir une sépulture décente à leurs morts. » Dépouillés de leurs vêtements, les cadavres nus avaient bleui sauf là où de profondes entailles et des ecchymoses décoloraient leur peau. Le cairn était plus haut que Rictus, qui précisa : « Il a perdu de nombreux hommes. Ce n'était pas une simple escarmouche. On dénombre dans les deux cents personnes, pour ne pas dire bien plus. »

Phinero scrutait les hauteurs enneigées que le vent parait de longues bannières blanches. Il n'y avait pas un seul oiseau pour apporter de la vie, dans ce ciel inhospitalier. « Qui a bien pu faire une chose pareille, par l'enfer ? »

Rictus remettait déjà les pierres à leur place sur le cairn. « Je ne manquerai pas de le demander à Aristos, quand nous le rattraperons. »

■■■■

Pour la première fois depuis leur arrivée dans les hauteurs, les Macht rapprochèrent ce soir-là leurs bivouacs jusqu'alors dispersés, et ils remirent en vigueur les règles militaires en postant des sentinelles tous les cinquante pas, avec les chariots de ravitaillement au centre du campement. Les gros *centoi* ne furent pas descendus, car ils n'avaient rien à mettre dedans et pas de bois pour allumer des feux. Les hommes se blottirent les uns contre les autres dans les ténèbres, pour mâchonner de la viande de mule crue et faire des spéculations sur ce qui avait pu survenir au groupe d'Aristos et Gominos. Le vent qui s'engouffrait dans les vallées des Korash s'amplifia pour finir par évoquer des hurlements de bêtes féroces égarées dans la tempête. Sur ses ailes blanches, la neige se mit à tomber en abondance et le blizzard finit par effacer le monde. Les sentinelles durent regagner le campement, pour ne pas courir le risque de se perdre dans la nappe de blancheur. Le vent s'emparait des gros flocons pour les réunir en congères qui commençaient à recouvrir les hommes frigorifiés. Au matin, ils ne découvrirent ni clarté ni ténèbres, ni est ni ouest, seulement les plaintes aiguës lugubres du vent et une couche de neige de plus en plus épaisse, dans un monde désormais englouti par la fureur de ces monts infinis.

XXV

Un vieux concept

Quand le soleil fut haut dans le ciel, Vorus se redressa et vit un carré de ciel bleu enchâssé dans la voûte de brique de sa cellule. La geôle était minuscule, d'à peine une longueur de lance de côté, mais elle s'élevait en dessinant des courbes jusqu'à ce point. Chaque jour, lors d'un court instant empreint de magie, un rai de clarté descendait jusqu'au sol par cette ouverture comme si le soleil abaissait une échelle à son intention. Il faisait alors l'effort de se lever, malgré les fers qui entaillaient ses poignets et ses chevilles, ses orteils qui glissaient dans la paille détrempée couvrant le sol. Pendant ce bref instant quotidien il revoyait la face rayonnante de la puissante Araian et se sentait aussi léger que les grains de poussière qui dansaient dans le trait de lumière. Puis le miracle s'achevait et il se retrouvait dans les ténèbres, crasseux et entaillé par le métal des menottes, cerné par des rats courant dans la pénombre. Il avait l'impression de mener depuis très longtemps cette existence troglodytique, alors qu'il ne pouvait pas s'être écoulé plus de sept jours. Ou huit… ou dix. Affirmer quoi que ce soit eût été en l'occurrence impossible. Peut-être s'agissait-il de dix ans. Mais il était patient, et il avait toujours les idées claires. Depuis qu'il se trouvait en ce lieu, ses seules distractions avaient été l'arrivée quotidienne d'un bol de soupe par la trappe aménagée dans la porte et le passage du soleil tout là-haut. Il avait analysé sereinement la situation, convaincu que tout finirait par s'arranger. Qu'il lui suffisait pour cela d'attendre, et de meubler ces heures d'inaction en occupant son esprit.

Après la défaite d'Irunshahr il avait chevauché vers le sud avec ses troupes en déroute, sans tenter d'inciter qui que ce soit à s'arrêter ou à se réorganiser. Il n'avait pas essayé de contrer ce chaos, car ce n'était plus son affaire. Il avait voyagé quatre jours, en se nourrissant des miettes trouvées dans sa sacoche de selle. Il avait suivi la Voie impériale vers le sud-est, en se tenant toutefois à l'écart de la chaussée. Il avait vu les autorités reprendre progressivement le contrôle de l'armée que les Macht venaient de vaincre, et il avait passé une nuit chez un vieux paysan qui vivait seul dans une maison aux murs en mottes d'herbe avec son chien. Ce vieillard lui avait parlé de fin du monde, d'effondrement de l'Empire, et de Mot qui revenait hanter la surface de Kuf, libérer le Grand Taureau afin qu'il piétine toutes les œuvres des Kefren. La nouvelle de la mutinerie des Juthiens s'était répandue rapidement et on colportait des histoires de soulèvements dans tout le Moyen Empire, la race des esclaves s'étant finalement révoltée contre ses maîtres. Le Taureau n'avait plus d'entraves.

Les informations allaient bon train, le long de la Voie impériale. Vorus avait été arrêté à Édom, sur l'ordre de Tessarnes, le Kefre auquel il avait transmis son commandement. Il avait été jeté dans ce cachot où son unique occupation consistait à contempler ce minuscule carré de ciel. Lorsqu'ils lui avaient mis ses fers, il s'était allongé et avait peut-être bénéficié du sommeil le plus long et le plus profond de toute son existence. Il y avait longtemps que son esprit n'avait pas eu la possibilité d'interrompre ainsi toute activité.

■■■■

Il entendit cliqueter le verrou, pour la première fois depuis son arrivée. Il se leva, la barbe emmêlée, des poux courant dans sa chevelure, pour attendre de découvrir quel serait ce sujet de distraction.

Presque pliés en deux, deux honai de la Garde impériale entrèrent l'un derrière l'autre dans la cellule. Leurs cuirasses étaient si brillantes et incrustées de gemmes qu'il eut l'impression qu'un peu de soleil les accompagnait, ce qui s'appliquait même à l'éclat doré de leur visage sous leur grand casque. Ils avaient dégainé leur glaive et ils prirent position dans les angles, sans avoir prononcé un seul mot.

Un troisième Kefre entra, dissimulé par des longueurs de soie bleu nuit. Mais ses yeux étaient aisément reconnaissables, au-dessus de son komis, et Vorus s'inclina aussitôt.

« Sa Majesté m'honore. »

Le Grand Roi se redressa et se comporta comme l'avait fait le Macht à son arrivée en ce lieu. Il s'intéressa au carré de ciel avant de considérer le captif.

« Laissez-nous », ordonna-t-il aux gardes.

Les honai hésitèrent puis obéirent, toujours sans un mot.

« Et refermez la porte derrière vous. »

Le Grand Roi et son général se retrouvaient seuls sur la paille puante, cernés par des rats qui filaient en tous sens.

« Je ne pouvais agir autrement, mon ami, déclara Ashurnan d'une voix voilée.

— Je le sais. Un roi a des devoirs.

— Tu as laissé Proxis déserter, alors que tu avais des doutes quant à sa loyauté.

— J'ai eu en effet des soupçons.

— Pourquoi, Vorus… pourquoi ? »

Le Macht s'assit dans la paille, qui l'engloutit jusqu'aux hanches. « Il faut me pardonner, Grand Roi. Je me fais vieux, je le crains. » Il sourit au personnage voilé qui le surplombait, sinistre et menaçant mais visiblement affligé.

« Je voulais le laisser libre de ses choix. Je ne souhaitais pas le contraindre à t'être loyal.

— Tu étais son supérieur, son ami. Tu avais tous les droits.

— Je lui devais la vie. Je me suis acquitté de cette dette.

— Il a détruit mon Empire.

— Il a libéré son peuple.

— Ce qu'il a apporté aux siens, c'est une génération complète d'épouvantables épreuves. Sitôt après avoir appris cette trahison, j'ai envoyé mon armée en Jutha. Ses semblables seront de nouveau asservis et nous reconstituerons l'Empire. Il en faudrait bien plus pour qu'il s'effondre.

— Il se perpétuera, mais sous une forme sans doute différente. Sire, en ce lieu et à la fin de ma vie, j'ai finalement compris qu'il est impossible de réduire éternellement un peuple en esclavage.

— Est-ce seulement la décision de ton ami qui a engendré cette pensée dans ton esprit ? Pourchasser tes semblables ne t'a-t-il pas influencé ? Le Vorus qu'a connu mon père n'aurait jamais tenu de tels propos.

– J'étais plus jeune, à l'époque. Je n'avais pas été témoin de tant d'atrocités et... Oui, il est exact que revoir des Macht a modifié ma façon de voir les choses. Si Proxis ne m'avait pas fait faux bond, là-bas à Irunshahr, j'aurais anéanti les Dix Mille. Je me félicite à présent qu'il m'en ait empêché, qu'il soit parti avec les siens en permettant ainsi à ces mercenaires de m'échapper.

– Je te croyais loyal. Je voyais en toi un ami.

– Je le suis, Grand Roi. Mais j'établis une distinction entre toi et ton Empire.

– C'est pourtant la même chose, par nécessité. Mes ancêtres, ceux de mon sang, ont façonné cette idée de toutes pièces. Ils ont instauré l'ordre en ce monde, mis un terme aux guerres, permis aux fermiers de cultiver leurs terres sans avoir à redouter la guerre. Ils ont ainsi apporté la paix à des millions de foyers. Qu'ont réalisé tes Macht pour devenir puissants ?

– Ils le doivent à leur foi inébranlable en la liberté. Et cela ne pourra jamais leur être confisqué, ni par toi ni par tout autre seigneur coiffé d'une couronne.

– La liberté ! Est-ce ce qu'ils ont offert à la population d'Ab-Mirza ? Les tiens sont des barbares. Ils ont répandu la guerre dans tout l'Empire et, juste au moment où tu avais la possibilité d'éliminer cette menace, tu as manqué à tous tes devoirs.

– Oui, c'est exact. Et ce sont effectivement des barbares. Mais je ne puis nier qu'il s'agit également de mes semblables. Lorsque je mourrai, ce sera tel un Macht. »

Il y eut un silence, puis Ashurnan demanda : « Où est ta cuirasse noire ? Ne la portais-tu pas, lors de ton arrestation ?

– Je l'avais enterrée.

– Pour qu'aucun Kufr ne la trouve ?

– Pour qu'aucun Kufr ne la trouve. »

Les yeux du Grand Roi brillèrent. « Un traître, voilà ce que tu es.

– Non, sire. Je suis un loyal serviteur qui a cessé de t'être utile.

– Les membres de mon entourage me demandent de te brûler vif sur les remparts d'Édom, comme un criminel de droit commun.

– Que leur volonté soit faite », répondit Vorus en se crispant un peu.

Ashurnan l'étudia longuement. « Je ne crois pas que mon père aurait agi ainsi, pas envers un ami.

– Ton père a toujours pris toutes les mesures qu'il jugeait nécessaires à la bonne marche de l'Empire, quitte à le regretter ensuite, une fois seul. Je sais qu'il n'aurait reculé devant rien. »

Ashurnan glissa la main sous sa robe et en sortit un long couteau qu'il jeta devant Vorus. L'arme tomba sur le sol avec un bruit mat. « Je ne suis pas mon père », déclara-t-il simplement.

Vorus regarda l'objet, sentit ses yeux s'emplir de larmes et adressa un sourire à son interlocuteur. « Merci, sire. »

Le Grand Roi s'inclina, avant d'aboyer : « Gardes ! »

La porte se rouvrit en grinçant derrière lui. « Adieu, Vorus. »

Le général Macht baissa la tête sans rien ajouter et Ashurnan sortit de la cellule. Le battant se referma en claquant et la clé tourna dans la serrure.

Vorus ramassa le couteau et testa le tranchant de la lame. Il regarda une dernière fois le carré de ciel bleu, loin à son aplomb.

« Je te souhaite bonne chance, Proxis. »

Puis il enfonça la pointe acérée dans son cœur, de plus en plus loin dans sa poitrine.

XXVI

Pommes et raisins

Tiryn redressa la tête et tendit l'oreille. Le vent semblait avoir perdu de sa violence. Après avoir subi ses hurlements monocordes pendant trois jours de rang, c'était pour elle une certitude. Non, il s'agissait d'autre chose… une chose différente qui s'y superposait…

Jason referma sa main sur la sienne et elle vit ses yeux miroiter. Il s'était immédiatement réveillé. « As-tu entendu ça ? » demanda-t-il.

Un homme hurlait, non loin de là. Il y avait aussi le meuglement d'une énorme bête.

« Par Phobos ! s'exclama-t-il. Aide-moi à me lever.

– Non, reste allongé. Tu n'es pas en état de sortir.

– Tais-toi, femme, et aide-moi. »

De toutes parts des hommes lançaient des ordres et le métal s'entrechoquait au cœur de la tempête. Tiryn dénoua le rabat de la bâche qui remonta aussitôt, pour battre follement contre l'armature du chariot. Un air glacial et saturé de neige cingla son visage, une agression physique. Le blizzard ne s'était pas interrompu et il charriait des flocons durs comme des galets qui s'entassaient en congères dans lesquelles disparaissait la moitié inférieure des roues du véhicule. Des silhouettes noires passaient en courant devant elle, se découpant sur la neige pour disparaître et réapparaître au cœur des tourbillons. Un alignement de monticules blancs plus proches… les mules.

Elle aida Jason à descendre. Il tendit la main à l'intérieur du chariot pour faire glisser vers lui sa lance, avant de s'y appuyer tel un vieillard utilisant une canne. Tiryn prit son autre bras. « Que se passe-t-il ici, par l'enfer ? demanda-t-il. Subissons-nous une attaque ? »

Une chose démesurée se cabra et jaillit hors de la neige, à une vingtaine de pas seulement. Plus grande que sa lance, elle avait des yeux qui brillaient comme du givre, deux points qui semblaient se consumer à l'intérieur de sa tête. La créature ouvrit une gueule écarlate et rugit. Ils eurent la brève impression d'être confrontés à une énorme masse de fourrure blanche, puis cela déguerpit comme un humain, un bipède qui utilisait néanmoins ses grands bras pour accélérer son allure dans les congères tel un voilier fendant les vagues.

« Des Qaf, déclara Tiryn. Ce sont des Qaf. Oh, Bel, sois miséricordieux ! Nous devons nous cacher, Jason.

— Quoi ? Et rater le plus divertissant ?

— Tu… Tu tiens à peine sur tes jambes. »

Le camp sombrait dans le chaos. Ils voyaient dans les trouées séparant les voiles de neige agités par le vent des mercenaires se regrouper et orienter leur lance vers l'extérieur. Les Qaf qui les chargeaient se jetèrent sur les aichmes, blancs et irréels comme des spectres, beuglant tels des taureaux ayant sombré dans la démence. Tiryn les vit saisir un Macht et le projeter à une dizaine d'aunes dans les airs, pendant qu'un autre était soulevé et déchiqueté entre deux de ces géants. Les centurions hurlaient des ordres que couvraient presque les bruits de la tempête. Des foules d'hommes se déplaçaient lourdement dans la neige pour aller récupérer boucliers et cuirasses laissés dans les chariots. Les Qaf se ruèrent vers eux et ils s'égaillèrent. Un véhicule bascula sur le côté et se brisa. Les roues furent arrachées et jetées haut dans les airs. Les cris des assaillants agressaient les tympans.

« Cherchons un trou où nous cacher, accepta Jason. Ces sales bêtes sont un peu trop grosses pour moi.

– Regagnons notre chariot.

– Non… Mieux vaut rester dehors, dans la neige. Viens, Tiryn. » Avec une force surprenante, il se dégagea un chemin dans les congères pour s'éloigner du campement en laissant une moitié de son poids reposer sur la jeune femme et l'autre sur sa lance.

« Couche-toi, couche-toi », siffla-t-il. Et ils churent dans la neige, non loin d'une demi-douzaine de ces monstres aux yeux bleus profondément enfoncés dans un crâne massif, brillants comme des étoiles hivernales. Les Qaf avaient au milieu de la face de larges narines, guère plus que des trous, et des gueules hérissées de crocs d'où leur haleine s'échappait sous forme de nuages. Leur fourrure blanche était incrustée de crasse et de glaçons, comme si c'était propre à leur physiologie. Ils faisaient penser à des animaux mais ils se déplaçaient la plupart du temps en station verticale, et ils avaient des mains à la peau rose et aux ongles noirs comparables à celles des hommes, si ce n'est qu'elles étaient aussi larges que des pelles.

Tiryn et Jason restaient tapis dans la coulée de neige. Le froid les pénétrait à travers les diverses couches de leurs vêtements et provoquait des démangeaisons sur les parties exposées de leur visage.

« S'agit-il d'animaux ou ont-ils un esprit ? demanda Jason en frissonnant.

— Ils parlent, en quelque sorte. Ils restent entre eux, dans les hauteurs. J'ai entendu dire que certains ont été emmenés en Ashur, mais que la chaleur ne leur convient guère. »

Le vent portait jusqu'à eux des bruits de bataille. Les hommes s'étaient regroupés et utilisaient leurs lances. Les groupes les moins importants étaient éliminés rapidement, mais partout où ils présentaient un front uni les Macht ne reculaient pas d'un pouce et se battaient avec l'énergie qu'insuffle le désespoir. Les grandes créatures couraient d'un bout à l'autre du campement, tuant les hommes qui se déplaçaient péniblement dans la neige pour aller rejoindre leurs camarades, les projetant dans les airs comme des chiens ayant happé des rats. Ils tuèrent les dernières bêtes de trait à grands coups de poing sur la tête, réduisirent les chariots en bois de feu et achevèrent les blessés et les malades qui gisaient dans la neige en les piétinant.

Comme des taupes, Jason et Tiryn creusèrent sous une congère un tunnel au bout duquel ils s'aménagèrent un espace vital. Après quoi ils s'allongèrent face à face, totalement épuisés. Jason sourit, et ses lèvres étaient bleuâtres. « Je ne pensais pas que tout s'achèverait sous la glace.

— Rien n'est encore joué, rétorqua-t-elle.

— Réveille-moi, quand ce sera terminé », déclara Jason en sentant son esprit partir à la dérive.

Il avait cessé de trembler et la Kufr l'attira contre elle, le serra dans ses bras. Le visage de Jason semblait avoir été moulé dans de la cire froide. « Ne dors pas, lui chuchota-t-elle d'une voix hachée. Reste avec moi… »

Mais elle n'obtint aucune réponse.

▣▣▣▣

« Tenez bon ! cria Rictus. Levez vos lances. Oubliez vos foutus boucliers et éventrez ces sales bêtes ! » Des centaines d'hommes s'étaient regroupés et se battaient en opposant à leurs adversaires un front circulaire hérissé de lances, sur quatre ou cinq rangées de profondeur. Autour d'eux, les Qaf se déchaînaient comme s'ils étaient des extensions de la tempête, chargeant les aichmes seuls ou par deux, réussissant parfois à pénétrer assez loin dans la mêlée pour faire tomber un homme, le plus souvent après avoir été transpercés de part en part, beuglant de rage comme ils mouraient avec une pointe de lance plantée dans un œil. Ils n'avaient aucune discipline, aucune technique de combat, seulement une fureur bestiale, et ils ne réussissaient pas à coordonner leurs attaques. S'ils en avaient été capables, les Macht auraient été rapidement submergés. Rictus recula de la première ligne pour s'intéresser aux Qaf visibles à l'intérieur du camp. Ils étaient moins nombreux qu'il ne l'avait tout d'abord supposé. Quelques centaines, peut-être. Là-bas, dans les tourbillons de neige, il discernait d'autres formations de

Macht qui résistaient vaillamment, regroupés épaule contre épaule et les pieds fermement plantés dans le sol.

Siffleur vint le rejoindre. « Ils cèdent petit à petit. Ce ne sont guère plus que des bêtes, après tout.

– Qui y a-t-il, ici… des centurions ?

– Dimon et Navarnus des hiboux.

– Parfait… Tiens cette position. Je pars en avant avec un centon.

– Rictus…

– Pas de discussion. »

Il réunit une centaine de mercenaires qu'il guida vers le cœur du déferlement de fureur assourdissante. Ils progressaient pas à pas, lances orientées vers l'extérieur, pour frapper comme des possédés tous les monstres qui se dressaient autour d'eux. Un Qaf plongea au milieu du groupe, et sa masse était telle qu'une demi-douzaine d'hommes quittèrent le sol. Ceux des rangs centraux saisirent leurs couteaux et leurs épées pour se jeter sur l'assaillant comme une nuée de vautours, le larder de coups et le déchiqueter avant qu'il ne réussisse à se remettre debout.

Les Qaf battaient en retraite. De l'autre côté des vestiges du campement dévasté, d'autres formations de Macht suivaient l'exemple donné par Rictus et se portaient à la rencontre de leurs adversaires, se métamorphosant en monstres plus impressionnants encore que ceux qu'ils affrontaient, une hydre à cent têtes hérissée de piquants qui se déplaçait comme une entité unique. Quand les Qaf se divisèrent, les éliminer l'un après l'autre devint bien plus facile, jusqu'au moment où les rapports de forces furent inversés. Les assaillants poussèrent alors un grand cri collectif et reculèrent devant les formations de soldats, en rugissant et crachant leur haine. Les Macht levèrent les yeux et les virent refluer vers les hauteurs en escaladant les pentes accidentées à une vitesse folle, redevenus des quadrupèdes qui utilisaient tous leurs membres pour se déplacer.

Et ce fut comme s'ils emportaient le mauvais temps avec eux. Quand les derniers disparurent à l'intérieur des crevasses et au milieu des éboulis des sommets, le vent tomba et ce fut dans un lourd silence que la neige continua de descendre, de gros flocons qui semblaient vouloir dissimuler les cadavres aux regards.

▪▪▪▪

« Le calme est revenu, murmura Jason. Serais-je mort ?

– Si c'est le cas, l'au-delà est bien mal fréquenté », lui rétorqua Rictus.

Jason ouvrit les yeux sur Tiryn, ainsi que sur Rictus et Mynon… Et tous le regardaient comme s'il était un monstre. Il était assailli par des ondes de chaleur et une forte odeur de feu de bois… des sensations presque oubliées.

Puis la souffrance naquit et envahit les extrémités de ses membres, un déferlement de sensations. Une grimace retroussa ses lèvres.

« J'ai toujours entendu dire qu'il faisait très chaud, en enfer.

– Nous serons fixés sur ce point bien assez tôt, fit Mynon en souriant.

– Tu parais avoir vieilli, mon garçon. Ce ne sont pas quelques poils gris, que je vois dans ta barbe ?

— Il n'y en a pas plus que dans la tienne, Jason.

— Que s'est-il passé ? » Des images reprenaient lentement leur place dans son esprit. Il vivait… il était en vie et il n'y avait plus de vent.

« J'ai estimé qu'il était grand temps de quitter ces montagnes, dit Rictus. Nous avons repris la route et nous nous en éloignons aussi vite qu'il est possible de le faire, en un endroit pareil.

— Ah, Rictus, réveille-moi quand nous serons arrivés là où on trouve des grappes de raisin sur la vigne et des pommes sur les arbres !

— Je n'y manquerai pas, je t'en fais la promesse. Et cela ne devrait pas tarder. » Rictus tenta de sourire, mais le résultat ne fut pas celui escompté. Il avait du sang séché sur le visage, une grande tache brune. Il semblait contempler le néant, un lointain insondable. Les yeux de Mynon étaient pareils aux siens.

Lorsqu'ils les laissèrent, Tiryn redressa Jason afin qu'il puisse voir les flammes irradier leur chaleur merveilleuse, et au-delà le manteau d'une blancheur éblouissante du monde, moucheté par les points noirs insignifiants des hommes qui se déplaçaient à des pasangs de là.

« Que font-ils, si loin du campement ? demanda-t-il avec irritation.

— Ils cherchent un passage pour quitter ces montagnes, lui répondit-elle. Ceux qui se trouvaient tout là-haut jurent avoir vu des terres vertes à l'ouest, quand le ciel s'est dégagé.

— Tout ceci est-il réel ?

— Je t'ai cru mort, déclara-t-elle en lui caressant le visage.

— Je ne parle pas de moi mais de… l'armée.

— La situation est difficile. J'ai vu des hommes pleurer. Tous les malades et les blessés se sont fait massacrer, et des centaines d'hommes sont morts dans leur couverture, ou désarmés. Rictus a regroupé les valides et ils ont mis les Qaf en fuite.

— Une victoire de plus, alors ?

— Et un autre cairn imposant. Ils l'ont érigé hier, avant que Rictus ne nous fasse repartir dans cette vallée. L'air est plus chaud, ici… ne le sens-tu pas ? Nous retrouvons le printemps, Jason. Je le sens. Dans les basses-terres, c'était le plein été. Quand nous laisserons ces monts derrière nous, peu de temps s'écoulera avant que tu ne puisses goûter à tes raisins et tes pommes. Je t'en fais la promesse.

— Je t'aime, murmura-t-il sans la regarder.

— Quoi ?

— Aide-moi à me lever et évite de me considérer comme si j'étais un veau qu'on mène à l'abattoir. Je veux me tenir debout, humer l'air dont tu parles. »

Il avait recouvré des forces… qu'il sentait œuvrer à l'intérieur de chacun de ses os. Il venait de surmonter le pire. Il ne pourrait jamais respirer comme avant, mais il avait échappé à la mort et il avait près de lui cette si jolie femme… Et qu'elle ne fût pas humaine était le cadet de ses soucis.

« Quand nous aurons quitté ces montagnes nous nous chercherons un endroit bien à nous, déclara-t-il à Tiryn. Un lieu où on ne trouve ni neige ni soldats. Un véritable refuge.

— Raisins et pommes, répéta-t-elle en le tenant par les épaules.

— Un vrai foyer. »

■■■■

Ils descendirent enfin des hauteurs, une colonne zigzagante d'hommes dépenaillés et boiteux, à la longue barbe broussailleuse et au visage assombri par le vent et le froid. Ils se relayaient pour traîner et pousser sur le sol rocailleux trente ou quarante charrettes en piteux état. Ils y avaient empilé les boucliers, les casques et les *centoi* dans lesquels rien n'avait cuit depuis de nombreux jours. S'y entassait également l'or de Tanis… ou plus exactement ce qui en subsistait. Sachant ce qu'ils contenaient, les hommes se les coltinaient sans trop se plaindre. À présent qu'ils espéraient survivre, les biens matériels retrouvaient leur importance d'antan.

Ils se déplaçaient en gardant la lance au poing. À l'exception des porteurs d'un Divin Fléau, tous avaient abandonné leur cuirasse dans les montagnes. Au fur et à mesure qu'ils descendaient, l'air devenait plus tempéré et ils se débarrassaient des chiffons dont ils s'étaient enveloppés, déroulant les bandes de toile malpropre leur servant de chaussures pour continuer nu-pieds sur le tapis d'herbe naissante. Ils avaient des yeux brillants, enfoncés dans une face décharnée. Certains pleuraient sans cesse, incapables de croire en la réalité de ce qu'ils avaient sous les yeux.

Une immensité vert et bleu s'étendait devant eux, jusqu'à l'horizon. Ils voyaient ici et là les reflets du soleil sur un fleuve, ainsi que des arbres, des champs cultivés, des vergers et des pâturages où paissaient des troupeaux. Plus près, un bourg était visible dans les contreforts des collines, et un millier de fins rubans de fumée grisâtres s'en élevaient. Il n'avait pas la moindre fortification et les maisons en pierre très claire avaient des toits en tuiles rappelant ceux sous lesquels les Macht s'abritaient dans les Harukush.

« C'est Kumir, déclara Rictus en tendant le doigt. Nous reconstituerons nos rangs devant cette cité et enverrons une délégation réclamer des vivres. Cette contrée est très riche, et aller jusqu'à la mer ne devrait pas poser de problèmes majeurs.

– À quelle distance se trouve-t-elle ? demanda Siffleur en grattant sa tête chauve couverte de balafres.

– Un homme peu chargé l'atteindrait en deux semaines.

– Aristos ne doit plus être très loin, désormais. S'il est toujours de ce monde.

– J'en suis malheureusement convaincu. Les bâtards dans son genre ont la vie dure. »

Ils étaient passés par là, lui et Gominos. Les doyens de la cité sortirent pour s'entretenir avec Tiryn, Jason et Rictus ; derrière eux se tenaient plusieurs centaines de jeunes gens en armes. Ils voyaient sur la colline surplombant leur agglomération une armée redoutable, cinq mille hommes ou plus, alignés et aux faces aussi émaciées et faméliques que des loups, dégageant une épouvantable puanteur en raison de la crasse qui les couvrait entièrement à l'exception de la pointe de leurs lances. Des armes qui resplendissaient sous le soleil estival. C'était une armée de vagabonds, mais des vagabonds qu'une discipline d'airain rendait plus redoutables encore.

Le représentant de Kumir était un vieillard à la peau dorée décolorée, mais aux yeux violines propres aux Kefren des castes supérieures. Il s'avança en prenant appui sur un grand bâton noir, encadré par deux individus guère plus valides que lui.

« Vous êtes des Macht, dit-il en asurien.

– En effet.

– Nous avons vu passer vos semblables. Un millier d'entre eux, il y a neuf jours. Ils ont volé notre bétail, pillé nos fermes et massacré des gens sans la moindre raison. Êtes-vous venus achever leur œuvre ?

– Aristos », marmonna Rictus sans desserrer les dents.

Ce fut Jason qui répondit au vieillard. « Nous avons besoin de nourriture, de bêtes de trait et de chariots. Donne-nous tout cela et je m'engage à tous vous épargner.

– Comment pourrais-je te croire ? »

Tiryn s'avança et baissa son voile. « Tu peux avoir confiance en cet homme. Ces Macht sont différents de ceux qui vous ont attaqués. Ce sont des hommes d'honneur. »

Le vieux Kefre la dévisagea, à la fois surpris et outré. « Que fais-tu en compagnie de ces bêtes ? » lui demanda-t-il en kefren, le langage des Rois.

« Je les guide pour leur permettre de rentrer chez eux. Plus vite vous leur fournirez ce dont ils ont besoin, plus vite ils repartiront. La faim les tenaille tant qu'ils prendront par la force ce que vous leur refuserez. »

Le Kefre hocha lentement la tête. « Il en a toujours été ainsi. Opposer un refus à une aichme n'augure jamais un heureux épilogue. C'est d'accord. De nombreuses histoires sont arrivées jusqu'à nous. Est-ce que ce sont les Macht qui ont combattu le Grand Roi ?

– Ce sont eux.

— Alors, nous les ravitaillerons. Mais nous maudirons tant leurs noms que chacun des pas qu'ils feront en ce monde.

— C'est logique », déclara Tiryn en hochant la tête.

■■■■

Ils progressèrent sur les collines verdoyantes et les terres cultivées d'Askanon, puis ils atteignirent le Sardask et consultèrent la carte de Jason. Ils décidèrent de traverser ce fleuve avant qu'il ne s'élargisse dans les plaines, et les mercenaires le franchirent à gué, avec de l'eau jusqu'aux cuisses, avant de bivouaquer sur l'autre berge. Ils envoyèrent des fourrageurs chercher du bois mort dans les parages et puisèrent dans le fleuve de l'eau qu'ils mirent à bouillir dans les *centoi*, pendant qu'ils choisissaient dans le troupeau qui les accompagnait désormais de quoi leur fournir la viande du jour. Les habitants de Kumir avaient dû remettre toutes leurs bêtes de trait à Aristos, ainsi que ce qui subsistait de leurs réserves de céréales de l'hiver. Il ne restait plus grand-chose pour Rictus et ses hommes, mais ils devraient s'en contenter. Pour un temps, à tout le moins.

Rictus et Jason se dressaient sur la berge et faisaient ricocher des galets sur le fleuve, tels des enfants oisifs. Tous deux portaient le Divin Fléau et étaient aussi maigres qu'un homme pouvait l'être de son vivant. On aurait presque pu les prendre pour des vieillards, à présent. Rictus avait perdu les derniers vestiges de sa jeunesse dans les Korash. Des rides creusaient son visage et il avait sur son menton un début de barbe, à peine visible tant elle était claire.

« Dans les montagnes, nous avons franchi la ligne au-delà de laquelle les cours d'eaux changent l'orientation de leur lit, dit Jason. Dans les basses-terres du Moyen Empire tous allaient d'ouest en est. Ici, de ce côté des monts, ils coulent en sens inverse. L'eau de ce fleuve va se jeter dans notre mer, Rictus. »

Il secoua imperceptiblement la tête et gloussa.

« Je suis né sur le littoral, déclara l'Iscan avant de préciser : J'aime tant le bruit des vagues et l'odeur de l'iode que revoir les flots me transportera de joie.

— C'est vraiment un spectacle magnifique. Mais je n'embarquerai pas avec vous, pas si j'en ai la possibilité. »

Rictus se tourna vers lui, étonné. « Ce sera pourtant une nécessité, pour regagner les Harukush.

— Là est toute la question. Je comptais te le dire, et le moment de le faire est venu. Je vous quitterai sous peu, toi et toute cette armée. »

Rictus resta à le dévisager, rendu muet par la surprise.

« J'en ai assez de la vie de soldat, Rictus. J'ai assisté à bien trop de massacres. J'ai parcouru la moitié du monde, pour tuer et voir tuer. La plupart de mes amis sont morts, et je… » Ce fut d'une voix plus assurée qu'il ajouta : « Je n'ai pas de fils pour perpétuer mon nom. Je ne possède rien, à l'exception de cette cuirasse noire et des cals que les lances ont laissés dans mes paumes. C'est bien peu de chose, pour résumer une vie.

— Ton nom est respecté par ceux que tu as eus sous tes ordres, et un jour tous les Macht le connaîtront. Tu deviendras un héros, dès notre retour au bercail. Il n'y a pas une seule cité des Harukush qui ne dépenserait pas sans compter pour prendre à son service celui qui a ramené les Dix Mille des Kunaksa.

– Je ne suis plus ce guerrier.

– À cause de la femme ? À cause de Tiryn ?

– Entre autres choses.

– Crois-tu pouvoir t'installer ici, aux frontières de l'Empire, et y vivre paisiblement… un Macht et une Kufr ?

– L'Empire est immense et je crois qu'il est possible de s'y perdre. J'aspire à cette tranquillité, Rictus. Je veux avoir un terrain à charruer, des vignes à soigner, un vieux chien qui vient gratter ses puces à mes pieds. »

Rictus secoua la tête. Une brève image du vallon de son père lui traversa l'esprit, les bâtiments de la ferme, la rivière qui coulait lentement. « Le Grand Roi te fera rechercher, déclara-t-il non sans amertume.

– Il aura d'autres choses à l'esprit. D'après ce que j'ai entendu dire, une grande partie de son Empire a sombré dans le chaos. Cela l'occupera assez longtemps pour qu'il finisse par nous oublier.

– Tu as tort, Jason. Reste avec nous. Regagne toi aussi les Harukush.

– Crois-tu que je pourrais y vivre avec une Kufr pour épouse ? Je préfère courir le risque d'affronter la colère du Grand Roi. Ma décision est prise. Nous quitterons cette armée à l'aube prochaine, Tiryn et moi. Crois bien que je regrette de devoir t'abandonner. »

L'Iscan s'écarta, regarda l'ouest et le lointain bleuté derrière lequel descendait le soleil. « En ce cas, je te souhaite bonne chance…

– Le tête en paille que j'ai engagé à Machran a fait du chemin. J'ai toujours su que tu avais l'étoffe d'un chef, Rictus. Et ta carrière sous nos couleurs n'en est qu'à ses débuts. Tu t'es forgé une solide réputation, toi aussi.

– Reste encore un peu en notre compagnie, Jason. Attends au moins de pouvoir contempler la mer à mon côté, avant de nous laisser. Nous pourrons ainsi fêter dignement ton départ. Je ne voudrais pas que tu t'éclipses en pleine nuit, comme un voleur. » La voix de Rictus était voilée, et il continuait de scruter l'horizon ouest. Jason le secoua, avec douceur.

« Alors, c'est entendu. Nous n'en sommes plus à quelques jours près, pour entamer une nouvelle existence. »

XXVII

La mer, la mer…

L'armée laissa derrière elle la cité d'Ashdod, en progressant sur la Voie impériale comme sur un tapis étalé afin de faciliter leur retour. Ils se trouvaient dans la province d'Askanon que les Macht avaient conquise dans un lointain passé devenu quasi légendaire. Leurs ancêtres avaient touché terre dans leurs galères noires à l'embouchure de l'Haneikos avant de s'engager sur le Grand Continent avec une arrogance à ce jour sans égale. Ces armées s'étaient dirigées vers l'est et les Monts Korash, une marée noire qui avait été endiguée et repoussée, vaincue par le nombre et la valeur des Kufr. Cette défaite avait scellé le destin du monde pour un millénaire, donné naissance à un Empire et une lignée ininterrompue de Grands Rois. D'autres Macht regagnaient à présent l'ouest de ce monde, tout comme leurs aïeux. Ils n'étaient que les vestiges pitoyables de ce qu'ils avaient été, mal équipés, tenaillés par la faim et aussi dépenaillés que des vagabonds. Mais ils étaient quant à eux invaincus, et les récits de leurs exploits s'étaient répandus de toutes parts.

En s'entretenant avec les paysans terrorisés des fermes dont ils traversaient les terres, Tiryn apprit que les Juthiens s'étaient donné un roi, un militaire du nom de Proxis. Circulaient également des rumeurs de grandes batailles contre les troupes impériales le long du fleuve Jurid, et la vieille Artaka était toujours en plein soulèvement et protégée des représailles par Jutha. On disait que d'un bout à l'autre de l'Empire, des esclaves prenaient les armes contre leurs maîtres et que le chaos menaçait la descendance d'Asur. Ce que les hommes se murmuraient autour des feux, la nuit venue, était peut-être vrai : l'apogée de l'Empire pouvait appartenir au passé. Le monde se remodelait en fonction des caprices non révélés des dieux vivant au-dessus et au-dessous des hommes. Mot avait détruit les récoltes de Pleninash, et le Pays des Fleuves - une des provinces les plus fertiles de ce monde - connaissait la famine. La marche des Dix Mille avait été voulue par l'Être Suprême, et les Macht n'avaient été que les instruments de Sa colère.

« Ce qui est certain, c'est qu'ils ne manquent pas d'imagination, déclara Jason quand Tiryn lui rapporta ces histoires. Je n'aurais jamais cru devenir un jour un outil divin. Néanmoins, savoir que nous avons - avec les Juthiens - ébranlé les fondations de cette société est fort satisfaisant. J'ai toujours considéré ces individus aux yeux jaunes trop paisibles.

— C'est pour cela qu'ils ont été réduits en esclavage, dans un lointain passé. Mais ils aiment bien trop leur liberté, déclara Tiryn.

— En ce cas, je leur souhaite bonne chance. Puissent-ils devenir une épine que l'Empire gardera dans son flanc jusqu'à la fin des temps.

– Tu n'as que du mépris pour des choses que tu connais mal.

– C'est exact. Je suis un sot doublé d'un ignorant. J'ai parcouru la moitié de ce monde en connaissant uniquement l'art de tuer. Mais j'évolue. Sois patiente, Tiryn. Parle-moi et enseigne-moi de nouveaux termes.

– Une charrue se dit *kinsbir*. Une houe c'est *atak*. » Elle fit une courte pause. « Un enfant est un *oba*. »

Jason la dévisagea et sourit. « Des mots intéressants, tous autant qu'ils sont. J'espère avoir bientôt besoin de les connaître. »

Les jours s'écoulaient et ils trouvaient des traces du passage d'Aristos.

Villages rasés par le feu, fermes pillées, colonnes de fumée à l'horizon. Chaque fois qu'ils atteignaient un bourg important, Tiryn devait parlementer avec ses habitants pour leur garantir qu'ils ne se comporteraient pas comme ces dissidents. Leurs troupes n'étaient d'ailleurs pas d'humeur à mettre à sac quoi que ce soit. Les mercenaires prenaient ce que la population locale voulait bien leur donner et repartaient sitôt après, ne songeant qu'au chemin qu'il leur restait à parcourir, au but qu'ils voulaient atteindre. Ils étaient dans les cinq mille cinq cents à avoir survécu. Tous les blessés et les malades avaient péri dans les montagnes, et les survivants étaient les plus sains ou les plus chanceux des quatorze mille guerriers qui avaient embarqué avec Phiron un an plus tôt. Ils se déplaçaient en formant une colonne resserrée qui ne devait pas s'étirer sur plus de deux pasangs, les carrioles traînées en leur centre bringuebalaient avec bruit sur les pavés de la Voie impériale. Ils n'avaient plus de cuirasse digne de ce nom et leurs boucliers s'empilaient sur les charrettes tractées par des mules. Ils marchaient avec leur lance à la main, comme s'il s'agissait de bâtons de pèlerins, guidés par une vision attribuable à leur folie. La plupart portaient toujours leur manteau écarlate, leur seul signe de ralliement. Les centons avaient fusionné et le Kerusia ne jouait pratiquement plus aucun rôle. Tous suivaient Rictus et Jason, se pliant d'autant plus docilement à leurs ordres que ceux-ci étaient peu nombreux. Ils devaient simplement marcher, mettre un pied devant l'autre, pour rester en rang et progresser avec les yeux rivés sur l'horizon.

Siffleur commandait désormais les gymnètes qui partaient chaque matin à l'aube en éclaireurs, pour étudier le chemin qu'ils parcourraient ce jour-là. Dix-sept jours après leur départ de Kumir, l'armée suivait une longue déclivité, un terrain surélevé pointillé de bosquets et de champs cultivés qui s'élevait vers l'horizon. Rictus et Jason, qui se trouvaient en tête de la colonne, virent des hommes de Siffleur redescendre vers eux en courant, comme s'ils avaient des informations de la plus haute importance à leur communiquer. Dès qu'ils furent plus proches, il devint évident qu'il s'agissait des plus jeunes et des plus lestes des têtes de chien, des enfants aux yeux de vieillards pour la plupart. Ils criaient et agitaient les bras, comme s'ils craignaient de ne pas avoir été aperçus.

« Que se passe-t-il ? » demanda Rictus à celui qui venait de s'effondrer à ses pieds, à bout de souffle. « Géron, c'est bien ça ? Prends ton temps.

— La mer ! » s'exclama le jeune homme en inhalant, comme si ces mots risquaient de se coincer en travers de sa gorge et de l'étouffer. « La mer ! »

L'information se propagea le long de la colonne plus vite qu'un cheval au galop. Elle fut reproduite, multipliée. Toute l'armée la reprit. Rictus se pencha au-dessus de l'enfant qui haletait, souriait, hoquetait.

« Géron, serais-tu en train de me dire… »

Tous s'égaillèrent et s'élancèrent sur la longue pente qu'ils avaient devant eux. On pouvait désormais voir à son sommet d'autres gymnètes qui brandissaient leurs lances en appelant leurs camarades. L'armée des Macht fut dissoute en groupes d'une centaine ou d'un millier d'individus qui s'écartaient de la route pour courir vers l'ouest et les silhouettes se découpant sur la crête. Les charrettes tirées par les mules furent abandonnées. Les hommes qui trébuchaient étaient écartés sans ménagement du passage. Jason, Rictus et Tiryn se dressaient côte à côte au-dessus du jeune Géron qui se relevait. « Droit devant, général. On la voit du haut de la colline, je te le jure. On peut même la sentir. »

Mochran et Mynon vinrent les rejoindre, bousculés et percutés par les mercenaires devenus frénétiques. « Est-ce bien vrai ? s'enquit Mochran. Je t'avertis que je te défoncerai le crâne, si tu as voulu te moquer de nous !

– À seulement quelques pasangs, général. Je le jure sur la tête de celle qui m'a enfanté. Gravissez la colline et voyez par vous-mêmes. »

Ils se dévisagèrent et Jason demanda « Qu'attendons-nous, mes frères ? » avant de donner l'exemple.

Au sommet de la pente se dressaient déjà les deux tiers de l'armée, des hommes qui s'agenouillaient et s'étreignaient, pleuraient et remerciaient les dieux. Rictus sentit sa gorge se serrer, son cœur s'emballer comme au début d'une grande bataille. Près de lui, Jason et Tiryn marchaient main dans la main. La Kufr s'était débarrassée de son komis et sa chevelure noire flottait au vent tel un étendard.

Et Rictus pouvait à présent percevoir l'odeur de l'iode, le goût de terre. Il se fraya un chemin dans la foule hurlante massée au sommet de la colline pour aller se placer devant elle, les jointures décolorées par la crispation sur la hampe de sa lance. Il était à tel point ébloui par ses larmes et l'éclat du soleil qu'il ne put discerner qu'une tache bleutée lumineuse. Ciller dégagea son champ de vision et il la vit, se poursuivant jusqu'à l'horizon.

« La mer, la mer », murmura-t-il en pleurant. Une immensité ourlée par les silhouettes plus sombres des Monts Harukush, une présence à peine suggérée à la bordure du monde visible. Il baissa la tête et les battements de son cœur ralentirent. Il pensait à Gasca, Phiron, Pasion et une douzaine d'autres Macht. Son cœur contenait les visages de tant de morts qu'il semblait sur le point d'éclater.

Jason le prit par les épaules. « J'espère que tu apprécies ce que tu vois, mon frère. J'espère que tu es heureux. »

▣▣▣▣

Ce soir-là, ils installèrent leur bivouac en écoutant les déferlantes, puis bon nombre s'éloignèrent pour patauger dans les hauts-fonds et s'asperger de cascades d'écume illuminée par le clair de lune tels des enfants, en riant. Phobos projetait un long épieu d'argent sur les flots, et certains affirmaient que ce dieu leur traçait ainsi le chemin à suivre pour regagner les Harukush. Il leur avait pardonné leurs fautes, tant son frère que sa mère avaient dû le ramener à de meilleurs sentiments à leur égard. Il avait décidé de leur permettre de revoir leur contrée natale.

Rictus était assis près d'un feu de bois flotté sur la berge, les orteils enfouis dans le sable. Il laissait ses coudes reposer sur ses genoux et contemplait les flots, l'immensité constellée d'étoiles qu'ils avaient au-dessus d'eux, l'écume blanche des vagues qui reflétait le clair de lune. Les Macht avaient allumé des feux vers le haut et le bas de la côte, et ils bavardaient autour des flammes pour la première fois depuis longtemps. Ils parlaient de leur foyer, de bateaux, de Sinon. Certains abordaient même le thème de leur futur emploi. Ils envisageaient leur avenir, un sujet qui n'avait à aucun moment été abordé après la bataille des Kunaksa. L'espoir avait été ravivé en eux, ne fût-ce que pour une seule nuit.

Mynon, Jason et Mochran vinrent rejoindre Rictus. Tous avaient retiré leur cuirasse et ils s'allongèrent sur le sable avec leur chiton souillé pour tout vêtement.

« Je n'avais encore jamais aimé la mer, avant cet instant, déclara Mynon en tisonnant le feu avec un bâton lissé par les vagues. Mais je pourrais rester assis à la contempler toute la nuit. » Sans en avoir conscience, il serrait et desserrait constamment le poing de son bras cassé.

« Sinon est plus haut sur la côte, là où s'interrompt la Voie impériale », fit Mochran d'une voix bourrue. Il frotta ses yeux, qui lui posaient des problèmes depuis leur traversée des montagnes.

« Deux jours de marche, précisa Jason. Après avoir franchi un autre fleuve, l'Haneikos.

— Arrivés à Sinon, nous puiserons dans notre or pour affréter des navires qui nous ramèneront chez nous, puis nous partagerons le reste entre tous les hommes, avança Rictus. Êtes-vous d'accord ?

— Crois-tu qu'Aristos nous attend là-bas ? demanda Mynon pendant que tous hochaient la tête. Il n'a pas les moyens de régler le prix d'une seule traversée et il doit être bloqué sur ce rivage avec tous ses hommes.

— Il peut même séjourner en enfer jusqu'à la fin des temps, en ce qui me concerne, gronda Jason. Qu'est-il pour nous, désormais ? Il ne mettra pas Sinon à sac comme il l'a fait avec tous les villages qu'il a traversés, alors puisse-t-il mourir d'inanition et se décomposer sur place.

— Il a trahi l'écarlate, rappela Rictus à voix basse. Un tel acte doit être sanctionné par la mort. »

Tous le dévisagèrent. « Tu ne vas pas remettre ça sur le tapis, pas quand tout est enfin terminé ? demanda Mynon.

— Il est parti en nous privant de nourriture juste au moment où nous en avions le plus besoin. Il aurait pu ensuite nous informer de la présence des Qaf, s'il l'avait souhaité, ce qui aurait sans doute permis de sauver des centaines d'entre nous. Non, il nous a trahis et mérite la mort.

— Oublie-le, Rictus, déclara finalement Jason. Nous avons parcouru un trop long chemin pour l'achever en prenant la vie de nos semblables.

— D'un seul homme, Jason… Je parle d'un seul homme. Une fois Aristos exécuté, la question sera réglée. Mais pas avant. » Sur ces mots, Rictus se leva et s'éloigna de la clarté du feu, pour se diriger vers la plage et les vagues qui venaient s'y échouer.

XXVIII
De l'autre côté du voile

Ils atteignirent Sinon en fin d'après-midi, après avoir pataugé dans les hauts-fonds de l'Haneikos qui se parait d'écume et de mille reflets dans son immense lit. La Voie impériale s'interrompait sur la berge sud de ce fleuve, et du côté opposé une piste de terre prenait la relève, creusée d'ornières par les roues des chariots de ceux qui assuraient les échanges commerciaux entre Sinon et l'Empire. En posant le pied sur cette autre voie, les mercenaires quittaient enfin les terres des Asuriens. Ils étaient de retour sur le territoire de leur peuple. Devant eux se dressait Sinon, des murailles couleur moutarde d'où saillaient les extensions qui englobaient le port et étreignaient les quais auxquels étaient amarrés un demi-millier de navires dont les espars évoquaient une forêt de mâts se découpant sur un fond brasillant. Construit sur une colline, ce port fortifié évoquait les cités du Moyen Empire perchées au sommet de leur tertre.

L'armée planta ses lances dans le sol devant les remparts et bivouaqua pour la dernière fois, pendant que les curieux sortaient de la cité en un défilé régulier pour venir voir les nouveaux venus, et que les négociants les plus entreprenants installaient à la bordure du campement des étals improvisés et faisaient l'article pour la nourriture, la boisson, les vêtements et les services des femmes qu'ils avaient à proposer. Ici, les Macht étaient de nouveau en présence de leurs congénères, même s'il s'agissait de civils. Ils n'avaient cependant rien à offrir en échange, sauf leurs armes, et Rictus fit rapidement expulser tous les marchands par crainte qu'ils ne se fassent dépouiller. Après avoir vécu si longtemps de rapines, les survivants des Dix Mille avaient pris des habitudes dont ils devraient se défaire. Ils se seraient immédiatement dispersés dans la cité pour prendre tout ce qui les tentait, s'ils n'avaient pas attendu l'or que contenaient les charrettes.

Un or que les généraux rescapés comptèrent pièce après pièce, cette nuit-là, au milieu de leurs hommes. Des hommes qui conspuèrent la suggestion de conserver une partie du butin pour affréter les navires nécessaires à leur retour dans les Harukush. Ils voulaient empocher un maximum d'argent et l'utiliser à leur guise.

Il fallut donc renoncer à une traversée collective. Ils ne regagneraient pas ensemble les Harukush. Cette armée avait cessé d'exister. Revenus parmi leurs semblables, tous se dispersaient. Les centons se défaisaient, certains se désintégraient totalement alors que d'autres se reformaient en fonction d'amitiés apparues en cours de route. Les mercenaires ne voulaient plus dépendre de leurs généraux ou d'un Kerusia mais retrouver leur vie d'antan, l'époque où les batailles n'opposaient que quelques centaines d'entre eux ici et là, et qu'ils s'affrontaient en respectant des règles leur étant familières. Ils ne voulaient plus recevoir des ordres de plus haut. Ils respectaient leurs chefs, et tout particulièrement Rictus et Jason. Ils avaient de l'affection pour eux et ils auraient été ravis de servir de nouveau sous leurs ordres, mais ils refuseraient de faire partie d'une armée chargée d'effectuer de grandes campagnes militaires. Ce qui devint évident lorsqu'ils se regroupèrent par milliers pour leur dernière assemblée.

« Ils rêvent d'aller se jucher sur leur petit tas de bouse pour jouer au coq du village », déclara Jason qui se tenait à côté des manteaux sur lesquels l'or avait été entassé. Les centurions procédaient à l'appel des hommes qui s'avançaient à la queue leu leu pour recevoir leur dû dans leurs mains réunies en coupe, en souriant comme des attardés mentaux.

Rictus pensait aux pierres empilées sur des manteaux semblables, là-haut dans les montagnes. Ils avaient alors voté en sa faveur, par milliers. À présent, le processus était inversé. Les hommes se sentaient libres de partir sitôt après avoir touché leur solde et la plupart gagnaient aussitôt la cité, avec leurs pitoyables biens enveloppés dans leur manteau et l'or brillant comme des braises entre leurs paumes.

« Tout est terminé, conclut-il.

— Espérais-tu autre chose ?

— Je ne sais pas. Oui, sans doute. Plus que cela, en tout cas.

— Nous avons là la lie de ce monde, déclara Jason avec une infinie tendresse. Ces pauvres bougres savent donner le meilleur d'eux-mêmes quand les temps sont difficiles, mais dès qu'ils ont quelque argent à dépenser ils le dilapident avec l'insouciance de jeunes écervelés. Dans un mois, la plupart d'entre eux seront dans la dèche et prêts à louer leurs services au premier venu, souviens-t'en. C'est une histoire aussi vieille que le monde. »

Rictus fit tinter les pièces dans sa paume. Elles étaient lourdes et portaient d'un côté l'effigie du Grand Roi et de l'autre celle du dieu Bel tuant le Grand Taureau.

« Si tu as un tant soit peu de jugeote, tu utiliseras une de ces pièces pour t'acheter une ferme et les outils permettant de travailler ses terres, déclara Jason avec détachement.

– Ce sont tes intentions ?

– En effet. Je meublerai mes instants de loisir en apprenant le langage des Kufr. Et, le soir venu, peut-être veillerai-je pour tenter de coucher mes souvenirs par écrit. J'essayerai aussi d'avoir des enfants.

– Je me demande à qui ils ressembleront.

– J'espère qu'ils hériteront la taille de leur mère, en tout cas. Mais je dois à présent te faire mes adieux, Rictus. Tiryn m'attend à l'extérieur du campement. Elle nous a trouvé une mule, et cette pauvre bête risque de s'effondrer sous le poids de sa charge.

– Viens boire un dernier verre avec moi, demanda rapidement Rictus. Accompagne-moi en ville. Nous y resterons une heure, pas plus. Je t'en prie. »

Jason le dévisagea en faisant une moue. Il voyait devant lui l'enfant qui subsistait en Rictus, son regard inquiet, la crainte de se retrouver seul, abandonné.

« C'est d'accord. Un tout dernier verre, pour sceller nos adieux. Si nos camarades n'ont pas déjà tout bu, bien entendu. »

■■■■

Sinon était une ruche bourdonnante aux rues bondées de mercenaires ayant touché leur solde et d'individus rêvant de la leur subtiliser. Les hommes déclenchaient des bagarres dans toute la cité, à présent que leur or leur permettait de satisfaire tous les désirs apparus en eux pendant ces longs mois de privations. La nuit était placée sous le signe de l'écarlate, avec les lampes allumées devant chaque fenêtre et chaque porte, le vin qui coulait jusqu'aux caniveaux et les multitudes de Macht qui se saluaient en beuglant. Ils se lançaient des affirmations d'amitié, faisaient de tristes adieux à de vieux camarades et se retrouvaient mêlés à de nombreuses rixes dès que d'anciennes rancœurs étaient finalement exprimées à voix haute. Des putains au maquillage criard aidaient leurs clients ivres à se frayer un chemin dans la foule. Des hommes se dévalisaient à la pointe d'un couteau ou subtilisaient le contenu des ballots de ceux qui n'étaient plus capables de s'en rendre compte. Ils s'abrutissaient en se gorgeant du vin des tavernes, de la nourriture des auberges et des charmes des prostituées. Ils voulaient oublier les épreuves, les blessures, les amis laissés sous des tas de pierres dans la froidure des montagnes ou consumés sur des bûchers funéraires dans les basses-terres. Ils désiraient, comme l'exprima si bien l'un d'eux, téter les tétons d'Antimone aussi longtemps qu'ils en auraient la possibilité.

« Et qui pourrait les en blâmer ? » demanda Jason. Il se trouvait avec Rictus au comptoir de l'échoppe d'un marchand de vin et ils levaient les grandes timbales que ce dernier venait de remplir.

« *Pas de la piquette,* lui avait-il dit. *Nous sommes des généraux, les commandants de cette armée de Macht. Apporte-nous ce que tu as de meilleur, et rien de moins.* »

Ils trinquèrent en faisant s'entrechoquer leurs gobelets. Jason allait porter un toast quand Rictus suggéra : « À une nouvelle existence.

— À une nouvelle existence », répéta Jason en souriant. Et ils burent en appréciant ce vin, sa chaleur qui se répandait dans leur gorge. Ils vidèrent les timbales et en réclamèrent d'autres. Le breuvage était rouge comme le sang, sous la clarté papillotante des lampes, pendant que vers le haut et le bas de la rue se poursuivait la bruyante comédie de la nuit. Rictus inclina la tête sur le côté, pour tendre l'oreille. « On pourrait presque croire que cette cité est mise à sac.

— Non, répondit posément Jason. Nos hommes ne la violent pas, ils la prennent de façon un peu brutale, c'est tout. Et si les édiles en pissent dans leur lit, la richesse encaissée en si peu de temps les transportera de joie dès qu'ils auront cessé de claquer des dents. Les mercenaires vont dépenser l'équivalent de la rançon d'une ville, et s'ils cassent quelques verres et assiettes, ils auront déboursé bien plus qu'il n'en faut pour rembourser les dégâts quand les putes au cœur de pierre et les marchands aux dents longues les auront tondus comme des moutons. Rien n'est plus facile que séparer un soldat ivre de son pécule.

— Ne devrions-nous pas intervenir ?

— Que pourrions-nous faire ? Un beau discours ? Il n'existe rien qui leur rendrait un minimum de bon sens. Et c'est leur argent, après tout. Laissons-les passer une nuit au cours de laquelle ils n'ont pas à regarder à la dépense, ou à ramasser les miettes.

– Ils l'ont bien mérité », reconnut Rictus. L'alcool qui se répandait dans son être lui permettait de s'exprimer plus aisément, avec sagesse.

« Alors, Rictus, que comptes-tu faire ? Vas-tu rester lié à l'écarlate ou estimes-tu n'avoir déjà que trop brandi une lance ? »

Rictus haussa les épaules. « Je n'ai rien à aller retrouver, dans les Harukush. Isca a été rasée, tous les miens sont morts. Tu es pour moi l'équivalent d'un frère, et tu vas disparaître à ton tour. Je vais probablement reprendre la lance, car c'est tout ce que je sais faire.

– En ce cas, suis mon conseil. Reste ici. Si tu demeures à Sinon tu pourras te constituer un centon en seulement quelques jours. On trouve pour l'instant plus de mercenaires dans cette cité que dans la moitié de tous les Harukush, sans oublier que ce sont les meilleurs.

– J'avoue que ça mérite réflexion », répondit Rictus en souriant. Ils trinquèrent encore, comme s'ils venaient de sceller un pacte. Habitué à se priver et à ne boire que de l'eau, Rictus ressentait déjà les effets de l'ivresse et il se pencha vers Jason pour ajouter : « Tu sais…

– Le voilà, mes frères ! Le général tête en paille. Alors, Rictus, est-ce que tout s'est déroulé conformément à tes désirs ? »

Il s'agissait d'Aristos, debout avec les mains sur les hanches et bardé du Divin Fléau. Gominos paraissait démesuré, à côté de lui, et plusieurs de leurs camarades approchaient dans la rue.

« Réponds, mon garçon… à moins que ton ivresse ne t'en laisse pas la possibilité ? »

Rictus se redressa et tout le vin qu'il avait bu fut instantanément consumé, évaporé par l'onde glaciale qui parcourait ses membres. Son poing se referma sur le couteau qu'il avait à sa ceinture. Ni lui ni Jason n'avaient mis leur cuirasse. Rictus avait confié la sienne à Siffleur, et Tiryn avait sanglé celle de Jason sur leur mule.

« Enfer ! gronda Jason. Aristos, les affrontements sont terminés. Prends un verre et retire de ton cul la lance qui te raidit ! »

Aristos s'avança, le visage empourpré, les yeux brillants. Il avait bu, lui aussi. « On m'a rapporté que le jeune Rictus souhaitait me tuer. Mes oreilles m'ont-elles joué un tour ou s'est-il contenté de japper ? »

Rictus fit un pas en avant, mais Jason le retint et s'interposa entre eux. « Que veux-tu, Aristos ?

– Mon dû, Jason. Comme nous tous. J'ai ramené un millier d'hommes des montagnes et ils n'ont même pas senti l'odeur des pièces qui leur ont été promises. Règle-nous notre dû et nous vous laisserons tranquilles. Nous nous considérerons quittes et nous ne vous tiendrons rigueur de rien.

– Vous payer quoi ? siffla Rictus. Le prix de votre désertion, de votre vol de nourriture, de votre fuite ? Approche que je te règle ton compte en te rendant la monnaie de ta pièce.

– Silence ! ordonna Jason. Aristos, cet argent n'existe plus… nous avons tout partagé. Si tu veux de l'or, adresse-toi à chacun des soldats ivres de cette cité, car ce sont eux qui le détiennent. Ils ont reçu leur solde, Aristos. La question est réglée. »

Tout d'abord sidéré, Aristos hésita pendant que l'homme qui le suivait lui murmurait quelque chose à l'oreille. Puis il sourit et tira son épée. « Je me contenterai du tien, en ce cas.

— Viens plutôt prendre le mien, gronda Rictus en sortant son couteau. Approche, étron nauséabond. » Il repoussa Jason et chargea Aristos, qui fit de même. Ils se percutèrent tels deux cerfs en rut, cherchant le bras armé de l'autre avec leur main libre. Leurs lames s'ébréchèrent, et ils firent un pas de côté avant de se rapprocher pour se retrouver torse contre torse. Il y eut une avalanche de coups, parés ou esquivés. Du sang jaillit en dessinant un insigne sur la clavicule de Rictus, qui utilisa son couteau pour faire dévier un autre coup. Le métal crissa. Il détendit le bras et la pointe de sa lame ripa sans laisser la moindre marque sur la cuirasse d'Aristos.

« Arrêtez ! » hurla Jason. Il joua des coudes pour s'interposer entre les combattants, repousser Rictus avec le poing et Aristos d'un coup de pied à la poitrine. Les deux jeunes gens tombèrent à la renverse, le souffle court comme s'ils avaient couru. Jason se dressait à présent entre eux. « Ça suffit ! Gominos, prends ton ami et... »

Rictus et Aristos se relevèrent d'un bond, en grimaçant de haine. Ils se chargèrent une fois de plus, bien que Jason fût entre eux. Pendant une seconde il les tint à longueur de bras, un de chaque côté, puis ils se rejoignirent en le repoussant sur le côté. Il chut avec lourdeur sur la terre battue de la rue, où il resta couché avec du vin coulant autour des jambes. Il ouvrait la bouche pour faire un commentaire quand une quinte de toux l'ébranla et ses pieds s'agitèrent vainement sur le sol. Il écarta une main de son flanc pour voir un fluide noir brillant qui en jaillissait. « Vous m'avez tué », dit-il avant de basculer en arrière, les yeux écarquillés, son expression traduisant de l'incrédulité.

Les hommes d'Aristos se précipitèrent, avec Gominos à leur tête. Rictus et Aristos se regardèrent, avant de s'intéresser à Jason, horrifiés. Rictus jeta son arme et s'agenouilla à côté de celui qu'il considérait être son meilleur ami. « Jason, Jason… »

Cerné par Aristos et ses hommes, Rictus appliqua une main sur la blessure de Jason. Son visage était aussi pâle que le marbre.

« Soyez maudits, murmura Jason. Une nouvelle vie m'attendait. Ah, Phobos ! Antimone, veille sur moi. » Sa voix décrut et ce fut sous la forme d'un râle presque inaudible qu'il ajouta « *Tiryn* » avant de rendre l'âme.

Autour d'eux la cité était toujours aussi bruyante, la nuit lumineuse, colorée et déchirée par la liesse des Dix Mille. Aristos, Gominos et leurs hommes restaient muets, figés sur place. Rictus ferma les paupières de Jason puis s'accroupit pour déposer un baiser sur son front.

« Tu étais le meilleur d'entre nous », murmura-t-il.

Sans que ce soit un acte conscient, sa main se tendit vers le manche de son couteau. Il se releva, et lorsqu'il se tourna l'éclat de ses yeux fit reculer les autres Macht, comme s'ils étaient confrontés à un chien enragé. Il fit trois pas, un mouvement rapide comme l'éclair, et la lame miroita devant lui. Aristos lâcha son arme, sidéré. Ses mains s'élevèrent vers sa gorge et la large entaille ruisselante qui venait d'y apparaître. Il gargouilla quelques mots que le sang rendait inintelligibles, tituba et s'agenouilla. Il referma une main vermeille sur la cuisse de Rictus puis bascula sur le côté. Il s'agita dans la rue jusqu'au moment où il s'immobilisa dans une flaque fumante attribuable tant à ses fluides vitaux qu'à ceux de Jason. Rictus le toisa avec mépris puis jeta l'arme sur le cadavre et leva les yeux sur Gominos et les hommes d'Aristos.

« Tout est terminé, à présent. »

ÉPILOGUE

La dette

Les flammes du bûcher funéraire allaient s'éteindre et ce qu'elles avaient consumé n'était plus qu'un tas de cendres noircies. Le vent qui venait de la mer se chargeait de les disperser autour des visages des hommes rassemblés en ce lieu, en voletant comme des oiseaux noirs minuscules.

Plusieurs centaines d'hoplites se dressaient sur la plage, en manteau écarlate et le bouclier sur l'épaule. Certains portaient le Divin Fléau. Tous avaient déchiré leur chiton en signe de deuil. Alors que les flammes décroissaient, ils entamèrent le péan, l'hymne funèbre des Macht, ce chant qui les avait si souvent accompagnés au combat. Dressés non loin d'eux se tenaient un grand jeune homme blond et une Kufr voilée.

« Que vas-tu faire, à présent ? lui demanda Rictus.

– Je l'ignore, répondit Tiryn sans le regarder. Il était au centre de toutes mes pensées. Tous mes espoirs. Il n'y avait pour moi rien d'autre.

– Tu pourrais rentrer chez toi.

— Je n'ai aucun foyer. Je me retrouve entre deux mondes. » Elle sortit une main aux doigts fuselés de sous sa robe noire pour caresser son ventre. « Là-dedans se développe un enfant dont le père était un Macht. Dans quelle civilisation doit-il naître, la mienne ou celle de Jason ?

— Il allait donc avoir un enfant ? Le savait-il ?

— C'est possible. Il voulait s'installer dans une ferme, mener une vie paisible. » Elle rit, des sons qui se transmuèrent en sanglots. « Jason, dans la peau d'un paysan ! »

Rictus regardait le large, là où les vagues contours des montagnes saillaient au bord du monde. C'était un foyer, ce lieu lointain. Un refuge où rien de familier ne l'attendait, pas un seul homme qu'il aurait pu considérer comme étant son ami, aucun parent.

« Reste avec moi, dit-il à Tiryn. Je m'occuperai de vous.

— Toi ? Sans toi, il serait toujours de ce monde !

— Je le sais. J'ai envers vous une dette de sang. Je la rembourserai. Reste et je servirai de père au fils de Jason. Il était mon ami. Il n'aurait pas voulu que son enfant vienne au monde sans qu'un homme ne soit là pour veiller sur lui. » Comme elle ne répondait rien, il ajouta : « Je t'en prie, laisse-moi faire cela pour lui.

— Pourquoi ? Pour que tu puisses dormir sans être hanté par son spectre ? »

Rictus hésita. Sa bouche se crispa. « Je n'ai personne. Pas de proches vers lesquels retourner, aucune raison de rentrer dans mon pays. Si tu m'y autorises, je veillerai sur vous, tant pour me racheter de la mort de mon ami que pour fonder une famille. Pour avoir une nouvelle vie. »

Tiryn finit par le regarder. Ils avaient presque la même taille, et il était aussi blond qu'elle était brune.

« Une nouvelle vie, répéta-t-elle avant de caresser une fois de plus son ventre. Là-dedans se développe une nouvelle vie. Je veux emmener l'enfant de Jason là où il n'y a ni Macht ni soldats, là où il pourra vivre en paix. Je lui dirai que son père était un homme bon qui a voyagé en compagnie de barbares. Laisse-moi, Rictus. Retourne auprès de tes semblables. C'est la seule vie que tu peux connaître. La seule chose qui te convienne. » Sur ces mots, elle s'éloigna.

Rictus la regarda passer entre les hoplites qui s'écartaient pour libérer son chemin. Le soleil miroitait sur une cuirasse noire sanglée sur une mule entravée au sommet de la colline située au-delà.

GLOSSAIRE

Aichme

Pointe de lance en fer, parfois en bronze, mesurant une vingtaine de centimètres, dont dix de lame.

Antimone

Déesse voilée, protectrice et gardienne des Macht. Chassée des cieux pour avoir fait forger les Divins Fléaux à l'intention de ses protégés, elle est la divinité de la compassion, de la miséricorde et de la tristesse. Son Voile sépare la vie de la mort.

Apsos

Dieu des animaux. Ce personnage énigmatique du panthéon des Macht est censé ressembler à un bouc et punir quiconque maltraite une bête. Il pourrait à l'occasion métamorphoser un homme en animal, par vengeance ou simple facétie.

Araian

Le Soleil, épouse de Gænion le Forgeron.

Archonte

Terme kufr désignant un militaire de haut rang, un général de corps d'armée ou d'escadron.

Bel

Dieu créateur tout-puissant qui veille sur le monde des Kufr. L'équivalent approximatif du dieu des Macht, en plus charitable et bienveillant.

Carnifex

Médecin militaire.

Centon

Nombre d'hommes pouvant être nourris avec le contenu d'un centos, le grand chaudron noir dans lequel sont préparés les repas des mercenaires. Ce qui équivaut à peu près à cent individus.

Chevriers

Macht peu raffinés qui ne résident pas dans des cités mais dans les montagnes. Ces nomades ne disposent d'aucun langage écrit mais se transmettent oralement de nombreuses traditions.

Chiton

Tunique à manches courtes, échancrée sur la gorge et descendant jusqu'aux genoux.

Enfer

L'opposé du Voile. Il ne s'agit pas d'un enfer au sens chrétien du terme, mais d'une vie après la vie dont la nature est inconnaissable.

Gænion

Dieu-forgeron des Macht qui façonna le Divin Fléau à la demande d'Antimone après avoir forgé les étoiles et la majeure partie de Kuf. Il est l'époux d'Araian, le soleil, et ses ateliers sont censés se trouver dans les hauteurs du Mont Panjaeos, dans les Harukush.

Hommes-boucs

Sauvages dégénérés qui ne dépendent d'aucune cité et vivent dans une crasse innommable. Vêtus de peaux de chèvre, ils descendent rarement des hauteurs des Harukush.

Honai

Ce terme kefren signifiant « les plus beaux » sert à désigner les troupes d'élite d'un Grand Roi, non seulement les membres de sa Garde personnelle mais tous les soldats de métier bien entraînés en poste dans son palais.

Hufsan / hufsa

Termes masculin et féminin désignant les représentants de la plus basse caste de l'Empire, principalement des montagnards des Magron, des Adranos et des Korash. Plus petits et basanés que les Kefren, à la fois plus résistants mais aussi plus primitifs et moins instruits, ils se transmettent leur savoir de façon orale plutôt que par écrit.

Isca

Ville des Macht détruite par une coalition de cités voisines au cours de l'année qui a précédé la Bataille des Kunaksa. Les Iscans étaient des guerriers semi-professionnels qui se préparaient continuellement à la guerre et lançaient fréquemment des attaques contre tous leurs voisins. Une légende veut que le fondateur d'Isca, Isarion, ait été un protégé du dieu Phobos.

Juthiens

Êtres trapus à la peau grisâtre ayant un statut d'esclaves dans l'Empire Asurien. Le territoire de ces individus opiniâtres et peu communicatifs mais robustes a été le premier que les Grands Rois ont annexé.

Kefren

Peuples du cœur d'Asuria qui ont organisé la résistance contre les Macht dans un passé semi-légendaire puis ont fondé un Empire après avoir vaincu les envahisseurs. Ils ont un statut supérieur dans tout le Grand Continent où ils forment une caste de dirigeants et d'administrateurs.

Kerusia

Ce terme désigne en machtique une assemblée au cours de laquelle sont désignés les responsables d'une communauté. Chez les mercenaires, il s'applique également aux conseils de leurs généraux, des hommes parfois élus à ce poste même si ce n'est pas toujours le cas.

Komis

Coiffure de toile portée par les nobles de l'Empire Asurien. Cette bande de tissu peut être enroulée autour de la tête pour ne laisser voir que les yeux ou encore ouverte pour révéler le visage.

Kuf

Le monde, la terre, là où la vie s'est développée parmi les étoiles sous le regard de Dieu et de Son entourage.

Kufr

Terme péjoratif employé par les Macht pour désigner tous les individus ayant d'autres origines qu'eux.

Mora

Formation de dix centons, soit approximativement un millier d'hommes.

Mot
Dieu des Kufr des terres arides, et donc de la mort.

Niséiens
Chevaux des plaines de Nisée, censés être les meilleurs de tous les destriers et incontestablement les plus grands. Noirs ou bai, et mesurant plus de seize mains au garrot, ce sont les montures des Rois et des nobles kefren, et il est rare d'en trouver ailleurs qu'au cœur de l'Empire.

Obole
Pièce en bronze de faible valeur.

Ostrakr
Terme désignant les malheureux qui ne dépendent d'aucune cité parce qu'ils en ont été exilés, qu'elle a été détruite ou encore parce qu'ils sont devenus des mercenaires.

Othismos
Nom donné à l'instant où deux corps d'infanterie s'affrontent.

Panoplie
Nom donné à l'attirail d'un fantassin et incluant un casque, une cuirasse, un bouclier et une lance.

Pasang
Mille pas normaux. Historiquement, un mille correspond à mille pas doubles d'une légion romaine, et un pasang équivaut par conséquent à un demi-mille.

Péan
Hymne funèbre. Les Macht chantent leur péan en allant au combat, afin de se préparer à leur propre trépas.

Phobos et Haukos

Les deux lunes de Kuf. Phobos est plus grosse et de couleur plus claire que Haukos qui est rosée ou rouge pâle. Ces astres portent les noms des deux fils de la déesse Antimone, Phobos étant le dieu de la peur et Haukos le dieu de l'espérance.

Poisson d'argent, harin

Poissons de Kuf. Le premier correspond approximativement au bar et le second au maquereau.

Présent d'Antimone ou Divin Fléau

Cuirasse noire indestructible créée par le dieu forgeron Gænion à partir des ténèbres et donnée aux Macht par la déesse Antimone. Il existe dans le monde de Kuf cinq à six mille de ces armures, et les Macht sont prêts à se battre jusqu'à la mort pour empêcher qu'elles ne tombent aux mains des Kufr.

Qaf

Espèce mystérieuse originaire des Monts Korash. Très grands et corpulents, les Qaf sont un étrange hybride de Kufr et de grand singe. Bien que censés posséder leur propre langage, ce sont en fait des bêtes très puissantes qui rôdent dans les neiges des hauts cols de ces montagnes.

Rimarche

Terme archaïque désignant le dernier homme d'une colonne de huit hommes et commandant en second de la file en question.

Sauroter

Le tueur de lézard. Contrepoids de l'aichme placé sur le talon de la lance, c'est généralement un bloc de bronze quadrangulaire un peu plus lourd que la pointe de l'arme pour permettre de la tenir au-delà de son centre sans compromettre pour autant son équilibre. Le sauroter est utilisé pour planter la lance dans le sol et également pour achever tout ennemi tombé à terre. Si l'aichme se rompt pendant un affrontement, le sauroter est alors employé pour la remplacer.

Sigiles

Les lettres de l'alphabet des Macht. Habituellement, chaque cité en adopte un en tant qu'emblème peint sur les boucliers de ses soldats.

Taenon

Surface agraire nécessaire pour permettre à un homme de subvenir aux besoins de sa famille. Son étendue varie en fonction de la région et de la qualité du sol, un taenon étant plus grand en altitude que dans les plaines, même s'il équivaut le plus souvent à environ deux hectares et demi.

Tête en paille

Terme péjoratif employé par les Macht pour désigner les montagnards, ceux-ci étant généralement plus grands et de teint plus clair que les Macht des basses-terres.

Vorin

Prédateur canin dont la taille se situe entre celles du loup et du chacal.

Table

Troisième partie
LA MARCHE VERS LA MER

Paul Kearney
dans Le Livre de Poche

LES MENDIANTS DES MERS

1. *Le Sceau de Ran* n° 31689

Autrefois existait une race de créatures très ancienne. Selon certaines légendes, ils étaient les derniers des anges. D'autres prétendent qu'ils étaient des démons. Le sang de cette race oubliée coule dans les veines de Rol Cortishane. Sans savoir quelle est sa place en ce monde, il grandit dans un petit village de pêcheurs isolé. Mais, marqué du sceau de Ran, accusé de sorcellerie et de magie noire, Rol doit fuir son village et trouver refuge dans la tour du mage Psellos. Là, la belle Rowen le formera pour devenir un assassin…

Orbit
dans Le Livre de Poche

Poul et Karen ANDERSON, Le Roi d'Ys : 1. *Roma Mater* ; 2. *Les Neuf sorcières*.

Kristin CASHORE, *Graceling*.

Mark Chadbourn, L'Âge du chaos : 1. *La Nuit sans fin*.

Catherine DUFOUR, Quand les dieux buvaient : 1. *Blanche Neige et les lance-missiles* ; 2. *Blanche Neige contre Merlin l'Enchanteur*.

Pierre GRIMBERT (avec Michel ROBERT), La Malerune : 1. *Les Armes des Garamont* ; 2. *Le Dire des Sylfes* ; 3. *La Belle Arcane*.

J.V. JONES, Le Livre des mots : 1. *L'Enfant de la prophétie* ; 2. *Le Temps des trahisons* ; 3. *Frères d'ombre et de lumière*.
L'Épée des ombres : 1. *Le Piège de glace blanche*.
La Ronce d'or : 1. *Les Motifs de l'ombre* ; 2. *La Peinture de sang*.

Paul KEARNEY, Les Mendiants des mers : 1. *Le Sceau de Ran*.

Stephan LAWHEAD, Pendragon : 1. *Taliesin* ; 2. *Merlin* ; 3. *Arthur* ; 4. *Pendragon* ; 5. *Le Graal*.
Le Roi corbeau : 1. *Robin*.

Megan LINDHOLM (Robin HOBB), *Le Dieu dans l'ombre.*

Kai MEYER, *La Fille de l'alchimiste.*

Brandon SANDERSON, *Elantris.*

Caroline STEVERMER, Le Collège de magie : 1. *Le Collège de magie* ; 2. *Étudiant de magie.*

Terri WINDLING, *L'Épouse de bois.*

Gene WOLFE, Le Chevalier-Mage : 1. *Le Chevalier* ; 2. *Le Mage.*

Marion ZIMMER BRADLEY (avec Julian MAY et Andre NORTON), Le Trillium : 1. *Les Trois Amazones* ; 2. *Le Talisman écarlate* ; 3. *La Fleur d'or* ; 4. *La Dame blanche* ; 5. *La Guilde de l'étoile.*

Du même auteur
aux éditions du Rocher :

LES MONARCHIES DIVINES

I. Le Voyage d'Hawkwood, 2004.
II. Les Rois hérétiques, 2005.
III. Les Guerres de fer, 2005.
IV. Le Second Empire, 2006.
V. Les Vaisseaux de l'ouest, 2007.

LES MENDIANTS DES MERS

I. Le Sceau de Ran, 2008.

Composition réalisée par FACOMPO (Lisieux)

Achevé d'imprimer en mai 2011 en Espagne par
BLACK PRINT CPI IBERICA, S.L.
Sant Andreu de la Barca (Barcelona)
Dépôt légal 1re publication : juin 2011
LIBRAIRIE GÉNÉRALE FRANÇAISE – 31, rue de Fleurus – 75278 Paris Cedex 06

31/5995/1